»I MAESTRI DELL'AVVENTURA«

VOLUME 43

I PREDONI

Romanzo di
CLIVE CUSSLER
e BOYD MORRISON

Traduzione di
ANNAMARIA RAFFO

LONGANESI

Gruppo editoriale Mauri Spagnol

www.longanesi.it

ISBN 978-88-304-6058-4

Titolo originale
Marauder

I PREDONI

ELENCO DEI PERSONAGGI

The Corporation

Juan Cabrillo – presidente della Corporation
e comandante dell'*Oregon*

Max Hanley – vicepresidente della Corporation,
comandante in seconda di Juan
e direttore di macchina dell'*Oregon*

Linda Ross – vicedirettrice delle operazioni
della Corporation e veterana della US Navy

Eddie Seng – direttore delle operazioni a terra
della Corporation ed ex agente della CIA

Eric Stone – capo timoniere dell'*Oregon* e veterano
della US Navy

Mark « Murph » Murphy – responsabile dei sistemi
d'arma dell'*Oregon* ed ex progettista di armi
per l'esercito americano

Franklin « Linc » Lincoln – operativo della Corporation
ed ex US Navy SEAL

Marion MacDougal « MacD » Lawless – operativo
della Corporation ed ex ranger della US Army

Raven Malloy – operativa della Corporation
ed ex investigatrice della polizia militare della US Army

George « Gomez » Adams – pilota di elicotteri e droni dell'*Oregon*

Hali Kasim – capo radiotelegrafista dell'*Oregon*

Dottoressa Julia Huxley – primo ufficiale medico dell'*Oregon*

Kevin Nixon – responsabile del Magic Shop dell'*Oregon*

Maurice – capo steward dell'*Oregon*

Stretto di Malacca

Omar Rahal – comandante della petroliera *Dahar*

Kersen – capo terrorista

Abdul Tanjung – terrorista

Melbourne, Australia

April Jin – ex agente dell'intelligence della Royal Australian Navy

Angus Polk – ex membro del Comando Operazioni Speciali e analista senior presso il ministero della Difesa

Lu Yang – ex patrigno di April Jin

William Campbell – avvocato di Lu

Mar di Timor

Sylvia Chang – scienziata della Defence Advanced Research Projects Agency americana

Roberta Jordan – cuoca

Tenente comandante Womack – primo ufficiale dell'*Ocean Protector*

Bali, Indonesia

Sinduk – capo terrorista

Oliver Muñoz – marito della senatrice Maria Muñoz

Elena Muñoz – figlia della senatrice Maria Muñoz

Emily Schmidt – moglie del senatore Gunther Schmidt

Kyle Schmidt – figlio del senatore Gunther Schmidt

Australia

Leonard Thurman – medico presso il Royal Darwin Hospital

Paul Wheatley – manutentore di linee elettriche

Harry Knoll – manutentore di linee elettriche

Sam Carter – aviere della Royal Australian Air Force

Todd Wilson – aviere della Royal Australian Air Force

Burt Gulman – capitano del porto di Nhulunbuy

Sawyer – cacciatore americano

Bob Parsons – US marine e pilota di hovercraft

Renee LaBelle – amica di Parsons

Victor Ormond – archeologo

CIA

Langston Overholt IV – collegamento tra la CIA e la Corporation

Equipaggi

Raymond Wilbanks – comandante della *Shepparton*

Gabriel Rathman – comandante della *Centaurus*

Navi

Salacia – bireme romana

Oregon – l'ammiraglia della Corporation

Dahar – petroliera kuwaitiana

Namaka – nave da ricerca statunitense

Empiric – nave da ricerca australiana

Ocean Protector – nave della Royal Australian Navy

Marauder – trimarano

Shepparton – nave da carico australiana
Marsh Flyer – hovercraft da trasporto
Centaurus – nave da carico
Thai Navigator – nave per il trasporto di minerali

1

Stretto di Malacca

Il comandante Omar Rahal seguiva con lo sguardo la piccola barca che sfrecciava sulle acque tranquille dello stretto braccio di mare. Si stava avvicinando da prua alla sua petroliera, diretta in California, ed era troppo veloce per essere una semplice barca da pesca. Aveva cercato di contattarla via radio, ma non c'era stata risposta. Significava solo una cosa.

Pirati.

Attraverso il binocolo vide che la barca era carica di uomini armati di fucili, ma non c'era nulla che lui potesse fare per evitarli. La *Dahar* era lunga più di trecento metri e lo stretto tra la Malesia e l'isola indonesiana di Sumatra misurava appena poche miglia nel punto più angusto. Per una nave di quelle dimensioni sarebbe stato impossibile invertire la rotta, e comunque il veloce motoscafo avrebbe facilmente evitato ogni tentativo di speronamento.

«Velocità massima» ordinò comunque al primo ufficiale. «Gli renderemo la vita difficile.» Anche con il mare calmo, una velocità così elevata per una nave grande come la loro era rischiosa in spazi limitati, ma lui non poteva permettere a quella gente di impossessarsi della sua nave senza reagire.

Mentre il primo ufficiale dava l'ordine di portare la nave alla massima velocità, Rahal attivò l'interfono di bordo. «Ascoltate tutti. Abbiamo presenze ostili in avvicinamento da prua. Sono armati e intenzionati ad abbordarci. Iniziate le procedure d'emergenza e andate tutti alle vostre postazioni. Non tentate, ripeto, non tentate di respingerli.» Non voleva che qualche membro dell'equipaggio venisse ucciso sotto il suo comando.

La barca passò davanti alla prua della *Dahar* e Rahal non riuscì più a vederla. Si spostò sull'ala di babordo per poterla osservare.

Quando la barca fu di nuovo visibile, contò sette uomini vestiti con delle T-shirt e armati di fucili d'assalto. Doveva esserci un ottavo uomo alla guida, nascosto dal tettuccio della piccola timoniera. La barca invertì la rotta per accostare la petroliera e proseguì alla sua stessa velocità. Rahal vide un uomo che reggeva una scala estensibile.

Chiamò il primo ufficiale. «Attiva l'allarme SSAS.»

Il primo ufficiale aprì uno sportello di protezione e premette un grande pulsante rosso. Lo Ship Security Alert System era un allarme silenzioso che inviava un messaggio alla centrale operativa della compagnia per informarla che era in corso un attacco. Garantiva che gli assalitori non si rendessero conto che era stata inviata una richiesta di aiuto.

Qualche istante dopo squillò il telefono del ponte. Rahal rispose.

«Parla il comandante Rahal della *Dahar*.»

«Comandante, qui è la centrale operativa. La chiamiamo per avere conferma che è in corso un'emergenza.»

«Affermativo. Non è un falso allarme.» Rahal scandì il codice di sicurezza a conferma della propria identità. «Sette o otto uomini armati si stanno preparando ad abbordarci.»

«Ricevuto. Abbiamo la vostra posizione e la stiamo inoltrando alla guardia costiera malese e a quella indonesiana. Restate in contatto finché potete. C'è qualche nave nelle vicinanze che potrebbe prestarvi aiuto?»

«Cosa abbiamo sul radar?» chiese Rahal al primo ufficiale.

L'uomo scrutò lo schermo del radar e scosse la testa, costernato. « L'imbarcazione più vicina sembra essere una nave da carico sedici miglia dietro di noi. »

« Anche se ci fermassimo, impiegherebbe due ore ad arrivare qui » disse Rahal al telefono. « Qual è il tempo stimato di arrivo della guardia costiera? »

« La guardia costiera della Malesia ci ha appena comunicato che sta facendo decollare un elicottero da Johor, ma arriveranno da voi non prima di novanta minuti. Mantenete la calma e non opponete resistenza. Stanno arrivando i soccorsi. »

Rahal guardò il primo ufficiale con un sorrisetto. « 'Stanno arrivando i soccorsi' dice lui. »

« Ne avremo bisogno » replicò il primo ufficiale indicando il ponte di coperta, più in basso.

Da sopra il parapetto spuntava la cima della scala. Rahal mollò il telefono e corse di nuovo sull'ala di plancia. Mentre alcuni dei dirottatori tenevano le armi puntate sul parapetto nel caso qualcuno tentasse di spingere via la scala, gli altri cominciarono a salire. Alcuni portavano grandi zaini sulle spalle, oltre alle armi. Quando sette di loro furono sul ponte, il gruppo corse verso la sovrastruttura a poppa.

Rahal tornò al telefono. « Centrale operativa, devo riattaccare. I pirati si stanno avvicinando alla plancia. »

« Buona fortuna, comandante. »

Rahal cercò di apparire calmo a beneficio degli altri uomini dell'equipaggio presenti sul ponte, ma gli pareva di avere del budino al posto delle viscere. Non provava così tanta paura dai tempi in cui gli iracheni avevano invaso il suo paese natio, il Kuwait, quando lui era ancora un ragazzo e lavorava su un peschereccio.

Pochi istanti dopo udì il tonfo di passi pesanti sulle scale.

« Niente movimenti bruschi » ordinò Rahal ai suoi uomini.

La porta si spalancò di colpo e tre uomini con le fattezze tipiche del Sud-Est asiatico fecero irruzione sul ponte di comando con le armi spianate.

«Non sparate» disse Rahal in inglese, con le mani alzate. «Siamo disarmati.»

Un uomo magro e muscoloso, con una vistosa cicatrice nel punto in cui avrebbe dovuto trovarsi l'orecchio sinistro, fece un passo avanti ostentando un sorriso minaccioso. Non aveva i denti marci di un pirata drogato. Quello era un professionista.

«Sei il comandante Rahal?» disse l'uomo parlando in arabo con un forte accento indonesiano.

«Sì» rispose Rahal nella stessa lingua, sorpreso che l'uomo conoscesse il suo nome. «Cosa vuoi?»

«Voglio la tua nave. E ora ce l'ho.»

«E il mio equipaggio?»

Uno dei dirottatori andò ai comandi e fermò i motori.

«Se tu e il tuo equipaggio vi comporterete bene, scenderete dalla nave insieme a me e verrete rilasciati dietro pagamento di un riscatto. Se nessuno paga, vi uccideremo.»

Rahal annuì. «Collaboreremo. E la mia compagnia pagherà il riscatto.»

«Mi fa piacere sentirlo» disse il dirottatore sfigurato, «perché se ci causate problemi, vi lascerò tutti e quindici a bordo, e andrete a fondo con la nave quando la farò saltare in aria nello stretto.»

2

Ravenhall, Australia

April Jin aspettava nel parcheggio del Ravenhall Correctional Centre camminando nervosamente intorno al pick-up malconcio. L'asfalto scottava già sotto il sole del mattino, ma lei non avrebbe varcato le porte di quella prigione per niente al mondo. Erano ormai tre anni che si recava lì ogni settimana per i colloqui e le pareti bianche e sterili dell'interno le ricordavano i suoi due anni di permanenza nel carcere femminile, il Dame Phyllis Frost Centre. Il pensiero di rimettere piede in quel posto le fece salire l'acido in gola.

Finalmente le porte del carcere si aprirono e lei sorrise nel vedere Angus Polk uscire a passo deciso con un'espressione da duro sul volto. Il portamento eretto e i capelli a spazzola tradivano il suo passato di militare, un'immagine contraddetta solo dalla presenza di una barba leggera. I jeans e la T-shirt aderente mettevano in risalto la muscolatura riacquistata grazie ai quotidiani allenamenti in cortile che avevano aggiunto definizione alla sua corporatura longilinea. Quando vide la moglie che lo aspettava, il suo viso si aprì in un gran sorriso.

Jin andò incontro al marito e si sciolse nel suo abbraccio. Lui la sollevò come se non pesasse nulla.

«Sei dimagrita» disse.

«Corro ogni mattina per mantenermi in forma e faccio pasti leggeri, visto che mangio da sola.»

Jin aveva una corporatura snella ma muscolosa. I capelli neri e diritti tagliati corti mettevano in risalto il volto magro e i penetranti occhi scuri.

Dopo aver dato un lungo bacio a Polk, disse: «Non riesco a credere che ti abbiano fatto uscire».

«Finalmente libero, grazie alle mie nuove parole preferite: 'scarcerazione anticipata'.» Si avviarono verso la macchina, tenendosi allacciati. «Grazie per essere venuta a prendermi» disse lui. «Sarò felice di andare a casa... ovunque si trovi.»

«Il nostro appartamento potrebbe non sembrarti molto meglio della tua cella. È grande quanto una casetta per gli uccelli.»

«Purché ci sia tu, mi sembrerà un palazzo.» Si fermarono un istante prima di arrivare alla macchina. «Come te la sei cavata?»

«Effettivamente i soldi sono stati un problema. Nessuno vuole assumere una ex detenuta che ha tradito il governo. Ho trovato qualche lavoro come traduttrice free lance, ma basta a malapena a pagare le bollette.»

«Nessun aiuto dal nostro vecchio protettore?»

Lei scosse il capo. «Neanche una parola.»

«Bel ringraziamento. Be', io ho un amico che dopo aver lasciato l'esercito ha avviato una piccola impresa. Forse mi darà un po' di lavoro finché non avremo sistemato le cose.» Diede un colpetto sul cofano dell'auto. «Ti spiace se guido io? Mi è mancato.»

Prima che lei potesse consegnargli le chiavi, una limousine si infilò nel parcheggio e venne lenta verso di loro.

«Ecco, questo sì che è uscire di galera con stile» osservò Polk.

Con grande sorpresa di Jin la limousine andò a fermarsi davanti a loro. L'autista scese e aprì la portiera posteriore per far scendere un uomo in completo gessato di alta sartoria. Doveva essere un avvocato. Jin ne aveva visti abbastanza in vita sua da riconoscerli all'istante.

L'uomo porse un biglietto da visita. «Signor Polk, signora Jin, sono William Campbell.»

Non chiese conferma che fossero loro. Lo sapeva già.

«Di cosa si tratta?» chiese Polk, prendendo il biglietto.

«Rappresento l'asse ereditario di Lu Yang. Vi dispiacerebbe venire con me?» Fece loro cenno di salire sulla limousine.

«Ha detto 'asse ereditario' di Lu Yang?» chiese Jin.

«Sì. Purtroppo è morto recentemente.»

Jin e Polk si scambiarono un'occhiata sorpresa.

«Temo di non poter entrare nei dettagli qui» proseguì Campbell, «ma posso assicurarvi che non riguarda alcuna delle vostre questioni penali. Anzi, credo che troverete molto vantaggioso il motivo del nostro incontro.»

Jin lanciò un'occhiata al pick-up malconcio e Campbell disse: «Se volete, posso far trainare il vostro veicolo fino a un autosalone. Quando il nostro affare sarà concluso, non ne avrete più bisogno. Oppure potete guidare da soli fino ai nostri uffici, ma penso che troverete più confortevole la limousine».

Jin e Polk si guardarono attorno. I loro precedenti rapporti con Lu Yang erano stati molto riservati e condotti sempre attraverso terzi. Mandare una limousine a prenderli, per di più davanti a un carcere, non era da lui. D'altro canto, però, lui era morto.

Jin e Polk salirono sulla limousine, mettendosi comodi sui lussuosi sedili di pelle di fronte a Campbell.

Mentre il veicolo partiva, Polk si sporse verso la moglie e chiese: «Sapevi che Lu Yang era malato?»

Lei scosse il capo. Sua madre era stata sposata per dieci anni con il magnate cinese della tecnologia, anche se lui era diventato enormemente ricco solo dopo il loro divorzio. L'ex patrigno di Jin si era preso cura di sua madre, però, e aveva sostenuto Jin da lontano, finanziandone l'istruzione fino a quando aveva potuto usare le sue capacità a proprio vantaggio.

«Quando è morto?» chiese Jin a Campbell.

«È scomparso tragicamente qualche giorno fa. Avrete maggiori informazioni quando arriveremo a Melbourne.»

Jin lanciò un'occhiata a Polk e vide un'espressione speranzosa sul suo volto. Sapevano entrambi cosa significava.

Stavano andando alla lettura del testamento del suo patrigno.

Ci vollero trenta minuti per raggiungere il centro di Melbourne, e lì si fermarono davanti a uno scintillante grattacielo. Un ascensore li portò al cinquantesimo piano in pochi secondi. Campbell li fece accomodare in una elegante sala riunioni da cui si godeva una vista spettacolare dello skyline cittadino. Premette un pulsante e dei pannelli alle pareti si ripiegarono scoprendo un enorme schermo.

« Prego » disse Campbell, indicando le poltroncine intorno al grande tavolo di mogano. Per loro era stata preparata una brocca d'argento contenente acqua ghiacciata e alcuni bicchieri. Campbell porse a Jin un telecomando e una busta sigillata con su scritto il suo nome. « Quando uscirò dalla sala, prema PLAY. Le verrà chiesto un codice, che è contenuto in quella busta. »

« Non siamo qui per la lettura del testamento? » chiese Polk.

« Temo di no. Il video vi spiegherà tutto. »

Con un cenno del capo se ne andò, chiudendosi la porta alle spalle.

Polk si voltò verso la moglie. « Di cosa si tratterà? »

« Scopriamolo. » Jin aprì la busta e trovò un cartoncino con sopra solo un numero di sedici cifre scritto a mano. Premette il pulsante PLAY del telecomando e subito le fu chiesto di inserire il codice.

Fatto questo, sullo schermo comparve l'immagine di un ufficio sontuoso. Al centro dello schermo, seduto dietro una scrivania, c'era Lu Yang. Nel vederlo Jin rimase senza fiato, ma presto si rese conto che non era più l'uomo severo e autoritario che ricordava.

Gli occhi erano infossati, i capelli ispidi, le mani congiunte sulla scrivania scheletriche.

«Ciao, April» disse Lu in inglese con un lieve accento di Shanghai, provocandole un brivido lungo la schiena. «Signor Polk, deve esserci anche lei, come avevo richiesto. Non ci siamo mai incontrati di persona, ma il mio nome è Lu Yang. Come ormai saprà, sono morto.»

Jin prese la mano di Polk per calmarsi.

«Mi rendo conto che gli ultimi anni sono stati difficili per entrambi, per colpa di una violazione della sicurezza non imputabile a voi. Come sapete, uno dei nostri agenti è diventato un informatore della polizia federale australiana. È stato eliminato prima che potesse divulgare l'intera portata delle mie operazioni nel paese, ma purtroppo ha rivelato le vostre attività di raccolta informazioni nel campo delle tecnologie militari e dell'intelligence. Fino ad ora, questo mi ha costretto a troncare ogni rapporto con voi, per la sicurezza di tutti. Potreste esservi sentiti abbandonati, ma in realtà non è così. I vostri avvocati difensori erano i migliori del paese, e li ho pagati io. E la scarcerazione anticipata di entrambi non è stata un colpo di fortuna. Diciamo che parecchi membri del comitato per la revisione della libertà vigilata oggi sono un po' più ricchi. Ma tutto questo appartiene al passato. Oggi ho bisogno di te, April. Tu e tuo marito siete le uniche persone su cui posso contare per realizzare i miei ultimi desideri.»

«Ci stai chiedendo molto, dopo quello che abbiamo passato» borbottò Jin.

«Capisco che potreste essere riluttanti a farlo» disse Lu, quasi stesse rispondendo alle sue parole. «Ma voi avete bisogno di me tanto quanto io ho bisogno di voi. Forse di più. Solo cinque anni fa, eravate dei fuoriclasse nelle vostre professioni. Il signor Polk era un veterano del Comando Operazioni Speciali e un analista senior presso il ministero della Difesa. E April era il tenente Jin, un ufficiale dei servizi segreti della marina militare australiana, avviata a una brillante carriera. Siete stati entrambi degli eccezionali agenti sotto copertura e avete acquisito informazioni sugli ultimissimi sviluppi della tecnologia a beneficio della mia azienda e della Cina. Ma poiché le vostre attività sono state smascherate, siete stati privati dei vostri gradi, siete stati licenziati e avete passato anni in carcere. Questo vi ha lasciato senza un soldo, con poco altro a parte l'amore che provate l'uno per l'altra. Intendo porre rimedio a tutto questo, ma ho un'ultima richiesta da farvi.»

Lu cominciò a tossire e si interruppe per bere un sorso d'acqua. Polk indicò lo schermo, irritato. «Sappiamo cosa è successo. Siamo qui per sentire una predica e farci gettare a mare un'altra volta?»

Jin sollevò una mano per zittirlo. Voleva vedere dove sarebbe arrivato Lu.

«Scusatemi» disse Lu, posando il bicchiere. «Mi è stato diagnosticato un cancro al pancreas, purtroppo. Ero sul punto di fare qualcosa di veramente epico, ma a sentire i dottori mi restano solo poche settimane. Quindi non sarò in grado di realizzare il mio sogno. Ma voi due sì. Avete dato prova della vostra lealtà durante la reclusione non rivelando i legami con me. Avete anche il talento necessario a raggiungere il mio obiettivo. Signor Polk, a parte le sue capacità di analisi in tema di difesa, lei era anche un comandante coi fiocchi, molto esperto sul campo e abile nel guidare gli uomini in battaglia. April, la tua esperienza in marina ti ha permesso di acquisire competenze nei sistemi d'arma navali e nel controspionaggio. Una combinazione perfetta per portare a termine la mia operazione con successo.»

Lu sorrise. «Forse stai pensando 'Perché mai dovrei fare qualcosa per il mio patrigno che sta morendo, dopo tutto quello che è successo?' Be', ti darò due ragioni. La prima, ovviamente, è aiutare la Cina ad acquisire il legittimo ruolo di leader mondiale garantendone la supremazia militare. A questo avete già ampiamente contribuito con le vostre azioni passate. La seconda è finanziaria. Le vostre vite e le vostre carriere in Australia sono state distrutte. Il governo ha confiscato tutti i vostri beni, comprese le somme duramente guadagnate lavorando per me. Vi hanno persino tolto la pensione di militari, facendo di voi degli emarginati nel vostro stesso paese. Avete poche risorse e ancor meno prospettive. Ma io posso risarcirvi delle vostre perdite e offrirvi un futuro che va al di là della vostra più fervida immaginazione.»

Con una smorfia di dolore sollevò una valigetta e la posò sulla scrivania. La aprì e la fece ruotare. Era piena fino all'orlo di banconote americane da cento dollari.

«Questo è un milione di dollari americani. Ve lo regalo, sia per premiare i vostri sforzi passati, sia per invogliarvi. Gli avvocati vi consegneranno questa valigetta quando uscirete dalla sala. Potete prenderla e andarvene, se volete, ma sappiamo tutti che un milione di dollari non basta a ripagarvi di tutto quello che avete perso. Scommetto che stuzzicherà il vostro appetito per quanto si trova ai piedi dell'arcobaleno.»

Lu richiuse la valigetta e Jin lanciò un'occhiata a Polk. Aveva gli occhi incollati allo schermo.

«Perché, se farete quello che vi chiedo, usando il denaro contenuto in questa valigetta come capitale iniziale, in aggiunta alle risorse extra che ho previsto per portare a termine il compito stabilito, riceverete il resto della mia fortuna, valutata intorno a novecentotrentotto milioni di dollari americani.»

Jin si voltò a bocca aperta verso il marito. Quando erano finiti in prigione avevano creduto che la loro vita fosse ormai conclusa. Adesso avevano l'opportunità di mettere le mani su una cifra che non riuscivano neppure a immaginare.

«Il denaro è custodito in un conto in criptovaluta Croesus-Coin. Rimarrà lì fino a quando le dieci maggiori testate del mondo non pubblicheranno articoli che confermino che avete raggiunto il vostro obiettivo. Ho progettato un software che passa in rassegna i siti web di notizie e sbloccherà l'accesso al conto in criptovaluta una volta che le notizie saranno state verificate. Per fornirvi un ulteriore incentivo ed evitare che perdiate tempo, ho fissato una scadenza. Se non riuscirete a portare a termine il compito entro la data stabilita, il conto verrà congelato per sempre. Nessuno riceverà mai quei soldi. Spariranno.» Guardò la telecamera con espressione severa. «Come sapete, non sono uno che premia i fallimenti.» Lu sorrise. «Suppongo vi stiate chiedendo se la mia offerta sia autentica.»

Polk annuì. «Il pensiero mi è passato per la mente.»

«Il codice che avete inserito per avviare questo video è anche il numero del conto. Controllate.» Diede loro login e password. «Potete vedere il saldo corrente, ma non potete accedere ai fondi finché non saranno soddisfatte le condizioni previste.»

Con mano tremante, Jin premette il tasto PAUSE sul telecomando, congelando lo sguardo cadaverico di Lu. Aprì il sito web di CroesusCoin dal cellulare ed effettuò l'accesso. Il saldo era più di novecento milioni di dollari, proprio come aveva detto Lu. Ma le caselle in cui inserire le istruzioni per il bonifico erano bloccate, e c'era un orologio che scandiva un conto alla rovescia.

Avevano a disposizione solo poche settimane e poi il conto sarebbe stato bloccato per sempre.

Mostrò la pagina web a Polk, che se ne stava appoggiato alla spalliera della poltroncina a elaborare ciò che aveva visto.

«Non ci credo.»

«Credici» disse Jin. «Il mio ex patrigno non si sarebbe preso tanto disturbo per uno scherzo. Era crudele, ma non amava sprecare il suo tempo. Qualunque cosa ci stia proponendo, fa sul serio. Non ha altri eredi, quindi noi siamo i naturali destinatari del suo patrimonio.»

«Ma lui non ce lo sta regalando. Dobbiamo guadagnarcelo.»

«Sì. Ma sapendo quanto fosse intelligente e meticoloso, avrà pianificato questo 'compito' fin nei minimi particolari.

Come puoi vedere, le finanze per garantire una buona riuscita non gli mancano.»

Polk ci pensò su un momento. «Odio doverlo dire, ma ha ragione. Siamo entrambi vicini alla quarantina, le nostre carriere militari sono finite, e non abbiamo alcuna prospettiva di lavoro. Abbiamo attaccato il nostro carro a Lu Yang e abbiamo perso tutto: la casa di Canberra, la casa al mare a Bondi, le auto, persino il conto segreto in Brunei che credevamo intoccabile. Ora che lui è morto, non abbiamo neppure più quei contatti in Cina che potrebbero aiutarci. Un milione di dollari è una bella cifra, ma non è niente in confronto a un miliardo di dollari.»

«Per una somma del genere chiederà molto. Dobbiamo presumere che comporti pericoli e rischi.» Gli strinse la mano. «Dopo averti aspettato tanto, non voglio che ci succeda qualcosa adesso.»

Polk si strinse nelle spalle. «Se ci possiamo fidare di lui, possiamo portare a termine qualunque cosa ci chieda. E una volta fatto, avremo tutti i soldi che ci servono.»

Jin annuì. «Vero.»

«La domanda è: ci fidiamo di lui?» chiese Polk.

Jin ci rifletté un istante. «È un uomo duro, ma non ha mai ingannato né noi né mia madre. Ed è vero che non ci ha abbandonato. Avremmo dovuto scontare pene molto più lunghe. Penso che possiamo credere a quello che dice.»

«In passato abbiamo messo a repentaglio le nostre vite per lui per molto meno, e siamo ancora qui. Sappiamo cosa rischiamo, ma ora avremo le risorse per tutelarci.» Polk guardò Jin con espressione spavalda. «Vediamo cosa vuole.»

Jin premette PLAY sul telecomando.

Lu Yang si sporse in avanti verso la telecamera. «Sono felice che la pensiate come me. E ora, ecco cosa dovete fare.»

3

Abdul Tanjung non avrebbe voluto aspettare sulla barca mentre gli altri prendevano il controllo della petroliera, ma era l'ultimo arrivato in quella cellula del gruppo terroristico Indo Jihad, e così era rimasto lì per garantire che la barca fosse pronta per la fuga prima che arrivassero le forze di sicurezza. Ora che la *Dahar* si era fermata, non c'era molto da fare a parte accertarsi che nessun membro dell'equipaggio tentasse la fuga scendendo giù per la scaletta.

Tanjung aveva combattuto per lo Stato Islamico in Siria ed era tornato in Indonesia per dare il suo contributo alla creazione di un califfato nella sua terra d'origine. Grazie ai suoi contatti nell'ISIS non era stato difficile trovare compagni che la pensavano come lui a Giacarta. La loro prima missione sembrava avviata al successo e una seconda, pianificata a Bali, avrebbe convinto i loro nemici che lo strapotere degli odiati americani nel Sud-Est asiatico stava per finire.

L'affondamento di una petroliera kuwaitiana diretta negli Stati Uniti con la conseguente catastrofe ambientale avrebbe terrorizzato tutti i governi della regione. Incoraggiati dall'affondamento della petroliera e dall'operazione a Bali, altri jihadisti si sarebbero uniti alla causa, compiendo attentati clamorosi finché i regimi laici di quell'area non fossero crollati.

Tanjung ascoltava avidamente i rapporti che arrivavano attraverso il walkie-talkie ed esultava per ogni piccola vittoria.

«Abbiamo radunato tutto l'equipaggio» disse il comandante Kersen. «Li portiamo nella sala mensa. Tanjung, qual è la situazione?»

«Mantengo la posizione accanto alla nave. Nessuna attività.»

«Bene. Chiuderemo l'equipaggio in sala mensa mentre piazziamo le bombe. Quando avremo finito li porteremo giù da te.»

«Sì, signore.»

Avevano tre bombe che dovevano essere posizionate con attenzione per far affondare una nave di quelle dimensioni, e dovevano essere fatte esplodere prima che la guardia costiera o i militari arrivassero sul posto, dando per scontato che la *Dahar* avesse utilizzato il SSAS. Da quanto sapevano sui tempi di reazione dai precedenti dirottamenti effettuati in zona, avevano un'ora di tempo per evacuare la nave e tornare alla loro base sulla costa.

Ora che l'equipaggio era rinchiuso, Tanjung poteva rilassarsi. Posò il fucile d'assalto e si sedette sul ponte a godersi un meritato spuntino a base di polpettine di riso dolce che sua madre aveva preparato per lui e i suoi compagni. I dolcetti erano ricoperti di scaglie di noce di cocco e lui si pulì le dita sui pantaloni osservando una nave mercantile in lontananza dietro di loro.

Tanjung pensò che gli occhi gli stessero giocando un brutto scherzo perché la grossa nave da carico sembrava avanzare a una velocità incredibile. Ogni volta che distoglieva lo sguardo e poi tornava a guardarla, sembrava essersi avvicinata di molto.

Si strinse nelle spalle. Non aveva importanza. Una nave di quelle dimensioni non poteva fare più di undici nodi all'ora. Sarebbero stati già lontani con gli ostaggi prima che quella arrivasse da loro. Non che una nave mercantile potesse costituire una minaccia.

Terminato il suo spuntino, accartocciò il sacchetto e lo gettò fuoribordo.

Fu allora che il suo sguardo venne attirato da uno strano ribollio nell'acqua. Si alzò e andò alla falchetta.

L'acqua ribolliva a causa di qualcosa che stava risalendo verso la superficie, come se un mostro marino stesse emergendo dagli abissi.

Accanto alla barca, a pelo d'acqua, comparve un oggetto lungo e piatto. Poteva trattarsi di un rottame gettato in mare da una delle tante navi che solcavano lo stretto.

Tanjung notò che l'oggetto non era completamente piatto. Verso un'estremità c'era una cupoletta con delle finestrelle. Rimase sorpreso nel vedere due occhi che lo fissavano. Era un uomo anziano, con la pelle bianca e le guance rosse, e una frangetta di capelli rossi tutto intorno alla testa calva.

Per un attimo, Tanjung si chiese se qualcuno avesse drogato le sue polpette di riso. Ma il suo stato ipnotico si dissipò quando vide un portello aprirsi in fondo a quello che, ora lo capiva, era un sommergibile sbucato dal nulla. Una figura tutta vestita di nero col volto coperto da un passamontagna uscì dall'apertura come un demone e gli puntò addosso una pistola.

Tanjung si voltò per prendere il fucile d'assalto, ma era troppo tardi. Udì un sibilo e sentì un ago penetrargli nella schiena. Cercò di afferrare il dardo per estrarlo, ma in un secondo le sue ginocchia cedettero e lui crollò sul ponte.

Non perse conoscenza, ma si sentiva la testa confusa e gli sembrava di avere la bocca piena di bambagia.

L'uomo vestito di nero scavalcò la falchetta e gli si avvicinò, incombendo su di lui come un gigante. Si chinò, gli estrasse il dardo dalla schiena e lo girò.

L'intruso gettò in mare il fucile d'assalto prima di inginocchiarsi vicino a lui, e Tanjung vide due penetranti occhi azzurri che lo fissavano. L'uomo disse qualcosa in inglese, che Tanjung non capì.

«No parlare inglese» Tanjung si sentì rispondere, come se le parole provenissero da qualcun altro.

L'uomo passò all'arabo, in un dialetto che Tanjung riconobbe come saudita.

« Quanti dei vostri sono sulla *Dahar*? »

Tanjung cercò di resistere, di non rispondere, ma qualcosa lo spinse a rivelare quello che sapeva.

« Sette. »

« Non cercare di reagire » disse l'intruso. « Il farmaco che ti è stato iniettato non solo ti toglie le forze, ma agisce anche come una specie di siero della verità. Credimi, l'ho provato anch'io. Dimmi, qual è il vostro obiettivo? »

« Bombe. Tre bombe. Affonderemo la petroliera. »

« E il suo equipaggio. Sono ancora vivi? »

« Sì. In sala mensa. »

L'uomo si tolse il passamontagna scoprendo un bel viso abbronzato e capelli biondi cortissimi. Aveva occhi intelligenti e intensi, e comunicava una naturale autorevolezza.

Anche nel suo stato confusionale, Tanjung rimase sorpreso nel vedere l'uomo scoprirsi il volto.

« Chi sei? » chiese, biascicando le parole. Per qualche motivo si sentì in obbligo di aggiungere: « Io sono Tanjung ».

« Mi chiamo Juan Cabrillo e sto per togliere di mezzo i tuoi amici terroristi. Ti dirò, non che abbia qualche importanza. » Cabrillo sorrise come se si stesse divertendo a rivelare un segreto a lungo custodito. « Vedi, la droga che ora ti scorre nelle vene cancella anche i ricordi. Quando tra qualche ora tornerai in te, con un mal di testa atroce, non ricorderai nulla di me. »

4

Tre figure vestite con indumenti neri identici, giubbetti antiproiettile, occhiali scuri e passamontagna emersero dal sommergibile lasciandosi dietro il pilota, e salirono sulla barca insieme a Juan, impegnato a legare con delle fascette di plastica polsi e caviglie del terrorista stordito. Portavano tutti delle mitragliatrici MP5 a tracolla e pistole a dardi nelle fondine da fianco. L'unica cosa che li distingueva era che uno era di quindici centimetri più basso degli altri due.

«Sembra che il sedativo abbia funzionato come promesso» osservò il più piccolo con una voce acuta e femminile.

Juan rizzò la schiena e rispose: «Con questa roba potrei costringere il colonnello Sanders a rivelare la ricetta del pollo fritto, nella versione originale e in quella extra croccante. Tanjung mi ha detto che a bordo ci sono sette terroristi armati di AK-47. Usate i dardi solo finché possiamo contare sull'elemento sorpresa». Guardò l'orologio. «Ho la posizione delle bombe. Tanjung dice che ci restano circa quindici minuti per disattivare i timer. Ha detto anche che Kersen, il capo della cellula terroristica, ha un detonatore a distanza per sicurezza. A quanto pare, non si fidava di nessun altro e temeva che qualcuno potesse far saltare in aria la nave con lui a bordo. Lo riconoscerete dall'orecchio sinistro mancante.»

Con la lingua, Juan azionò il microfono molare inserito nella sua bocca. La ricetrasmittente gli permetteva non solo di usare la radio senza impegnare le mani, ma riproduceva il suono all'interno del cranio attraverso la conduzione ossea, il che significava che poteva sentire le comunicazioni anche in ambienti rumorosi.

«È libero il ponte?» Alzò lo sguardo, ma il piccolo quadricottero grigio che si librava sopra di loro era troppo in alto per essere visibile.

«Nessun movimento» fu la risposta.

«C'è qualcuno in plancia?» Se ci fossero stati dei terroristi in quel punto di osservazione elevato, avrebbero visto Juan e la sua squadra scavalcare il parapetto.

«Manovro per vedere meglio.» Una pausa. «È deserta.»

Juan si calò il passamontagna sul viso e indossò un paio di occhiali a realtà aumentata, quindi inserì le posizioni delle bombe. Mentre erano in viaggio verso la nave, avevano scaricato uno schema dettagliato della petroliera in modo che gli occhiali potessero guidarli attraverso i passaggi interni. Con la coda dell'occhio ora poteva vedere tutti i piani nave della *Dahar* ponte per ponte.

«Andiamo» disse Juan.

Precedette gli altri sulla scaletta posizionata dai terroristi. Juan sentiva che era suo dovere salire per primo a bordo della nave.

Erano tutti membri della Corporation, e Juan ne era il presidente, un titolo onorifico che molti dei suoi usavano quando si rivolgevano a lui. Tecnicamente erano dei mercenari, ma Juan odiava quel termine. I mercenari lavoravano per il miglior offerente, indipendentemente dalla causa o dai principi morali del committente.

La Corporation, invece, era una compagnia di contractor privati costituita da veterani delle forze armate statunitensi e da ex agenti della CIA. Possedevano straordinarie professionalità e lavoravano per il governo degli Stati Uniti quando era richiesta la massima segretezza e la possibilità di negare qualunque coinvolgimento da parte del governo. Una di queste missioni era stato un raid per sabotare un complesso farmaceutico siriano che produceva gas sarin, e lì avevano messo le mani su un piccolo lotto del sedativo che stavano usando ora. Accettavano incarichi anche da nazioni amiche o enti non governativi, ma solo se questo serviva gli interessi del loro paese.

Juan Cabrillo non era soltanto il presidente della Corporation, ma ne costituiva il cuore e l'anima. Ex agente della CIA, guidava l'organizzazione con vigore e intelligenza, apparentemente sempre un passo avanti rispetto ai suoi avversari. Aveva scelto con cura i suoi collaboratori, tutti figure di prim'ordine, e faceva affidamento su ogni membro della Corporation perché svolgesse al meglio il compito assegnato. A sua volta, era profondamente rispettato e stimato da tutti, e molti lo consideravano un vero amico.

La Corporation era unica per il fatto che la sua base operativa era una nave, l'*Oregon*. La nuova *Oregon*.

Dopo la tragica perdita della loro precedente nave, Juan e il resto dell'equipaggio erano impazienti di riprendere il mare per vedere di cosa sarebbe stata capace la nuova. Il primo viaggio avrebbe dovuto essere solo una prova per testare i motori e alcune delle altre innovazioni prima di tornare nel bacino di carenaggio in Malesia per completare l'allestimento. Ma le notizie di un imminente attacco nello stretto di Malacca l'avevano costretta a salpare prima che fosse stato completato l'allestimento. Ora l'*Oregon* stava compiendo la sua crociera inaugurale e alcuni membri dell'equipaggio non erano ancora a bordo.

Il piano dei terroristi era di piazzare gli esplosivi e scendere dalla nave con gli ostaggi ben prima che le autorità potessero arrivare. Ma la Indo Jihad non sapeva che il loro gruppo era stato infiltrato da una talpa della Corporation, e quindi non si aspettava che arrivasse qualcuno a rovinare la festa. La squadra di Juan era in inferiorità numerica, ma aveva dalla sua il fattore sorpresa.

Quando furono tutti sul ponte della petroliera, si divisero

in due coppie. Juan e Hali Kasim avrebbero puntato alla sala macchine mentre gli altri sarebbero andati a prua.

La prima coppia fece uno sprint verso una porta di accesso situata nella sovrastruttura di poppa.

«Come va?» chiese Juan mentre i due si appiattivano contro la paratia di acciaio.

Partecipare alle incursioni non era tra i compiti di Hali sull'*Oregon*. Di origini libanesi, Hali era il capo radiotelegrafista ed era stato lui a captare la segnalazione di emergenza inviata dalla *Dahar*. L'*Oregon* aveva una squadra di ex agenti delle forze speciali che in condizioni normali si sarebbero fatti carico di una missione del genere, ma erano tutti impegnati in un'altra operazione a Bali.

Ma tutti i membri della Corporation erano addestrati al combattimento, e Hali aveva già partecipato in passato a operazioni pericolose.

«Alla grande» rispose Hali. «Detto questo, sarei felice di tornare alla mia comoda poltrona operativa con un paio di cuffie in testa.»

«Tu seguimi e andrà tutto bene. Ricorda, non correre rischi.»

Juan aprì la porta e i due trovarono la scala più vicina. Con la pistola a dardi in pugno, Juan scese, davanti a Hali, seguendo la mappa visualizzata sugli occhiali.

Arrivati alla porta della sala macchine, Juan sentì un rumore sordo attraverso la paratia d'acciaio. Se non altro, i terroristi non avevano spento i grossi motori diesel quando avevano fermato la nave. Il rumore sarebbe servito a coprire il loro avvicinamento.

Juan guardò Hali e questi rispose annuendo, facendogli capire che era pronto a muoversi. Juan si accucciò e aprì piano la porta. Il rombo delle turbine lo investì.

La porta si trovava su una passerella da cui si dominava tutta la sala macchine, ma il groviglio di tubazioni, condutture e macchinari significava che non erano completamente visibili dal basso.

Come prima cosa avanzarono furtivi fino alla sala di controllo e Juan guardò attraverso la finestrella. Dentro non c'era nessuno.

Hali gli diede un colpetto sulla spalla e Juan si voltò. Vide due dei terroristi chini su qualcosa che stavano collegando all'enorme condotto del combustibile che alimentava i motori. Come aveva detto il terrorista sulla barca, il piano era quello di far saltare in aria la nave, scatenando un inferno di fuoco visibile da miglia di distanza.

I terroristi sette metri sotto di loro erano così presi dal loro compito che non alzarono mai lo sguardo. Juan fece un segno a Hali per fargli capire che si sarebbe occupato dell'uomo sulla destra mentre Hali avrebbe dovuto sparare a quello sulla sinistra.

Presero la mira attraverso la ringhiera della passerella. Juan fece fuoco. Il suo dardo colpì il terrorista alla nuca. L'uomo si voltò nello stesso istante in cui il dardo di Hali colpiva il suo compagno alla schiena. Nel giro di tre secondi crollarono entrambi a terra.

Avanzando cauti sulla passerella, Juan e Hali passarono in rassegna il resto della sala macchine. Non c'era nessun altro.

Scesero le scale e trovarono i due terroristi che borbottavano, rannicchiati sul pavimento. Secondo l'uomo sulla barca avrebbero dovuto esserci due squadre per piazzare le bombe nella sala macchine. Non poteva aver mentito, per cui o non aveva capito bene o non gli era stata detta la verità.

Mentre Hali ispezionava la bomba, Juan parlò con gli indonesiani.

«Dove sono i vostri compagni?» chiese, in arabo.

Entrambi risposero in un dialetto indonesiano. Juan parlava correntemente arabo, spagnolo e russo, ma l'indonesiano non rientrava tra le sue specialità. Tirò fuori un piccolo tablet su cui era stato caricato un software di traduzione, selezionò l'indonesiano e ripeté la domanda.

Il tablet sputò fuori la traduzione vocale. Dopo una pausa i due risposero, ma sul tablet comparve un messaggio di errore.

Lingua non riconosciuta.

Lo lesse a Hali, che non alzò neppure gli occhi dalla bomba.

«Dev'essere un dialetto particolare che il computer non riesce a tradurre.»

«Allora abbiamo un problema» disse Juan. «Supponendo che una bomba sia a prua, ne resta da trovare ancora una.» Guardò l'orologio. «E ci restano solo dieci minuti per farlo.»

Hali si alzò in piedi. «Io credo che abbiamo un problema più grande.»

«E sarebbe?»

«Non riesco a disattivare la bomba. È di un tipo sofisticato ed è completamente sigillata, quindi non esiste la possibilità di tagliare i cavi. E se cominciamo a digitare dei codici a caso nel tentativo di disattivarla, rischiamo di farla esplodere.»

Juan si chinò per osservare meglio l'ordigno. Dava l'idea di essere molto più complicato di una classica bomba a tubo, era racchiuso in un involucro trasparente di policarbonato ed era dotato di una piccola tastiera digitale. Non si vedeva alcun timer che indicasse il conto alla rovescia, solo un indicatore a barrette come l'indicatore di carica della batteria di un cellulare. Al momento ne restavano quattro su cinque.

«Possiamo spostarla?»

«Non sono un esperto di esplosivi, ma non vedo sensori di posizione al mercurio. Penso che si possa spostare, ma vorrei sentire un altro parere.»

«Arriverà presto. Tu resta qui finché non sappiamo se si può spostare. Io vado a cercare l'altra bomba.» Lanciò un'ultima occhiata all'ordigno e vide che ora le barrette lampeggianti erano diventate tre. «Se scende a una, esci da qui e fai salire l'equipaggio sulla scialuppa di salvataggio.»

Hali annuì, continuando a osservare la bomba con diffidenza. « Se proprio insisti. »

Mentre saliva di corsa le scale per uscire dalla sala macchine, Juan attivò il microfono molare. « Linda, abbiamo una situazione più complicata del previsto. »

Nessuna risposta.

« Linda, mi senti? »

Il silenzio nell'orecchio di Juan era inquietante, ma doveva mantenere la concentrazione e trovare la terza bomba. La squadra a prua della *Dahar* distava da lui l'equivalente di tre campi da football. Se erano nei guai, non c'era niente che potesse fare per aiutarli.

5

Non era che Linda non sentisse Juan. Era che non poteva dire una parola. Anche un solo respiro avrebbe potuto costare la vita a lei e a Eric Stone.

I due erano accovacciati dietro un'enorme tubazione, con la canna di un AK-47 puntata addosso. Il terrorista con il fucile non li aveva ancora visti, ma sarebbe bastato un movimento, un minimo rumore, perché si accorgesse che c'era qualcuno e premesse il grilletto.

Linda era la vicedirettrice delle operazioni della Corporation, una veterana della US Navy. Da quando si era unita all'equipaggio dell'*Oregon* aveva partecipato a più combattimenti di quanti ne avesse visti in tutti gli anni passati in marina, ma non le piaceva avere un fucile puntato addosso.

Al momento si trovava inginocchiata accanto a Eric nei pressi dell'unità di pompaggio più vicina a prua. Nessuno dei due aveva una soluzione di tiro sull'uomo, la cui attenzione era stata attirata dal rumore metallico di una catena dietro di loro. Era coperto da una serie di tubazioni che rendevano a dir poco incerto l'uso della pistola a dardi.

Il terrorista spazzò l'area con il fucile d'assalto e, quando si fu convinto che il rumore che aveva sentito non era niente di insolito, se ne tornò dentro il casotto dal suo compagno che stava piazzando la bomba su una delle valvole di sicurezza della tubazione principale.

Linda tirò un sospiro. «C'è mancato poco» disse a Eric con voce calma, acuta ma comunque autorevole. Si toccò il passamontagna. «Fortuna che indossiamo questi.»

Linda era famosa perché cambiava spesso colore di capelli in base all'umore. Al momento, erano tagliati corti e tinti di un verde brillante che al terrorista non sarebbe sfuggito se non avesse indossato il passamontagna.

«Ho intenzione di scrivere una lettera di fuoco al comandante della *Dahar* per dirgli che in futuro si accerti che l'equipaggio metta in sicurezza le attrezzature» disse Eric.

Anche Eric era stato un ufficiale della marina degli Stati Uniti e ora era il timoniere dell'*Oregon*. Di solito indossava camicie button-down e pantaloni cachi, non una tenuta da combattimento. Lui e il suo miglior amico, Mark Murphy, erano i cervelloni dell'equipaggio, per cui normalmente si occupavano di trovare soluzioni tecniche ai problemi che l'*Oregon* doveva affrontare, piuttosto che combattere terroristi armati.

Come Linda, però, aveva partecipato a un buon numero di azioni negli anni con la Corporation, e il Presidente si era accertato che restassero aggiornati sull'addestramento operativo e sull'uso delle armi mentre terminavano di costruire la nuova nave. Linda era felice di avere Eric al proprio fianco, non solo per la sua esperienza con le bombe ma anche perché aveva un marcato istinto tattico.

Adesso dovevano solo decidere come avvicinarsi ai terroristi senza essere visti.

Le unità di pompaggio erano alloggiate in un casotto che proteggeva le valvole dalle intemperie. Dalla struttura si diramavano in ogni direzione delle condutture che andavano ai grandi serbatoi di petrolio sotto di loro. L'esplosione di una bomba in quel punto avrebbe danneggiato una decina di tubazioni, incendiando il petrolio che le alimentava. Gli squarci nelle condutture avrebbero fatto arrivare l'ossigeno dell'aria a contatto con i vapori di petrolio nei serbatoi, dando origine a una gigantesca palla di fuoco. L'incendio sarebbe stato visibile dalle coste della Malesia su un lato dello stretto e da quelle dell'Indonesia sull'altro.

«Sono troppo piccola per arrampicarmi su quelle tubazioni» disse Linda.

«Potrei darti una spinta» rispose Eric. Non era un pezzo d'uomo, ma Linda era così minuscola che non aveva dubbi che ci sarebbe riuscito.

«Troppo esposti» ribatté lei.

«Fare il giro richiederebbe troppo tempo.»

«E allora ci passeremo sotto.» Linda indicò uno spazio vuoto tra le tubazioni e il ponte. Era angusto, ma potevano strisciare sulla pancia.

La voce di Juan si fece sentire di nuovo. «Linda, mi senti? Abbiamo neutralizzato due terroristi. Ne restano altri cinque.»

Linda azionò il microfono molare. «La sento, Presidente. Abbiamo due elementi ostili, qui. Stiamo per entrare in azione.»

«Buona caccia» rispose Juan. A bordo dell'*Oregon* non si usava dire 'buona fortuna'. Affidarsi alla fortuna era da pazzi. E anche se non guastava avere un pizzico di fortuna ogni tanto, Juan predicava sempre che la preparazione, l'addestramento, il lavoro di squadra e le capacità personali erano molto più importanti per la buona riuscita di una missione.

«Le faremo sapere quando avremo in mano la bomba, Presidente» disse Linda.

«Ricevuto.»

Linda ed Eric andarono verso il punto in cui il varco sotto le tubazioni era più ampio. Eric passò per primo mentre Linda faceva del proprio meglio per coprirlo con la sua MP5 negli spazi tra le condotte. Il casotto delle valvole si trovava a una decina di metri, e non si sarebbe arrischiata a sparare un dardo attraverso un'apertura così stretta.

Quando fu dall'altra parte, Eric fece una corsa e si accucciò accanto al casotto.

Linda si mise il mitra a tracolla e si sdraiò a pancia in giù, strisciando sotto la tubazione. Il suo naso fu assalito dall'inconfondibile odore di petrolio e grasso.

Era quasi uscita da sotto la tubazione quando vide uno dei terroristi svoltare l'angolo del casotto dietro Eric. L'uomo rimase così sorpreso di trovare qualcuno, lì, che non sparò e fu questo che salvò la vita a Eric.

Quando udì il rumore di passi, Eric si voltò e alzò l'MP5, pronto a fare fuoco, ma il terrorista glielo fece cadere di mano con il calcio del suo AK-47. Eric non gli permise di sollevare il fucile d'assalto. Si lanciò contro il terrorista e lo fece cadere a terra, dove cominciarono a lottare per il controllo dell'arma.

Linda non era ancora uscita da sotto la tubazione, e non poteva prendere il mitra. Così estrasse la pistola a dardi dalla fondina, ma Eric e il terrorista rotolavano da una parte e dall'altra, impedendole di trovare una soluzione di tiro.

In quel momento, il secondo terrorista fece il giro del casotto dall'altra parte. Doveva aver sentito il trambusto ed era venuto a vedere di cosa si trattava, senza portare con sé il fucile.

Ancora sdraiata a pancia in giù, Linda sparò un colpo con la pistola a dardi ma l'angolazione non era quella giusta e il dardo colpì il terrorista proprio nella cintura di cuoio.

L'uomo udì il rumore ma non si rese conto di essere stato colpito. Poi vide Linda strisciare fuori da sotto le tubazioni e si precipitò verso di lei. Lei balzò in piedi proprio nel momento in cui l'uomo arrivava e la inchiodava contro la conduttura.

Con un colpo le fece cadere la pistola di mano e le premette l'avambraccio contro la gola, impedendole di respirare. Il suo alito caldo sulla faccia di Linda puzzava di tabacco e curry. Linda cercò di spingere via il suo braccio, ma l'uomo era troppo forte per lei. Era solo questione di tempo e avrebbe perso i sensi.

Linda lasciò andare il braccio dell'uomo e fece correre la mano giù per la schiena finché arrivò alla cintura. Afferrò il dardo ancora infilzato nel cuoio e lo estrasse. Mentre le si annebbiava la vista, conficcò il dardo nel collo dell'uomo.

Quello spalancò gli occhi per la sorpresa e si strappò via il dardo, ma era troppo tardi. L'iniezione diretta nell'arteria rese l'effetto del farmaco quasi istantaneo. L'uomo cadde in ginocchio e crollò.

Linda fece un respiro profondo e alzò lo sguardo. Vide che il terrorista con cui Eric stava lottando era riuscito a rotolare via, e si trovava vicino al mitra. Mentre lo afferrava e si preparava a sparare, Linda prese la pistola a dardi caduta sul ponte e lo colpì alla schiena.

Il terrorista si girò di scatto e cercò di afferrare la cosa che lo aveva punto. Fissò Linda sorpreso, poi gli si rovesciarono gli occhi e cadde a terra.

Linda si avvicinò a Eric e gli tese una mano per aiutarlo ad alzarsi. Eric si stava massaggiando la nuca.

«Stai bene?» gli chiese.

«Mi ha colpito con il calcio del fucile, ma sopravvivrò.» Eric si guardò attorno e vide i due terroristi a terra. «Pare che tu li abbia stesi entrambi. Bel colpo.»

Lei rispose con un gran sorriso. «Non sapevi che Calamity Jane era mia nonna?»

«Quasi quasi ci credo.»

«Su, andiamo a dare un'occhiata a quella bomba.»

Entrarono nel casotto e trovarono la bomba piazzata subito sotto la valvola del condotto principale da cui si dipartivano le diverse tubazioni. Linda la illuminò con la torcia mentre Eric la esaminava. C'era un indicatore con due barrette che lampeggiavano.

Linda azionò il microfono molare. «Presidente, le nostre presenze ostili sono neutralizzate, e la bomba è proprio qui davanti a noi.»

«Ottimo lavoro. Cosa ne dite? Le bombe si possono spostare?»

Eric, anche lui in contatto con Juan, annuì. «Affermativo, Presidente. Non vedo circuiti né accelerometri che potrebbero venire attivati dal movimento.»

«Hai sentito, Hali?» disse Juan.

«Ricevuto» rispose Hali. «La porto subito su. Le gettiamo fuoribordo?»

«Io non lo farei» disse Eric, prendendo la bomba e rimettendola nello zaino in cui i terroristi l'avevano portata fin lì.

«Perché no?» chiese Juan.

«Potrebbe esplodere appena tocca l'acqua, e questo potrebbe provocare un bello squarcio nella nave. Magari la *Dahar* non affonderà, ma potrebbe sversare migliaia di galloni di petrolio prima che si riesca a contenere il danno.»

«Magari non affonderà?» chiese Linda.

Eric si strinse nelle spalle.

«Eric sta facendo spallucce?» chiese Juan.

«Sì.»

«Allora dobbiamo trovare la terza bomba e portarle tutte e tre il più possibile lontano da noi prima che esplodano.»

6

Max Hanley, il pilota del sommergibile dell'*Oregon*, uscì dal portello posteriore con un grugnito. Erano lontani i tempi in cui aveva prestato servizio su una Swift Boat nel delta del Mekong, in Vietnam, e l'esercizio fisico non era il suo forte, come dimostrava il ventre prominente che la dottoressa Huxley cercava invano di convincerlo a buttar giù. Tuttavia, Max si considerava ancora ragionevolmente in forma per un uomo della sua età, e il duplice ruolo di presidente della Corporation e direttore di macchina dell'*Oregon* lo teneva impegnato.

Ora che non si trovava più nel confortevole ambiente condizionato del *Gator*, l'umidità gli imperlava la fronte di sudore. Il sommergibile era uno dei due in dotazione all'*Oregon*. Mentre il sottomarino più grande, il *Nomad*, era stato pensato per immersioni profonde con una camera di compensazione e spazio per otto sommozzatori con l'equipaggiamento completo, il *Gator* era stato progettato per essere veloce e silenzioso. Era spinto da un potente motore diesel per navigare veloce in superficie e da un motore elettrico per operare sott'acqua e avvicinarsi di soppiatto alle navi, proprio come avevano fatto con i terroristi.

Max, che stava ascoltando sul canale di comunicazione, aveva sentito che la terza bomba non era ancora stata trovata.

«Sembra che tu sia in difficoltà, Juan» disse Max attraverso il microfono molare mentre assicurava il *Gator* alla barca dei terroristi. «Forse il nostro amico Tanjung, qui, può darci qualche informazione in più.»

«Dimmi che sei armato, Max.»

«Sei preoccupato per il vecchio?» ribatté Max scherzando. Lui e Juan erano molto amici e insieme avevano creato la Corporation, oltre ad aver progettato e costruito sia la vecchia *Oregon* che quella nuova.

«Sento un sacco di gemiti. Sembri un nonno che si sta alzando dalla sua poltrona preferita.»

Max si assicurò di non lasciarsi sfuggire altri grugniti mentre scavalcava la falchetta della barca.

«Non ti preoccupare. Ho con me una pistola a dardi, casomai si riprendesse. E se avessi voluto sentire delle battute sui rumori che faccio, avrei telefonato a una delle mie ex mogli. Ora, hai intenzione di aiutarmi a tradurre o no?»

Max si avvicinò a Tanjung, che si era assopito, e gli diede dei colpetti col piede finché quello non si mosse. Max aveva una radio portatile collegata al sistema di comunicazione e la avvicinò al viso di Tanjung.

«Parla, Juan.»

Juan parlò in arabo, e per un attimo parve che il giovane terrorista non volesse rispondere. Alla fine parlò come se avesse bevuto un'intera bottiglia di whisky.

«Cosa ha detto?» chiese Max.

«È convinto che quello che mi ha detto prima sia corretto» disse Juan.

«Si direbbe un novellino assunto per pilotare la barca. Forse è all'oscuro dei dettagli.»

«Possibile.»

Prima che potessero tentare con un'altra domanda, una voce diversa si inserì nella comunicazione. Era Gomez Adams, l'esperto di elicotteri e droni, e veterano del 160th Special Operations Aviation Regiment, l'unità dell'esercito americano nota come Nightstalkers, che trasportava gli uomini delle forze speciali sui luoghi di combattimento. Era tornato sull'*Oregon* per fornire loro una visuale dall'alto.

«Oh, Cristo, e *quelli* da dove sono sbucati?» Sembrava perplesso e irritato, il che era preoccupante in una persona con un'esperienza come la sua.

«Cosa c'è, Gomez?» chiese Juan.

«Vedo due uomini sul ponte. Stanno andando verso la scaletta che scende alla barca. Nel giro di dieci secondi saranno in grado di vedere oltre il parapetto. Max, mettiti al riparo. Subito!»

Max poteva anche essere in forma per la sua età, ma tornare all'interno del *Gator* avrebbe richiesto del tempo. La sua unica possibilità era quella di nascondersi nella minuscola timoniera della barca.

Si infilò sotto il tetto e sentì delle voci, da sopra. Ovviamente i terroristi pensavano di avere la nave tutta per loro perché non si preoccupavano che qualcuno potesse sentirli.

E poi si zittirono.

«Stanno guardando oltre il fianco della nave» disse Gomez. «Hanno visto il *Gator* e il loro uomo sulla barca.»

«Dove sei, Juan?» sussurrò Max.

«Sto salendo dalla sala pompe» rispose Juan. Max lo sentì ansimare mentre correva su per le scale.

«Adesso hanno estratto le armi, e uno sta scendendo la scaletta» spiegò Gomez.

«Fantastico» borbottò Max, estraendo la pistola a dardi dalla cintura. Quello che non aveva detto a Juan era che l'arma conteneva un solo dardo.

«Tanjung» chiamò a voce bassa l'uomo che stava scendendo la scaletta. «Tanjung.»

L'ultima cosa che Max voleva era che il terrorista scaricasse sulla barca il fucile d'assalto. La penultima, invece, era che l'uomo sparasse a casaccio al *Gator* riempiendolo di buchi.

«Gomez» disse Max. «Mi servirebbe una manovra diversiva.»

«Eccola che arriva» disse Gomez.

Un paio di secondi dopo, Max sentì avvicinarsi un rumore che sembrava quello di un calabrone inferocito. Il ronzio delle eliche del quadricottero avrebbe dovuto confondere il terrorista ed era esattamente ciò di cui aveva bisogno Max.

Il drone sfrecciò sopra di loro, seguito da un urlo di sorpresa.

«Credo di essere riuscito ad attirare la sua attenzione» disse Gomez.

Max sbirciò fuori e vide il terrorista sei, sette metri sopra di lui che puntava l'AK-47 cercando di mirare alla minaccia volante. Max puntò la pistola a dardi e sparò.

Il dardo colpì il terrorista alla schiena, e quello prese ad agitarsi per scacciare ciò che pensava fosse un calabrone che lo aveva punto. Un attimo dopo allentò la presa con cui si teneva al gradino e precipitò sulla coperta della barca.

Sapendo che l'uomo al parapetto non avrebbe impiegato molto a reagire a quegli strani eventi, Max scavalcò l'uomo caduto e raccolse il suo fucile. Lo puntò in alto giusto in tempo per vedere il terrorista sopra di lui svenire e cadere all'indietro.

Juan guardò giù oltre il parapetto e sorrise a Max.

«Vedo che ti sei reso utile» disse.

«E tutto in un'unica giornata di lavoro» rispose Max.

«Sono sette su otto. Manca all'appello ancora un terrorista. Dev'essere Kersen. E ha con sé il detonatore a distanza.»

Juan scomparve. Max lo sentì parlare in arabo all'uomo che aveva steso.

Dopo una pausa, Juan disse: «Non sa dove sia Kersen, ma dice che l'ultima bomba si trova dentro la stazione principale di pompaggio, non lontano da qui. Dovevano essere già dentro quando siamo saliti a bordo».

«Non per essere paranoico» disse Hali, «ma l'indicatore sulla mia bomba è appena arrivato a una barretta.»

«Anche la nostra» disse Eric. «In base al tempo trascorso da quando è scomparsa l'ultima, direi che ci restano tre minuti prima che esplodano.»

7

Hali si precipitò fuori dalla sovrastruttura della *Dahar* con uno zaino in mano e si fermò senza fiato davanti a Juan.

« Dove devo metterlo? » chiese.

Prima che Juan potesse rispondere, Gomez gridò: « Movimento sull'ala di plancia ».

Juan alzò lo sguardo e vide l'ultimo terrorista che li osservava dall'alto. La mutilazione sul lato sinistro della testa lo identificava come Kersen, il capo dei terroristi.

Quello che aveva il detonatore.

Era troppo lontano per usare la pistola a dardi. Juan afferrò il mitra che portava a tracolla nello stesso istante in cui Kersen faceva fuoco con il suo AK-47. Juan rotolò sul ponte, con i proiettili che rimbalzavano dietro di lui, si tirò su in ginocchio per prendere la mira, ma il terrorista era già sparito.

« Non è più in plancia » disse Gomez.

Juan fece uno scatto verso la sovrastruttura. « Scommetto che sta andando alla scialuppa di salvataggio a caduta libera. Appena sarà al sicuro, farà esplodere le bombe con il detonatore a distanza. » Se Kersen avesse voluto compiere una missione suicida, li avrebbe già fatti saltare in aria. « Hali, recupera l'ultima bomba nella stazione di pompaggio e assicurati che tutte e tre lascino la nave. »

« Sì, Presidente. »

Juan spalancò la porta e corse dentro, diretto verso le scale. I segnali d'emergenza indicavano il percorso verso la scialuppa di salvataggio a poppa.

Si lanciò attraverso la porta esterna e uscì sulla gruetta appena in tempo per vedere Kersen saltare dentro la scialuppa arancione e chiudere il portello dietro di sé.

Juan si fermò per puntare il mitra, ma quando sparò la scialuppa stava già accelerando lungo lo scivolo. I proiettili colpirono i finestrini di policarbonato ma si limitarono a incrinarli. Kersen lo fissò con occhi spenti e scomparve quando la scialuppa cadde in acqua.

Juan andò al parapetto e vide l'imbarcazione a forma di proiettile riemergere dopo il breve tuffo e cominciare ad allontanarsi. Poco distante c'era un mercantile fatiscente che costeggiava il litorale di un'isola indonesiana. Kersen non ebbe tempo di chiedersi da dove fosse spuntato.

Juan azionò il microfono molare. « *Oregon*, avete il permesso di sparare. Distruggete quella scialuppa. »

« Agli ordini, Presidente » fu la risposta.

Una copertura rotonda scivolò giù dalla cima della torre della gru di prua, scoprendo due minacciosi cannoni Gatling gemellati, un sistema di artiglieria e difesa missilistica chiamato Kashtan. I doppi cannoni rotanti dell'arma russa erano in grado di sparare munizioni esplosive al tungsteno da 30 mm a una velocità di diecimila colpi al minuto.

I cannoni del Kashtan presero vita e ruotarono per puntare alla scialuppa di salvataggio. Poi partirono dei traccianti luminosi subito seguiti da un torrente di fuoco che lacerò l'aria con il rumore di una gigantesca sega circolare. La scialuppa di salvataggio fu fatta a pezzi, insieme a Kersen e al suo detonatore. Nel giro di un secondo non rimase altro che uno scafo in fiamme.

« Via libera, *Oregon* » disse Juan, provando un brivido lungo la schiena nel guardare per la prima volta la sua nave in alto mare.

Juan osservò la nave con il suo aspetto da vecchia carretta, sapendo che era coperta da una speciale vernice mimetica metamateriale. Pur preparato a quanto stava per accadere, Juan rimase comunque sbalordito quando al rivestimento della *Oregon* fu inviato un impulso elettrico perché cambiasse aspetto. Rimase a guardare la nave arrugginita che si trasformava diventando una scintillante nave da carico blu scuro con una sovrastruttura bianca e un fumaiolo nero a poppa. Si trovava a meno di un miglio dal dritto di poppa della *Dahar*.

Juan non aveva mai osservato da lontano la nuova *Oregon* perché durante la costruzione era rimasta chiusa in un bacino di carenaggio coperto. Aveva aspettato a lungo quel momento e ora che poteva vederla da prua a poppa, provò un moto d'orgoglio.

La portarinfuse lunga 180 metri, progettata per trasportare ogni genere di carico in container, casse, scatole o barili, era dotata di quattro gru sul ponte. In ogni coppia di gru i bracci erano rivolti verso la torre opposta e fissati insieme come a formare la traversa di una H. Il Kashtan era collocato in cima alla torre della gru di prua. La copertura tornò al suo posto per nasconderlo. Vedendo la nave nessuno avrebbe mai immaginato che tra le molte sorprese nascoste dietro un'apparenza così ordinaria ci fosse una coppia di cannoni Gatling.

Un oggetto grande quanto una lavatrice si sollevò dal ponte a mezza nave. Schizzò in alto e volò verso la *Dahar*. Era il CAD, il drone da trasporto dell'*Oregon* dotato di otto motori, in grado di sollevare fino a cinquanta chili con la sua pinza retrattile.

Juan distolse lo sguardo dalla nave e andò verso la plancia.

«Aggiornami, Hali» disse.

«Gomez ha fatto decollare il CAD. Tutte e tre le bombe sono pronte per essere agganciate. Dovrebbe mancare un minuto all'esplosione.»

Juan arrivò in plancia nello stesso momento in cui il CAD calò sulla *Dahar*. Il drone si fermò sopra la prua e Juan lo vide abbassarsi finché Linda non riuscì ad agganciare lo zaino alla pinza del velivolo.

Non appena il carico fu assicurato, il drone schizzò in alto e volò fino al punto in cui si trovava Hali.

Rimase sospeso sopra Hali a pochi metri da Juan, con le pale che gemevano come spiriti dell'inferno. Hali agganciò il suo zaino alla pinza e indietreggiò.

« Vai, vai, vai » urlò.

« Subito » rispose Gomez.

Il CAD salì rapidissimo allontanandosi dall'*Oregon* e dalla *Dahar*.

Juan rimase a guardarlo mentre volava verso l'orizzonte e mentalmente fece il conto alla rovescia. Finalmente Gomez annunciò: « Mille metri di distanza ».

« Può bastare » disse Juan. « Sbarazzati delle bombe. »

« Bombe sganciate. »

Dal CAD si staccò un puntino nero che cadde sempre più veloce. Quando toccò la superficie del mare, ci fu un lampo, seguito da un enorme geyser d'acqua e, tre secondi dopo, da un tuono che scosse la nave.

Juan aveva perso di vista il drone. « Il CAD si è salvato dall'esplosione? » chiese.

« Tutti i sistemi funzionano alla perfezione » rispose Gomez. « Sta tornando indietro. »

Juan tirò un sospiro di sollievo. Dopo aver perso tutto durante la loro ultima operazione in Sud America, era felice di uscire da quella missione senza perdite, umane o di attrezzature.

Uscì sull'ala di plancia e guardò in basso verso il *Gator*. Hali stava già rientrando. Juan si voltò verso prua e fece un cenno a Linda e a Eric, che si trovavano a qualche centinaio di metri da lui.

« Linda, avete messo in sicurezza i prigionieri? »

« Non andranno da nessuna parte finché qualcuno non li slega » rispose Linda. « E abbiamo recuperato i dardi. »

« Bene. Allora tu ed Eric potete tornare sul *Gator*. »

« Subito. »

Juan avrebbe preferito radunare tutti i terroristi in un unico punto, ma trascinarli per una nave di quelle dimensioni, finché erano sedati, sarebbe stato un lavoro improbo, tanto più che l'elicottero della guardia costiera della Malesia sarebbe arrivato entro mezz'ora. Inoltre, prima di andarsene dovevano cancellare le registrazioni di tutte le telecamere a circuito chiuso. Le navi più recenti come quella ne avevano dappertutto.

«Il tempo vola» disse Max. «Non vorrei che ci trovassimo a dover rispondere a domande imbarazzanti tutti vestiti di nero come i cattivi.»

«Hai ragione» disse Juan, tornando in plancia per cancellare ogni traccia della loro visita. «Ma non possiamo lasciare l'equipaggio rinchiuso. Prima di andarcene, passerò dalla sala mensa e applicherò una microcarica al meccanismo di chiusura. La faremo esplodere quando ce ne andremo. Ottimo lavoro, gente. Quando torniamo sull'*Oregon*, margarita per tutti. Offro io.»

Quelle parole suscitarono un coro di entusiastiche esclamazioni.

«Andiamoci piano con i bagordi» disse Max. «Dobbiamo essere a Bali entro due giorni e domani abbiamo molto lavoro da fare per prepararci all'operazione.»

«Avete sentito il Comandante Guastafeste» disse Juan scherzando. «Un solo drink a testa.»

Questa volta ci fu un coro di proteste.

«Non ho detto di che misura deve essere il bicchiere.»

Altri applausi. A Juan non importava se l'indomani avrebbero sofferto per i postumi dell'alcol. Quella sera bisognava festeggiare.

L'*Oregon* era ufficialmente tornata in attività.

Quando il comandante Rahal e il suo equipaggio udirono l'esplosione all'esterno, capirono che non era avvenuta a bordo della nave. Troppo lontana. I più pensarono che fosse stato abbattuto un elicottero mandato a salvarli e questo non aiutò a risollevare il morale. Il rumore che l'aveva preceduta, simile al ronzio di un'enorme sega elettrica, non faceva che aumentare la loro perplessità.

Quindici minuti dopo l'esplosione, dalla maniglia della porta della mensa cominciò a levarsi del fumo. Indietreggiarono e rimasero sorpresi quando la porta si spalancò all'improvviso.

Rahal diede una sbirciatina in corridoio e lo trovò deserto. Sgusciò fuori. Nessuno lo bloccò.

Il primo ufficiale fu il secondo a uscire. Fissò stupito la serratura annerita. «Secondo te cos'è successo?»

Rahal ispezionò il pezzo di metallo fuso sul pavimento. «Non ne ho idea. Vieni con me. Tutti gli altri restino qui finché non riusciamo a capire cosa sta succedendo.»

Rahal e il primo ufficiale salirono verso la plancia, tesi ogni volta che svoltavano un angolo col timore di imbattersi nei terroristi.

Quando arrivarono alla plancia, però, la trovarono completamente deserta.

Il primo ufficiale fece un rapido controllo di tutti i sistemi. «Sono operativi. Motori, pompe e carico sono intatti, tutto funziona normalmente.»

«Dove sono finiti tutti?» si chiese Rahal a voce alta. «La loro barca è ancora qui?»

Il primo ufficiale uscì sull'ala di plancia e indicò verso il basso. «Comandante, guardi.»

Rahal lo raggiunse e vide un terrorista sdraiato sul ponte della nave e altri due sulla barca, tutti legati e immobili.

Tornarono dentro e controllarono le telecamere di bordo. Due uomini erano legati a una tubazione a prua, altri due giacevano proni con i polsi legati a una ringhiera nella sala macchine. La scialuppa di salvataggio era stata lanciata. I resti dello scafo in frantumi galleggiavano dietro la nave.

« Era quella l'esplosione che abbiamo sentito? » chiese il primo ufficiale.

Prima che Rahal potesse azzardare un'ipotesi, dalla radio arrivò una chiamata. La voce parlava in inglese americano.

« *Dahar*, qui è la *Norego*. Ci troviamo al vostro dritto di poppa. Siamo stati avvisati che potreste essere sotto attacco da parte di dirottatori. Possiamo fornirvi assistenza? »

Rahal si voltò e rimase sorpreso nel vedere una nave a un miglio di distanza. Era una portarinfuse grande poco più della metà della *Dahar*.

« *Norego*, vi riceviamo. Da dove venite? Il nostro radar vi dava a sedici miglia dietro di noi meno di un'ora fa. »

« Dev'essere stato un rilevamento errato. Eravamo a sole cinque miglia quando vi siete fermati. State tutti bene? Abbiamo visto la vostra scialuppa di salvataggio scendere e poi esplodere, e abbiamo rilevato un elicottero delle forze di sicurezza malesi in avvicinamento. »

Rahal, ancora frastornato per quello straordinario susseguirsi di eventi, disse: « Siamo stati attaccati da alcuni terroristi, ma sono stati tutti neutralizzati ».

« È un'ottima notizia. Sono sicuro che la vostra compagnia e le autorità malesi saranno impressionate da come avete reagito a questa emergenza. »

Rahal scambiò un'occhiata con il primo ufficiale. Entrambi sapevano che il merito di aver salvato la nave dalla distruzione certa avrebbe fruttato loro un bel bonus.

« Sì, sono sicuro che saranno felici che i dirottatori siano stati fermati » rispose Rahal.

« Beh, vi auguriamo una buona giornata. E state attenti. »

« Anche voi. »

Rahal posò la cornetta e osservò con espressione perplessa la nave da carico che li superava. Non sapeva come fosse potuto accadere quel miracolo, ma non riusciva a scrollarsi di dosso la sensazione che fossero stati salvati da un angelo custode.

8

Mar di Timor

In piedi sul ponte più alto della *Namaka*, una nave da ricerca statunitense lunga un centinaio di metri, Sylvia Chang si riparava gli occhi dal sole di metà mattina per concentrarsi sul drone marino che assomigliava a una moto d'acqua senza pilota. Si stava avvicinando alla sua nave da est, dove la *Empiric*, una nave da ricerca australiana di pari dimensioni, era ferma e pronta a registrare dati che avrebbero decretato il successo o il fallimento della sua invenzione.

Sylvia stringeva il parapetto con tanta forza che la mano stava diventando insensibile, e si sforzava di controllare il respiro. Poiché era il fisico a capo del progetto, la sua carriera dipendeva dal risultato di quell'esperimento. Il test avrebbe dimostrato se uno scudo al plasma avrebbe funzionato o meno in mare aperto.

Da quando l'*USS Cole* aveva rischiato di affondare in un porto yemenita per colpa di attentatori suicidi a bordo di un barchino carico di esplosivo, la marina americana era alla ricerca di un modo per proteggere le sue navi da attacchi con piccole imbarcazioni. Una volta che la tecnologia fosse stata perfezionata, avrebbe potuto essere utilizzata anche su navi civili per scongiurare tentavi di dirottamento. La segnalazione di un fallito attentato ai danni della petroliera *Dahar* solo due giorni prima nello stretto di Malacca aveva ulteriormente convinto Sylvia dell'urgente bisogno della sua invenzione, nome in codice Rhino, dalla pelle che proteggeva l'animale.

In teoria, l'idea era abbastanza semplice. Rhino utilizzava dei laser per proiettare uno scudo compatto di esplosioni di plasma, ognuna equivalente alla potenza di un petardo, davanti a una nave o a un drone in avvicinamento. Le imbarcazioni sarebbero state costrette a tornare indietro per evitare che il muro di fuoco ustionasse gravemente l'equipaggio, mentre i droni sarebbero stati neutralizzati dal calore in grado di danneggiare i loro componenti elettronici.

Per lo meno, questa era la teoria.

I test sulla terraferma avevano raggiunto gli obiettivi previsti, ma la prova più importante era in mare, su una nave, dove l'ambiente era meno controllabile. Se fosse riuscita a dimostrare che Rhino funzionava in una situazione reale, la Defence Advanced Research Projects Agency avrebbe finanziato il suo progetto per i cinque anni successivi. In caso contrario, Sylvia avrebbe corso il rischio di un clamoroso fallimento prima dei trent'anni.

Poiché la DSTA, la Defence Science and Technology Agency, e la sua omologa australiana, la DARPA, avevano competenze tecniche su elementi importanti del progetto, Sylvia aveva unito le sue forze alle loro. Le due agenzie avevano suggerito di condurre il test in mare aperto, duecento miglia a ovest di Darwin, lontano da tutte le principali rotte marittime. La posizione isolata a sud dell'Indonesia significava che avrebbero potuto condurre i loro esperimenti lontano da occhi indiscreti.

Spostò lo sguardo sulla *Empiric*, prese la radio che portava agganciata in cintura, e premette il pulsante TALK. «Mark, sei pronto?»

«Crocodile Dundee va in giro col coltello?»

Sylvia alzò gli occhi al cielo, immaginando Mark Murphy come lo aveva visto quella mattina: stravaccato sulla sua poltroncina davanti al terminale di un computer, con una Red Bull in mano e indosso una maglietta nera con la scritta:

E NONOSTANTE L'ESPRESSIONE SULLA MIA FACCIA TU CONTINUI A PARLARE.

«Sono sicura che gli australiani apprezzano il tuo senso dello humor» disse lei.

«Qui dicono tutti: 'Murphy sarà uno *yobbo*, ma non è un *drongo*'. Non ho ancora appurato cosa significano queste parole, ma suppongo sia un complimento.»

Nonostante fosse poco più che ventenne, con i suoi innumerevoli dottorati di ricerca Murph era di gran lunga la persona più brillante a bordo dell'*Empiric*, per cui Sylvia non aveva dubbi che la frase significasse che era odioso ma non uno stupido. Era anche certa che nessuno avesse detto una cosa del genere.

Murph era in prestito alla DARPA. Il suo vero lavoro era un altro. Nonostante avesse cercato di scoprirlo con mille domande, non era riuscita a cavargli molto sulla natura del suo vero lavoro, ma sapeva che la sua precedente esperienza era stata creare armi per l'esercito americano. Aveva chiesto espressamente lui per quel progetto perché la sua creatività e le sue capacità di analisi erano straordinarie. Prima di accettare di fare da consulente per quel progetto, Murph aveva posto una sola condizione, e cioè che la DARPA in seguito fornisse la nuova tecnologia all'organizzazione per cui lavorava. Dopo aver contrattato un po', era entrato nel progetto Rhino e il suo contributo si era dimostrato inestimabile.

«Cominciamo il test» disse Sylvia.

«Il capo sei tu» ribatté Murph.

Sylvia si voltò verso la sua assistente, Kelly, e ordinò: «Accendete i laser».

Kelly ripeté l'ordine nella radio e disse: «I laser sono pronti, e i sensori automatici attivati».

«Bene.» Sylvia tornò a parlare con Murph. «Fa' partire il drone.»

«Eccolo che arriva.» Il drone, che stava lentamente girando

in tondo, all'improvviso si lanciò verso di loro. «Non ti preoccupare, Sylvia. Ho controllato i tuoi calcoli. Funzionerà.»

«Grazie, Mark. Sei un tesoro.»

«Ehi, rovinerai la mia reputazione di *yobbo*.»

«Scusa.»

Quello era il momento della verità. Il cuore di Sylvia batteva all'impazzata. Prese il tablet che portava appeso alla spalla e vide che tutti i valori di Rhino erano normali. Non c'era altro che potesse fare se non aspettare e sperare.

Quando il drone fu entro il limite dei trecento metri, udì il ronzio dei laser che si caricavano in previsione di un attacco. Quando raggiunse il limite dei duecento metri, i laser presero vita.

Aveva già visto Rhino in azione, ovviamente, ma vederlo dal vivo la lasciava sempre senza fiato. L'aria intorno al drone si illuminò di migliaia di minuscole bolle fiammeggianti, rifrangendo la luce solare in un'abbagliante gamma di colori.

Quando attraversò lo scudo al plasma, il drone si spense all'istante e andò a fermarsi a un centinaio di metri di distanza, bruciacchiato dall'esposizione alle temperature roventi dello scudo. Se fosse stato carico di esplosivo per un vero attacco terroristico, da quella distanza l'esplosione avrebbe causato alla nave forse solo danni irrilevanti.

«Sylvia» chiamò Murph alla radio, «ce l'hai fatta. Il feedback che abbiamo ricevuto dal drone prima che i componenti elettronici cessassero di funzionare è esattamente quello che ci aspettavamo. Se ci fosse stato qualcuno a bordo di quel drone, si sarebbe sentito arrostire e sarebbe tornato immediatamente indietro.»

Kelly alzò il pugno in aria e abbracciò Sylvia.

Sylvia premette il tasto TALK nello stesso momento in cui parlava nell'interfono della *Namaka*. «Ottimo lavoro, gente. Abbiamo fatto un grande passo avanti. Sono molto orgogliosa del duro lavoro che avete fatto e vi ringrazio. Adesso portiamo dentro il drone e prepariamoci al prossimo test.»

La *Namaka* virò e si avvicinò al drone per recuperarlo.

Kelly ricevette una chiamata sulla radio e disse: « Sylvia, temo che dovremo aspettare prima di poter condurre il prossimo test ».

« Perché? »

« Sta passando una nave sconosciuta. »

« Qui? »

Kelly indicò il nord, dove una nave stava passando a due miglia di distanza. Sylvia tirò fuori il binocolo, aspettandosi un mercantile o una nave da crociera.

Invece, vide una strana imbarcazione con tre scafi. Un trimarano appena più piccolo della *Namaka.* E si stava dirigendo verso di loro a velocità elevata.

« Chi sono? »

« Il comandante dice che non rispondono alle sue chiamate » disse Kelly.

All'improvviso il trimarano virò e rallentò, fermandosi quasi.

« Che strano » disse Sylvia. « Cosa sta facendo, adesso? »

Kelly si strinse nelle spalle. « Magari è lo yacht di un miliardario. Quella è gente bizzarra. »

Un lampo rosso vivo da mezzanave attirò l'attenzione di Sylvia. Pareva lo sparo di un cannone. La *Namaka* fu colpita da un'esplosione che squarciò il ponte, incendiandolo. Non poteva essere un cannone. Nessun proiettile avrebbe potuto colpirli così rapidamente da due miglia di distanza.

Sylvia era una scienziata, ma il panico ebbe il sopravvento su ogni considerazione logica.

« Dobbiamo abbandonare subito la nave » disse a Kelly che, in preda al terrore, la ignorò e corse alla porta più vicina, scomparendo nella presunta sicurezza dell'interno.

In quel momento il trimarano sparò di nuovo.

Sylvia abbassò la testa mentre il colpo dell'arma sconosciuta impattava proprio accanto a lei, facendo saltare in aria la porta dietro la quale Kelly si era appena rifugiata.

La forza dell'esplosione scagliò Sylvia oltre il parapetto. L'ultimo pensiero che le passò per la mente prima di precipitare in acqua fu che i suoi vestiti erano in fiamme.

9

Bali, Indonesia

Raven Malloy non riusciva a vedere fuori dal vano di carico del furgone che era privo di finestrini ma, considerato da quanto tempo stavano viaggiando, sapeva che i terroristi della Indo Jihad non erano diretti al centro congressi di Denpasar dove si teneva il vertice dell'Asia meridionale. Nonostante si fosse infiltrata nel gruppo, non era riuscita a scoprire quale sarebbe stato il vero obiettivo dell'attentato di quel giorno.

La Indo Jihad operava in cellule, e questo significava che lei aveva conosciuto soltanto i cinque uomini a bordo del furgone, ma sapeva che i membri del gruppo erano molti di più. Anche se la sua cellula fosse stata fermata, l'attacco sarebbe comunque proseguito. La sua missione era scoprire i loro piani.

«Pensavo avremmo ucciso degli infedeli» disse, con il suo arabo fluente guardandosi attorno. L'unico oggetto con loro era uno zaino, e quando vi aveva posato una mano sopra salendo aveva sentito solo cose morbide, forse indumenti. Non avevano armi.

«Infatti è così» rispose il capo dei terroristi, Sinduk, che si faceva chiamare con il solo nome di battesimo.

«Ma non al vertice economico?» Nonostante il caldo, Raven indossava un costoso tailleur pantalone e un velo, come le era stato ordinato per non sembrare fuori posto all'evento formale. Tutti gli uomini a bordo del furgone indossavano completi.

« È lì che pensano che attaccheremo, ed è esattamente per questo che abbiamo scelto un obiettivo più adatto. »

« E sarebbe? »

Invece di rispondere, Sinduk la scrutò in silenzio. Alla fine, le disse: « Secondo te cosa è successo ai nostri fratelli che sono stati catturati mentre cercavano di impossessarsi della *Dahar*? »

Raven rispose senza esitazioni. « Come faccio a saperlo? »

Ma sapeva esattamente cosa era successo. Era stata lei a informare l'*Oregon* dell'assalto imminente. Nei suoi contatti con il gruppo, si era imbattuta in un sms in cui venivano menzionati la *Dahar* e lo stretto di Malacca. L'*Oregon* era riuscita a salpare e a intercettare la petroliera appena in tempo per sventare l'attacco.

« Io penso che qualche elemento nuovo del nostro gruppo sia stato negligente o che ci abbia tradito » disse Sinduk.

I due uomini ai lati di Sinduk la fissavano, impassibili.

« E pensi che sia stata io? » rispose Raven.

« No, niente affatto. In realtà crediamo sia stato il pilota della barca. Un uomo di nome Tanjung. In seguito abbiamo scoperto che le credenziali in cui affermava di aver combattuto per l'ISIS in Siria erano false. »

Quelle erano informazioni false piazzate dalla CIA dopo che i terroristi erano stati catturati. L'intento era quello di addossare la colpa a qualcuno che non fosse Raven, e doveva aver funzionato. Prima di entrare a far parte della Corporation, Raven era stata un'investigatrice della polizia militare dell'esercito statunitense, e poi si era specializzata nella protezione di personalità di rilievo. Era una nativa americana, e la sua carnagione bruno-rossastra e i capelli nerissimi facevano sì che venisse regolarmente scambiata per indiana, araba o latina, permettendole di assumere ruoli diversi durante le missioni. Per l'attuale operazione, la sua copertura era quella di una jihadista originaria dell'Arabia Saudita che ora viveva a Giacarta. Le sue credenziali erano ineccepibili.

Tuttavia, Sinduk era diffidente nei suoi confronti.

« Sospetti ancora di me? » chiese Raven. « Anche dopo tutti i soldi che ho fatto arrivare per la causa? »

« Sono una persona prudente. »

Raven si irrigidì, pronta a battersi se necessario. In caso di emergenza ci sarebbe voluto del tempo prima che la sua squadra la liberasse.

« Siamo due auto dietro di voi » disse una voce mielosa e strascicata con un forte accento della Louisiana. Era Marion MacDougal, « MacD » Lawless, che la ascoltava attraverso il microfono molare. « Sappi che il traffico per tornare verso la capitale si muove più lento di una parata del Mardi Gras. Se è una finta, ci vorrà un'ora per tornare al centro congressi. »

« Allora perché mi portate con voi? » chiese Raven a Sinduk.

« Perché voglio che dimostri quanto vali. Devi dimostrarmi che hai davvero a cuore la nostra causa. »

« Come? »

Non poteva essere un attentato suicida. Se nello zaino ci fosse stata una bomba, l'avrebbe sentita.

« Gli americani hanno mandato due senatori al summit. Di sicuro, quelli sono il tipo di obiettivi pregiati che anche negli Stati Uniti potrebbero attirare l'attenzione. »

« Ma siamo tutt'altro che vicini al centro congressi » obiettò Raven.

« Le misure di sicurezza intorno a Denpasar sono impenetrabili. Ci fermerebbero ancora prima di arrivare a un chilometro dall'albergo in cui si svolge la conferenza. »

« Ma tu vuoi che l'attacco avvenga mentre loro sono lì. »

« Deve avvenire mentre sono lì. Gli americani sono arroganti. Pensano di essere invulnerabili. Ma noi gli faremo vedere che non sono al sicuro da nessuna parte. »

Sinduk prese lo zaino e lo aprì. Tirò fuori degli indumenti e li lanciò a Raven.

« Indosserai questo » disse.

Lei alzò due piccoli pezzi di stoffa. Era un bikini blu e verde.

«Tu stai scherzando» disse.

«Sei alta, ma dovrebbe andarti bene. Devi confonderti con i turisti. Non ti preoccupare, ho anche un pareo.» Le porse un sottile pezzo di stoffa.

Gli altri uomini cominciarono a spogliarsi, rivelando canottiere colorate e calzoncini da bagno. Raven capì che avevano indossato i completi per ingannarla.

«Non ti preoccupare» aggiunse Sinduk, scambiando il disagio di lei per timidezza. «Non dovrai cambiarti davanti a noi.»

Quello che preoccupava Raven, però, era non essere più in grado di comunicare con la sua squadra una volta indossato il bikini, perché il ricetrasmettitore per il microfono molare era sapientemente nascosto nei vestiti.

Il furgone svoltò e rallentò come se si stessero avvicinando alla loro destinazione.

Nello stesso istante, sentì MacD dire nell'orecchio: «Che cavolo...? Cos'hanno in mente di fare?»

Il furgone si fermò. Sinduk aprì il portellone scorrevole e improvvisamente Raven capì perché MacD era confuso.

Si erano fermati in un grande parcheggio ricavato lungo una scogliera a picco sul mare. Sopra l'affollato padiglione di ingresso campeggiava una grande scritta: «Benvenuti a Ocean Land». Su entrambi i lati si estendeva una fila di siepi alte oltre le quali svettavano degli acquascivoli.

«Un parco acquatico?» disse.

«Il più nuovo e il più grande di tutta Bali» rispose Sinduk. «Molto popolare tra gli stranieri.»

«Qual è il piano?» Raven notò che il padiglione d'ingresso era dotato di metal detector e c'erano guardie che controllavano le borse. «Non possiamo portare dentro delle armi.»

«È per questo che siamo organizzati in cellule indipendenti, così nessuno sa abbastanza da costituire un problema. All'interno ci saranno delle armi ad aspettarci, insieme ad altri uomini. E comunque» aggiunse con tono minaccioso, «abbiamo un piano di riserva.»

Per un istante si voltò a guardare il canale che li separava da un'isola vicina coperta di vegetazione rigogliosa, ma Raven vide solo una barca da pesca che tirava su il pescato del mattino.

«Qual è il mio ruolo?»

Sinduk le porse un piccolo coltello di ceramica. «Dovresti riuscire a farlo passare attraverso il metal detector senza problemi.»

«E cosa dovrei farci, con questo?»

«Mentre il vertice è in corso, i coniugi dei senatori americani si stanno godendo una giornata libera con i figli» disse Sinduk, osservandola attentamente. «Per dimostrare che sei davvero una di noi, userai quel coltello per uccidere uno di loro.»

10

Mar di Timor

Sylvia Chang aveva i vestiti a brandelli, ma aveva riportato solo lievi ustioni. Aggrappata al drone sperimentale che stavano per recuperare prima dell'attacco, non poté fare altro che restare a guardare inorridita la *Namaka* che veniva fatta a pezzi. Non riusciva a immaginare una ragione per cui la loro imbarcazione era stata presa di mira, ma riconobbe il tipo di arma che il trimarano stava usando per distruggere la nave da ricerca americana. Per quanto stupefacente, c'era un'unica spiegazione possibile: doveva trattarsi di un cannone al plasma.

Grazie ai suoi studi sullo scudo al plasma, aveva molta familiarità con il concetto, ma non aveva idea che qualcuno avesse fatto simili progressi. In qualunque altro contesto, la scoperta sarebbe stata elettrizzante. Adesso era semplicemente terrificante.

Certo, aveva sentito parlare degli esperimenti per il progetto MARAUDER condotti nell'ambito della Strategic Defense Initiative ai laboratori Lawrence Livermore negli anni Novanta. L'acronimo MARAUDER stava per Magnetically Accelerated Ring to Achieve Ultrahigh Directed Energy and Radiation, e l'idea era quella di costringere gas ionizzato a temperature elevatissime ad assumere la forma di un anello e spararlo a velocità impressionanti. Secondo alcune stime avrebbe potuto raggiungere i tremila chilometri al secondo.

Nelle fasi iniziali il progetto era stato un successo, e questo aveva fatto sì che MARAUDER venisse dichiarato segreto militare. Nonostante fosse autorizzata ad accedere a documenti top secret, Sylvia non era riuscita a trovare ulteriori riferimenti a un'arma al plasma in condizioni operative, quindi si era convinta che la fase successiva fosse stata un fallimento e che il progetto fosse stato abbandonato.

Lì, però, c'era la prova che un cannone al plasma era non solo realizzabile ma anche devastante nella sua efficacia. In pochi minuti la *Namaka* era stata ridotta a una carcassa in fiamme e stava affondando di poppa. In poco tempo sarebbe stata inghiottita dall'oceano.

Stranamente, l'altra nave da ricerca, l'*Empiric*, era stata quasi del tutto risparmiata. Solo i suoi alberi erano stati fusi, impedendo qualsiasi comunicazione via radio o satellite.

Ciò che era ancora più strano era l'utilizzo di un'arma diversa da parte del trimarano. Aveva lanciato un razzo che era esploso direttamente sopra l'*Empiric*, disperdendo una nebbia sottile che si era posata sulla nave. Dopodiché, l'*Empiric* non era più stata disturbata dal trimarano, ma non aveva fatto alcun tentativo di scappare. Sylvia non vedeva alcuna attività sul ponte. La nave da ricerca australiana sembrava andare alla deriva come una nave fantasma.

Sylvia dovette abbandonare l'idea di salire sul drone per tirarsi su dall'acqua quando il trimarano sconosciuto, invece di allontanarsi, si avvicinò a lei e alla *Namaka* che stava affondando. Sylvia rimase a guardare, nascosta dietro il drone.

Il trimarano rallentò fino a fermarsi a una decina di metri da lei, quasi volesse godersi lo spettacolo della prua della *Namaka* che scompariva sotto la superficie.

Sylvia cercò delle insegne, ma la nave non aveva il nome scritto sullo scafo né alcuna bandiera esposta. L'unico elemento distintivo che notò fu quando comparvero quattro uomini che trasportavano con cautela una grande cassa di metallo contrassegnata da un logo. Era composto da una A e una B bianche sovrapposte elegantemente l'una sull'altra sopra il disegno di una stella. Gli uomini sembravano intimoriti dal suo contenuto.

Non avrebbe saputo dire da che paese venissero. Due stavano conversando e lei capì subito che parlavano mandarino. Sua madre aveva origini irlandesi, ma suo padre proveniva da Shanghai. Sylvia era nata e cresciuta nel Nord della California, e capiva qualche parola di cinese grazie a suo padre, ma la lingua era comunque inconfondibile.

Gli uomini stavano guardando oltre il parapetto, come a controllare la superficie dell'acqua. Poi uno di loro indicò e gridò qualcosa prima di sparare con un fucile d'assalto.

Una donna asiatica sulla trentina si precipitò fuori sul ponte e ordinò all'uomo di smettere di sparare. Un uomo bianco più o meno della stessa età le corse dietro.

«Cos'è successo?» chiese con accento australiano mentre il cinese sgattaiolava via mortificato.

La donna passò all'inglese. «La sentinella pensava di aver visto un sopravvissuto e gli stava sparando. Gli ho detto che dobbiamo farlo sembrare un incidente.»

«Era una persona?»

«No, grazie al cielo. Solo un rottame. Nessuno ha avvistato sopravvissuti. Pare proprio che il cannone abbia fatto il suo lavoro.»

L'uomo bianco guardò verso l'*Empiric*. «E quella nave?»

«Pare che l'Enervum funzioni proprio come pensavamo, ma ce ne accerteremo prima di andarcene. Non potevano immaginare che il vero esperimento, oggi, fosse il nostro.» Rise per la battuta, e questo disgustò Sylvia, ricordandole Kelly e tutti gli altri che erano morti a bordo della *Namaka*. La sua mente le rimandò un'immagine di Mark Murphy sull'*Empiric*, e si tormentò pensando a cosa poteva essergli successo.

L'uomo sul trimarano perlustrò lo specchio d'acqua e si fermò a scrutare il drone. Sylvia si abbassò per nascondersi.

«Che c'è?» chiese la donna.

« Quel drone. Penso che dovremmo affondarlo. » Sylvia sentì scattare l'otturatore di un fucile d'assalto. Si preparò a immergersi, ma non vide altro dietro cui nascondersi una volta che fosse riemersa in superficie.

« No. Deve sembrare un incidente, ricordi? Lascialo stare. Renderà ancor più misterioso quanto è successo qui. »

Qualche istante dopo, i motori del trimarano si accesero e l'imbarcazione si diresse verso l'*Empiric*, che si trovava a un miglio di distanza. Sylvia vide diverse persone salire a bordo della nave australiana, ma non vi rimasero a lungo. Dopo qualche minuto tornarono sul trimarano che si allontanò in direzione di Darwin.

Il fatto che avessero lasciato intatta l'*Empiric* provocò in Sylvia un brutto presentimento. Ma era felice che fosse ancora lì, visto che era l'unica nave visibile all'orizzonte.

Sylvia si staccò dal drone e cominciò la lunga nuotata verso l'*Empiric*, terrorizzata all'idea di ciò che vi avrebbe trovato.

11

Bali

Eddie Seng, direttore delle operazioni a terra della Corporation ed ex agente della CIA come Juan, osservava dal sedile di guida il furgone al cui interno si trovava Raven, a un centinaio di metri da lui. Dal punto in cui era parcheggiato il SUV, Eddie vide Sinduk e i quattro uomini che erano con lui passeggiare intorno al furgone in attesa che lei si cambiasse.

«Cosa dici, li prendiamo adesso?» sussurrò Raven.

«No» rispose Eddie. «Visto che non sono armati, devono essercene altri dentro con bombe o armi. Ho contattato il Dipartimento di Stato ma le famiglie dei senatori non hanno guardie del corpo dentro il parco, solo una guardia a bordo dell'auto che li ha portati qui. Tutta l'attenzione è rivolta al centro congressi. Se diamo l'allarme adesso, un'evacuazione potrebbe indurre una delle altre cellule di Sinduk a passare immediatamente all'azione.»

«Allora, qual è il piano?»

«MacD è già entrato. Non ti perderà di vista. Linc e io ti seguiremo dentro.»

Sinduk bussò sul portello del furgone e gridò qualcosa.

Raven abbassò ancor di più la voce. «Devo andare.»

«Uno di noi ti terrà d'occhio per tutto il tempo. Tieniti pronta a tutto.»

«Ricevuto.»

Il portello del furgone si aprì e Raven scese indossando il bikini, il pareo legato intorno alla vita e un paio di infradito.

I terroristi contemplarono senza ritegno la sua figura alta e snella.

Raven disse qualcosa in arabo e Eddie vide un paio di loro arretrare. Probabilmente li aveva avvertiti di cosa avrebbe potuto fare con il coltello che le avevano consegnato.

Mentre i sei si avviavano verso il parco, Franklin «Linc» Lincoln si materializzò al finestrino del SUV. Come Eddie, indossava jeans e T-shirt, che non sarebbero serviti a mimetizzarsi, ma non avevano altro a bordo per cambiarsi. L'abbigliamento era l'unica cosa che accomunava i due amici. Eddie, cresciuto nella Chinatown di New York, era magro e muscoloso grazie alla pratica delle arti marziali in cui ultimamente si allenava con Raven. Linc, invece, pareva il cugino più muscoloso di Dwayne «The Rock» Johnson, e veniva dal centro di Detroit. La Corporation aveva messo gli occhi su di lui per i suoi leggendari exploit di cecchino nei Navy SEAL.

Linc porse all'altro due braccialetti con un gran sorriso.

«E questi dove li hai presi?» chiese Eddie scendendo dal SUV.

«Un paio di adolescenti hanno deciso di guadagnare qualcosina in fretta rivendendomeli al doppio del prezzo» rispose Linc. «Così non dobbiamo fare la coda.»

«Sei pieno di buone idee.»

«E tu sei riuscito a metterti in contatto con le famiglie dei senatori?»

Eddie scosse la testa. «Hanno lasciato i cellulari negli armadietti. Comprensibile, in un parco acquatico.»

Secondo le informazioni in loro possesso, al vertice partecipavano il senatore Gunther Schmidt dell'Iowa e la senatrice Maria Muñoz della Florida. Emily Schmidt e il figlio adolescente Kyle si stavano godendo la giornata libera all'Ocean Land in compagnia di Oliver Muñoz e della figlia quindicenne, Elena.

«Come facciamo a trovarli? Il parco è grande.»

«Lasciamo che Sinduk ci conduca da loro.»

Si avviarono verso l'ingresso insieme a una famiglia in modo da non dare nell'occhio. Sinduk e i suoi uomini continuavano a guardarsi attorno, ma Eddie e Linc stavano attenti a non fissare il loro obiettivo. I terroristi accompagnarono Raven attraverso il controllo delle borse e i metal detector senza incidenti.

Prima di passare il controllo di sicurezza con Linc, Eddie lanciò una rapida occhiata in direzione del mare. Vide soltanto una barca da pesca, ma sapeva che l'*Oregon* si teneva nascosta dietro l'isola, e questo lo rassicurava. Non aveva più visto la nave dopo il sopralluogo al bacino di carenaggio, quando era ancora in costruzione, quindi non ne aveva mai avuto una visione d'insieme. Non vedeva l'ora di portare a termine quella missione e di conoscere adeguatamente la sua nuova casa.

Prima, però, la sua squadra doveva sopravvivere al resto del pomeriggio, e doveva farlo disarmata.

Lui e Linc fecero passare i braccialetti sotto lo scanner ed entrarono nel parco, restando almeno dieci metri dietro Raven e Sinduk. MacD non si vedeva da nessuna parte.

«MacD, ci sei?» disse Eddie nel microfono molare.

«Vedo sia voi che Raven» rispose MacD. «Fatemi solo sapere quando devo muovermi.»

«Sicuro.»

Il viale principale era gremito di turisti, molti dei quali in costume da bagno, alcuni con asciugamani e borse. Il personale indossava inconfondibili polo e pantaloncini gialli, e gli altoparlanti diffondevano una musica allegra che si mescolava alle urla che si levavano dalle innumerevoli attrazioni. Ovunque c'era odore di cloro e crema solare.

In lontananza, verso la fine dell'ampio viale, c'era l'attrazione principale del parco, lo scivolo acquatico Crazy Eights. L'attrazione a tema di polpo, alta dieci piani, aveva un'ampia scalinata centrale intorno a cui si avvolgevano e serpeggiavano otto scivoli tubolari dipinti come tentacoli azzurri, lasciando gli utenti nel dubbio se ne sarebbero mai usciti, cosa che faceva parte del divertimento.

Quando furono a metà del viale, Sinduk si fermò e disse qualcosa a due dei suoi uomini, che si allontanarono e si diressero verso una zona recintata del parco su cui campeggiava una scritta in indonesiano e in inglese: PROSSIMA APERTURA. VENITE A PROVARE IL BRIVIDO DELLE RAGING RAPIDS. Un rendering raffigurava gli occupanti di una zattera a otto posti che precipitava giù per uno spumeggiante corso d'acqua.

Sinduk spinse Raven in avanti insieme ai restanti due uomini. Gli altri si infilarono oltre una porta che conduceva al cantiere su cui era scritto RISERVATO AGLI ADDETTI AI LAVORI.

« Secondo te dove stanno andando? » chiese Linc.

« Quello dev'essere il posto in cui hanno nascosto le armi » rispose Eddie. Attivò il microfono. « MacD, Linc e io stiamo andando verso le Raging Rapids. Ti faremo sapere cosa troviamo. »

« Ricevuto. Sono solo. »

Eddie aprì cauto la porta e guardò dentro. Dall'altra parte non c'era nessuno. Lui e Linc entrarono e si ritrovarono sul vialetto che portava all'attrazione, diviso in due corsie, una per la maggior parte dei visitatori, l'altra per quelli che avevano pagato un extra per il Super Pass.

L'attrazione sembrava quasi completata, con alberi e rampicanti finti, e rocce artificiali che adornavano quello che avrebbe dovuto essere un canyon selvaggio. Eddie sentiva il rombo dell'acqua, lì vicino: evidentemente stavano testando l'attrazione in previsione dell'apertura.

Un po' più avanti lungo il vialetto, attraversarono un ponte da cui si vedeva la ricostruzione di un canyon. Una zattera vuota con otto sedili chiusi disposti intorno a una zona centrale piatta si muoveva alla deriva sull'acqua che ribolliva. La zattera rimbalzava e girava mentre i lati di gomma sbattevano contro le pareti, riempiendosi d'acqua ogni volta che scendeva un'altra piccola cascata.

Quando si avvicinarono alla stazione di carico, Eddie sentì diversi uomini parlare a raffica in indonesiano. Lui e Linc scavalcarono le ringhiere del vialetto e pian piano strisciarono lungo le rocce finte di cemento finché trovarono un punto nascosto tra i cespugli da cui riuscivano a vedere chi stava parlando.

Quattro corpi erano stesi a terra, allineati accanto alla sala di controllo. Tutti e quattro indossavano la caratteristica uniforme gialla del parco, come pure i terroristi che dovevano essere riusciti a procurarsene alcune. Sulle magliette dei morti si vedevano dei fori di proiettile.

Accalcati intorno a due grandi casse di metallo c'erano sei uomini, i due che avevano seguito più altri quattro. Una cassa era già stata aperta: conteneva dei sedili da montare su altre zattere. Gli uomini stavano aprendo l'altra. Per terra c'era una pila di asciugamani bianchi.

Finirono di aprire la cassa e tirarono fuori sei mitra da sotto i sedili, che vennero distribuiti e nascosti sotto gli asciugamani, così da non farli notare. Eddie riconobbe le armi: erano dei Daewoo K7. I mitra di fabbricazione sudcoreana, dotati di silenziatori integrati, erano molto apprezzati dai militari indonesiani.

Eddie guardò Linc, che rispose con un cenno di assenso. Aveva notato la stessa cosa. Se in una cassa c'era spazio per sei mitra, quella già aperta significava che altri K7 potevano essere già fuori nel parco.

I quattro terroristi vestiti come dipendenti presero le armi avvolte negli asciugamani e si avviarono lungo il vialetto, diretti verso l'area centrale del parco. I due rimasti cominciarono a spogliarsi per indossare le uniformi.

Quella era la migliore opportunità per Eddie e Linc di procurarsi delle armi. Meno di quindici metri li separavano dai terroristi, ma c'era un punto lungo il canyon in cui si sarebbero trovati allo scoperto quando fossero balzati fuori dai cespugli. Eddie indicò il punto e Linc annuì di nuovo.

Prima che potessero muoversi, udirono delle voci provenire da dietro la sala di controllo. I terroristi si immobilizzarono. Doveva esserci un altro passaggio verso l'area riservata ai dipendenti. Due donne in uniforme gialla girarono intorno all'edificio e si fermarono di colpo, fissando inorridite i cadaveri.

Alzarono lo sguardo sugli uomini semivestiti, lanciarono un urlo e tornarono da dove erano venute. I terroristi si affrettarono a raccogliere le armi.

Eddie e Linc reagirono d'istinto, consapevoli che le donne sarebbero morte se non fossero intervenuti. Balzarono fuori dai cespugli e corsero verso gli uomini, distraendoli quel tanto da permettere alle dipendenti di fuggire.

L'unica cosa che li salvò fu la difficoltà che i terroristi incontrarono nel liberare i mitra dagli asciugamani. Linc atterrò il suo uomo, facendogli volare via l'arma. Rotolarono attraverso la stazione di carico e caddero dentro una delle zattere che stava avanzando lungo il nastro trasportatore verso la zona di caduta nelle rapide.

Eddie stese il suo uomo con un pugno e si inginocchiò per prendere il K7. Lo raccolse e si voltò verso i passi che risalivano rumorosi il vialetto. Gli altri quattro terroristi dovevano aver sentito urlare le donne e stavano tornando indietro di corsa per vedere cosa stava succedendo.

Eddie fece partire una raffica e colpì due degli uomini mentre svoltavano l'angolo. Gli altri due corsero a mettersi al riparo e risposero al fuoco, costringendo Eddie a tuffarsi dietro la sala di controllo mentre le finestre esplodevano.

Riflesso nell'unica finestra rimasta intatta, Eddie vide il terrorista a torso nudo che aveva steso alzarsi e correre verso la zattera dove Linc e l'altro uomo continuavano a lottare. Saltò dentro mentre l'imbarcazione si inclinava verso il basso e si tuffava nelle rapide.

12

Raven udì il rumore intermittente e attutito degli spari provenire dalle Raging Rapids in costruzione, ma nessuno a parte Sinduk e i suoi uomini reagì. I turisti potevano pensare che si trattasse del rumore di macchinari da costruzione, ma Raven sospettava che Linc e Eddie avessero ingaggiato un conflitto a fuoco con i terroristi. Li aveva visti con la coda dell'occhio entrare nel cantiere.

«Devono aver incontrato degli operai» disse Raven.

«Allora perché la sparatoria è ancora in corso?» ribatté Sinduk. «Hanno l'ordine di eliminare rapidamente e senza fare rumore chiunque li avvisti. Non mi piace. Non possiamo aspettare oltre.» Scrutò il viale. «Eccoli là.»

Accennò con la testa in direzione dello scivolo acquatico Crazy Eights. Raven vide Emily Schmidt, una brunetta sulla quarantina con un costume intero nero e suo figlio Kyle, un ragazzo tutto rosso per il sole in pantaloncini lunghi da surf. Con loro c'era Oliver Muñoz, un esile cubano-americano con un costume da bagno troppo grande per lui e la figlia Elena, che gli assomigliava moltissimo, con un bikini a canotta azzurro.

I quattro ridevano spensierati e grondanti acqua. Passarono i braccialetti sotto il lettore per accedere alla corsia Super Pass e cominciarono a salire la scalinata che portava in cima all'attrazione.

Sinduk alzò la mano, un segnale convenuto, e tre uomini con l'uniforme gialla del parco si avvicinarono portando una gran quantità di asciugamani, come se volessero offrirli ai visitatori. Dagli sguardi minacciosi e l'espressione intensa era chiaro che appartenevano all'altra cellula della Indo Jihad.

Si fermarono di colpo, a pochi metri di distanza, quando un uomo bianco visibilmente ubriaco si avvicinò a Raven barcollando. Era a torso nudo, indossava solo un paio di calzoncini da bagno e scarpe da ginnastica, e sembrava orgoglioso dei suoi addominali scolpiti, i bicipiti abbronzati e il volto cesellato, che non sarebbero stati fuori posto in un supereroe dei fumetti. Fece un gran sorriso a Raven, e agli uomini rivolse un saluto sgangherato con la mano che stringeva la bottiglietta verde.

«Ti stavo aspettando, bellezza» disse MacD farfugliando in maniera convincente. Scolò il liquido che restava nella bottiglia, che Raven immaginò fosse acqua. «Dove sei stata?»

Raven stette al gioco. «Credo che lei mi abbia confuso con un'altra.»

MacD scosse la testa e ruttò. «È ora di andare, bambola. Eddie e Linc sono impegnati in questo momento, ma tra poco saranno qui.»

«Vattene» ordinò Sinduk.

Raven si voltò verso Sinduk alzando una mano. «Me ne occupo io.» Tornò a rivolgersi a MacD. «È ora che tu te ne vada.»

MacD le sorrise ancor di più, ma i suoi occhi guizzarono verso gli uomini con gli asciugamani. «Non respingermi, tesoro.»

Fece un passo avanti avvicinandosi a Raven e lei capì cosa voleva che facesse. Con entrambe le mani lo spinse all'indietro verso gli uomini carichi di asciugamani.

MacD barcollò e andò a sbattere contro l'uomo al centro, mulinando le braccia. Fracassò la bottiglia di birra sulla testa del terrorista alla sua destra, il quale lasciò andare gli asciugamani. Due mitra Daewoo K7 caddero rumorosamente a terra.

MacD roteò la bottiglia rotta nella direzione opposta, colpendo al petto il secondo uomo.

Raven si lanciò verso il terzo mentre questo estraeva un K7 dagli asciugamani. Gli sferrò una ginocchiata all'inguine e gli piantò il coltello di ceramica nella gola.

Prima di riuscire a raccogliere una delle armi, però, fu colpita alla schiena da un violento pugno. Cadde in ginocchio e vide Sinduk afferrare un mitra e correre verso lo scivolo d'acqua insieme a uno degli altri uomini del furgone.

Il terzo terrorista che era con Sinduk si lanciò contro MacD facendolo cadere a terra e i due cominciarono a lottare rotolando sul cemento.

Il colpo l'aveva lasciata senza fiato e Raven si sforzò di riprendersi. Alla vista degli uomini che lottavano, del sangue e delle armi, tra le persone più vicine scoppiò il caos: alcuni corsero via, urlando, altri allungavano il collo per vedere cosa fosse tutto quel trambusto.

Finalmente Raven riuscì ad alzarsi in piedi e raccolse uno dei K7 per inseguire Sinduk, ma una mano la ghermì, facendola incespicare. Cadde in avanti e vide che era l'uomo colpito alla testa dalla bottiglia. Il sangue gli colava lungo la faccia mentre la trascinava verso di sé.

Le infradito di gomma non avrebbero fatto molti danni, quindi non provò neppure a prenderlo a calci, ma fece roteare il mitra e lo colpì alla testa con il calcio. Questa volta l'uomo perse i sensi.

Tre terroristi erano a terra, un altro lottava ancora con MacD. Sinduk e il suo compagno corsero verso le famiglie dei senatori per portare a termine la missione omicida.

I civili venivano prima di MacD. In ogni caso gli addetti alla security dell'Ocean Land stavano arrivando di corsa dall'ingresso per sedare quella che pensavano fosse una semplice rissa tra gli ospiti.

Si avventarono subito su MacD e sul terrorista. Raven non

aspettò di vedere come andava a finire. Armò l'otturatore per accertarsi che il K7 fosse pronto a sparare e si lanciò all'inseguimento dei jihadisti che avanzavano verso il Crazy Eights zigzagando tra la folla terrorizzata e agitando i mitra.

13

I terroristi non erano tiratori esperti ma tenevano Eddie inchiodato da dietro i pali di cemento del tetto della stazione di carico delle Raging Rapids. Ogni volta che lui alzava la testa per sparare, era costretto ad abbassarla di nuovo per il violento fuoco incrociato.

Era impossibile fuggire dalla sala di controllo, da una parte o dall'altra, senza beccarsi un proiettile ma Eddie non poteva restare lì. Doveva trovare Linc e tornare al parco per dare manforte a Raven e MacD.

Vide la sua unica opportunità oltre la porta sul retro della sala di controllo. Sul nastro trasportatore stava passando una zattera vuota.

Strisciò fuori dalla costruzione e si lasciò cadere sulla zattera in movimento. Si appiattì sul fondo mentre questa usciva da dietro la sala di controllo.

Attese che la zattera fosse quasi in fondo alla stazione di carico, immaginando gli angoli in cui erano posizionati i terroristi. Eddie contava che fossero ancora concentrati sulla sala di controllo.

Quando ebbe una visuale chiara, Eddie saltò su tra due dei poggiatesta e mirò di lato ai terroristi concentrati sulla costruzione ormai vuota. Sparò raffiche di tre colpi a ognuno e quelli crollarono a terra.

Eddie sgusciò fuori dalla zattera prima che questa venisse lanciata nel fiume. La miglior possibilità per raggiungere Linc era dal ponte sopra il corso d'acqua.

Corse lungo il vialetto finché arrivò al ponticello. Vide la zattera di Linc quando questa sbucò da una curva venendo verso di lui.

La zattera ondeggiava e ruotava mentre Linc lottava contro i due terroristi che sembrava volessero scaraventarlo fuoribordo. Linc era uno che picchiava duro, ma l'appoggio instabile e due avversari che erano più piccoli e più agili di lui significavano che si stava beccando calci e pugni da entrambi.

Eddie prese la mira, ma il movimento vorticoso della zattera gli impediva di sparare senza rischiare di colpire Linc.

Il ponte era schermato da una rete metallica per impedire che le persone in attesa lanciassero oggetti sui passeggeri cinque metri più in basso. Eddie si arrampicò sulla rete a valle. Aveva solo pochi secondi prima che la zattera passasse sotto il ponte.

Si sedette sulla rete schiacciandola finché i suoi piedi penzolarono dal ponte che scavalcava il baratro largo dieci metri. Come vide il bordo della zattera uscire da sotto il ponte, si lasciò cadere. In quello stesso istante la zattera fu ghermita da un vortice e ruotò su se stessa. Eddie atterrò sul bordo della zattera e si gettò all'indietro per non cadere.

Atterrò proprio ai piedi di Linc che era stato immobilizzato dai due terroristi. I due guardarono stupiti il nuovo passeggero.

«Gentile da parte tua fare un salto» grugnì Linc.

Eddie balzò in piedi e lanciò una gomitata alla testa del terrorista più vicino, che la schivò per un pelo. Quello si girò, ma Eddie gli si attaccò al collo e gli bloccò la testa. L'uomo cercò di afferrargli il braccio, invano.

Ora che Linc doveva vedersela contro un solo avversario, con la sua forza colossale spinse l'uomo oltre il bordo della zattera. Il terrorista si aggrappò al poggiatesta per non cadere nell'acqua bianca e spumeggiante, ma l'imbarcazione oscillò di lato quando incontrò una corrente e quello finì schiacciato contro la parete di cemento.

Il sobbalzo spinse la zattera sotto un getto d'acqua usato per inzuppare giocosamente gli ospiti, ma la combinazione di impatti permise al terrorista di respingere Eddie, e i due furono sbalzati fuori.

Mentre cadevano, Eddie teneva ancora il braccio intorno alla gola del terrorista, e quando toccarono l'acqua il violento impatto fu sufficiente a spezzare il collo dell'uomo. Si afflosciò e Eddie lo lasciò andare mentre risaliva in superficie.

Vide che si stavano avvicinando al tratto più accidentato del percorso, con creste spumeggianti che agitavano l'acqua come dentro una lavatrice.

La zattera lo colpì alla testa da dietro e lui si aggrappò al bordo di gomma. Cercò di tirarsi su, ma la superficie era troppo ampia e scivolosa. Era solo questione di tempo prima che venisse schiacciato tra la gigantesca zattera e le pareti del canyon.

«Serve uno strappo?» disse una voce profonda sopra di lui.

Eddie alzò lo sguardo e vide Linc che gli tendeva una mano. La afferrò mentre la zattera ruotava di nuovo, inclinandosi, destinata ad andare a sbattere contro il lato del canale.

Con la stessa facilità con cui avrebbe tirato su una trota da un fiume, con uno strattone Linc lo tirò fuori dall'acqua e dentro la zattera.

«Ecco il pescato del giorno» disse Linc, appoggiandosi all'indietro contro il sedile più vicino per riprendere fiato.

Eddie si aggrappò a una delle barre di sicurezza per evitare di essere sballottato di qua e di là mentre continuavano a scendere lungo le rapide.

«Grazie» disse. Azionò il microfono con la lingua. «MacD, rapporto per favore.»

Non ci fu risposta. Riprovò, ma con lo stesso risultato.

Ora, tutto quello che lui e Linc potevano fare era aspettare pazientemente che la zattera venisse riportata alla fine del percorso.

14

Se la folla urlante non si fosse messa di mezzo tra Raven e Sinduk, lei gli avrebbe sparato prima che arrivasse al Crazy Eights. Il leader dei terroristi e il suo compagno avanzavano lenti, costretti a schivare turisti terrorizzati, e questo permise a Raven di recuperare terreno.

A metà delle scale che portavano allo scivolo, le famiglie dei senatori si sporsero oltre la ringhiera per vedere quale fosse la ragione di tutto quel caos. Raven temeva che tornassero indietro, finendo tra le braccia di Sinduk. Cercò di fare dei cenni a Muñoz, Schmidt e ai loro figli perché capissero di dover continuare a salire.

Non la stavano guardando, ma non aveva importanza. Sinduk cominciò a sparare a caso verso di loro, scaricando sulle scale una pioggia di proiettili troppo bassi per colpirli. Gli americani si misero a urlare e si precipitarono su per le scale lungo la corsia del Super Pass.

Sinduk e l'altro uomo arrivarono alle scale e corsero su, dietro di loro. Folle di turisti passavano loro accanto lungo la scala principale, ma fortunatamente Sinduk era così concentrato sul suo obiettivo che li ignorò.

Raven arrivò alle scale qualche istante dopo e salì i gradini a due per volta. C'era un varco tra le scale che salivano a zigzag, e questo le permise di vedere Sinduk due piani sopra di lei. Si fermò e prese la mira mentre i due uscivano da una curva. Aveva Sinduk nel mirino e sparò.

I proiettili non lo colpirono perché l'altro terrorista si spostò finendo nella traiettoria degli spari. L'uomo crollò a terra senza fare rumore.

Sinduk puntò l'arma oltre la ringhiera e sparò una raffica sulle scale. I proiettili rimbalzarono sul metallo, ma Raven riuscì ad abbassarsi in tempo per evitare di essere colpita.

Quando la gragnola di colpi si interruppe, Raven si sporse di nuovo e vide che Sinduk aveva seguitato a salire ma ora stava attento a non offrirsi come bersaglio. Raven continuò a correre.

Quando superò il terrorista morto al sesto livello, vide degli schizzi di sangue sulle scale che salivano. Doveva aver colpito anche Sinduk. C'era ancora la possibilità di catturarlo.

Quando arrivò all'ottavo livello, lo vide subito sopra di sé, zoppicante per una ferita alla coscia. Stava cercando di farsi largo tra gli ospiti spaventati che facevano a gomitate per arrivare a uno degli otto scivoli e sfuggire al conflitto a fuoco in corso sotto di loro.

Raven si lanciò su per le scale cercando di raggiungere Sinduk mentre lui era distratto. Era ancora un livello sotto di lui quando Sinduk arrivò alla piattaforma in cima.

Quando Raven svoltò l'ultima rampa, vide che Sinduk si era fermato e stava puntando il mitra sulle sue prede. I dipendenti si erano dati alla fuga da tempo e i pochi ospiti rimasti si stavano ammassando in uno degli otto scivoli in cui l'acqua scorreva impetuosa. Oliver Muñoz fece da scudo alla figlia Elena mentre Emily Schmidt spingeva frenetica Kyle verso lo scivolo.

Le famiglie dei senatori si trovavano a pochi passi da lui.

Raven non poteva correre il rischio di sparare con così tanti innocenti sulla linea di tiro.

Con l'altra mano Sinduk stringeva il telefono. Premette un tasto e lo lasciò cadere a terra.

«Morte all'America!» urlò, in inglese, sollevando l'arma.

In quel momento Raven lo colpì alla schiena con una spallata, facendo ricorso a tutte le forze rimaste. Il colpo fece rotolare entrambi a terra. Sinduk lasciò cadere il mitra che finì dentro uno degli acquascivoli.

L'uomo si gettò addosso a Raven cercando di sottrarle l'arma. Muñoz fece per avvicinarsi, ma Raven pensò che fosse un buon modo per farsi uccidere.

«Via!» urlò. «Allontanatevi da qui!»

Mentre Raven lottava con Sinduk, Muñoz spinse Elena e Kyle dentro uno scivolo, seguiti da Emily Schmidt. Per ultimo si lanciò anche lui.

Sinduk urlò come una furia vedendo fuggire i suoi obiettivi. Riuscì a strappare il mitra dalla mano di Raven, facendolo scivolare lontano prima di mollarle una gomitata sul mento. Raven rotolò via, scuotendo la testa per il colpo violento.

Si rialzarono in piedi tutti e due, lui sulla gamba sanguinante, lei con una mascella gonfia. Rimasero a guardarsi con il mitra a terra, in mezzo a loro.

«Chi sei?» ringhiò lui in arabo.

«Sono il tutore dello stile» rispose Raven, estraendo il coltello di ceramica dal fodero che aveva infilato nel nodo del pareo.

Capì che lui stava valutando le opzioni. Se si fosse chinato per prendere l'arma con la gamba ferita, lei avrebbe potuto pugnalarlo prima che potesse rialzarsi. Ma aveva bisogno di quell'arma per portare a termine il suo compito.

Lui la guardò con un sogghigno. «Tu non lo sai, ma hai già perso.»

Invece di chinarsi a raccogliere il mitra, allungò una gamba e con un calcio lo spedì dentro lo scivolo in cui si erano lanciati gli Schmidt e i Muñoz. Con un unico movimento si tuffò. Senza esitare, Raven si lanciò a capofitto dietro di lui.

Il percorso scivoloso scendeva curvando e avvitandosi su se stesso. Il tubo semitrasparente lasciava filtrare la luce del sole trasformandola in un diffuso bagliore verdastro.

Sinduk era pochi centimetri davanti a lei. Cercava di afferrare il mitra che scivolava nell'acqua appena oltre la sua portata.

Verso il fondo, dove il tubo trasparente tornava orizzontale, Sinduk riuscì finalmente a prenderlo e ad avvicinarlo a sé. Si girò sulla schiena e puntò l'arma verso la sua inseguitrice. Raven non poteva fare nulla per schivare il colpo.

Ma non fu necessario. Mentre premeva il grilletto, Sinduk cadde nella piscina in cui sfociava lo scivolo. I proiettili squarciarono il cielo finché lui finì sott'acqua.

Raven cadde in piscina con il coltello puntato come una lancia. La lama affondò nel petto di Sinduk e lui la fissò con gli occhi sbarrati mentre volute di sangue si spargevano nell'acqua. La vita abbandonò il suo volto e il mitra gli sfuggì di mano.

Raven estrasse il coltello e lo rimise nel fodero prima di prendere il mitra. Emerse dall'acqua e si rese conto che era profonda solo un metro. Mentre si alzava perlustrò l'area con lo sguardo e vide che gli Schmidt e i Muñoz si stavano arrampicando fuori dalla piscina, apparentemente illesi.

Raven, però, sapeva che non erano ancora fuori pericolo. Sinduk aveva detto che lei aveva perso. Doveva riferirsi a qualcosa di cui le aveva parlato sul furgone.

Il capo dei terroristi aveva un piano di riserva.

15

Gli addetti alla sicurezza di Ocean Land non avevano rappresentato un grosso problema, ma MacD era indispettito per aver impiegato un paio di secondi in più a liberarsi di loro rispetto al jihadista. Si lanciò all'inseguimento del terrorista e lo raggiunse mentre saliva le scale dei Crazy Eights.

Al terzo livello MacD lo afferrò per la maglietta e lo tirò all'indietro.

Il terrorista si girò con il pugno alzato, ma MacD era pronto. Evitò il colpo con facilità e sfruttò lo slancio dell'uomo per farlo volare oltre la ringhiera. Il terrorista precipitò sullo spiazzo di cemento e lì rimase, immobile.

MacD vide Raven uscire da una delle piscine più in basso con un mitra in mano. Da un corpo immobile dentro l'acqua limpida si diffondevano delle volute scarlatte.

Raven andò dritta verso tre persone raggruppate intorno a una quarta. Oliver Muñoz si prendeva cura della figlia adolescente, Elena, che tossiva come se avesse ingoiato dell'acqua, mentre Emily Schmidt e suo figlio Kyle stavano a guardare. Si ritrassero quando videro il mitra che Raven stringeva in mano, ma lei disse qualcosa che li tranquillizzò.

«MacD, mi senti?» disse la voce di Eddie nel suo orecchio.

«Sono sull'acquascivolo.»

«Stiamo uscendo dalle Raging Rapids.» MacD vide Eddie e Linc uscire di corsa dal cantiere delle rapide. Erano entrambi bagnati fradici. «Dov'è Raven?»

«È nella piscina in fondo con gli Schmidt e i Muñoz. Sembrano tutti e quattro illesi e abbiamo eliminato tutti i terroristi individuati, ma potrebbero essercene altri.»

«Ricevuto. Ci vediamo lì.»

MacD corse giù per le scale quando da una delle piscine sotto di lui eruppe un geyser d'acqua, seguito da una violenta esplosione. Qualche secondo dopo, un'altra esplosione. E poi una terza.

MacD aveva abbastanza esperienza per capire che quelli erano colpi di mortaio sparati da chissà dove.

Raven e i quattro americani si gettarono a terra. MacD vide che i proiettili stavano cadendo sempre più vicini. Scrutò l'area tutto intorno dalla posizione elevata. I suoi occhi furono attirati da sbuffi di fumo che si levavano dal peschereccio nel canale tra le due isole.

Vide che Eddie era al telefono e sentì le sue parole.

«*Oregon*, ci stanno sparando addosso con un mortaio.»

MacD non udì la risposta, ma vide il risultato.

Un vecchio mercantile arrugginito con quattro gru stava girando lentamente intorno a una delle isole. MacD lo riconobbe immediatamente. Era la nuova *Oregon*.

Sapeva che la verniciatura camaleontica che permetteva alla nave di cambiare aspetto e trasformarsi da una nave nuova di zecca in un piroscafo decrepito con la semplice pressione di un pulsante non era l'unica caratteristica innovativa. L'*Oregon* si trovava a meno di due miglia di distanza e MacD vide una torretta alzarsi dal ponte di prua. La canna del cannone color ebano ruotò finché non fu puntata verso il peschereccio.

L'arma era un cannone a rotaia ma MacD non l'aveva mai visto in azione prima di allora.

A differenza dei cannoni che utilizzano una carica esplosiva per lanciare i proiettili, il cannone a rotaia utilizzava un potente campo magnetico per far raggiungere ai proiettili velocità ipersoniche. I proiettili erano inerti, ma la velocità di oltre ottomila chilometri all'ora conferiva loro lo stesso potere distruttivo della testata di un missile Tomahawk.

Quando un altro sbuffo di fumo indicò che il mortaio aveva sparato un nuovo colpo, il cannone a rotaia fece fuoco. Un istante dopo il peschereccio si aprì in due da poppa a prua come se fosse fatto di carta. I proiettili di mortaio esplosero in una palla di fuoco. Le due metà del peschereccio affondarono, lasciando sulla superficie solo qualche chiazza d'olio incendiato.

L'ultimo colpo sparato dal peschereccio, però, cadde a pochi metri dal punto in cui Raven e i quattro americani si erano rifugiati per sfuggire ai colpi precedenti.

Il fumo dell'esplosione li nascose e MacD non riuscì a capire se qualcuno fosse rimasto ferito. Guardò verso il mare e vide il cannone a rotaia scendere dentro lo scafo dell'*Oregon*, dove venne subito nascosto da una piastra metallica retrattile del ponte. Un'enorme cresta bianca a prua indicava che la nave si stava dirigendo a forte velocità dietro l'isola più lontana per sottrarsi alla vista dei curiosi.

Anche Eddie e Linc erano stati inghiottiti dal fumo del colpo di mortaio. Quando, un attimo dopo, il fumo si diradò MacD vide Eddie e Linc inginocchiati accanto a due figure prone.

La voce di Eddie gli giunse attraverso il sistema di comunicazione.

«MacD, vieni subito qui» disse con tono cupo. «Abbiamo dei feriti.»

16

Raven, sdraiata sulla schiena, fece una smorfia quando Eddie premette sulla spalla ferita per fermare l'emorragia. Si era beccata una scheggia di mortaio. Non sembrava una cosa grave, purché non perdesse troppo sangue.

« Come ti senti? » le chiese lui.

« Sopravvivrò. C'è qualche altro ferito? »

« Solo uno. »

Emily Schmidt e suo figlio Kyle se ne stavano in disparte, scossi ma illesi. Oliver Muñoz, invece, era stato colpito al torace ed era svenuto. Linc si stava occupando di lui mentre la figlia Elena piangeva, inginocchiata accanto a loro.

« Ti prego, riprenditi » disse singhiozzando. E poi, rivolta a Linc: « Morirà? »

Linc scosse la testa. « No, ma ha bisogno di cure mediche al più presto. »

« Ci vorrà un'ora prima che l'ambulanza arrivi in ospedale » disse Eddie. « Dovremo portarcelo in volo. »

MacD arrivò bagnato fradicio per il tuffo giù per l'acquascivolo e Eddie lo lasciò a occuparsi di Raven.

« Sei ridotta male » disse MacD premendo la mano sulla sua spalla.

Lei alzò gli occhi al cielo. « Niente che ago e filo non possano sistemare. »

Eddie chiamò Juan, che si trovava nel centro operativo dell'*Oregon*.

« Qual è la situazione? » chiese Juan.

« Abbiamo due feriti. Il marito della senatrice Muñoz si è

beccato una scheggia di mortaio nel torace e anche Raven è ferita. Consiglio di trasferirli immediatamente all'infermeria dell'*Oregon.*»

«Gomez è sul ponte di volo con le turbine a pieno regime. Huxley verrà con lui. Riuscite a portare Muñoz al parcheggio?»

Eddie si guardò attorno e vide un carretto dei gelati abbandonato. Potevano usarlo per trasportare il ferito.

«Ci vediamo là» disse Eddie. «Arriveremo fra tre minuti.»

Sollevarono Muñoz e lo deposero sul carretto. Linc spingeva mentre Eddie teneva fermo il paziente ed Elena gli stringeva la mano. MacD aiutò Raven a rimettersi in piedi e la sorresse mentre camminavano, portando con loro Emily e Kyle. Linc cercava le zone più lisce di asfalto ma a ogni sobbalzo Muñoz gemeva per il dolore.

Evitarono l'ingresso principale troppo affollato e si diressero verso l'uscita d'emergenza. Quando arrivarono al parcheggio, Eddie sentì in lontananza il suono delle sirene. Migliaia di ospiti stavano intasando le uscite nel tentativo di fuggire a piedi o in macchina. Muñoz avrebbe potuto morire prima che un'ambulanza riuscisse ad arrivare da lui con quel caos.

Nonostante il parco acquatico fosse molto affollato, la parte più esterna del parcheggio era sgombra e questo permise ai soccorsi di atterrare. Arrivati al limite dell'area occupata, Eddie sentì avvicinarsi il rumore dei rotori. Alzò lo sguardo e vide un elegante convertiplano scendere in picchiata verso di loro.

L'Agusta Westland AW609 era un enorme passo avanti rispetto all'elicottero MD 520N che era andato distrutto con l'affondamento della precedente *Oregon*. Il convertiplano aveva un'autonomia di oltre milletrecento chilometri e una velocità di crociera di cinquecento chilometri all'ora. Poteva trasportare fino a dieci persone tra passeggeri e membri dell'equipaggio. Eddie era felice che fossero passati a un velivolo più capiente: sull'elicottero non sarebbe stato possibile trasportare un ferito sdraiato.

Il convertiplano sembrava un normalissimo executive bimotore, tranne che i motori erano situati alle estremità delle ali per muovere le enormi eliche. Quando passava in modalità di volo verticale, i motori si orientavano in quel senso cosicché le eliche puntavano verso l'alto. Quando l'AW si posò sull'asfalto, il rumore delle eliche divenne assordante.

Nell'istante in cui i pneumatici toccarono il suolo, Linc spinse il carretto in avanti, seguito da tutti gli altri. I portelloni a conchiglia della fusoliera si aprirono. In quello inferiore era inserita una scaletta.

Una donna con un camice verde e i capelli raccolti in una coda di cavallo scese di corsa la scaletta portando una tavola spinale. Di solito Julia aveva modi gentili e rassicuranti sotto cui si celava una lunga esperienza acquisita come chirurgo d'urgenza e primo ufficiale medico alla base navale di San Diego. Ora, però, era brusca, tutta concentrata sui pazienti in arrivo.

Lanciò una rapida occhiata a Raven, che le fece cenno di allontanarsi.

«Non preoccuparti per me» disse Raven. «Dovremo cercare una camicia nuova per MacD.» Il ranger le rivolse un sorriso compiaciuto mentre l'accompagnava al velivolo.

Julia si concentrò su Muñoz, ispezionandogli il torace prima di coprirlo con della garza.

«È rischioso, ma dovremo spostarlo» disse, rivolta a Eddie. «Potrebbe non farcela ad arrivare all'ospedale di Denpasar. L'*Oregon* è più vicina. Lo stabilizzeremo lì.»

L'infermeria della nave, con la sua sala operatoria e una grande varietà di strumenti diagnostici, era attrezzata quanto un ospedale di una grande città, e Julia e il suo staff erano in grado di eseguire qualunque operazione che non richiedesse l'intervento di uno specialista.

Trasferirono Muñoz sulla tavola spinale e Eddie e Linc la sollevarono con attenzione attraverso il portellone fin dentro l'abitacolo. Quando furono tutti a bordo con le cinture allacciate, Eddie chiuse il portellone e andò alla cabina di pilotaggio. Sedette al posto del copilota, legandosi con la cintura a quattro punti, e indossò la cuffia.

«Benvenuto a bordo» disse George «Gomez» Adams senza alzare gli occhi dal pannello di controllo. «Anche se avrei preferito che il tuo primo volo sull'AW avvenisse in circostanze migliori.»

Gomez era un uomo straordinariamente bello, con vivaci occhi verdi e baffi a manubrio. Il suo soprannome veniva da una passata relazione con una donna che assomigliava terribilmente a Morticia della Famiglia Addams. Gomez era molto fiero delle sue capacità di pilota, ma la sua presunzione era giustificata.

«Anch'io» rispose Eddie. «Doc dice di portare Muñoz sull'*Oregon*. Andiamo a casa.»

Gomez diede manetta e il velivolo si alzò in cielo come sollevato da una nuvola. Mentre completava la transizione a volo orizzontale, il velivolo accelerò e prese quota.

«Sarà un viaggio breve» disse Gomez a Eddie. «La prossima volta ti darò una dimostrazione delle sue capacità acrobatiche. Abbiamo persino un verricello per i salvataggi in acqua.»

Si allontanarono dal parco acquatico con una virata e puntarono verso il mare. La poppa dell'*Oregon* apparve mentre la nave girava attorno all'isola più vicina. Da quell'altezza, Eddie riusciva a vedere la piattaforma di atterraggio tra le due coppie di gru a mezza nave. Era segnalata da una H racchiusa da un cerchio.

«Riesci a infilare questo coso là in mezzo?» chiese Eddie, stupito dalle dimensioni ridotte dell'area di atterraggio.

«Comodamente» rispose Gomez. «E l'hangar sottocoperta

ha spazio sufficiente per effettuare qualunque manutenzione si renda necessaria.»

La piattaforma era progettata per scendere dentro la nave, dopodiché veniva nascosta da una piattaforma identica che scivolava sul ponte.

Erano quasi arrivati all'*Oregon* quando Hali li chiamò via radio. A Eddie non piacque l'urgenza del suo tono.

«Gomez» disse Hali, «abbiamo localizzato due aerei che si stanno avvicinando a velocità elevata.»

«Adesso i terroristi hanno pure gli aerei?» disse Gomez.

«No, sono degli F-16 dell'aeronautica militare indonesiana. Sono convinti che siate jihadisti che stanno fuggendo dalla scena del crimine.»

«Chiamali e mandali via. Abbiamo dei civili a bordo.»

«Ci sto provando, ma non rispondono alle mie chiamate.»

«Quegli idioti! Il nostro transponder IFF ci identifica come amici.»

«Pare che non gliene freghi niente. La polizia ha riferito di aver visto un aereo sconosciuto decollare dal luogo dell'attacco terroristico e voi corrispondete alla descrizione.» Hali fece una pausa e poi gridò: «Oh, no! Esegui una manovra evasiva.»

Gomez reagì immediatamente, portando il velivolo in picchiata. «Cosa sta succedendo?»

«Siete stati agganciati» rispose Hali. «Si stanno preparando a lanciare.»

17

Juan lanciò un'occhiata alle immagini proiettate sullo schermo panoramico del centro operativo dell'*Oregon*. Grazie alle innumerevoli telecamere esterne, il monitor ad alta definizione era in grado di mostrare una panoramica di tutto ciò che circondava la nave. Juan vide il convertiplano scendere in picchiata verso il mare e dietro a questo, in lontananza, il fumo che continuava a levarsi dal parco acquatico. Ma quello che lo preoccupava di più erano le tracce dei due F-16 che puntavano verso di loro sullo schermo radar. Si trovavano a una distanza di quaranta miglia, ma i missili aria-aria AIM-120 AMRAAM che armavano i caccia indonesiani avevano una portata di sessanta miglia. A quella distanza sarebbe bastato meno di un minuto perché il missile colpisse il convertiplano, e i caccia si avvicinavano velocissimi.

«Richiamali» ordinò a Hali Kasim, che teneva gli occhi chiusi da tanto era concentrato ad ascoltare attraverso le cuffie.

«Ci provo, Presidente.»

L'*Oregon* aveva un ponte di comando al livello più alto della sovrastruttura come qualunque altra nave da carico, ma era solo una copertura. Il vero cuore della nave era il centro operativo nascosto in profondità nel mezzo dello scafo corazzato. Si sviluppava su più livelli, con la poltrona del comandante al centro delle varie postazioni collocate a semicerchio, e l'ingresso era sul fondo. Le luci fredde e il design pulito facevano pensare al ponte di comando di una avveniristica nave spaziale. A parte alcuni comandi da utilizzare in caso di emergenza, tutti i controlli erano touchscreen, compresi quelli nel bracciolo della poltroncina di Juan che, in caso di necessità, gli consentivano di pilotare la nave da solo. Tutto era gestito da computer e lo scopo di quella crociera di prova era testare i sistemi della nave, oltre che fornire supporto all'operazione di Bali.

Hali scosse la testa, frustrato. « I piloti dei caccia non rispondono. »

« Allora avverti Lang che gli indonesiani stanno per abbattere un aereo con a bordo le famiglie di due senatori americani. » Era stato Langston Overholt IV, il contatto della Corporation presso la CIA, ad affidare loro quella missione, e in quel momento stava monitorando la situazione. La migliore possibilità per fermare l'attacco erano i suoi contatti non ufficiali nel governo indonesiano.

« Agli ordini, Presidente » rispose Hali.

« Stoney » disse Juan rivolto a Eric Stone, che stava al timone. « Macchine ferme. »

« Macchine ferme » confermò Eric. Come la precedente *Oregon*, la nuova nave era dotata di un avanzato sistema di propulsione magnetoidrodinamico in grado di spingere la nave lunga 180 metri a velocità normalmente raggiungibili solo dagli aliscafi. Ugelli direzionali la rendevano più agile di navi quattro volte più piccole. Inoltre, il modernissimo sistema di alimentazione le garantiva un'autonomia praticamente illimitata.

Juan si voltò verso Max Hanley, seduto alla postazione del direttore di macchina.

« Se quei caccia lanciano i missili, dovremo dare una mano a Gomez. Il software dei Kashtan funziona? »

Il sistema di artiglieria, che era stato così efficace nel distruggere la scialuppa di salvataggio della *Dahar*, aveva avuto dei problemi di software che Max ed Eric si erano sforzati di risolvere. Sull'*Oregon* c'erano tre sistemi d'arma come quello, due nelle torri delle gru più un terzo nascosto a poppa.

Max scosse il capo, ancora più frustrato di quanto fosse Hali.

«Sono finalmente riuscito a renderli operativi, ma le coperture non vogliono saperne di scendere.»

«Allora dovremo provare il LaWS.»

«Ma non l'abbiamo ancora neppure testato» obiettò Max aggrottando la fronte.

«Allora questo sarà il primo test. Il cannone a rotaia ha funzionato alla prima.»

«Sì, peccato che si sia surriscaldato dopo il primo colpo. Mi occuperò anche di quello dopo aver sistemato i Kashtan.»

«Allora è una fortuna che Linda sia un'ottima tiratrice.»

Lo sguardo di Juan si spostò su Linda Ross. I capelli verdi brillavano alla luce dello schermo. Era seduta alla postazione dei sistemi d'arma, di norma riservata a Mark Murphy.

«Non possiamo dare per scontato che Lang riesca a contattarli in tempo» disse Juan. «Attiva il LaWS.»

«LaWS attivato.»

«Passalo sullo schermo.»

Parte delle immagini dell'esterno furono sostituite da una inquadratura del fumaiolo nero dell'*Oregon*, del tutto finto dal momento che non c'erano fumi di motori diesel da espellere. La parte finale del fumaiolo si abbassò scoprendo un dispositivo di colore bianco che ricordava un telescopio. Ruotò su una piastra girevole e puntò nella direzione dei caccia.

LaWS era l'acronimo di Laser Weapon System. L'arma permetteva di mirare a missili e aerei nemici senza rivelare l'origine dell'attacco. Era previsto che l'*Oregon* venisse dotata di altri armamenti tipo missili antiaerei, missili antinave e siluri, ma erano stati costretti a prendere il mare prima che venissero installati.

«Linda, qual è la situazione?» chiese Juan.

«Operativo...» Linda ebbe un attimo di esitazione quando la sua attenzione fu attirata da qualcosa sullo schermo. «Missile in arrivo.»

«Tempo stimato all'impatto?»

«Ventotto secondi. Ha acquisito il bersaglio. C'è un secondo missile.»

Il convertiplano stava volando appena sopra le onde, ma questo non aveva ingannato i sistemi elettronici dell'F-16. Gomez era un pilota straordinario ma neppure lui era in grado di evitare un missile aria-aria.

«Punta a quel missile. Hali, di' a Gomez di avvicinarsi il più possibile all'*Oregon.* Vedi se riesce a volare a punto fisso dietro la nave.»

«Sissignore» risposero Hali e Linda in coro.

Il LaWS aveva una portata di sole tre miglia, ma offriva il vantaggio di una precisione millimetrica. Sempre che tutto funzionasse a dovere.

Il convertiplano era ancora a un miglio di distanza. Non sarebbe mai riuscito ad arrivare dietro l'*Oregon* prima che il missile lo colpisse.

«Avremo circa quattro secondi da quando il missile entra nel nostro raggio d'azione a quando colpisce il bersaglio» disse Linda.

«Hai agganciato il primo missile?»

«Agganciato. Lo sto seguendo. Ho una soluzione di tiro.»

Non era necessario che dicesse a Juan quello che lui già sapeva, e cioè che il laser si sarebbe attivato appena il missile fosse entrato nel suo raggio d'azione. Agiva surriscaldando la testata finché questa esplodeva.

«Metti il missile sullo schermo» ordinò Juan.

Mentre metà dello schermo continuava a inquadrare il convertiplano, l'altra metà passò a una vista del cielo. In lontananza si vedeva un puntino di luce generato dallo scarico del motore del primo missile. Gli F-16 erano ancora troppo lontani per essere visibili.

«Dieci miglia» disse Linda. «Cinque secondi all'attivazione del laser.»

Iniziò il conto alla rovescia. «Cinque... quattro... tre... due... uno. Laser attivo.»

L'immagine dell'arma non cambiò. Nessun raggio luminoso e mortale colpì il bersaglio come negli effetti speciali dei film. Il funzionamento del sistema era del tutto invisibile se non in presenza di foschia, che poteva rivelare il raggio di luce. Quel giorno il cielo era terso.

Il missile divenne sempre più luminoso col passare dei secondi. Juan trattenne il fiato mentre l'AMRAAM sfrecciava verso il convertiplano apparentemente senza ostacoli.

Poi, all'improvviso, il missile esplose in una palla di fuoco.

Ma Gomez e gli altri non erano ancora fuori pericolo.

«Secondo missile agganciato» disse Linda.

Il convertiplano girò intorno all'*Oregon* e si fermò in volo fisso dietro la sovrastruttura, il che significava che il secondo missile ora era puntato direttamente contro la nave nuova di zecca.

Adesso il secondo missile era ancora più vicino.

«LaWS attivato» disse Linda.

Pareva che il missile puntasse dritto contro la telecamera. Juan si sporse in avanti sulla poltroncina, col fiato sospeso, in attesa di vedere se il laser avrebbe funzionato.

Proprio quando sembrava ormai troppo tardi, il missile scomparve in una formidabile esplosione a meno di mezzo miglio dalla nave. Juan vide le schegge colpire la sovrastruttura e il fumaiolo.

«Gli F-16 si stanno avvicinando» gridò Linda. «Sembra che vogliano girarci intorno per usare i cannoni.»

Juan poteva abbattere i due caccia senza problemi, ma un'azione del genere contro un paese amico avrebbe provocato un incidente diplomatico, per non parlare dell'uccisione di due piloti innocenti che stavano solo eseguendo gli ordini ricevuti. Ma doveva proteggere i suoi.

«Linda, tieni d'occhio i cannoni» disse. «Se aprono il fuoco, mira ai missili rimasti.»

I due F-16 sbucarono urlando dal cielo azzurro e piombarono sull'*Oregon* ma, prima di riuscire a mettersi in posizione per sparare al convertiplano, virarono di colpo e si allontanarono.

«Ho appena ricevuto una chiamata dal capo formazione» disse Hali. «Dice che hanno ricevuto l'ordine di sospendere l'attacco.»

Juan si abbandonò contro lo schienale della poltroncina, sollevato. Avevano evitato per un soffio un incidente di fuoco amico che poteva causare vittime. «Di' a Gomez che può atterrare.»

«Agli ordini, Presidente. C'è una videochiamata da Langston Overholt.»

«Passamela sullo schermo» disse Juan.

Sullo schermo comparve un signore anziano e distinto in completo tre pezzi. Overholt, che era stato capo di Juan alla CIA e aveva promosso la creazione della Corporation, era seduto nel suo sontuoso ufficio di Langley.

«Sono felice che tu sia rimasto lì fino a tardi stasera» disse Juan, sapendo che a Washington, dall'altra parte del mondo, doveva essere notte fonda. «Suppongo sia te che dobbiamo ringraziare per aver richiamato l'aeronautica militare indonesiana?»

Overholt, che era in forma smagliante per un uomo della sua età, annuì. Nei decenni passati alla CIA ne aveva viste di tutti i colori e conosceva ogni segreto dell'agenzia e del suo personale. Aveva superato da tempo l'età della pensione, ma la sua esperienza e i suoi contatti rendevano impossibile sostituirlo prima che lui fosse pronto ad andarsene, cosa che Juan pensava non sarebbe avvenuta presto.

«Ho fatto una telefonata alla mia controparte nei servizi indonesiani. Adesso le devo un favore, e mi aspetto lo stesso tra qualche tempo dai senatori Schmidt e Muñoz. Le loro famiglie sono al sicuro?»

«Oliver Muñoz è gravemente ferito, ma Julia Huxley si sta occupando di lui.»

«Ho capito» disse Overholt. «Tienimi informato sul suo stato di salute. Avete fatto un buon lavoro, evitando che l'attacco avesse conseguenze ben peggiori. Attendo con impazienza il tuo rapporto.»

Riattaccò.

Juan si alzò in piedi. «Vado ad accogliere i nostri ospiti. Stoney, lascio a te il comando.»

«Signorsì» rispose Eric, prendendo il controllo della nave.

Juan uscì dal centro operativo per andare incontro ai passeggeri del convertiplano. Sperava solo che il ritardo nel tornare a bordo non fosse costato la vita a Oliver Muñoz.

18

Mar di Timor

Sylvia impiegò più tempo di quanto immaginasse per arrivare a nuoto fino alla *Empiric*, continuando a bere e sputare acqua di mare in preda al panico. Quando si issò sulla scaletta per le immersioni fino alla piattaforma di poppa da cui veniva lanciato il drone, era ormai stremata.

Si sdraiò a pancia in giù e rimase lì a raccogliere le forze per alzarsi in piedi. La nave era misteriosamente silenziosa. Sylvia non sentiva altro che il proprio respiro e l'acqua che lambiva lo scafo.

« Ehi, c'è nessuno? » gridò.

Nessuna risposta. Aveva paura di ciò che avrebbe potuto trovare quando si fosse avventurata all'interno della nave.

Alla fine la sete la costrinse ad alzarsi. Trovò una manichetta e bevve avidamente l'acqua dolce, facendo attenzione a non bere troppo velocemente, col rischio di vomitare.

Quando fu certa di poter camminare senza rischiare di cadere, cercò la porta più vicina che conduceva all'interno e si fece forza. Tirò la maniglia e guardò dentro il corridoio.

Era deserto. Niente cadaveri. Niente sangue.

« Ehi, c'è qualcuno che può sentirmi? »

In tutta risposta dal profondo della nave provenne un gemito.

Faceva pensare che la persona fosse in difficoltà ma Sylvia provò un istante di euforia. Se non altro c'era qualcuno ancora vivo.

«Sono Sylvia Chang» gridò, andando verso il punto da cui continuavano a provenire i gemiti. «Dove sei?»

La persona non rispose ma i mugolii si fecero più urgenti.

Sylvia accelerò il passo. «Dimmi dove sei.»

Nessuna parola, solo lamenti. Sylvia era sempre più inquieta.

Arrivata in un punto in cui due corridoi si incrociavano, si fermò e gridò di nuovo. «Chi c'è?»

Un altro lamento da sinistra, in direzione della cambusa.

Sylvia corse lungo il corridoio ed entrò nella cucina dell'*Empiric*.

Distesa sul pavimento c'era la cuoca della nave, Roberta Jordan, con ancora indosso il grembiule. Sylvia la conosceva bene perché aveva trascorso diverso tempo a bordo della nave australiana. Il volto della donna, solitamente allegro, era una maschera di dolore. Muoveva un braccio a scatti. A terra c'era una grande pentola rovesciata e intorno alla donna si allargava una pozza d'acqua.

Nel locale c'era una forte puzza di bruciato. Da una padella posata sui fornelli si levava del fumo subito risucchiato dalla ventola della cappa, e questo doveva essere il motivo per cui non era scattato l'allarme antincendio. Sylvia spostò la padella di lato e spense il fornello, quindi si inginocchiò accanto a Roberta.

Le sollevò delicatamente la mano, provocando un gemito di dolore. Il braccio si stava già ricoprendo di vesciche per l'ustione riportata quando le era schizzata addosso l'acqua bollente.

«Lascia che ti aiuti, Roberta.»

Roberta la guardò disperata. L'unico suono che uscì dalla sua bocca fu un mugolio pietoso.

Sylvia si alzò per andare a prendere il kit di pronto soccorso appeso alla parete. Bagnò un asciugamano con dell'acqua fredda e tornò da Roberta con il kit.

«Cosa è successo alla nave?» chiese Sylvia mentre esaminava la ferita. «Dove sono finiti tutti quanti?»

Questa volta il gemito risultò spezzato come se Roberta stesse cercando di parlare ma non ci riuscisse.

Sylvia si bloccò. La faccenda era grave.

«Riesci a capirmi, Roberta?»

La donna si sforzò di annuire e fece un verso tipo «Uh-uh».

«Ma non puoi parlare?»

«Uh-uh.» No.

«Ricordi cosa ti è successo?»

Un altro no.

Sylvia fece scorrere le mani sul cranio di Roberta, ma non sentì alcun rigonfiamento. Prese il braccio ferito, vi spalmò della crema antibiotica e lo avvolse nell'asciugamano dal polso alla spalla. La ferita avrebbe richiesto le cure di un medico.

«Roberta, mi riconosci?»

Un gemito come per dire sì.

«Bene. Sai dove ti trovi?»

Sì.

Sylvia terminò di fasciare la ferita e abbassò delicatamente il braccio. Roberta sembrava stare meglio, ma non si muoveva.

«Roberta, ce la fai a metterti seduta?»

No.

«Riesci a muoverti?»

In tutta risposta, Roberta mosse spasmodicamente le braccia. Le gambe restarono immobili.

A Sylvia si chiuse lo stomaco nel vedere che Roberta sembrava paralizzata. Doveva trovare gli altri membri dell'equipaggio.

«Roberta, devo lasciarti qui da sola per un po'» le disse, prendendo un altro asciugamano e sistemandoglielo sotto la testa.

Roberta lanciò un gemito terrorizzato. Sylvia avrebbe voluto restare lì a darle conforto, ma doveva andare.

«Adesso sei al sicuro» le disse, accarezzandole il braccio sano per rassicurarla. «Tornerò presto.»

Sylvia uscì in corridoio e andò verso il centro della nave dove il personale impegnato nella ricerca avrebbe dovuto monitorare i risultati del test.

Passò davanti a un ufficio. Dentro c'erano due uomini, entrambi accasciati a terra. Sylvia andò a controllare. Respiravano ma erano immobili. Li rassicurò dicendo che sarebbe andata a cercare aiuto e proseguì.

Trovò altre tre persone in condizioni simili. Sospettava che tutti a bordo fossero stati colpiti dalla stessa paralisi.

Un pensiero improvviso le tolse il fiato. La causa di quella paralisi doveva essere il gas del razzo sparato dal trimarano. E questo significava che anche lei avrebbe potuto essere esposta.

Fece una rapida autovalutazione. Non sentiva alcuna alterazione nella funzionalità degli arti, neppure un lieve formicolio. Tutti i suoi muscoli sembravano funzionare correttamente e non aveva problemi a parlare. Qualunque fosse la natura del gas, non aveva effetto su di lei, per lo meno per il momento.

Visto che le persone erano tutte ai loro posti, il gas doveva aver agito velocemente, ma lei non sapeva quanto tempo ci sarebbe voluto perché il gas si dissipasse e diventasse inerte. Andò alla più vicina stazione antincendio che conteneva due maschere. Ne indossò una e tornò in cucina a prendere un paio di guanti di lattice dal kit di pronto soccorso. Si accertò che Roberta stesse bene e vide che non c'era alcun cambiamento nelle sue condizioni.

Uscita dalla cucina andò diretta alla sala di controllo.

Il centro di controllo dati era un locale lungo con due file di postazioni rivolte verso una parete di monitor su cui erano ancora riportati i dati dell'esperimento condotto quella mattina.

C'erano dieci persone, alcune delle quali sedute ai loro posti. La maggior parte, però, giaceva a terra.

Una delle persone sedute era Mark Murphy. Magro e spigoloso, aveva una massa ribelle di capelli e una barba stentata che stava disperatamente cercando di far crescere. Mark aveva solo qualche anno più di Sylvia ma si vestiva come un maniaco dello skateboard e dell'heavy metal, cosa che in effetti era. Vedendolo tutto vestito di nero, in jeans e T-shirt, nessuno avrebbe immaginato che fosse uno studioso così brillante e possedesse tanti titoli accademici.

Mark era immobile sulla poltroncina girevole. Sylvia la fece ruotare per guardarlo in faccia.

« Mark, sono io, Sylvia. »

Non appena la riconobbe, le rivolse un debole sorriso e mosse la mascella, ma dalla sua bocca uscirono solo grugniti.

Lei gli prese la mano sinistra. « Ero così preoccupata per te. Stai bene? »

Lui emise un suono il cui significato era chiarissimo: « Stai scherzando? »

« Scusa » disse Sylvia. « Domanda stupida. Volevo dire, hai dolore? »

Lui scosse la testa a scatti.

« Riesci a sentire la mia mano? »

Mark mosse la testa in un modo che Sylvia interpretò come un cenno di assenso.

Sylvia soffocò un singhiozzo. Mark Murphy era il suo fratellastro. Erano cresciuti insieme con la loro madre, che aveva avuto Sylvia dopo aver divorziato dal padre di Mark ed essersi risposata. Nonostante le differenze, quel genio di suo fratello era sempre stato il suo miglior amico, una persona per cui nutriva un'ammirazione sconfinata. Vederlo in quelle condizioni era straziante.

Notò che picchiettava ritmicamente sul bracciolo destro della poltroncina. No, non era un ritmo. L'indice della mano destra emetteva dei colpetti lunghi e corti secondo uno schema che lei riconobbe all'istante. Non conosceva il codice Morse, ma capì il messaggio trasmesso da tre colpi brevi, poi tre lunghi, seguiti da altri tre brevi.

SOS

Mark stava cercando di comunicare con lei.

«Codice Morse» esclamò lei. Era la prima volta che provava un barlume di speranza da quando si era materializzato il trimarano.

Mark rispose con un grugnito. «Uh-huh.»

Sylvia doveva chiedere aiuto, questo era chiaro. Se tutte e quarantadue le persone a bordo erano nelle stesse condizioni di quelle che lei aveva visto, presto sarebbero stati in gravi difficoltà. Ma il trimarano aveva distrutto il sistema di comunicazione, per cui una chiamata radio era fuori discussione.

«Non posso inviare una richiesta di soccorso» disse. «Tutte le antenne dell'*Empiric* sono state distrutte.»

Mark scosse la testa e riprese a picchiettare, questa volta un messaggio diverso. Lavorando su una nave, era logico che Mark conoscesse il codice Morse, ma lei no.

«Non capisco.»

Gli occhi di lui guizzarono verso la scrivania davanti alla quale era seduto. Sylvia seguì il suo sguardo e vide il suo cellulare.

«Vuoi che prenda il tuo telefono?» gli chiese.

Ricevette una risposta affermativa e capì perché lui voleva che lo usasse. Lo prese e lo avvicinò al volto di lui per sbloccarlo. Quindi cercò la parola «Morse» sul telefono. Non era collegato a Internet, ma Sylvia trovò un'applicazione in grado di tradurre un segnale Morse in lettere.

Lo tenne vicino alla mano di Mark e annotò ogni lettera su un taccuino man mano che veniva tradotta. Dopo qualche errore di traduzione, finalmente ebbe la versione corretta.

TELEFONO SATELLITARE

« Ma certo » disse lei, sentendosi una stupida per non averci pensato. « Il telefono satellitare nella tua cabina. »

Avrebbe potuto fare una chiamata, se fosse riuscita a trovarlo in mezzo al suo abituale disordine. Ma di chi poteva fidarsi? Il fatto che fossero stati scoperti nonostante si trovassero nel mezzo dell'oceano faceva pensare che l'attacco fosse opera di infiltrati. Ma perché? A che scopo?

L'unica cosa di cui era certa era che qualcuno aveva scoperto dov'erano e li aveva presi di mira. Non poteva trattarsi di un attacco casuale, visto che era stato portato a termine in modo così preciso e con armi così avanzate.

« Chi dobbiamo chiamare? » si chiese ad alta voce.

Mark ricominciò a picchiettare. Quando ebbe finito, Sylvia osservò quello che aveva scritto e disse: « Sei sicuro? »

Mark annuì.

Sebbene Mark non avesse mai fatto esplicitamente il suo nome con Sylvia, c'era un uomo di cui le aveva parlato con rispetto in diverse occasioni. Sylvia si fidava del suo giudizio e quindi della sua decisione di affidargli le loro vite. Scorse l'elenco dei contatti sul cellulare finché lo trovò, un numero di telefono e una parola al posto del nome. Corrispondeva a quello dell'ultimo messaggio Morse di Mark, che lei aveva scarabocchiato sul taccuino.

CHIAMA PRESIDENTE

19

Bali

Per raggiungere l'hangar a mezza nave, dove avrebbe accolto Gomez e i suoi passeggeri, Juan utilizzò un mezzo di trasporto che non era presente sulla vecchia *Oregon*. Un ampio circuito ovale correva per quasi tutta la lunghezza della nave, diviso in due corsie da una riga gialla. Una era riservata ai pedoni, l'altra era dedicata a un sistema di trasporto elettrico. Ognuno dei quattro vagoncini era abbastanza grande da trasportare passeggeri e merci, ed era dotato di sensori per evitare scontri con chiunque potesse trovarsi sul suo cammino. Le piccole vetture andavano tutte nella stessa direzione seguendo il percorso ovale, a meno che in caso di emergenza il comando di esclusione ordinasse loro di muoversi in direzione opposta.

Juan premette il pulsante di chiamata e non dovette attendere a lungo l'arrivo di un vagoncino. A bordo c'erano già una barella e due paramedici del gruppo di Julia. Li salutò con un cenno della testa e salì. Il vagoncino alimentato a batteria accelerò dolcemente con un ronzio sulle sue ruote di gomma.

Quando si fermarono accanto all'hangar, i tre scesero dal vagoncino ed entrarono nel grande ambiente originariamente concepito come stiva di carico. Tutto intorno alle pareti erano ordinatamente riposte attrezzature per la manutenzione, manichette per il combustibile e pezzi di ricambio. Il convertiplano era poggiato sulla piattaforma mobile di atterraggio ancora in movimento, con le eliche orientate verso l'alto che giravano sempre più lente. I portelloni a conchiglia erano già aperti e

Linc e Eddie stavano scaricando Oliver Muñoz steso sulla tavola spinale sotto la guida di Julia.

Prima ancora che la piattaforma finisse di scendere, Juan saltò su e andò verso di loro. Il camice di Julia era macchiato di sangue. Muñoz era a malapena cosciente.

«Come sta?» chiese Juan.

Julia fece un cenno affermativo con la testa. «È stato un bene non aspettare l'ambulanza. Per poco non è andato in arresto. Ha un pneumotorace iperteso, in pratica un polmone perforato, per cui ho dovuto far scendere la pressione con un ago durante il volo. Fortunatamente Gomez ha potuto concedermi qualche secondo di volo tranquillo per farlo.» Appena la piattaforma si fu del tutto abbassata fece un cenno ai paramedici perché si avvicinassero con la barella.

«E adesso?»

«Lo porto in infermeria e inserisco un drenaggio. Gli farò una TAC per valutare eventuali altri danni, ma credo che ci sarà bisogno di un chirurgo toracico per rimuovere la scheggia e forse rimettere a posto qualche costola rotta. A Bali ci sono degli ottimi ospedali. Mi sento di poter affermare che la prognosi è buona.»

«Quanto tempo ti serve?» chiese Juan mentre caricavano Muñoz sulla barella.

«Mi basterà meno di un'ora per stabilizzarlo, a meno che non ci siano sorprese.»

Juan annuì. «Per allora potremmo avere già attraccato a Denpasar.»

«Ti terrò aggiornato.»

Julia e il suo staff portarono la barella al vagoncino. Juan si fidava del giudizio di Julia.

Tirò fuori il telefono e chiamò Hali.

«Di' a Eric di fare rotta verso Denpasar. E chiedi a Lang di farci trovare sul molo un medico di fiducia della CIA, un'ambulanza privata e una squadra di sicurezza per accompagnare

Oliver Muñoz e gli altri in ospedale. Può dire ai senatori che potranno incontrare lì i familiari.»

«Cosa devo dire al signor Overholt in merito alle condizioni del signor Muñoz?» chiese Hali.

«Che può contare sulla migliore assistenza possibile e che Julia pensa che se la caverà.»

«Agli ordini, Presidente.»

Riattaccò e vide Gomez scendere dal convertiplano mentre la coperta sopra di loro si richiudeva.

«Grazie per l'assist, Presidente.»

«Non volevo perderti alla prima missione.»

«Neanch'io. La mia nuova creatura non ha subito danni, ma dentro è tutto sporco di sangue» disse Gomez. «Dovremo fare una bonifica.» Si allontanò per andare a prendere il necessario mentre i tecnici assicuravano il velivolo.

Eric e Eddie avevano un'espressione immusonita e i vestiti ancora zuppi.

«Spero che Muñoz ce la faccia» disse Linc.

«Anch'io» aggiunse Eddie. «Vorrei tanto che fossimo riusciti a portarli fuori dal parco prima che cominciassero a cadere i proiettili di mortaio.»

«Se non fosse stato per voi» ribatté Juan, «sarebbero morti tutti e quattro, forse insieme a decine di altri visitatori di Ocean Land. A proposito, dove sono? E dov'è MacD?»

«MacD li ha accompagnati a prendere qualcosa da bere e dei vestiti puliti» rispose Linc. «Sono piuttosto scossi dall'esperienza, specialmente la figlia di Muñoz.»

«Ho pensato fosse meglio che scendessero sul ponte» disse Eddie. «Se Kyle Schmidt avesse visto il convertiplano scendere in un compartimento nascosto della nave, avrebbe postato la notizia sui social media appena avesse riavuto indietro il telefono.»

«Buona idea» disse Juan. «Andiamo. Mettetevi addosso qualcosa di asciutto prima di fare rapporto. Nel frattempo io vado a cercare MacD e gli altri in sala mensa e li aggiorno sulle condizioni di Muñoz.»

Mentre andavano verso il vagoncino, Linc disse: «Finora la nuova nave mi piace, specialmente quel laser. È tornato utile».

«Anche il cannone a rotaia» disse Juan. «Lo abbiamo usato per distruggere il peschereccio da cui partivano i colpi di mortaio, ma pare che Max debba risolvere qualche piccolo problema con le altre nuove attrezzature. A proposito, prima che salpassimo è arrivata la tua nuova Harley.»

Quando la nave precedente era affondata in un fiordo cileno, non avevano avuto perdite umane, ma gran parte dei loro effetti personali era affondata con la nave, compresa l'adorata motocicletta customizzata di Linc.

«Muoio dalla voglia di vederla» disse Linc. «Appena torniamo in Malesia andrò a farci un giro. Devo vedermi con un vecchio amico della marina a Penang per Natale.» L'*Oregon* avrebbe dovuto tornare in bacino di carenaggio due giorni prima delle feste.

Salirono sul vagoncino seguente e si diressero verso gli alloggi dell'equipaggio a poppa.

«Avrei voluto essere presente per la cerimonia di rinomina» disse Eddie. La nuova *Oregon* era stata realizzata partendo dallo scafo di una vecchia portarinfuse destinata alla demolizione, per cui avevano seguito il consueto rituale per il battesimo con un nuovo nome.

«È stata un po' affrettata per via della telefonata di Raven sul possibile dirottamento, ma il Dom Pérignon è andato giù bene mentre bruciavamo il vecchio giornale di bordo. Ricordatevi solo di non pronunciare mai il vecchio nome dell'*Oregon*. Non abbiamo bisogno di sfortuna.» Juan sapeva che i marinai erano gente superstiziosa che non voleva indisporre gli dei del mare.

Arrivati agli alloggi dell'equipaggio, Eddie e Linc si diressero verso le loro cabine, e Juan andò alla finta mensa, che non era la sala in cui realmente l'equipaggio consumava i pasti. Una parte dell'*Oregon* era destinata alle ispezioni di comandanti del porto, ispettori e chiunque altro dovesse visitare la nave. Quegli spazi potevano essere trasformati in aree eleganti o decisamente disgustose a seconda della necessità.

Le sezioni nascoste della nave in cui viveva e lavorava l'equipaggio erano eleganti e sfarzose come quelle di una nave da crociera di gran lusso. Poiché trascorrevano la maggior parte del tempo a bordo dell'*Oregon*, i membri dell'equipaggio ricevevano un'indennità per arredare e decorare le cabine a loro piacimento. Le aree comuni erano altrettanto confortevoli. Se fosse stato un ristorante, il servizio di ristorazione sarebbe stato insignito di qualche stella Michelin, e il corridoio che Juan stava percorrendo era arredato con soffice moquette, luci soffuse e opere d'arte originali, tirate fuori a rotazione dai caveau delle banche dove erano custoditi i beni della Corporation.

Juan arrivò in fondo al corridoio. Per uscire dalla parte segreta e nascosta della nave tirò una maniglia e la porta si aprì su uno sgabuzzino. Quando la richiuse, niente lasciava immaginare che fosse qualcosa di diverso da una parete con mensole piene di prodotti per le pulizie. Per uscire dall'altra parte, Juan doveva solo premere la mano sul pannello bianco accanto al lavandino e il lettore di impronta palmare l'avrebbe automaticamente sbloccato, per lui come per ogni altro membro dell'equipaggio autorizzato.

Attraverso la telecamera si accertò che non ci fosse nessuno fuori dallo sgabuzzino e sbucò in un corridoio che era come un qualsiasi interno di una nave mercantile, con luci al neon, pareti dipinte di bianco e pavimenti rivestiti di linoleum. Se volevano rendere l'ambiente meno invitante per indurre gli ispettori a scendere in fretta dalla nave, potevano cambiare il colore della pittura murale. E per rendere l'illusione ancor più convincente, era possibile far tremolare le luci e diffondere un odore di marcio attraverso il sistema di ventilazione.

Juan entrò nella sala mensa per il pubblico e vide MacD, in felpa e shorts, parlare con Emily Schmidt che teneva un braccio sulle spalle del figlio e uno su quelle di Elena Muñoz.

Juan si avvicinò a loro. «Sono David Irving, comandante della *Norego*» disse. «Mi dispiace fare la vostra conoscenza in circostanze così terribili, ma è nostra intenzione riportarvi presto a Denpasar.»

Elena lo guardò con occhi pieni di lacrime. «Come sta mio padre? Sopravvivrà?»

Juan annuì. «Sembra proprio che se la caverà. Il nostro medico ha molta esperienza e, una volta stabilizzato, lo porteremo in ospedale per ulteriori cure. I senatori Schmidt e Muñoz sono già stati informati che voi state bene.»

Emily gli prese la mano. «Grazie, comandante Irving. Non so come i suoi uomini siano riusciti a salvarci, ma sono felicissima che si trovassero lì.»

«Siamo lieti di essere stati d'aiuto.» Il telefono di Juan emise un ronzio. «Scusatemi. Devo lasciarvi nelle mani capaci del mio assistente. Vi faremo sapere se ci saranno cambiamenti nelle condizioni di Oliver.»

Mentre usciva dalla sala mensa, Juan vide che era Mark Murphy che lo chiamava dal telefono satellitare.

«Murph, hai concluso l'esperimento?» disse, rispondendo. «Max ha bisogno di te per certi nuovi gadget che abbiamo a bordo.»

«Non sono Mark» rispose una voce tremante di donna. «Sono Sylvia Chang, sua sorella. Non sapevo chi altri chiamare.»

Juan si bloccò. Nessuno, a parte Murph, avrebbe dovuto usare quel telefono satellitare per chiamarlo.

«Lui dov'è?»

«È una storia lunga.»

«Sta bene?» chiese Juan.

«No. È per questo che la sto chiamando. Non può parlare.»
«Perché? Cos'è successo?»
«Non lo so. Potrebbe essere stato avvelenato.»
«Da chi?»
«Non lo so. Erano su una nave.»

Quella telefonata stava diventando sempre più strana. Gli venne il dubbio che qualcuno avesse clonato il numero del telefono satellitare.

«Come faccio a sapere che sto parlando realmente con Sylvia?»

Juan conosceva vita, morte e miracoli di ogni membro del suo equipaggio. Se non ricordava male, Sylvia era la sorellastra di Murph da parte di madre. Il padre era immigrato in America con un visto per studenti e in seguito era diventato cittadino americano. Sylvia era di due anni più giovane di Murph e, con il suo dottorato in fisica e matematica, era in gamba quanto lui.

«Sono capo ricercatore del progetto Rhino» disse Sylvia. «Lei è il Presidente, e ci ha dato in prestito mio fratello nella speranza di poter un giorno montare sulla sua nave uno scudo al plasma. È la persona più intelligente, più irritante e più imbranata che conosco, e gli voglio bene. Mark mi ha detto che una volta, in Albania, lei gli ha salvato la vita.»

In realtà, quella era solo una delle tante volte, ma Murph aveva voluto tenere segreto il suo lavoro a bordo dell'*Oregon*. Più o meno.

«Dice anche che lei ha una gamba sola, come Long John Silver.»

Anche quello era vero. Molto tempo prima, Juan aveva perso la gamba destra proprio sotto il ginocchio durante una missione. Era così abituato a portare una protesi che nessuno se ne accorgeva a meno che lui non la mostrasse.

«Okay, Sylvia» disse Juan. «Mi hai convinto. Dimmi cosa sta succedendo.»

Nei dieci minuti che seguirono, Sylvia gli raccontò l'incubo che aveva vissuto. Juan la interruppe solo per chiedere chiarimenti, e più sentiva più si arrabbiava, soprattutto quando seppe cosa era capitato a Murph. Quando lei ebbe finito, Juan disse: «Hai detto che siete nel mar di Timor. Quali sono le vostre coordinate?»

Lei gliele comunicò e Juan le inserì nell'applicazione di mappa sul suo telefono.

«Possiamo essere lì in nove ore per prendere te e Murph a bordo della *Oregon*.»

«Nove ore?» ribatté lei, incredula. «E come farete?»

«Siamo vicini a Bali. Sono poche centinaia di miglia dalla vostra posizione.» Quella sarebbe stata l'occasione per sottoporre i nuovi motori appena installati a uno stress test. «Nel frattempo, avrai bisogno di aiuto con tutte quelle persone fuori combattimento a bordo. Chiamerò la marina e la guardia costiera australiana perché vi raggiungano. Dovrai fidarti di loro. E se c'è una nave americana nei paraggi, faremo intervenire anche quella, considerato che la *Namaka* e il suo equipaggio erano americani.»

«Grazie, Presidente» disse Sylvia.

«Chiamami Juan. Io sono Juan Cabrillo.»

«Grazie, Juan. Sono felice che Mark lavori per lei.»

«Chiamami se hai bisogno di qualcosa nel frattempo. A presto.»

Riattaccò e tornò verso il centro operativo per impostare una nuova rotta verso sud una volta portate in salvo a Bali le famiglie dei senatori. Sapeva che ogni membro dell'equipaggio non avrebbe esitato a correre in aiuto di Murph, ma non sarebbe stato facile comunicare loro che le vacanze di Natale erano saltate.

20

Mar di Timor

Mentre aspettava l'arrivo dei soccorsi, Sylvia si occupò dei membri dell'equipaggio medicando ferite, portando acqua a quelli che erano in condizione di bere, e sistemandoli in modo che stessero il più comodi possibile. Oltre a Roberta che aveva il braccio ustionato, c'erano due uomini con ferite alla testa e una donna che si era tagliata una gamba con un coltello.

Mentre si prendeva cura di loro, per ogni evenienza Sylvia tenne addosso la maschera, per quanto scomoda, ma non notò alcun sintomo su se stessa. Qualunque fosse la causa, sembrava aver colpito le persone con intensità diversa. Alcuni, come Mark, erano quasi del tutto paralizzati. Altri manifestavano problemi meno gravi ma non erano comunque in grado di parlare né di muoversi autonomamente. Tutti avrebbero avuto bisogno di assistenza continua.

Novanta minuti dopo la chiamata a Juan Cabrillo, si stupì nel sentire, molto prima del previsto, la sirena di una nave in lontananza. Lasciò la sala mensa e uscì sul ponte per vedere chi fosse.

Una nave rossa dall'aspetto insolito si trovava a circa un miglio da loro e si stava avvicinando rapidamente. Aveva la sovrastruttura nella parte anteriore e una piattaforma per elicotteri montata su un reticolo di travi sopra la prua.

Per essere arrivati così in fretta, dovevano essere stati piuttosto vicini quando era partita la richiesta di aiuto di Juan. Sylvia era dibattuta. Se le persone a bordo di quella nave erano in combutta con l'equipaggio del trimarano, l'avrebbero eliminata in quanto possibile testimone. Ma non aveva dove andare. Non poteva fare altro che seguire il consiglio di Juan e sperare che fossero lì per aiutarli.

Sylvia si tolse la maschera e osservò preoccupata la nave che si avvicinava. Quando fu a meno di un quarto di miglio di distanza, dall'altoparlante giunse una voce.

«*Empiric*, qui è la nave della Royal Australian Navy *Ocean Protector*. Preparatevi a essere abbordati.»

La nave si fermò e calò in acqua un tender. La piccola imbarcazione si avvicinò alla poppa della *Empiric* e Sylvia andò incontro agli occupanti.

Quando arrivò a poppa, stavano già salendo sulla piattaforma posteriore. Rimase sorpresa nel vedere che tutti e sei indossavano tute anticontaminazione.

«Sono il tenente comandante Womack» disse una donna. «Primo ufficiale dell'*Ocean Protector*. Lei chi è?»

«Sono Sylvia Chang. Ero a bordo di una nave americana, la *Namaka*.»

«Quella che è affondata?»

«Sì.»

«Ci sono altri sopravvissuti all'esplosione oltre a lei?»

Sylvia pensò che fosse uno strano modo per definire l'attacco.

«No» rispose. «Sono l'unica che è stata così fortunata da riuscire ad abbandonare la nave.»

«E quante sono le vittime a bordo dell'*Empiric*?»

«Tutti e quarantatré.»

«Morti?»

«No. Sono vivi, ma hanno qualcosa che non va.»

«In che senso?»

«Sono stati tutti colpiti da un'improvvisa paralisi.»

«Com'è possibile?»

«Non lo so. A quanto pare, hanno perso conoscenza per un po' e quando si sono ripresi, non riuscivano a muoversi.»

«Ci occuperemo noi di loro» disse Womack facendo un cenno ai suoi uomini. Questi si sparpagliarono per la nave. Sylvia fece per unirsi a loro, ma Womack la bloccò.

«Solo un minuto» disse. «Voglio sapere qualcosa di più su questo incidente.»

«Incidente?» ribatté Sylvia. «Di cosa sta parlando?»

«La richiesta di soccorso che abbiamo ricevuto tre ore fa diceva che un incidente a bordo della *Namaka* aveva causato un'esplosione di gas e che, prima di affondare, la nave aveva rilasciato dei vapori di origine chimica che avevano avviluppato l'*Empiric*. Quando abbiamo risposto alla richiesta d'aiuto non siamo più riusciti a contattare chi ci ha chiamati e ci siamo precipitati qui.»

«Una richiesta di soccorso? Non è possibile.» Sylvia indicò i componenti fusi del sistema di comunicazione e in quel momento si rese conto che la presunta richiesta d'aiuto doveva essere partita dal trimarano.

«Quello è il risultato dell'esplosione?» chiese Womack.

«No, è successo quando siamo stati attaccati.»

«Attaccati? Da chi?»

«Non lo so. Era un trimarano.»

«In che modo vi ha attaccati?»

Sylvia non poteva dire che pensava fosse un'arma futuristica come un cannone al plasma. Womack l'avrebbe presa per matta.

«Non saprei.» Se non altro, era la verità.

«E perché mai qualcuno avrebbe dovuto attaccarvi?»

«Non lo so.»

«Cosa ci facevate qui?»

«Non posso dirglielo. È un'informazione riservata.»

«Su che nave si trovava quando è avvenuto questo attacco?» Womack non mimò le virgolette con le dita mentre pronunciava la parola «attacco», ma Sylvia le sentì comunque.

«Sulla *Namaka*.»

«E lei è l'unica sopravvissuta?»

«Sono caduta fuoribordo quando il trimarano ha cominciato il suo attacco. Prima di allontanarsi, il trimarano si è affiancato all'*Empiric* e poi io ho nuotato fin qua.»

«E ha tenuto addosso quella maschera per tutto il tempo che è stata sull'*Empiric*?» chiese Womack, indicando la maschera antigas che Sylvia teneva ancora in mano.

«Be', no. Non sapevo cosa fosse successo su questa nave finché non ho trovato qualche membro dell'equipaggio.»

Sylvia raccontò ancora una volta tutta la storia. Sembrava che il tenente comandante Womack facesse sforzi sovrumani per non alzare gli occhi al cielo. E quando uno dei membri dell'equipaggio dell'*Ocean Protector* si avvicinò a loro, le cose non migliorarono.

«Stiamo curando alcuni feriti» disse, «ma sono tutti paralizzati, proprio come ha detto lei. È difficile comunicare con loro, anche se alcuni sono in grado di rispondere sì o no alle domande. La loro paralisi deve essere stata causata dal rilascio di agenti chimici durante l'incidente.»

«Non è stato un incidente» insistette Sylvia. «Siamo stati attaccati.»

Womack e l'uomo si scambiarono uno sguardo d'intesa.

«So cosa state pensando» disse Sylvia, «ma non ho le allucinazioni e non me lo sto inventando.» All'improvviso Sylvia si ricordò delle telecamere esterne che l'*Empiric* stava usando per registrare i risultati dell'esperimento. «Posso dimostrarlo. C'è un video su cui si può vedere la nave che ci ha attaccati.»

«D'accordo» disse Womack prima di tornare a rivolgersi all'uomo dell'equipaggio. «Cominciate a trasportare i sopravvissuti sulla *Protector*. Li visiteremo meglio a bordo. Il primo elicottero dovrebbe arrivare da un momento all'altro.»

Con un cenno del capo l'uomo si allontanò.

«Elicottero?»

Womack annuì. «Vi porteremo tutti in Australia. Il Royal

Darwin Hospital è pronto a prendervi in carico.» Ovviamente intendeva anche Sylvia.

«Venga» disse Sylvia. «Le mostro la registrazione.»

Indossò la maschera e condusse Womack nella sala di controllo, dove uno degli uomini dell'*Ocean Protector* si stava occupando delle persone paralizzate. Sylvia rivolse un sorriso al fratello, ancora seduto sulla sua poltroncina, e gli strinse la spalla.

«Sono arrivati i soccorsi, Mark» gli disse. «Questa è il tenente Womack della marina australiana. Ora le mostro cosa è successo qui e poi vi porteremo sulla loro nave.»

Lui emise un grugnito di risposta. Sylvia sedette a un terminale per richiamare i file video che contenevano i riferimenti temporali dell'esperimento.

Saltò la parte che mostrava lo scudo al plasma e riprodusse il video dal momento precedente all'attacco. Vide il drone fuori uso tra le onde e due persone in piedi appoggiate al parapetto della *Namaka*, ma la nave era troppo lontana per capire che si trattava di lei e Kelly. Nel vedere la sua assistente soffocò un singhiozzo.

«La persona sulla destra sono io» disse, indicando un punto dello schermo.

Un attimo dopo il ponte della *Namaka* esplose. La luce era così intensa che non fu più possibile vedere le due figure, ma lei ripensò alle parole di avvertimento che aveva detto a Kelly mentre si rifugiava all'interno. Un'altra esplosione squarciò la sovrastruttura. Era quello il momento in cui lei era caduta in acqua. Vederlo da quella prospettiva le provocò un brivido lungo la schiena.

Le esplosioni continuarono a fare a pezzi la *Namaka* finché non rimase che un guscio in fiamme da cui si levava una nube di fumo denso che avanzava verso la telecamera dell'*Empiric*. La nave affondò e scomparve.

«Questo era l'attacco?» chiese Womack.

Sylvia percepì il tono incredulo della donna e capì il perché. Solo ora, mentre guardava il video, Sylvia si rese conto che i proiettili al plasma erano così veloci che la telecamera dell'*Empiric* non era riuscita a catturarli. A un occhio inesperto, poteva sembrare che la *Namaka* fosse stata distrutta da un'esplosione avvenuta all'interno.

«Dov'è la nave che vi ha attaccato?»

«Adesso arriva» rispose Sylvia. Fece avanzare il video fino al momento in cui il trimarano era venuto in cerca dei superstiti, ma prima di arrivarci lo schermo diventò tutto nero. Non c'era più niente. La registrazione finiva lì.

Quando comprese il motivo per cui non c'erano prove video, Sylvia provò una sensazione di gelo allo stomaco. Ecco perché gli assassini del trimarano erano saliti a bordo dell'*Empiric*. Avevano cancellato ogni prova della loro presenza e inviato una finta richiesta di soccorso per far sì che l'intero episodio sembrasse un bizzarro incidente. La *Ocean Protector* era già in viaggio da un pezzo quando Sylvia aveva chiamato Juan Cabrillo, e questo perché gli aggressori volevano che loro venissero trovati.

La domanda era perché.

«È tutto?» chiese Womack.

Sylvia si limitò ad annuire. Se avesse detto al tenente comandante che il video era stato cancellato, le avrebbe fornito un ulteriore motivo per pensare che fosse un'isterica o una bugiarda.

Womack la prese per un braccio e l'aiutò ad alzarsi dalla poltroncina.

«La porteremo al sicuro» disse Womack, con il tono di un adulto che cerca di rassicurare un bambino.

«Voglio stare con mio fratello» disse Sylvia, andando a mettersi accanto a Mark.

«Questo è suo fratello?» chiese Womack, scettica.

«Sì.»

«E lui può confermare la sua storia?»

«No, era privo di sensi, come tutti gli altri.»

Womack annuì come se, finalmente, avesse capito cosa stava succedendo. «Pensa che sia quello che è successo anche a lei?»

Sylvia sospirò. «È possibile.»

Forse era un bene che Womack non le credesse, pensò Sylvia. Se non altro, quando fosse arrivata a Darwin sarebbe stata considerata una delle tante vittime dell'accidentale contaminazione. Diversamente, l'uomo e la donna a bordo del trimarano avrebbero potuto darle la caccia per eliminarla in quanto testimone.

Womack cominciò a dare una mano al suo marinaio che si stava prendendo cura degli altri occupanti paralizzati della sala di controllo, lasciando Sylvia sola accanto a Mark.

Lui batté sul bracciolo e lei tradusse il messaggio in codice Morse con il telefono.

IO TI CREDO. ANCHE IL PRESIDENTE.

Apprezzava la fiducia che Mark dimostrava in lei, ma era straziante vedere il suo fratellone, di solito così brillante, privato della possibilità di muoversi e di parlare. Visto che non era riuscita a convincere Womack di quanto era realmente accaduto, da quel momento in poi avrebbe assecondato la sua teoria. Anche lei, come Mark, era convinta che Juan Cabrillo poteva essere l'unica persona che le avrebbe creduto. Ma giurò a se stessa che, in un modo o nell'altro, avrebbe trovato chiunque fosse responsabile dell'uccisione e del ferimento dei suoi amici e colleghi.

E quando l'avesse trovato, si sarebbe assicurata che non facesse mai più del male a nessuno.

21

Nhulunbuy, Australia

Nel Territorio del Nord la fine di dicembre coincideva con il culmine della stagione dei monsoni. Un acquazzone pomeridiano si abbatté su April Jin nel momento in cui sbarcava dal trimarano *Marauder*, chiamato così per via dell'arma sperimentale al plasma rubata agli americani che ne costituiva il principale armamento. Il trimarano era ormeggiato accanto alla nave mercantile *Shepparton* che attendeva l'ultimo carico prima di salpare. Jin affrettò il passo andando verso l'ufficio temporaneo allestito accanto al piazzale di cemento che si estendeva verso la riva.

Il porto ad alto pescaggio si trovava accanto a una gigantesca fabbrica di alluminio che aveva chiuso definitivamente i battenti alcuni anni prima, i cui serbatoi e altre apparecchiature ora arrugginivano nell'umidità tropicale. Sebbene la locale miniera di bauxite fosse ancora in attività, la chiusura dell'impianto di raffinazione del minerale e la conseguente perdita di posti di lavoro avevano avuto un duro impatto sulla cittadina di Nhulunbuy. La città sulla penisola di Gove era così isolata che per raggiungerla era necessario percorrere settecento chilometri di sterrato dalla più vicina strada asfaltata. I cittadini avevano accolto con felicità l'infusione di denaro nell'economia locale da parte di una nuova impresa chiamata Alloy Bauxite, la società di comodo creata da Lu Yang.

Il patrigno di Jin aveva acquistato tredicimila ettari di terreno privi di alcun valore nel mezzo di una palude isolata sul lato opposto della baia e vi aveva costruito una struttura segreta al riparo da occhi indiscreti. L'unica difficoltà era attraversare la palude fangosa e i vari fiumiciattoli visto che non esistevano strade, ma Lu aveva pensato anche a questo. Angus sarebbe arrivato di lì a poco con il mezzo di trasporto ideato da Lu.

Jin entrò nell'ufficio e si sfilò l'impermeabile prima di versarsi una tazza di caffè. Accese il laptop sulla scrivania, impaziente e curiosa. Quel giorno sarebbe stato rivelato l'ultimo pezzo del piano di Lu. Jin fu tentata di far partire il video, ma aveva promesso al marito che lo avrebbero guardato insieme e così si mise a navigare tra i vari siti di notizie australiani.

Come previsto, in Rete non si parlava d'altro che dell'attacco del giorno prima. Scorse gli articoli in cerca di dettagli. L'autorità per la sicurezza delle acque territoriali australiane aveva risposto a una richiesta di soccorso da parte di due navi nel mar di Timor, una americana e una australiana. C'erano dei superstiti, che erano stati trasportati in elicottero a un ospedale di Darwin, ma erano tutti in gravi condizioni. Girava voce che fossero stati esposti a un qualche tipo di gas in seguito a un incidente, e che come conseguenza fossero rimasti paralizzati. Secondo quanto riferito, le navi stavano conducendo un esperimento segreto nell'ambito di un'operazione congiunta delle forze armate americane e australiane, per cui molti pensavano che si fosse trattato di un test con armi chimiche sfuggito di mano. Bot programmati da Jin sui social media alimentavano le teorie complottiste secondo cui la responsabilità della tragedia era tutta di un'arma segreta australiana.

Jin sorrise, compiaciuta per l'attenta pianificazione di Lu. Nella mente dell'opinione pubblica era stato piantato il seme del dubbio e della paura. Anche se Stati Uniti e Australia avessero deciso di rivelare la reale natura degli esperimenti condotti da quelle navi, la verità sarebbe stata considerata una ridicola storia di copertura inventata solo per rimpallare le responsabilità.

Stava ancora assaporando l'ironia di quella situazione quando udì il ronzio delle enormi eliche che si avvicinava. Si alzò e andò alla finestra, guardando non in cielo ma in mare. Nonostante la pioggia fitta offuscasse la visuale, riuscì a distinguere gli spruzzi bianchi intorno all'imbarcazione che correva verso la riva. Non era una nave. Era un gigantesco hovercraft chiamato *Marsh Flyer*.

L'hovercraft classe SR.N4 ampiamente modificato era lo stesso usato per trasportare passeggeri e veicoli attraverso la Manica prima che l'apertura del Chunnel lo rendesse obsoleto. Lo scafo era dipinto di verde, con file di finestrini dietro a cui sarebbero stati seduti i quattrocento passeggeri e grandi portelloni davanti e dietro per caricare fino a sessanta veicoli tra auto e piccoli camion. Sul tetto piatto c'erano una cabina di pilotaggio e quattro gigantesche eliche su piloni orientabili per la propulsione e la guida. Una gonna di gomma nera catturava l'aria spinta verso il basso dall'elica di sostentamento, e questo permetteva al *Marsh Flyer* di spostarsi attraverso la palude dallo stabilimento segreto della Alloy Bauxite e attraverso la baia fino a Nhulunbuy.

Avvicinandosi al piazzale di cemento il *Flyer* rallentò. Jin si divertiva sempre a vederlo fluttuare fuori dall'acqua fino a terra sfidando ogni normale aspettativa. Quando fu sulla terraferma, l'hovercraft ruotò su se stesso finché la poppa venne a trovarsi di fronte alla *Shepparton* ormeggiata. Quindi l'elica di sostentamento venne spenta e la gonna si sgonfiò, depositando il *Flyer* a terra.

Da poppa scese una rampa e i camion cominciarono a uscire in direzione delle gru del mercantile. Quando furono tutti a terra, Angus Polk scese la rampa e venne verso di lei a passo svelto sotto la pioggia.

«L'hai già guardato?» chiese, non appena ebbe varcato la soglia.

«Stavo per farlo, ma mi sono fatta prendere dagli articoli

sul Web. La stampa è indignata per la gestione fallimentare da parte dell'esercito australiano delle loro ricerche segrete sulle armi chimiche. Presto si chiederanno se l'Enervum fosse effettivamente un agente nervino letale come il VX.»

«In un certo senso, si potrebbe dire che è un gas nervino» osservò Polk. «Ma fintanto che incolpano il loro governo, non mi interessa come lo chiamano.»

«Abbiamo prodotto tutta la quantità di Enervum che ci serve?» chiese Jin.

Polk annuì. «Stanno caricando l'ultimo lotto di contenitori sulla *Shepparton* proprio adesso. Dovrebbe essere in grado di salpare al calar della notte.»

«Bene. E io partirò per Port Cook.»

«La stampa impazzirà quando si verificherà un altro 'incidente' a così poca distanza dal primo. Lu ha pianificato tutto alla perfezione.» Vide che Jin lo guardava accigliata. «Cosa c'è?»

«Mi stanno venendo dei dubbi» rispose lei.

«Se hai dei ripensamenti, siamo un po' oltre il punto di non ritorno.»

«Speravo bastasse una sola operazione e che poi sarebbe finita. A ogni passo il rischio aumenta e io vorrei vedere la fine.»

«Fino a questo momento, Lu ha avuto ragione su tutto. La fabbrica, il gas, il *Marauder*, il cannone al plasma, persino le reazioni della stampa al nostro primo attacco con l'Enervum. Da quando abbiamo cominciato, il conto segreto in criptovaluta è cresciuto di trenta milioni. Dobbiamo essere vicini all'obiettivo finale, lui non può chiederci molto altro. Non abbiamo altra scelta che andare fino in fondo.»

Lei fece un respiro profondo e annuì. «Lo so. È troppo tardi per tirarsi indietro adesso.»

Il fatto era che il loro gruzzolo iniziale era stato speso in fretta e la scadenza si stava rapidamente avvicinando. Se non avessero portato a termine il piano, si sarebbero ritrovati senza un soldo e forse anche ricercati per reati che prevedevano la pena capitale.

Polk accennò col capo al portatile. «Guardiamo l'ultimo video di Lu e scopriamo qual è il nostro obiettivo.»

Fino a quel momento, Lu aveva tenuto segreto l'obiettivo finale di Enervum. Quel giorno era la prima data in cui avrebbero potuto accedere alla registrazione in cui lui avrebbe rivelato loro lo scopo del piano. Jin e Polk aspettavano quel momento da quando avevano visto il primo video di Lu a Melbourne.

«Coraggio» disse Jin. Era troppo agitata per stare seduta e così si alzò in piedi e digitò il codice per la riproduzione del video.

Lu comparve sullo schermo, immutato dall'ultima volta che lo avevano visto, il corpo devastato dal cancro che da lì a poco avrebbe posto fine alla sua vita.

«Buongiorno, April e Angus» disse, con voce debole e roca. «Immagino che abbiate aspettato con impazienza questo momento. Io lo avrei fatto, se fossi nella vostra posizione. Darei qualsiasi cosa per vedere le vostre facce quando vi rivelerò ciò che accadrà.» Bevve un sorso d'acqua e si schiarì la gola.

«Adora i momenti drammatici anche da morto» borbottò Polk.

«Avresti dovuto vederlo quando era vivo» ribatté Jin.

«In primo luogo, vorrei congratularmi con voi per i successi ottenuti fino a oggi» disse Lu. «C'è ancora molto da fare, ma tra pochi giorni la vostra missione sarà conclusa. Avrete servito la Cina nel modo più onorevole ed erediterete le mie ricchezze. Potreste dover dire addio alla vostra vita in Australia, ma avrete degli amici in Asia e le risorse per vivere bene ovunque desideriate.»

«Va bene, ma ora dicci cosa dobbiamo fare» sbottò Polk, impaziente.

Lu proseguì. «La carota è lì che vi aspetta. Quando tutto

sarà finito, centinaia di milioni in criptovaluta saranno vostri come promesso. Se voi terrete fede alla vostra parte di accordo, io farò lo stesso. E ora veniamo all'obiettivo.» Fu assalito da un altro accesso di tosse, che placò con un sorso d'acqua.

Jin e Polk si scambiarono un'occhiata. Era tutto o niente. Jin prese la mano del marito.

«Se avete seguito le mie istruzioni, la *Shepparton* dovrebbe contenere un carico completo di Enervum oltre al sistema di diffusione» disse Lu. «La quantità di gas a bordo è sufficiente ad avvelenare cinque milioni di persone, l'intera popolazione della più grande città dell'Australia. Voi prenderete la nave e tra nove giorni, allo scoccare della mezzanotte dell'ultimo giorno dell'anno, rilascerete il carico nell'aria in mezzo al porto di Sydney. Questo è il vostro obiettivo finale. Spero che riusciate nel vostro intento.»

22

Darwin

Dopo aver stabilizzato Oliver Muñoz e trasferito le famiglie dei due senatori in un ospedale nel capoluogo di Bali, Juan aveva spinto al limite i nuovi motori dell'*Oregon* per raggiungere l'*Empiric*, ma quando arrivarono Sylvia e Murph avevano già lasciato la nave da tempo. L'*Oregon* proseguì e quando si trovarono a meno di trecento miglia da Darwin, Gomez decollò dal ponte a bordo del convertiplano insieme a Juan, Julia Huxley ed Eric Stone, che aveva insistito per andare con loro quando aveva saputo delle condizioni in cui versava il suo miglior amico. Atterrarono un'ora più tardi e Juan si mise alla guida del furgone a noleggio per accompagnare Julia ed Eric via dal Darwin International Airport mentre Gomez restava per fare rifornimento al velivolo.

«Non mi abituerò mai a fare Natale al caldo» osservò pigramente Eric dal sedile posteriore mentre passavano davanti a un autobus tappezzato con l'annuncio pubblicitario di una banca locale. Sull'offerta di prestito campeggiava un Babbo Natale sulla sua slitta anche se c'erano trentotto gradi a mezzogiorno. Eppure l'erba sotto le palme e gli eucalipti che fiancheggiavano la strada restava verde grazie ai frequenti acquazzoni della stagione delle piogge estiva.

Juan lanciò un'occhiata preoccupata a Julia e lei annuì in silenzio. Eric stava cercando di non pensare a ciò che avrebbe trovato quando fossero arrivati all'ospedale.

«Faremo tutto il possibile per lui» disse Julia.

«Magari è solo una paralisi temporanea e la mattina di Natale si rimette in piedi» rispose Eric.

«Magari» rispose lei speranzosa. Ma lo sguardo scoraggiato che rivolse a Juan faceva capire che trovava assai improbabile la cosa. Mancavano solo tre giorni a Natale.

Il resto del viaggio si svolse in silenzio tranne quando si fermarono a un negozio di articoli sanitari per ritirare un ordine fatto da Julia. Era una sedia a rotelle motorizzata per Murph. Secondo i rapporti ricevuti dal Royal Darwin Hospital, riusciva a controllare un dito quel tanto per guidare la sedia con un joystick. Eric passò il resto del viaggio a collegare al bracciolo della sedia un dispositivo creato appositamente per il suo amico.

Quando arrivarono all'ospedale lo trovarono affollato di soldati australiani e vari funzionari governativi. Grazie a falsi documenti d'identità che li identificavano come dipendenti del governo americano ai tre fu permesso di entrare e di salire al quinto piano, dove erano stati ricoverati i pazienti dell'*Empiric*.

Julia si fermò al bancone del ricevimento e annunciò: «Siamo qui per vedere Mark Murphy».

L'infermiera di turno fissò prima lei poi Juan ed Eric. «Non sono sicura che possa ricevere visite.»

Un medico che stava studiando lo schermo di un computer alzò lo sguardo. Era un uomo snello sulla trentina con capelli neri e corti.

«Sono Leonard Thurman» disse. «Il signor Murphy è un mio paziente. Lei è la dottoressa Huxley?»

Julia annuì. «Come fa a saperlo?»

«La stavamo aspettando. Un'ora fa ho ricevuto una telefonata davvero insolita dal mio governo. A quanto pare il Dipartimento di Stato americano ha chiesto che io tratti lei e i suoi colleghi con ogni riguardo. Il signor Murphy e sua sorella, la signora Chang, sono gli unici americani sopravvissuti alla tragedia che li ha portati qui. Mi segua, la prego.»

Thurman fece strada a Julia lungo il corridoio, e Juan ed Eric li seguirono.

«Dottor Thurman» disse Julia mentre camminavano, «quali sono le loro condizioni?»

«La signora Chang non sembra aver sofferto alcun effetto di quello che riteniamo sia stato un attacco condotto con gas velenoso. Le condizioni del signor Murphy, invece, non sono cambiate da quando è arrivato qui. Non è peggiorato, e questa è una buona notizia, ma resta quasi del tutto paralizzato dal collo in giù.»

«Sappiamo a cosa è dovuta la paralisi?»

«Al momento ancora no. Nessuna delle vittime manifesta perdita sensoriale e tutte possono sentire dolore, calore e freddo alle estremità. Sono sinceramente perplesso. Non ho mai visto una paralisi così rapida in un gruppo di persone tranne in uno sfortunato caso di botulismo in occasione di un pranzo in famiglia.»

«Potrebbe trattarsi di curaro?» chiese Juan. «Le tribù indigene del Centro America usano il veleno sulle frecce lanciate con le cerbottane. E causa paralisi.»

«Non credo. Abbiamo provato a trattare i pazienti con un inibitore della colinesterasi, ma non è servito a nulla. I sintomi mostrano un coinvolgimento del motoneurone sia superiore che inferiore, come una combinazione di paralisi cerebrale con sindrome di Guillain Barré. La risonanza magnetica funzionale ha evidenziato che i neuroni sono diventati quiescenti, ma non sono morti.»

«Esiste una cura?» chiese Eric.

«Suppongo che se riuscissimo a identificare la causa di questa condizione potremmo sintetizzare un antidoto» rispose Thurman. «Ma potrebbero volerci mesi o anni di ricerca. A parte questo, mi dispiace dover dire che la paralisi potrebbe essere permanente.»

Thurman si fermò davanti a una delle stanze e bussò frettolosamente prima di entrare. Murph era semiseduto sul letto regolabile, con indosso una camicia dell'ospedale. Una giovane donna seduta accanto al letto gli stringeva la mano. Guardò i nuovi arrivati con diffidenza, poi all'improvviso la sua espressione cambiò.

«Voi siete gli amici di Mark» disse, quindi fece una piccola pausa prima di proseguire. «Dice che i vostri nomi sono Juan... Eric... e Doc Huxley.»

Juan notò il dito di Murph che batteva sul suo palmo, e riconobbe la cadenza del codice Morse.

«Tu devi essere Sylvia» disse Juan.

«Sono felice che siate venuti. E anche Mark lo è.»

«Come state?»

«Io sto bene. Mark si sente bene. È solo frustrato perché non riesce a muoversi.»

Eric si avvicinò al letto. «Ehi, amico, è bello rivederti» disse, cercando di mantenere un tono leggero.

Murph grugnì e Sylvia interpretò i suoi rapidi tocchi. «Dice: 'So che sembro... mostro di Frankenstein... ma dimmi che... non è così'.»

Eric sorrise. «Mi dispiace dirlo, ma sei ancora te stesso. Ti ho portato una sorpresa. Così potrai parlare da solo. Più o meno.»

Indossò un paio di occhiali per la realtà aumentata, si avvicinò alla sedia a rotelle e mosse rapidamente il joystick con il dito come se stesse giocando a un videogioco. Una voce che aveva il tono robotico ed esitante di Stephen Hawking disse: «Ho modificato i controlli in modo che tu possa passare dall'uso della sedia a rotelle a parlare con l'app del sintetizzatore. Gli occhiali ti permettono di vedere quello che stai digitando».

«Non ti preoccupare» aggiunse Eric con la sua voce naturale. «Questa è solo una delle quattrocento voci programmate al suo interno. Max e io l'abbiamo costruita quando abbiamo saputo cosa ti era successo. Puoi parlare come Topolino, Samuel L. Jackson, Marilyn Monroe... tutte le voci che sono qua dentro. Ma dalle scelte ho tolto le voci di Gilbert Gottfried e di Kim Kardashian.»

«Accidenti! È fantastico, Eric» disse Sylvia. «Mark dice che vuole provarlo.»

Il dottor Thurman chiamò un inserviente per far sedere Mark sulla sedia. Durante l'operazione di spostamento, Juan chiamò Thurman e Julia in corridoio.

«Vorremmo portarli via con noi» disse Juan. «Sembra che Sylvia sia illesa e la dottoressa Huxley ha le risorse e l'attrezzatura per prendersi cura di Mark.»

Thurman si accigliò. «Ma sono arrivati ieri. Sono contrario a dimetterlo così presto in quelle condizioni.»

«Non costituisce una minaccia per nessuno visto che non è contagioso» osservò Julia. «C'è motivo di aspettarsi che peggiori?»

«Non sappiamo nulla di quello che gli sta succedendo.»

«Lei può fare qualcosa qui che io non possa fare nel mio ospedale?»

«Suppongo di no.»

«Allora preferirei prenderlo sotto le mie cure» disse Julia. «L'ha detto lei che deve mostrarci ogni riguardo.»

«Prenderò accordi con il nostro Dipartimento di Stato perché autorizzi il trasferimento» disse Juan, il che significava passare attraverso Langston Overholt.

«Bene» disse Thurman. «Ma gradirei che condivideste con me ogni mutamento delle sue condizioni e ogni progresso nella ricerca di una cura efficace. Io farò lo stesso con voi.»

«Certamente» rispose Julia, e i due si scambiarono i numeri di telefono.

Murph uscì dalla stanza sulla sua sedia a rotelle e fece un giro su se stesso. Eric e Sylvia lo seguivano da vicino. Quando

Murph si fermò, sorrise come meglio poté, con gli occhi che scintillavano dietro gli occhiali speciali.

«Sembra che tu abbia imparato in fretta» disse Sylvia.

Lui ruotò la sedia per girarsi verso di lei. La voce artificiale parlò di nuovo, ma questa volta era quella profonda e imperiosa di James Earl Jones. «Trovo allarmante la tua mancanza di fiducia. Ora, prima di uscire da qui e trovare un modo per liberarmi di questa sedia, posso avere i miei vestiti?»

23

Sylvia era stupita dalla velocità con cui Juan Cabrillo era riuscito a far uscire lei e Mark dall'ospedale. Si aspettava una trafila infinita di adempimenti burocratici, e invece neppure un'ora dopo stavano già salendo a bordo di un elegante convertiplano all'aeroporto di Darwin.

« Dove stiamo andando? » gli chiese.

« Alla *Oregon* » rispose Juan prima di prendere posto sul sedile del copilota.

« È una nave » spiegò Eric mentre si allacciavano le cinture. « La nostra casa e la nostra base operativa. Il signor Overholt ci ha informato che hai un nullaosta di sicurezza di livello molto elevato, quindi il Presidente dice che potremo portarti a visitarla una volta arrivati. »

« Cosa c'entra il mio nullaosta di sicurezza? » ribatté Sylvia.

Eric le sorrise. « Vedrai. »

« Sono impaziente di vederla » disse Murph. Ora la voce artificiale era più simile alla sua vera voce. Persino lui si stava stancando di parlare come Darth Vader.

Quando furono in volo Juan si unì a loro nella cabina principale. Sylvia passò il resto del viaggio descrivendo loro l'attacco del trimarano. Su sollecitazione di Mark, rivelò persino lo scopo del suo esperimento e una descrizione del cannone al plasma che aveva affondato la *Namaka*.

Quando ebbe finito, Juan disse: « Il trimarano sembrerebbe un nuovo tipo di pattugliatore utilizzato da molte marine di questa regione, tra cui gli australiani. È un mezzo veloce e a lungo raggio, adatto sia a operazioni costiere che in acque profonde, per cui potrebbe provenire da qualunque luogo. Ma l'arma al plasma sembra troppo sofisticata per un gruppo terroristico».

«Forse è coinvolto il governo cinese» disse Sylvia. «Ho sentito alcuni membri dell'equipaggio parlare in mandarino.»

«Hai sentito anche due di loro parlare in inglese con accento australiano. Saresti in grado di identificarli, se li rivedessi?»

«Certo.» I loro volti erano impressi nella sua memoria. Ogni dettaglio di quanto accaduto lo era.

«Eric, accompagnala da Kevin Nixon. Può fare un identikit.» Juan si voltò verso di lei. «Ricordi qualcos'altro che possa aiutarci a restringere le ricerche del trimarano?»

Lei annuì. «Non so se significa qualcosa, ma c'era un logo su una cassa di metallo sulla nave. Una A e una B sopra il disegno di una stella.»

«Nessun nome?»

Lei scosse il capo.

«Okay. Kevin farà un disegno anche di quello. Rintracciare questo trimarano e l'arma chimica utilizzata potrebbe essere l'unico modo per scoprire un antidoto.»

Il pilota, un bell'uomo con baffi a manubrio, annunciò: «Presidente, ci stiamo avvicinando all'*Oregon*».

Juan tornò nella cabina di pilotaggio. E poi, rivolto ai passeggeri, disse: «Faremo un sorvolo in modo che Murph possa vederla».

Sylvia andò al finestrino accanto a Mark e guardò fuori. Non vide altro che mare aperto illuminato dal sole calante.

«Eccola là» disse Mark. «È bellissima.»

Un mercantile dall'aspetto ordinario comparve sull'acqua sotto di loro. Sylvia pensò che lui la stesse prendendo in giro. «Tutto qui?»

«L'apparenza inganna» rispose lui, senza staccare gli occhi dalla nave.

Il convertiplano si posò su una piattaforma di atterraggio al centro del ponte e, con grande stupore di Sylvia, il velivolo venne calato dentro la nave.

Juan aprì lo sportello e disse: «Io vado al centro operativo. Eric. Quando Kevin ha qualche informazione utile, avvertimi». Detto questo, sparì.

«Porto Murph in infermeria per visitarlo» disse Julia.

«Sicuro che starai bene?» disse Sylvia prendendo la mano di Mark.

«Non ti preoccupare» rispose lui. «Abbiamo la miglior infermeria galleggiante.»

Sylvia non era tranquilla all'idea di perdere di vista il fratello, ma capiva che si trovava in buone mani.

«Vieni» disse Eric. «Ti porto al Magic Shop. Poi ti troveremo una cabina.»

La condusse a un corridoio dove salirono su un vagoncino, e lei rimase sorpresa ancora una volta dal livello delle soluzioni tecnologiche presenti su quella nave. In un attimo furono trasportati verso poppa.

«Cos'è il Magic Shop?» chiese.

«È il luogo in cui produciamo documenti falsi, uniformi, trucchi e parrucche, oggetti e ogni altro camuffamento e gadget necessario alle nostre operazioni. Lo gestisce Kevin Nixon, pluripremiato esperto di effetti speciali e truccatore di Hollywood.»

«In cosa consistono le vostre operazioni?»

«Ci facciamo carico di missioni difficili che il nostro governo non può svolgere. Operazioni segrete, il tipo di operazioni che non ha bisogno di pubblicità. Siamo una specie di ultima spiaggia. Se non ci riusciamo noi, probabilmente non si può fare.»

«Quindi siete delle spie. Lo sapevo. Mio fratello è una spia.»

Eric scrollò le spalle. «Direi piuttosto dei corpi speciali.»

«Comunque lo chiamate, non avevo idea che lavorasse in un posto così incredibile con persone così in gamba.»

«Sono felice di aver finalmente conosciuto sua sorella. Ho sentito tanto parlare di te.»

«E sono come te lo aspettavi?»

«Esattamente.»

I loro occhi si incrociarono per un istante, poi Eric si sistemò gli occhiali dalla montatura di corno e distolse lo sguardo, tutto rosso in faccia. Sylvia pensò che avrebbe dovuto torchiare Mark, più tardi, e chiedergli perché non le avesse mai presentato il suo migliore amico, così affascinante e un po' goffo.

Il vagoncino si fermò ed Eric fece strada lungo una serie di lussuosi corridoi, più adeguati a uno yacht di lusso che a una nave mercantile. Quindi entrarono in una grande stanza stipata di vestiti, contenitori e scaffali pieni di oggetti, diversi manichini vestiti con uniformi militari in varie fasi di realizzazione, e quattro poltroncine girevoli sistemate davanti a una parete di specchi.

Un uomo magro con una folta barba marrone stava armeggiando con una gamba protesica posata sul bancone. Stava succhiando un lecca-lecca ed era così intento nel suo lavoro che non si accorse neppure del loro ingresso.

«Kevin» disse Eric, «il Presidente ci ha detto di venire da te.»

Kevin girò la testa di scatto e per poco non fece cadere la gamba artificiale.

«Gesù!» esclamò, portandosi le mani al petto. «Cosa siete? Ninja?»

«Kevin Nixon, ti presento Sylvia Chang. È la sorella di Murph.»

«Ah, sì, il Presidente mi ha detto che sareste venuti.» Kevin si voltò verso Sylvia. «Spero che Murph guarisca presto.»

«Grazie. È per questo che siamo qui, se non sei troppo occupato.»

«No, stavo solo apportando qualche modifica alla gamba da combattimento del Presidente.»

«Quella vera l'ha persa in una battaglia navale tanto tempo fa» spiegò Eric.

Sembrava più avanzata di qualunque altra protesi che Sylvia avesse mai visto, ma prima che lei potesse fargli qualche domanda, Kevin la mise da parte e chiese: «Come posso aiutarvi?»

Lei gli disse delle persone che aveva visto sul trimarano e del logo che aveva scorto sulla cassa.

«Cominciamo dal logo. Sarà più facile da disegnare rispetto alle facce.» Prese un laptop e aprì un programma di disegno. «Com'era fatto?»

Lei glielo descrisse e dopo vari tentativi arrivarono a una corrispondenza esatta del logo con la A e la B che lei ricordava. Vederlo riprodotto le provocò un brivido lungo la schiena.

«Te lo mando così puoi fare una ricerca del logo» disse Kevin a Eric.

Mentre Eric avviava la ricerca, loro passarono all'identikit dei due australiani. Sylvia descrisse nel dettaglio le loro caratteristiche e Kevin le inserì nella sua app. Nel giro di mezz'ora Sylvia aveva davanti un'inquietante copia dei volti dell'uomo e della donna che avevano avvelenato suo fratello e ucciso il suo equipaggio.

«Sono loro» disse.

«Possiamo cercare una corrispondenza sul database della CIA» disse Kevin. «Se i miei disegni sono abbastanza accurati e loro sono presenti nel sistema, dovrebbero saltare fuori.»

«Il logo l'ho trovato» disse Eric, guardando il telefono. «Per lo meno, ho ristretto il campo a tre possibilità.»

Le mostrò a Sylvia. Erano tutte molto simili, ma il suo sguardo fu immediatamente attirato dall'immagine al centro.

«È questo.»

«La ditta si chiama Alloy Bauxite» disse Eric. «Secondo i documenti societari produce alluminio.»

«Cosa mai potrebbe avere a che fare con l'attacco alla *Namaka* e all'*Empiric*?» si chiese Sylvia.

«Non lo so. Ma se vogliamo scoprirlo non dobbiamo andare troppo lontano. Tutte le loro attività hanno sede in una piccola città nel Territorio del Nord. Si chiama Nhulunbuy. Possiamo essere là entro domani mattina.»

24

Port Cook, Australia

Dopo un pomeriggio caldissimo passato a sostituire un trasformatore bruciato su un palo della rete elettrica, Paul Wheatley non vedeva l'ora di farsi una birra ghiacciata nel suo pub preferito. L'unico problema era che quello svitato del suo collega probabilmente sarebbe andato con lui.

«Fidati, amico» disse Harry Knoll, seduto accanto a lui sul furgone della manutenzione. «Ci tengono gli alieni, laggiù.»

«Non dire scemate.»

«Allora perché costruire una struttura del genere in un posto dimenticato da Dio e dagli uomini?»

Wheatley alzò gli occhi al cielo. Lui e Knoll avevano fatto quella discussione centinaia di volte. Il trasformatore che avevano riparato era vicino alla base di Talbot dell'aeronautica militare australiana, che si trovava nell'estremo nord del Queensland ed era la più recente base «ridotta» del corpo. Situata sulla costa occidentale della penisola di Capo York, veniva utilizzata poche volte all'anno per l'addestramento di squadroni di stanza in altre basi. Per il resto del tempo, Talbot aveva uno staff ridotto all'osso, quattro persone, e serviva da base di riserva nel caso che qualcuno avesse cercato di invadere l'Australia, cosa che secondo Wheatley era altrettanto probabile quanto che Knoll abbandonasse all'improvviso le sue fantasie paranoiche.

«L'anno scorso c'erano quei camion che facevano avanti e indietro dai moli» proseguì Knoll quando Wheatley non gli rispose. «E poi gli aerei, che andavano e venivano. Non abbiamo mai visto cosa c'era dentro, no?»

«Ci avevano detto cosa stava succedendo» ribatté Wheatley. «Hanno utilizzato temporaneamente la base come centro di detenzione per immigrati. Ne hanno costruite diverse.»

«È quello che il governo vuole farci credere. Ma i militari potrebbero combinare qualunque cosa, là dentro. Non hai sentito di quella nave da ricerca che hanno trovato a ovest di Darwin? Pare che tutti gli scienziati che erano a bordo ora siano ridotti a dei vegetali, e tutto per qualche esperimento segreto della marina.»

«Il telegiornale ha detto solo che erano paralizzati.»

«Uguale. Non pensi che sia possibile che ci sia una squadra di cervelloni chiusi dentro la base ad armeggiare con qualche diabolica tecnologia aliena?»

«No. Io credo che ci siano quattro tizi che si annoiano a morte in attesa che accada qualcosa di interessante. E poi, a Port Cook ci sono solo trecentoventi abitanti. Difficile tenere nascosto qualcosa a un branco di pettegoli.»

Erano quasi arrivati in città quando un tuono squarciò l'aria.

«Da dove viene?» si chiese Knoll. «Non c'è una nuvola in cielo.»

Qualcosa nello specchietto retrovisore attirò l'attenzione di Wheatley. Un fumo denso e nero si alzava dalla base aerea tre chilometri dietro di loro.

«C'è stata un'esplosione a Talbot. Dobbiamo rientrare subito alla stazione.» Wheatley pestò sull'acceleratore. Lui e Knoll erano vigili del fuoco volontari.

Knoll si voltò a guardare e rimase a bocca aperta nel vedere la colonna di fumo. «Dev'essere la tecnologia aliena. Forse adesso avremo la possibilità di vederla.»

«Non dire cazzate. Sarà saltato in aria un deposito di munizioni.»

Mentre guidava, Wheatley teneva d'occhio il fuoco che ardeva dietro di lui. Non aveva idea di cosa lo avesse innescato, ma la leggera brezza che soffiava dal mare avrebbe alimentato le fiamme.

Poi, sempre da quella direzione, vide qualcos'altro, una luce brillante che sfrecciava verso di loro.

«E quello cos'è?» disse Wheatley.

Knoll si voltò di nuovo. «Sembra un missile. Sarà partito quando è esploso il deposito di munizioni.»

Il missile li sorvolò proprio mentre entravano nella periferia di Port Cook. Wheatley allungò il collo per scorgerlo oltre il parabrezza. Vide che cambiava rotta e si inclinava verso il suolo.

Centocinquanta metri sopra Port Cook, il razzo esplose emettendo uno sbuffo di vapore bianco che parve dissiparsi in fretta.

«Per fortuna» disse Knoll. «Sembrava che stesse per colpire il centro della città.»

Mentre attraversavano il ponte sopra il fiume che segnava il confine della città, Wheatley vide che parecchi abitanti erano usciti sulla strada principale e guardavano il fumo in lontananza. Poi, senza il minimo preavviso, uno dopo l'altro crollarono a terra.

«Cosa sta succedendo...?»

Fu tutto quello che Wheatley riuscì a dire prima di perdere i sensi.

Quando rinvenne, la prima cosa che notò fu l'odore di acqua salmastra. Gli facevano male le gambe e il naso. Rammentava vagamente che c'era stato un incidente a Talbot, e l'ultimo ricordo era un missile che sfrecciava verso di loro. Dopodiché, solo il buio.

Aprì gli occhi e vide che il parabrezza era incrinato e il cofano accartocciato. Era anche messo di traverso. Davanti a lui c'era la sponda del fiume. Dovevano essere precipitati giù dal ponte, ma non ricordava che fosse successo.

Con uno sforzo, Wheatley girò la testa ma le gambe non

volevano saperne di muoversi e riuscì solo ad agitare le braccia. Knoll era sotto di lui, e l'acqua del fiume minacciava di sommergerlo.

Wheatley cercò di dire qualcosa ma riuscì a emettere solo qualche gemito incomprensibile. Knoll rispose con un lamento terrorizzato. L'acqua saliva lenta ma inesorabile mentre il furgone si assestava sul fondo fangoso. Sembrava che neppure Knoll riuscisse a muoversi.

Wheatley armeggiò con la cintura di sicurezza nel tentativo di slacciarla, ma poi ci ripensò. La cintura era l'unica cosa che gli impediva di cadere dentro l'acqua accanto a Knoll.

La sensazione di totale impotenza era terrificante. Non poté fare altro che stare a guardare mentre l'acqua saliva fino al collo di Knoll. Presto, lo stesso destino sarebbe toccato anche a lui a meno che qualcuno della città fosse venuto in loro soccorso.

I due rimasero lì per quella che parve un'eternità, ma per quanto ne sapeva Wheatley avrebbero potuto essere pochi minuti. Non si udiva altro che il gorgoglio dell'acqua finché uno stridore di freni lacerò l'aria.

L'acqua era arrivata quasi alla bocca di Knoll e Wheatley fece del proprio meglio per gridare, ma quello che uscì sembrava più il lamento di un animale ferito.

«Cos'è, Wilson?» disse un uomo dall'alto. Wheatley riconobbe la voce di Sam Carter, uno dei giovani avieri di stanza a Talbot. L'altro doveva essere il suo amico, Todd Wilson.

«Pare che un camioncino sia precipitato giù dal ponte» rispose Wilson. «Ci sono due uomini dentro.»

«Chi sono?»

«Wheatley e Knoll.» Li chiamò mentre scendeva lungo la scarpata. «Ehi, laggiù, siete feriti?»

Sia Wheatley che Knoll risposero con dei lamenti.

«Vieni, Carter» disse Wilson. «Dammi una mano prima che anneghino.»

Wilson diede uno strattone allo sportello del conducente. Quando Wheatley sentì le mani che lo afferravano mentre la cintura veniva slacciata, fu sopraffatto dal sollievo.

Wilson e Carter lo riportarono sulla strada grugnendo per lo sforzo.

«Secondo te perché i vigili del fuoco non hanno risposto alla nostra chiamata?» chiese Wilson.

«Di certo non era perché stavano aiutando questi due.»

Mollarono Wheatley sull'erba calda accanto al loro Humvee per poter tornare subito da Knoll.

Mentre scendevano, Wilson disse: «Che giornata! Prima il deposito va a fuoco senza un motivo, e ora troviamo questi due nel fiume».

Scomparvero verso il fiume. Dalla sua posizione Wheatley poteva vedere soltanto le acque placide dell'oceano. Nei minuti successivi le frasi che giungevano dal basso riguardavano come tirare fuori Knoll dal furgone. Wheatley non era certo che ci sarebbero riusciti finché non li vide spuntare oltre l'argine. Distesero Knoll accanto a lui. Era bagnato fradicio ma respirava ancora. Aveva gli occhi sbarrati per il terrore di essersi trovato a un passo dalla morte.

«Come mai nessuno dei due riesce a parlare?» chiese Carter.

«Non lo so» rispose Wilson. «Commozione cerebrale, forse?»

Wilson si inginocchiò per vedere se fossero feriti mentre Carter provava a chiamare aiuto al telefono.

«Ancora niente» disse dopo un momento. Si voltò verso la città. «Possibile che...» lasciò la frase in sospeso e poi aggiunse: «Non può essere».

«Cosa?» chiese Wilson senza alzare lo sguardo.

«Ero così concentrato sulla ringhiera del ponte sfondata che non li ho visti.»

«Visti cosa?»

«Corpi. Sono dappertutto.»

Wilson rizzò la testa di scatto e balzò in piedi. Rimase a bocca aperta per un istante, poi urlò a Carter: «Chiama Canberra. Informa il quartier generale che c'è stato un grave incidente». Wilson tornò a voltarsi verso Wheatley e Knoll. «Non preoccupatevi, ragazzi. Torniamo da voi il più presto possibile.»

Wheatley cercò di protestare, alzandosi a fatica sulle braccia, ma i suoi gemiti non impedirono ai due avieri in preda al panico di saltare sul loro Humvee e partire a razzo.

Esausto per quel piccolo movimento, Wheatley tornò a sdraiarsi, aspettando che tornassero. Cercò di distrarsi osservando uno strano trimarano che sfrecciava davanti a Port Cook prima di virare bruscamente verso il mare aperto.

25

Nhulunbuy

Nonostante fosse il capitano del porto di una piccola cittadina mineraria del Territorio del Nord, Burt Gulman prendeva molto sul serio il compito di ispezionare le navi. Rientrava nei suoi piani per ottenere un lavoro prestigioso nel gigantesco porto di Melbourne. Il comandante della nave mercantile attraccata, la *Norego*, un americano atletico di nome John Cable, stava cercando di impressionarlo con la tecnologia della plancia di ultimissima generazione, ma Gulman si comportò come se per lui non fosse niente di nuovo.

«Il pannello di controllo sembra a posto» disse Gulman, spuntando una voce dal suo elenco. In realtà tutto era ipertecnologico e persino lussuoso. L'unico oggetto che sembrava fuori posto era una caffettiera di ottone vintage assicurata alla parete in fondo, da cui si levava un aroma invitante.

«Solo i software più aggiornati» disse Cable compiaciuto. «Da qui possiamo gestire ogni funzione della nave, dalla navigazione alle misure antincendio fino alla movimentazione del carico. Se non avessi bisogno di mangiare, probabilmente potrei pilotare la nave da solo.»

Cable scoppiò in una fragorosa risata, ma Gulman non si unì a lui.

«Quando avremo finito qui, dovrò vedere la sala macchine e poi le stive.»

«Certo. Sarò felice di mostrargliele, ma può vederle anche da questi monitor.»

Cable premette alcuni pulsanti e indicò uno dei tanti schermi ad alta definizione. Le telecamere passarono da una inquadratura all'altra di una sala macchine perfettamente pulita che ospitava due gigantesche turbine. Si vedeva un solo addetto impegnato a controllare la strumentazione.

«Quello è Michael Wong, il nostro direttore di macchina» disse Cable. «Va pazzo per i veicoli di ogni genere. Era particolarmente entusiasta per l'hovercraft che abbiamo visto arrivare questo pomeriggio. Davvero insolito vederne uno da queste parti.» Indicò il gigantesco veicolo, fermo sul piazzale, sul quale stavano caricando dei furgoni usciti da un magazzino vicino.

«Quello è il *Marsh Flyer*» disse Gulman spuntando altre voci dal suo elenco. «La Alloy Bauxite lo ha portato qui per poter accedere con facilità al suo impianto di produzione.»

«Dovrò chiedere al pilota se Mike può dare un'occhiata.»

«Ne dubito. Bob Parsons è un tipo cordiale, ma ha ben chiaro chi gli paga la pagnotta. La AB è molto gelosa dei suoi segreti industriali.»

«Peccato. Mike non ha fatto che parlare di quello.»

«Se il suo direttore di macchina vuole scambiare quattro parole con lui, quando non lavora di solito Bob lo si trova al Lazy Goanna.»

«Lazy Goanna?»

«La nostra taverna. Non deve fare altro che offrirgli da bere.»

«Grazie» disse Cable. «Credo che Mike lo farà. A proposito di bere, io mi verso una tazza di caffè. Ne vuole una anche lei prima di continuare con l'ispezione? È una speciale miscela vietnamita. Gliela raccomando.»

«Accetto volentieri» disse Gulman.

Cable riempì un bicchiere alto di cartone e lo porse a Gulman. «Faccia attenzione. Scotta.» Fece un cenno col capo in direzione di un portabicchieri accanto al pannello di controllo. «Può metterlo lì a raffreddare, se vuole.»

«Grazie.» Gulman prese il bicchiere e stava per berne un sorso quando sentì la mano scaldarsi. Cable non scherzava quando aveva detto che scottava. Gulman doveva posarlo prima che gli ustionasse le dita.

Si avvicinò rapidamente al portabicchieri e stava per infilare il bicchiere quando questo parve schizzargli via dalla mano come se lui avesse avuto un improvviso spasmo muscolare.

Gulman poté solo guardare con orrore il bicchiere che si rovesciava sul pannello di controllo spargendo caffè bollente su tutta la strumentazione.

Presero a squillare degli allarmi e alcuni schermi si misero a lampeggiare.

Cable si precipitò al pannello. Sembrava disperato.

«Cos'ha fatto?» urlò. «Oh, no! Si è attivato il sistema antincendio.» Batté furiosamente su uno dei touchscreen.

«Mi dispiace» farfugliò Gulman. «Non so proprio come sia successo.»

Cable si calmò e liquidò la cosa con un gesto della mano. «È stato un incidente. Non si preoccupi.»

«Ma...»

Gulman venne interrotto dalla comparsa di un uomo su uno dei monitor. Era coperto di schiuma ritardante e gesticolava furiosamente da quella che sembrava la sala macchine.

«Cosa succede lassù?» chiese. Era Michael Wong, il direttore di macchine. «Ho la sala macchine invasa di schiuma. Ci vorranno due ore per ripulire tutto.»

Lo schermo passò a una veduta della sala macchine e Gulman si sentì sprofondare nel vedere i macchinari fino a un momento prima luccicanti tutti coperti di schiuma.

«C'è stato un malfunzionamento» disse Cable strizzando l'occhio a Gulman. «Dev'essere stato un problema del software.»

«Un problema... se scopro chi è quella testa di rapa che ha

combinato questo casino, farò in modo che non metta più piede su una nave.»

Wong si allontanò infuriato e Cable spense lo schermo.

«Io... non so proprio cosa sia successo» disse Gulman. «Devo essere scivolato mentre mettevo giù il caffè.»

«Sono sicuro che è andata così» ribatté Cable con tono sorprendentemente comprensivo e magnanimo. «Senta, lei mi sembra una brava persona. Non voglio che diventi lo zimbello della comunità e tantomeno che le resti una macchia sul curriculum. Risolveremo tutto. Sono sicuro che non ci sono stati danni seri. Direi che ha visto abbastanza per capire che la *Norego* è in perfette condizioni.» Fece una risatina. «Voglio dire, il sistema antincendio funziona, su questo non c'è dubbio. Che ne dice di concludere qui l'ispezione e dimenticarci dell'accaduto?»

Gulman annuì con convinzione. «È molto gentile da parte sua, comandante. Non penso di dover vedere altro. Sembra che sia tutto in ordine. Le porgo nuovamente le mie scuse.»

Firmò in fretta i moduli necessari e si allontanò dalla nave il più velocemente possibile, con lo stomaco annodato, sperando che il comandante della *Norego* non divulgasse l'incidente. Non lo avrebbero mai trasferito a Melbourne se si fosse venuto a sapere di quell'imbarazzante disastro.

«Ha funzionato» disse Juan, osservando il capitano del porto scendere di corsa la passerella. «Puoi uscire.»

Eddie emerse dalla sala adiacente con abiti puliti, togliendosi con una salvietta le ultime tracce di schiuma ritardante dai capelli con una mano, e stringendo un tablet nell'altra.

«Il capitano del porto era paonazzo anche dal vivo come sullo schermo?» chiese Eddie.

«Pensavo che si sarebbe trasformato in un pomodoro davanti ai miei occhi.»

«Se non altro, adesso sappiamo che il nostro trucchetto funziona.»

Quando attraccava in porti in cui la sorveglianza era scarsa e i funzionari sottopagati erano corrotti, Juan poteva convincere gli ispettori a interrompere le loro visite con una bustarella o rendendo la nave così disgustosa che quelli non vedevano l'ora di scendere. Ma quel trucco non avrebbe mai funzionato nei paesi in cui gli standard erano più alti e i capitani del porto ben pagati e fedeli ai loro compiti.

La nuova *Oregon* poteva assumere l'aspetto di una meraviglia della moderna tecnologia, e questo le permetteva di fare scalo in porti che per la precedente nave della Corporation non erano mai stati transitabili. Per superare un'ispezione, che avrebbe rischiato di svelare alcuni dei suoi segreti, avevano dovuto escogitare una nuova tecnica per indurre gli ispettori a scendere anzitempo.

Poiché l'*Oregon* era gestita dal centro operativo, la plancia, che era solo di facciata, poteva essere trasformata in una topaia oppure, come quel giorno, tirata a lucido come se fosse appena uscita dal cantiere. L'operazione per mettere in difficoltà Gulman e indurlo a scendere prima di aver completato il giro della nave si componeva di diverse fasi.

Il video della finta sala macchine cosparsa di schiuma ritardante era stato girato settimane prima su un set cinematografico. L'unico spezzone dal vivo era la parte in cui Eddie compariva sul monitor con il suo costume. Il trucco del bicchiere che si rovesciava era stato ideato da Kevin Nixon. Il bicchiere aveva un elemento riscaldante nascosto che aveva costretto Gulman a posarlo, e minuscoli magneti al neodimio incorporati all'interno che lo avevano fatto rovesciare quando lui lo aveva avvicinato al pannello di controllo. Il resto era tutto teatro e improvvisazione.

«Qualche notizia su quell'incidente a Port Cook?» chiese Juan a Eddie. Erano giunte notizie frammentarie su una situazione che sembrava sorprendentemente simile a quanto accaduto sull'*Empiric*.

« L'esercito australiano ha inviato degli aerei con delle squadre stamattina » rispose Eddie. « Le ultime notizie parlano di cinquecentottantaquattro vittime. Di queste, diciassette sono morte e le altre paralizzate come Murph. »

« Qualcuno è uscito indenne? »

« Solo i quattro avieri di stanza alla vicina base. Su Internet girano voci di una fuga di gas alla base causata da un incendio in un deposito top secret. Molti australiani sono convinti che la colpa di quanto accaduto a Port Cook e sull'*Empiric* sia del loro esercito. »

« Oppure qualcuno ha fatto in modo che sembrasse così. Non credo che i militari possano avere due 'incidenti' simili a migliaia di chilometri di distanza l'uno dall'altro, nel giro di pochi giorni. Port Cook e la base aerea si trovano proprio sulla costa. »

« Pensi che sia stato un altro attacco come quello descritto da Sylvia Chang? » chiese Eddie.

« Forse. Ma non abbiamo niente di concreto che colleghi i due eventi. Eric e Murph stanno ancora lavorando al riconoscimento facciale della misteriosa coppia descritta da Sylvia. L'unico indizio che abbiamo è una cassa che lei ha visto a bordo con il logo della Alloy Bauxite, ed è piuttosto esile come indizio. Hai delle foto satellitari del loro impianto? »

« Eccole qui » disse Eddie, battendo sul tablet. « Ma non sembra facile raggiungerlo. »

L'immagine, risalente ad alcuni giorni prima, mostrava un grande edificio rettangolare al centro di una distesa verde punteggiata di paludi e acquitrini. La struttura sembrava più un magazzino che una fonderia. Si vedeva il *Marsh Flyer* parcheggiato, e diversi altri veicoli sparsi nelle vicinanze. Eddie zumò ma non vide altro che terreno paludoso per chilometri e chilometri, con un unico corridoio disboscato per permettere all'hovercraft di andare e venire dalla baia.

«Non possiamo usare il convertiplano» disse Juan. «È troppo rumoroso. Possiamo avvicinarci con la barca?»

«Solo per un tratto» rispose Eddie. «Dopodiché sarebbe necessario attraversare quegli acquitrini che, guarda caso, pullulano di serpenti e coccodrilli. L'esfiltrazione sarebbe altrettanto difficile.»

«Per non parlare del fatto che potrebbero esserci delle guardie che pattugliano il perimetro. Anche alcuni dei veicoli più piccoli sembrano hovercraft.»

«Se questa gente è collegata all'attacco col gas, dobbiamo presumere che ci sia una vigilanza armata» osservò Juan. «E qualunque cosa sia quell'edificio, non è strutturato come un impianto per la lavorazione della bauxite. E questo è il motivo per cui dobbiamo andare a vedere cosa combinano effettivamente là dentro.»

«Prima di provare a entrare sarebbe utile avere qualche informazione di prima mano su quel posto» disse Eddie.

Juan osservò il gigantesco hovercraft che veniva caricato. «Credo sia venuto il momento di andare a fare due chiacchiere con il pilota del *Marsh Flyer*.»

26

Quando Juan entrò al Lazy Goanna insieme a Max ci vollero alcuni secondi prima che i suoi occhi si adattassero all'oscurità. A differenza dell'elegante bar più in giù lungo la strada, questo era il genere di locale in cui le persone andavano ad annegare i propri dispiaceri o a festeggiare per essere sopravvissute alla giornata. Alle pareti erano appesi a casaccio cartelli di dubbio gusto e cianfrusaglie varie. Sullo specchio dietro il bancone c'era una grande insegna al neon della Foster's con metà delle lettere bruciate. Il posto puzzava di birra, sudore e testosterone.

Era quasi ora di cena e il locale era gremito di minatori di bauxite, meccanici, pescatori e operai. L'unico gruppo che sembrava fuori posto erano quattro uomini sui vent'anni seduti a un tavolo, impegnati a scolare shottini e a fare un gran baccano, che rivelavano il loro status di turisti ogni volta che si insultavano l'un l'altro con il loro accento americano.

«Pensi che sia qui che hanno avuto l'idea di *Crocodile Dundee*?» chiese Max.

«Potrebbe essere il luogo in cui l'hanno girato» rispose Juan, perlustrando la sala con lo sguardo ora che riusciva a vedere più chiaramente.

«Non vedo Parsons.»

«Neanch'io. Ma il capitano del porto era abbastanza sicuro che lo avremmo trovato qui.»

«Intanto che aspettiamo tanto vale che ci facciamo una birra» disse Max.

Sedettero su due sgabelli in fondo al bar. L'unica donna era una bella barista bionda che indossava una canotta attillata.

«Cosa vi porto, ragazzi?» chiese con voce squillante.

«Due Victoria Bitter, per favore» rispose Juan.

«Arrivano.»

Mentre riempiva due bicchieri dalla spina, uno degli americani si avvicinò al bancone barcollando.

«Altri quattro Jägerbomb per me e i miei amici» disse con un forte accento americano.

«Non è che poi andate da qualche parte con la macchina, vero?» chiese la barista.

Il tizio si sporse verso di lei. «Perché? Vuoi venire con noi?»

«No, grazie.»

«Dai. Domani andiamo a caccia in un ranch privato. È il mio regalo di Natale. Cinghiali, bufali d'acqua, magari anche un cammello.» Allungò la mano e afferrò la donna per il braccio. «Sarà più divertente se vieni anche tu.»

Juan stava per dirgli di fare marcia indietro quando un grosso dito batté sulla spalla dell'americano.

«Credo che dovresti togliere le mani di dosso dalla signora» disse un uomo, con una cadenza australiana strascicata e ruvida come ghiaia. «Adesso.»

L'uomo era sulla quarantina, alto un metro e ottanta, aveva braccia muscolose interamente coperte di tatuaggi e capelli cortissimi spruzzati d'argento. Le rughe sulla fronte lo facevano sembrare un po' più vecchio che nelle foto sui documenti militari che Juan aveva visto, ma non c'era dubbio. Era Bob Parsons.

L'americano lasciò andare il braccio della barista, che disse: «Non ti preoccupare, Bob. Me ne sono capitati di peggio».

«L'hai sentita, Bob» biascicò l'americano. «Perché non ci lasci soli?»

«So che con lui non hai bisogno del mio aiuto, Mindy» disse Parsons sedendosi sul secondo sgabello dopo Juan. «È che non mi piace vedere quando qualcuno ti tratta in maniera sgarbata. Speravo che questi spacconi se ne fossero andati quando tornavo dal cesso. E invece devo continuare a sentire questo qui vantarsi della costosa vacanza che gli ha regalato il padre.» Bevve un sorso dalla bottiglia di birra che Mindy gli aveva posato davanti.

Max si sporse verso Juan e sussurrò: «Questo tizio mi sta già simpatico».

Il giovane americano guardò gli amici e poi si rivolse a Parsons. «Hai voglia di prenderle, vecchio?» ringhiò.

«Bravo, diglielo, Sawyer» urlò uno dei suoi amici.

Parsons guardò Sawyer con un gran sorriso. «Perché mai dovrei dartele?»

«Okay, grand'uomo. Andiamo fuori e vediamo se sorriderai ancora dopo che te le avrò suonate per bene.»

Nel sentire le parole di sfida, gli altri tre americani si alzarono in piedi.

«E va bene» disse Parsons. «Esci e allenati a cadere intanto che finisco la birra.»

Sawyer guardò gli altri americani, i quali annuirono come se gli stessero dando il permesso di stendere l'australiano. Parsons, nel frattempo, continuò a bere la sua birra con lo sguardo fisso davanti a sé.

Con un sorriso malvagio Sawyer tirò indietro il braccio per sferrargli un colpo a tradimento alla tempia, ma il suo pugno incontrò solo aria perché Parsons si sporse in avanti per schivarlo. Lo specchio dietro il bancone gli aveva permesso di prevedere la sua mossa.

Con un movimento fluido, Parsons si alzò dallo sgabello e afferrò Sawyer prendendolo per la nuca. Gli sbatté la testa sul bancone e a quel punto gli altri tre si lanciarono contro di lui.

Con movimenti rapidi, precisi e potenti, Parsons prese la bottiglia di birra e la fracassò sulla testa del primo americano, sferrò un calcio all'inguine del secondo e mollò una gomitata al rene del terzo. Tutti crollarono a terra gemendo per il dolore e tenendosi le varie parti del corpo offese.

A quel punto Sawyer si era ripreso. Prese da terra il collo della bottiglia rotta e lo brandì come un pugnale. Parsons era così impegnato con gli altri che non lo vide arrivare. Juan, che a quel punto si era alzato dallo sgabello, afferrò Sawyer per il polso e con una tecnica di piedi gli spazzò via le gambe. Il turista atterrò con violenza sulla schiena. Parsons si voltò in tempo per vedere Juan che piegava il polso di Sawyer fino a fargli mollare il collo della bottiglia.

« Non è molto sportivo da parte vostra » disse Juan, lasciando andare il braccio dell'americano e allontanando con un calcio l'arma improvvisata.

Gli altri tre si rimisero in piedi, ma era evidente che erano degli smidollati capaci solo di fare gli spacconi. Per loro il combattimento era finito. Rimisero Sawyer in piedi e lo portarono fuori.

« Grazie, signore » disse Parsons. « Non era mia intenzione coinvolgerla. »

« Sempre felice di aiutare un marine. »

« Lei è americano. »

« Non siamo tutti dei marmocchi viziati. Mi chiamo Juan. E questo è Max. »

« Ha riconosciuto il mio tatuaggio? » Parsons tese il braccio destro, su cui era tatuato il logo del corpo dei marine: un'aquila in cima a un globo appoggiato su un'ancora.

Certo, Juan aveva notato il tatuaggio, ma si era informato sul conto di Parsons prima di avventurarsi al Lazy Goanna. Parsons era nato in Australia da madre americana, la quale in seguito alla morte del padre lo aveva portato in California quando lui aveva dieci anni. Era stato nei marine per cinque anni, si era fatto due turni in Afghanistan prima di passare con la marina e diventare pilota di LCAC. I Landing Craft Air

Cushion erano giganteschi hovercraft utilizzati per trasportare a terra carri armati e uomini durante gli assalti anfibi.

«Siamo entrambi veterani» disse Juan, il che non era poi lontano dalla verità. «Marina.»

«Be', vi ringrazio per l'aiuto» disse Parsons, tornando a sedersi sul suo sgabello. «Lasciatemi almeno offrire da bere a due marinai.»

Dopo essersi scambiati aneddoti da marinai davanti a tre giri di birra, Juan, Max e Parsons se la ridevano come se fossero vecchi amici. Juan gli mostrò persino la sua gamba protesica e si inventò una storia su come l'avesse persa in Iraq.

«Da quanto tempo ti trovi in questa città?» chiese Juan alla fine, passando a parlare del suo lavoro adesso che avevano fatto amicizia.

«A Nhulunbuy?» fece Parsons. «Oh, sarà un annetto. La Alloy Bauxite cercava un pilota di hovercraft e io ero l'unico da queste parti in grado di pilotare un SR.N4. Non è molto diverso da un LCAC.» Lo pronunciò «El-Cack».

«Dove l'hanno trovato un mezzo da sbarco classe Mountbatten come quello?»

«Ah, vedo che te ne intendi di hovercraft. Hanno comprato un rottame usato per andare avanti e indietro nella Manica e lo hanno ricondizionato. Hanno persino modernizzato i comandi, così posso pilotarlo senza bisogno di un ufficiale di rotta o di un ingegnere di bordo.»

«È una vera bellezza» osservò Juan. «Peccato che ti tocchi lavorare anche sotto Natale.»

«Non mi lamento» rispose Parsons. «Non hai idea di quanto mi pagano per andare su e giù per quella palude. E domani è il mio ultimo giorno di lavoro, poi parto per le vacanze.»

«È uno strano posto per costruire una fabbrica» disse Max. «Cosa producono?»

«Non lo so. Io mi limito a trasportare i furgoni avanti e indietro.» Parsons scolò quanto restava della sua birra ed emise un enorme rutto. «E anche se lo sapessi, non potrei dirvelo neppure se fossi ubriaco.»

«Perché no?» chiese Juan.

«Perché mi hanno fatto firmare uno di quegli accordi di riservatezza. Top secret. Se dovessi dire anche solo una parola su quello che fanno là dentro, mi farebbero causa lasciando in braghe di tela anche i miei nipoti. E io non ho neppure figli.»

«Non vogliamo metterti nei guai.»

«Comunque, penso che chiuderanno presto.»

«Perché dici così?» chiese Max.

«Perché la *Shepparton* ha lasciato Nhulunbuy con un carico enorme e il mio contratto scade tra pochi giorni.»

Juan e Max si scambiarono un'occhiata complice. Un carico enorme. Dovevano assolutamente scoprire in cosa consisteva quel carico che aveva già preso il mare.

Parsons si alzò dallo sgabello. «Signori, è stato bello, ma io ho bisogno di dormire prima dell'ultimo viaggio dell'anno. Juan, Max, è stato un piacere conoscervi.»

«Piacere nostro, primo ufficiale» rispose Juan.

«Levate le ancore e semper fidelis» disse Max.

«Urrà» rispose Parsons facendo il saluto militare, quindi uscì dal locale a passo malfermo.

«Probabilmente domani non avrà neppure mal di testa» osservò Max, invidioso. Si girò verso Juan e corrugò la fronte. «Conosco quell'espressione. Ti è venuta un'idea.»

«Cercavamo un modo per introdurci in quella fabbrica» disse Juan. «Parsons andrà laggiù domani mattina e il *Marsh Flyer* sembra piuttosto capiente. Cosa ne dici di scroccare un passaggio?»

27

Erano le tre del mattino quando l'operazione cominciò. Max, Hali, Eric e Murph erano nel centro operativo dell'*Oregon* e sorvegliavano l'hovercraft sul grande schermo a parete. Il *Marsh Flyer* si trovava al centro del piazzale di cemento adiacente alla fabbrica di alluminio dismessa, con un centinaio di metri di spazio libero su ogni lato. Un uomo era posizionato di guardia alla prua mentre altri due pattugliavano il perimetro.

«Sono ben addestrati» disse Murph con la sua voce artificiale. Tolto il camice dell'ospedale, indossava jeans e una T-shirt nera con su scritto POSSO SPIEGARTELO MA NON POSSO CAPIRLO PER TE.

«Seguono un percorso casuale e si tengono ben distanziati» proseguì. «Non c'è modo di passare senza essere visti.»

«Dove si trova la squadra?» chiese Max dalla poltroncina di comando.

«Dice che sono in posizione» rispose Hali, che era collegato via radio con Raven.

Raven, non ancora del tutto guarita dalla ferita alla spalla, aveva attraversato il porto su un gommone a chiglia rigida che ora era stato tirato in secca sul lato opposto del piazzale di cemento, fuori dalla vista delle guardie. Juan, Eddie, Linc, Linda e MacD erano pronti a fare una corsa fino all'hovercraft, ma per attraversare il piazzale avevano bisogno di un'azione che distraesse le guardie.

«Okay, Murph» disse Max, «aggancia il bersaglio con il laser.»

Eric si schiarì la gola. Max era così abituato ad avere Murph alla postazione di controllo delle armi di bordo che aveva parlato senza riflettere.

« Scusa, Murph » disse. « Eric, sei pronto? »

Eric ingrandì l'immagine sullo schermo finché vide un ciuffo d'erba cresciuto in una crepa nel cemento. « Agganciato. »

« Fuoco. »

In un istante l'erba esplose in un bagliore di luce, incendiata dal raggio invisibile ma rovente del laser.

L'uomo di guardia alla parte anteriore dell'hovercraft girò la testa di scatto verso il piccolo incendio e disse qualcosa nella radio. Gli altri due arrivarono di corsa. Lui li spedì a controllare e quelli si avvicinarono circospetti all'erba in fiamme.

Murph cambiò voce, optando per quella di un adolescente curioso. « Come avrà fatto a prendere fuoco quest'erba senza nessuno in giro? È proprio un mistero. »

« Di' a Juan che possono andare » disse Max a Hali.

Hali trasmise il messaggio ed Eric divise lo schermo in due. Si videro cinque figure tutte vestite di nero correre verso l'hovercraft. Scomparvero dietro di esso e un minuto dopo riapparvero sopra la cabina, piccolissime in confronto alle gigantesche eliche. Una aprì la porta esterna della cabina di pilotaggio e in un attimo tutte scomparvero dentro il veicolo buio.

Le guardie persero interesse per l'erba fumante e ripresero il loro giro di pattuglia, ignare di aver appena fallito nel loro compito.

Juan fu l'ultimo a entrare e richiuse la porta dietro di sé. La cabina di pilotaggio era troppo piccola per starci tutti, e Linda e MacD stavano già scendendo la scala che portava al ponte garage. C'erano due sedili per i piloti, ma solo quello di sinistra mostrava segni di usura. Monitor touchscreen disposti tutto attorno ai comandi la facevano sembrare la cabina di un moderno aereo di linea.

I finestrini consentivano una visuale a trecentosessanta gradi, ma la cabina era arretrata rispetto ai limiti esterni dell'hovercraft, per cui era impossibile vedere le guardie sul piazzale.

«Hali, siamo dentro» disse Juan nel microfono molare. «Informaci se qualcuno sale a bordo.»

«Ricevuto, Presidente.»

Juan seguì Eddie e Linc giù per la scala senza fare rumore. Nel ponte garage c'era buio pesto e dovette accendere il visore notturno. I portelloni a conchiglia a poppa erano chiusi. Quasi certamente le guardie all'esterno non avrebbero potuto sentirli, ma Juan teneva comunque pronta la MP5 silenziata. Quella era una missione di ricognizione, ma erano tutti armati fino ai denti. Oltre alla MP5, MacD aveva con sé anche la sua fidata balestra.

Il ponte conteneva venti furgoni cassonati tipo quelli usati per consegnare pacchi o trasportare piccoli carichi. Erano tutti col muso rivolto verso i portelloni posteriori. Lo spazio di carico era così grande da risultare occupato solo per metà.

«Se la nave mercantile è partita, perché questi camion vanno e vengono ancora dalla fabbrica?» chiese Linda con un sussurro.

«Ottima domanda» disse Juan. «Non possiamo aprire le serrande adesso, faremmo troppo rumore. Lo scopriremo quando arriveremo là.»

Nascondersi nel ponte garage era impensabile. Li avrebbero scoperti appena avesse fatto giorno. Juan condusse Eddie e Linc nell'area riservata ai passeggeri sulla sinistra, mentre MacD e Linda andavano in quella di destra.

Sorprendentemente, i sedili erano ancora al loro posto, come se l'imbarcazione fosse pronta a compiere un altro viaggio attraverso la Manica. Un corridoio centrale separava i tre sedili su un lato da quelli sull'altro. Insieme, le cabine per i passeggeri avevano spazio per quattrocento persone, oltre ai servizi e alle cucine di bordo.

« Manca ancora qualche ora all'alba » disse Linc. « Tanto vale schiacciare un pisolino. »

Poiché il sonno era un bene prezioso, si sedettero lontano dai finestrini e si appisolarono, sapendo che dall'*Oregon* li avrebbero avvertiti se qualcuno fosse salito a bordo.

Juan si svegliò quando sentì la voce di Hali nell'orecchio. Sbatté le palpebre per la luce che filtrava attraverso il vetro.

« Presidente, un SUV sta venendo verso il *Marsh Flyer*. »

« Ricevuto » rispose Juan. « Tutti ai propri nascondigli. »

Eddie e Linc si infilarono dentro la cucina mentre Juan si chiudeva nei servizi a sinistra. MacD e Linda si sarebbero nascosti in quelli sul lato opposto. Contavano sul fatto che nessuno avrebbe usato la toilette durante un viaggio così breve.

La mancanza di odore nel bagno confermava che non era stato usato di recente. Juan indossò gli occhiali a realtà aumentata e li accese per accedere alle immagini riprese dalle due telecamere wireless che aveva piazzato in fretta e furia all'esterno della cabina di pilotaggio mentre entravano.

Vide il SUV parcheggiare ai margini del piazzale. Ne scese un uomo che si diresse verso il *Marsh Flyer* a passo deciso. Era Bob Parsons, in tuta da volo e occhiali da sole a specchio. Fece un cenno alla guardia senza fermarsi.

« Parsons e le tre guardie stanno salendo a bordo » disse Hali.

Dopo qualche minuto Juan sentì i motori avviarsi e le eliche iniziarono a girare.

« Una volta che avrete attraversato la baia perderemo il contatto radio » disse Hali.

« Ho il telefono satellitare, caso mai avessimo bisogno che tu mandi la cavalleria » rispose Juan.

« Max dice 'buona caccia'. »

« Ci vediamo presto. »

Le eliche raggiunsero il regime massimo e l'hovercraft si

sollevò sopra il cuscino d'aria che gonfiava la gonna di gomma. Il *Marsh Flyer* ruotò su se stesso fino a trovarsi rivolto verso la riva, quindi accelerò e passò dal cemento all'acqua.

Qualche istante dopo l'hovercraft correva attraverso la baia, lasciandosi dietro volute di nebbiolina bianca. Dopo dieci minuti aveva completato l'attraversamento della baia e raggiunto la vasta palude di Arnhem Land, dove rallentò fino a dimezzare la velocità prima di avvicinarsi alla vegetazione.

Qualunque imbarcazione avesse cercato di attraversare la palude sarebbe rimasta incagliata tra l'erba fitta e i canneti, e nessun veicolo su ruote sarebbe andato oltre un centinaio di metri dalla costa. Il *Marsh Flyer*, però, volava sulla palude fangosa come se fosse l'asfalto più liscio. Alberi bassi punteggiavano il paesaggio su entrambi i lati, ma al centro c'era un ampio corridoio disboscato.

L'oceano era ormai lontano quando Juan finalmente vide un grande edificio bianco in lontananza. Era alto due piani e aveva sul tetto quello che sembrava un sofisticato impianto di trattamento dell'aria.

«La fabbrica è più avanti» disse al resto della squadra.

«Possiamo uscire?» chiese MacD.

«Aspettiamo di vedere se qualcuno viene nella zona passeggeri. Se dovessero perquisirla, preparatevi a combattere.»

Mentre si avvicinavano, Juan riuscì a vedere meglio i veicoli che aveva notato sull'immagine satellitare. Parcheggiati sull'asfalto, c'erano altri due furgoni come quelli che si trovavano nel ponte garage. Accanto a questi, c'erano cinque o sei hovercraft da quattro persone, probabilmente usati per pattugliare l'area o riportare il personale a Nhulunbuy.

Dietro a questi c'era un elicottero, un Bell Jet Ranger, di quelli usati per i giri turistici.

Juan vide un gruppo di uomini in attesa sul piazzale, tutti in uniforme, molti armati fino ai denti.

«Abbiamo molti potenziali nemici là fuori» disse Juan.

«Ne conto almeno venti, e direi che sono tutti armati con fucili d'assalto.»

«Dev'esserci qualcosa di importante, là dentro» osservò Eddie.

L'hovercraft si fermò sul piazzale e i motori si spensero. Un piccolo trattore gli si avvicinò lentamente con una rampa di metallo da attaccare a poppa, e i portelloni si aprirono per far scendere i furgoni.

«Come facciamo a uscire?» chiese Linda.

«Non possiamo sgattaiolare via senza che ci vedano» rispose Juan. Aveva sperato di poter arrivare alla palude inosservati, ma lì c'era troppo spazio scoperto da attraversare.

Il primo furgone scese dall'hovercraft e si diresse verso una grande porta carrabile che si apriva nella facciata dell'edificio. Non sentendo alcun rumore nella cabina passeggeri, Juan si azzardò a socchiudere la porta della toilette. La cabina era deserta.

«Su questo lato siamo liberi.»

«Anche qui» disse Linda.

Linc e Eddie li raggiunsero. Sentivano delle voci nel ponte garage prima che il rumore dei motori che si accendevano le soffocasse.

«Qualche idea?» chiese MacD.

Eddie sbirciò oltre il bordo inferiore del finestrino.

«Tutte le guardie sono cinesi. Parlano in mandarino.»

«Cinesi?» ripeté Linc. «Pensavo che questa società lavorasse per l'esercito australiano.»

Juan si strinse nelle spalle. «Questo è quanto risultava dalle nostre fonti.»

«Se non altro adesso abbiamo un modo per entrare» osservò Eddie. Era cresciuto nella Chinatown di New York, aveva passato anni infiltrato in Cina come spia della CIA e parlava il cinese come un madrelingua. «Aspetterò che uno di loro resti solo e lo attirerò qui.»

Andarono alla porta che dava sul ponte garage e Eddie la socchiuse appena. Disse qualcosa in mandarino e subito si ritrasse.

Una guardia curiosa fece capolino e Juan la colpì con il calcio dell'arma. L'uomo crollò a terra e loro lo trascinarono dentro.

Lo spogliarono in fretta, lo immobilizzarono con delle fascette e lo rinchiusero nella toilette mentre Eddie indossava uniforme e berretto e prendeva il fucile d'assalto al posto dell'MP5. Se avesse tenuto la testa bassa, avrebbe potuto facilmente passare per una delle guardie.

«Tu guiderai il prossimo furgone» disse Juan. «Noi saliremo dietro.»

Eddie uscì nel ponte garage. Quando la via fu sgombra, fece loro segno di avvicinarsi. Linda e MacD uscirono dall'altro lato e salirono in fretta nel retro del furgone, abbassando subito la serranda. MacD e Linda accesero due piccole torce.

Dentro c'erano sei casse assicurate al pianale. Su ognuna era stampato il logo della Alloy Bauxite.

«Credevo che i furgoni fossero vuoti» disse Linc. «Cosa trasportano?»

«Diamo un'occhiata» disse Juan. Con la lama di un coltello multifunzione sollevò il coperchio di una delle casse. Mentre Eddie metteva in moto e usciva dall'hovercraft, Linda illuminò con la torcia il contenuto della cassa.

MacD fece un fischio, intimorito. «Cos'hanno intenzione di fare con questi?»

Juan non ne aveva idea, ma non poteva essere niente di buono. La cassa era piena di candelotti di dinamite.

28

Dal suo ufficio al primo piano della fabbrica, Angus Polk osservava i camion entrare uno dopo l'altro e dirigersi al punto loro assegnato lungo la catena di montaggio. Erano uniformemente distanziati per tutto l'edificio. Ora che tutto l'Enervum di cui avevano bisogno era stato prodotto e caricato sui razzi che lo avrebbero disperso sull'obiettivo, era venuto il momento di cancellare le proprie tracce.

La dinamite avrebbe distrutto ogni possibile prova del loro coinvolgimento, ma Polk doveva seminare anche qualche falso indizio. Specifici documenti e oggetti erano stati accuratamente posizionati nella struttura in modo che sopravvivessero all'esplosione. Quando fossero state condotte le inevitabili indagini, tutti gli indizi avrebbero fatto pensare a un'operazione segreta condotta dall'esercito australiano, e questo avrebbe rafforzato la convinzione dell'opinione pubblica che proprio il loro governo fosse responsabile della catastrofe che stava per abbattersi su di loro.

Gli squillò il telefono: era una videochiamata da sua moglie. Toccò un'icona del telefono e sullo schermo apparve il volto sorridente di April Jin.

«Hai visto le ultime notizie?» chiese lei.

Polk annuì. «La gente adora le teorie complottistiche sulle basi dell'aeronautica.»

Jin aveva usato il cannone al plasma per appiccare il fuoco a uno degli edifici di stoccaggio della base RAAF di Talbot, poi aveva fatto passare di proposito il razzo con la sostanza paralizzante sopra la base prima di farlo esplodere sulla città vicina.

Qualunque testimone si sarebbe convinto che l'origine del gas fosse la base di Talbot.

«Tra l'incidente a Port Cook e l'*Empiric*» rispose lei, «i media australiani stanno impazzendo. Sui social media impazzano le congetture sui vari tipi di esperimenti segreti che sarebbero stati tenuti nascosti ai cittadini. La gente chiede a gran voce un'indagine indipendente sugli incidenti.»

«Far saltare in aria la fabbrica non farà che alimentare queste voci. Notizie della *Shepparton*?»

Dopo aver sparso il gas su Port Cook, Jin aveva portato il trimarano *Marauder* all'appuntamento con la loro nave mercantile per controllare che fosse tutto a posto.

«Il comandante Rathman è in viaggio. Alla nave sono state fatte tutte le modifiche e sono in corso i preparativi per quando arriverà a Sydney.» Il comandante non sapeva cosa trasportasse la nave, ed era profumatamente pagato per non fare domande. «Sto andando a Cairns. Ti aspetto là.»

«Oggi dovremmo guardare l'ultimo video di Lu» disse Polk.

«Lo so. È per questo che ti ho chiamato, così possiamo guardarlo insieme.»

Polk sedette alla scrivania e aprì il laptop. Digitò il comando per far partire il video e voltò il cellulare verso lo schermo in modo che anche Jin potesse vederlo.

Comparve Lu. Aveva un aspetto emaciato, ma la sua espressione era quasi gioiosa.

«Se state guardando questo video, mi congratulo con voi. Ci stiamo avvicinando alla conclusione e dopo questo non riceverete altri messaggi da me. Se fino a oggi avete eseguito il mio piano alla perfezione, l'atto finale dovrebbe compiersi senza problemi. Sarete gli eroi della nostra causa e i beneficiari del mio patrimonio.»

«Sono felice che questo sia l'ultimo» borbottò Polk.

«Anch'io» disse Jin.

«Credo sia venuto il momento che conosciate lo scopo di tutti i vostri sforzi. Ormai vi sarete resi conto che intendo causare una forma di paralisi ai cinque milioni di abitanti di Sydney. Il fatto che stiate guardando questo video significa che siete disposti a portare a compimento il mio piano nonostante le enormi implicazioni. Significa anche che ho scelto saggiamente i miei agenti.»

Lu si schiarì la gola e bevve un sorso d'acqua.

«Il mio movente non è la vendetta. Io non nutro alcun rancore nei confronti dei cittadini australiani. Certo, potrebbero morirne a milioni e altri milioni potrebbero dover passare il resto della vita su una sedia a rotelle. Ma l'assistenza ininterrotta di cui i superstiti avranno bisogno non è un effetto secondario del mio piano. È lo scopo principale. È l'unico modo in cui la Cina potrà uscire dai suoi confini di potenza regionale in Asia e sostituirsi agli Stati Uniti come prima superpotenza del mondo.»

«In che modo?» disse Polk.

Jin lo zittì. «Shh. Stiamo per scoprirlo.»

«Io sono un patriota e dico che per troppo tempo è stato facile isolare la Cina. Certo, il mio paese ha esercitato il proprio diritto finanziario in tutto il mondo, ma non basta. È una politica troppo timida. Ho sostenuto per anni la necessità di una strategia più audace, ma il Partito ha respinto le mie richieste di espandere l'impero con un'invasione, perché lo considerava troppo rischioso. Si è rifiutato di agire nonostante avesse nuove armi determinanti che io ho sviluppato per il paese, come il cannone al plasma i cui progetti sono stati rubati tempo fa agli americani e perfezionati dalla mia azienda. Così mi sono ripreso il controllo dell'arma, ho costruito il *Marauder*, e ho elaborato il mio piano per espandere i confini della Cina all'insaputa del Partito.»

«Vuole invadere l'Australia» disse Jin, incredula.

«Come è possibile?» chiese Polk.

«Cosa pensate che accadrà quando cinque milioni di australiani si ritroveranno improvvisamente disabili?» proseguì Lu. «Il governo non può lasciarli morire in quelle condizioni. Sarebbe disumano. No, farà tutto quanto è in suo potere per salvare quei poveracci. Ma l'Australia non ha il personale necessario. Nel giro di una notte il venti per cento della popolazione si ritroverà ad avere bisogno di cure speciali. Stimo che almeno la metà morirà nel giro di pochi giorni se il paese non intraprenderà uno sforzo enorme per curarli. E a chi potrebbe rivolgersi?»

«Agli Stati Uniti?» rifletté Polk a voce alta.

«Non agli Stati Uniti» sembrò rispondergli Lu. «Sono troppo lontani e non hanno abbastanza persone da inviare. Le mie previsioni sono che l'Australia avrà immediatamente bisogno di almeno un milione di persone per l'assistenza dei malati. E qual è l'unico paese abbastanza vicino con le risorse per fornirli? La Cina. Grazie al recente fallimento di alcune compagnie aeree, ci sono un centinaio di aerei inutilizzati pronti a partire, e ci sono milioni di lavoratori a contratto a disposizione del governo cinese in caso di necessità.»

Polk mise il video in pausa e girò il telefono per guardare la moglie. «Devi ammettere che potrebbe funzionare.»

Jin annuì. «L'Australia non avrà altra scelta che accettare gli aiuti.»

«E con un milione di cittadini cinesi che entrano nel paese, la Cina avrà messo un piede su un altro continente.»

«Lu sa che il governo cinese vorrà qualcosa in cambio. È un'invasione dalla porta di servizio. E poiché gli australiani sono già convinti che dietro al disastro ci sia il loro esercito, non ci sarebbe praticamente alcuna resistenza ad accettarli. Verrebbero accolti come salvatori.»

Polk fece ripartire il video.

«Ovviamente, anche l'esercito cinese dovrà inviare delle truppe, in teoria a scopo di coordinamento» disse Lu. «E una volta che saranno nel paese, dubito che se ne andranno. In ogni caso, una buona parte dei residenti australiani a quel punto sarà cinese. L'invasione avverrà sotto il naso degli australiani, e la Cina raddoppierà il suo territorio nel giro di una settimana, arrivando a una superficie totale maggiore di quella della Russia. Più che sufficiente per un altro miliardo di cinesi.»

Lu si appoggiò allo schienale della poltrona con espressione soddisfatta, quasi avesse già raggiunto il suo scopo.

«Forse non sarete d'accordo con il mio piano o magari non condividerete i miei obiettivi. Il mio nome passerà alla storia, ma Lu Yang non verrà ricordato come un mostro. Sarò celebrato non solo come la persona che ha salvato milioni di vite australiane, ma anche come il visionario che ha reso possibile una nuova era per il popolo cinese. Per il bene di tutti, spero che portiate a termine il vostro compito e diventiate miliardari con l'inizio del nuovo anno. Buona fortuna e addio.»

«Di sicuro l'audacia non gli manca» osservò Polk.

«Cosa ne pensi del suo piano?» chiese Jin. «Vale la pena rischiare?»

«Ci ha fornito tutte le risorse per arrivare fin qui. Ormai si tratta solo di consegnare la merce e fuggire.» Guardò la moglie negli occhi. «Non vedo il motivo per non portare a termine il lavoro.»

«Mi sembra giusto. Forse al mio patrigno non interessa la vendetta, ma a me piacerebbe vedere l'esercito australiano sulla graticola per questo disastro. Così imparano a sbatterci in galera.»

«Io sono felice di non doverlo più ascoltare.»

«Quanto hai ancora da fare, lì?»

«Non molto. Gli operai sono già sistemati. Sto raccogliendo le ultime cose. Poi farò saltare in aria la fabbrica e me ne tornerò all'aeroporto di Nhulunbuy. Il jet di Lu sta aspettando là.»

« Non dimenticare l'antidoto » disse lei.

« È già sull'elicottero. Speriamo di non averne bisogno. Mi fa star male l'idea di restare paralizzati in quel modo. »

« Ci vediamo presto, amore mio » disse Jin.

Era ora di ripulire tutti i server insieme al laptop visto che era già stato eseguito un backup dei file sul computer principale del *Marauder*. Polk premette il tasto per iniziare la procedura di cancellazione. Si aprì una finestra che annunciava che l'intero database sarebbe stato cancellato entro quindici minuti.

Si alzò e andò alla finestra. Sembrava che tutti i furgoni fossero in posizione.

Anzi no. Ne contò solo diciassette dei diciotto che avrebbero dovuto essere scaricati dall'hovercraft. Altri due sarebbero rimasti a bordo per far saltare in aria il *Marsh Flyer*.

Dov'era l'ultimo furgone? Questi ex soldati assunti da Lu avrebbero dovuto essere professionisti di prim'ordine. Evidentemente non erano il massimo dell'efficienza, ma di certo manifestavano una cieca lealtà nei confronti di Lu e della sua visione.

Polk prese una SIG Sauer dalla scrivania e se la infilò in cintura. Quindi uscì dall'ufficio per andare a vedere cosa stava succedendo. La pistola gli serviva per sistemare un'ultima faccenda in sospeso, e cioè il pilota del *Marsh Flyer*.

Doveva uccidere Bob Parsons.

29

Il furgone con la dinamite si fermò e Juan sentì la voce smorzata di Eddie che parlava in cinese con qualcuno che era fuori dal furgone. La conversazione si fece accesa e Juan ordinò a MacD, Linda e Linc di tenersi pronti a sparare se lo sportello posteriore fosse stato aperto per un'ispezione. Ma un attimo dopo il furgone ripartì. Dopo qualche curva si fermò di nuovo.

Eddie aprì lo sportello e uscirono. Sembrava si trovassero su una stretta striscia di cemento tra il retro dell'edificio e la palude. C'erano due porte, una che conduceva nello stabilimento principale e un'altra da cui si accedeva a un corpo aggiunto destinato a uffici o alloggi, con finestre che si affacciavano sulla palude.

«Si direbbe che l'abbiamo scampata bella» disse Juan.

«Il tizio voleva che entrassi nello stabilimento» disse Eddie, «ma io l'ho convinto che mi hanno ordinato di fare il giro sul retro. Probabilmente non abbiamo molto tempo prima che mangino la foglia.»

«Allora andiamo a dare un'occhiata. Quando abbiamo finito ruberemo uno di quegli hovercraft Qingdao e ce ne andremo da qui.» I veloci veicoli di fabbricazione cinese erano fatti per trasportare quattro persone, ma Juan era sicuro che sarebbero riusciti a far salire anche una quinta.

«Eddie e io perlustreremo lo stabilimento, Linda, MacD e Linc, voi il corpo aggiunto. E ricordate, questa è una missione di ricognizione. Evitate scontri a meno che non sia necessario. Ci ritroviamo qui tra dieci minuti.»

Mentre gli altri tre entravano nell'edificio laterale, Juan schiuse la porta dello stabilimento. Gli bastò una rapida occhiata per capire che la via era sgombra.

Lui e Eddie sgusciarono dentro. Si ritrovarono in un grande locale attrezzato con macchine utensili robotizzate, strumenti di laboratorio e pile di casse con sopra il logo della Alloy Bauxite. A parte le guardie che Juan riusciva a sentire in fondo all'edificio, non sembravano esserci operai. Ampi corridoi permettevano il passaggio dei carrelli elevatori ora parcheggiati contro la parete sul fondo. I furgoni sbarcati dall'hovercraft affollavano lo spazio libero.

Juan diede per scontato che anche gli altri furgoni fossero carichi di dinamite, il che significava che avevano intenzione di far saltare in aria l'edificio.

Eddie gli diede un colpetto sulla spalla e indicò una scala chiusa da pareti che saliva a quello che aveva tutta l'aria di essere un ufficio, forse del caporeparto. Poteva essere un buon posto per trovare informazioni sulle attività svolte là dentro.

Salirono le scale e, arrivati in cima, sbirciarono attraverso la finestrella della porta per accertarsi che l'ufficio fosse vuoto. Procedevano chini in modo da non essere visti attraverso la vetrata che dava sulla fabbrica.

I cassetti dell'archivio erano tutti aperti e svuotati. Il grosso tritadocumenti era ancora caldo e c'erano diversi cestini che traboccavano di striscioline di carta.

L'unico oggetto ancora intatto era un laptop posato sulla scrivania.

«Da' un'occhiata a quello» disse Juan a Eddie. Mentre Eddie ispezionava il computer, Juan andò alla vetrata e sbirciò giù.

Da quella prospettiva riusciva a vedere benissimo l'enorme struttura. Sembrava quasi interamente automatizzata, in modo da poter essere gestita da personale ridotto al minimo.

Ma lo colpì un elemento strano. Subito sotto di lui c'erano

dei banchi da laboratorio occupati da attrezzature scientifiche di ogni tipo, beute, provette, cappe chimiche. Accanto a questi c'era un enorme serbatoio di vetro pieno d'acqua, dentro cui fluttuava una nuvola di meduse che pulsavano emanando una luminosità sinistra.

All'estremità opposta dello stabilimento, diverse guardie erano riunite attorno a un uomo che era evidentemente il capo. Juan non riusciva a vederlo bene in faccia, ma si capiva che era alto e muscoloso, con le braccia coperte di tatuaggi. E poi vide Bob Parsons: stava andando verso il gruppo, scortato da altre due guardie.

«Presidente, stanno cancellando tutti i dati» disse Eddie.

Juan si avvicinò alla scrivania e vide una barra di avanzamento sullo schermo. Diceva: CANCELLAZIONE FILE REMOTI: 68%.

«Riesci a fermarla?» chiese Juan.

«No, ma posso cercare di scaricare quanti più file possibile prima che il computer completi l'operazione.» Eddie aveva inserito una chiavetta nella porta USB del laptop. Era uno speciale dispositivo creato da Eric e Murph proprio per l'estrazione di dati in situazioni d'emergenza.

«Possiamo portarci via il computer?»

«Non credo che servirebbe a molto. Il disco rigido sembra praticamente vuoto. Dev'esserci un server da qualche parte, nell'edificio.»

Juan azionò il microfono molare. «Linc, abbiamo trovato un laptop che stava cancellando tutti i file dal server. Si stanno preparando a far scomparire questo posto. Dimmi che avete scoperto qualcosa.»

Linc, MacD e Linda avevano scoperto qualcosa, eccome. Cadaveri. Ventidue corpi ammucchiati uno sull'altro.

«Credo che abbiamo trovato gli operai della fabbrica, Presidente» disse Linc. «Appena entrati non abbiamo visto altro che uffici e dormitori deserti, poi ci siamo imbattuti in una cella frigorifera e abbiamo scoperto ventidue corpi accatastati all'interno. Non è un bello spettacolo.»

«Ora sappiamo con che gente abbiamo a che fare» disse Juan. «Chiamami quando avete finito.»

Linda si chinò a esaminare uno dei cadaveri. Erano tutti uomini, una metà caucasici e gli altri cinesi.

«Nessuna ferita da arma da fuoco né traumi da corpo contundente» disse. «Niente lividi o graffi. Nessun segno di lotta.»

«Pensi che siano stati avvelenati?» chiese MacD.

«No, non credo. Vedi quelle macchie negli occhi? Si chiamano emorragie petecchiali. Probabilmente quell'uomo è stato soffocato.»

MacD controllò rapidamente qualche altro cadavere. Mostravano gli stessi segni.

«Ma devono essere stati avvelenati» disse. «Come si fa a soffocare ventidue uomini senza che qualcuno reagisca?»

«Forse hanno usato lo stesso gas paralizzante impiegato su Murph» disse Linc. «E quando non potevano più muoversi sono stati uccisi. Forse una prova generale che è servita anche a sbarazzarsi dei potenziali testimoni. Proseguiamo.»

Uscirono dalla cella frigorifera e si inoltrarono lungo il corridoio. Trovarono altri due uffici deserti prima di arrivare a una stanza piena di server. Le lucine lampeggiavano come se stessero processando enormi quantità di dati.

Nella stanza c'era un solo terminale. Linc batté sulla tastiera e lo schermo si accese. Chiedeva una password.

Digitò PASSWORD giusto per vedere cosa succedeva, e sullo schermo comparve la scritta «password errata» accompagnata da un allarme sonoro.

«Non ci entrerai mai» disse Linda.

«Per lo meno non nei prossimi minuti» aggiunse MacD.

«Presidente» disse Linc, «abbiamo trovato la stanza dei server, ma non riusciamo a entrare nel sistema. Dobbiamo staccare tutto per fermare la cancellazione del disco?»

«No, lasciatela proseguire» rispose Juan. «Stiamo cercando di estrarre quante più informazioni possibili prima che vengano cancellate.»

«Ricevuto.»

«Ci vediamo al furgone. Tra quattro minuti ci muoviamo.»

«Intesi.»

Tornarono in corridoio per completare la ricognizione. Mentre passavano alla stanza successiva, la porta in fondo al corridoio si aprì. Entrò una guardia che sbraitava in cinese, come se stesse chiamando qualcuno.

Per un attimo rimase a fissare inorridita i tre sconosciuti in corridoio. Ma si riprese presto e alzò il fucile.

Prima che potesse portarselo alla spalla, MacD sparò con la balestra. Il dardo entrò nell'occhio dell'uomo e quello cadde all'indietro.

«Probabilmente cercava l'autista del furgone» osservò Linda.

Corsero verso la porta. Linc guardò fuori, ma non vide nessuno. Una voce stava chiamando dalla radio agganciata alla cintura della guardia morta, con tono sempre più urgente.

«Presidente» disse Linc nel microfono, «abbiamo dovuto eliminare una delle guardie e credo che stia per venire qualcuno a cercarla.»

30

Polk aveva bisogno di Parsons per pilotare il *Marsh Flyer*, ma a lui il marine non era mai piaciuto. Era tutto d'un pezzo e se ne vantava. Giusto la settimana prima, quando uno degli scienziati della fabbrica si era ferito mentre caricava l'hovercraft, Parsons aveva insistito per portarlo all'infermeria a Nhulunbuy anziché lasciare che lo medicassero alla bell'e meglio nello stabilimento alla palude, nonostante questo costituisse una grave violazione del protocollo di sicurezza. Quell'azione aveva finito col salvare la vita dell'uomo, anche se solo per qualche giorno, ma era chiaro che Parsons avrebbe potuto costituire un problema. Se Polk avesse avuto un altro pilota sottomano quando era avvenuto il fatto, si sarebbe liberato di Parsons all'istante.

Ora stava per togliersi quella soddisfazione.

« Sono felice di dirti che i tuoi servizi non sono più necessari, Parsons. »

Parsons lo guardò con un sorriso supponente. « Hai trovato qualcun altro che riporti il *Flyer* a Nhulunbuy? »

Polk lo fissò, impassibile. « No. »

« Allora lo lascerai qua? »

« Più o meno. Ma non tutto intero. »

Parsons finalmente capì e guardò le guardie che lo circondavano. « Non riceverò alcuna indennità di fine rapporto, giusto? »

« Non ce ne sarà bisogno. » Polk fece un cenno a due guardie, quindi estrasse la pistola e la puntò al petto di Parsons. Le guardie legarono le mani di Parsons dietro la schiena con una fascetta di plastica.

Parsons fece una risatina mesta. «Avrei dovuto saperlo che avresti fatto una cosa del genere. Che bel regalo di Natale. E suppongo che Miller non sia il tuo vero nome.»

«No, non lo è.»

«Immagino che a questo punto non abbia più importanza. Mi crederesti se ti dicessi che ho preso nota di tutto quello che ho visto qui e che verrà reso pubblico se mi succede qualcosa?»

«Ti abbiamo tenuto d'occhio. Da quando hai cominciato a lavorare per noi, non hai parlato del tuo lavoro con nessuno fuori da Nhulunbuy, e i miei uomini hanno già perquisito il tuo appartamento ed esaminato il tuo telefono.»

«Avete messo sotto sorveglianza il mio telefono?»

«Non avresti dovuto lasciarlo incustodito nella cabina dell'hovercraft.»

Parsons guardò la pistola e sospirò. «Allora sono troppo stupido per vivere, suppongo. Togliamoci il pensiero.»

«Mi piacerebbe un sacco spararti, non sai quanto, ma non accadrà. Un proiettile in testa rovinerebbe la mia messinscena. E invece deve sembrare un incidente.» Polk fece un gesto a due guardie. «Portatelo alla cella frigorifera e chiudetelo dentro. Quando siamo pronti troveremo un posto dove metterlo insieme agli altri corpi. Sarà una delle tante vittime dell'esplosione.»

Parsons rivolse uno sguardo truce a Polk mentre le due guardie lo spingevano via.

«Allora, dov'è finito il furgone che manca?» disse Polk in mandarino a una guardia che stringeva in mano una ricetrasmittente. Mentre aspettava la risposta, salì sul cassone del furgone più vicino e aprì la cassa che conteneva il timer per il detonatore di quel veicolo. Lo impostò su due ore, tempo più che sufficiente per sistemare tutto prima di andarsene. I furgoni erano carichi di dinamite e parcheggiati l'uno vicino all'altro in modo da innescare una reazione a catena che avrebbe distrutto l'edificio.

La guardia parlò più volte alla radio, chiedendo notizie del furgone, ma non ottenne risposta. «Non so dove sia, signore. Ho mandato un uomo a cercarlo, ma non riesco a parlargli.»

«Allora manda altri uomini a cercare lui e il furgone.»

«Come sta andando?» chiese Juan a Eddie dal suo nascondiglio sotto la finestratura.

«È stata una corsa contro il tempo» rispose Eddie estraendo la chiavetta dal laptop, «ma sono riuscito a scaricare i file rimasti prima che venissero cancellati. Ma finché non torniamo all'*Oregon*, non sapremo se qualcuno di essi è leggibile.»

«Un momento» disse Juan. Vide Parsons scortato da due guardie. Il pilota dell'hovercraft aveva le mani legate dietro la schiena. «Abbiamo un nuovo problema.»

Eddie lo raggiunse sotto la finestra. «Pare che Parsons stia per ricevere lo stesso trattamento degli altri operai.»

Le guardie stavano scortando Parsons attraverso l'area del laboratorio, verso gli alloggi dove si trovava il resto della squadra.

«Linc» disse Juan, «tra poco avrete compagnia. Un paio di guardie. State attenti, c'è un nostro amico con loro. È un tizio di nome Bob Parsons, caucasico, capelli a spazzola.»

«Ricevuto» disse Linc. «Daremo loro un benvenuto adeguato.»

Mentre Parsons e le due guardie passavano davanti al serbatoio contenente le meduse, il marine si girò all'improvviso e diede una testata a una delle guardie, che vacillò e cadde a terra. Allora Parsons colpì con una spallata l'altro uomo e insieme andarono a sbattere contro il recipiente. Parsons mollò una ginocchiata all'inguine della guardia, ma questa a sua volta gli sferrò una gomitata alla mascella e Parsons barcollò all'indietro.

La guardia, inferocita, sollevò il fucile d'assalto. Juan ruppe il vetro della finestra con il calcio dell'MP5, distraendo la guardia quel tanto da permettere a Eddie di spararle una raffica di tre colpi. La guardia cadde, ma uno dei proiettili le trapassò il torace e colpì il recipiente di vetro, provocando una serie crescente di crepe.

Vedendo cosa stava per accadere, Parsons indietreggiò in tutta fretta.

Nel momento in cui si metteva in salvo, il recipiente andò in frantumi. La seconda guardia si rimise faticosamente in piedi giusto in tempo perché un fiotto d'acqua la investisse, scaraventandola di nuovo a terra. Una delle meduse gli finì sulla testa. L'uomo si dibatté, sopraffatto dal dolore, e lanciò un urlo penetrante mentre cercava di staccare i tentacoli velenosi che gli coprivano il viso.

Parsons alzò lo sguardo verso l'ufficio, sbalordito.

Juan indicò la porta sul retro e gli urlò: «Scappa!»

Parsons non se lo fece dire due volte.

«Abbiamo sentito dei colpi d'arma da fuoco» disse Linc. «State tutti bene?»

Arrivarono di corsa altre due guardie attirate dagli spari.

«C'è stato un cambio di programma, Linc» rispose Juan. «Parsons sta arrivando, ed è solo. Metti in moto il furgone. È ora di andarsene.»

31

A quel punto si stavano avvicinando delle altre guardie. Mentre Eddie correva verso le scale, Juan le tenne a bada sparando. Arrivato in fondo alle scale, Eddie subentrò nel fuoco di sbarramento mentre Juan lo raggiungeva. Insieme corsero verso la porta sul retro.

Uscirono e trovarono Linc alla guida del furgone, e Linda e MacD dietro con Parsons, che ora aveva le mani libere.

«Non avrei mai pensato di vederti qui, amico» disse Parsons quando Juan e Eddie saltarono sul cassone del furgone. «Però mi fa piacere.»

«Quanto ci vuole per avviare il *Marsh Flyer*?» Non c'era modo di mettere in moto un Qingdao e fuggire senza essere colpiti da una pioggia di proiettili.

«Direi un minuto per farlo alzare da terra e partire» rispose Parsons.

Juan pensava di riuscire a difenderlo per il tempo necessario. «Linc, riporta questo furgone sul *Marsh Flyer*.»

«Agli ordini.»

Il furgone partì a tutta velocità, ma non prima che la porta sul retro dello stabilimento si spalancasse. Juan e gli altri abbatterono immediatamente le prime due guardie, ma una terza riuscì a far partire una raffica prima di essere colpita.

I proiettili crivellarono il retro del furgone. Mentre svoltavano a tutta velocità l'angolo dell'edificio, Juan gridò: «Qualcuno è ferito?» Fu solo allora che vide un'ammaccatura rotonda in una delle casse che contenevano la dinamite e capì che erano stati fortunati che il colpo non fosse penetrato facendo esplodere uno dei candelotti.

Tutti risposero di no, tranne Parsons che si teneva la mano destra. Il sangue gli colava tra le dita. Sembrava più contrariato che dolorante.

«Che disdetta. Adesso avrò bisogno di aiuto per pilotare il *Flyer*.»

Linda prese una medicazione dal kit di pronto soccorso e la avvolse intorno alla ferita.

«Non badi a me» disse Parsons. «Si occupi di lui.» Stava indicando la gamba destra di Juan.

Juan abbassò lo sguardo e si accorse di avere un foro di proiettile nei pantaloni, sotto il ginocchio.

«È tutto a posto» disse, sollevando il tessuto per mostrare la gamba da combattimento in cui si era conficcata la pallottola. «Ricorda, sono un veterano come te.»

Il furgone girò intorno all'edificio. Colpi isolati di arma da fuoco lo centrarono mentre attraversava il piazzale di cemento a tutta velocità. Quando alcune guardie uscirono dall'edificio, Juan e la sua squadra aprirono il fuoco per tenerle a bada.

Il furgone passò davanti alla fila di Qingdao, quindi volò su per la rampa posteriore fin dentro il ponte garage del *Marsh Flyer*. Si fermò con uno stridio di freni, e quando Juan saltò giù, vide che Linc si era fermato a pochi centimetri da uno degli altri due furgoni.

«Linc, tu vai al compartimento passeggeri di destra. Eddie, tu a quello di sinistra. MacD e Linda, voi restate nel ponte garage. Io aiuterò Parsons a pilotare questo coso.»

«Come hai detto che ti chiami?» chiese Parsons salendo la scala che portava alla cabina di pilotaggio.

«Juan Cabrillo.»

«Non vedo l'ora di sentire come sei finito in questo posto.»

«Te lo racconto in un altro momento» rispose Juan, seguendolo.

Sentiva già sporadici spari e il rumore di uno dei piccoli hovercraft che si metteva in moto.

Imbestialito per l'attacco alla fabbrica, Polk ordinò ai suoi uomini di inseguire gli intrusi e ammazzarli tutti, compreso Parsons. Non si preoccupò di tornare in ufficio. Ormai nessuno avrebbe creduto alle prove che aveva attentamente disseminato per l'edificio. Era più importante distruggere il complesso e il suo contenuto e andarsene da lì il più velocemente possibile.

Tornò al furgone con il detonatore e lo impostò su due minuti. Quindi corse all'elicottero.

Quando era nelle forze speciali australiane, Polk aveva seguito un addestramento su velivoli ad ala rotante, quindi per lui pilotare il Bell Jet Ranger era un gioco da ragazzi. Saltò a bordo e accese il motore senza neppure eseguire i controlli di prevolo.

Nell'attimo in cui il rotore sopra di lui prese a girare, anche le gigantesche eliche del *Marsh Flyer* si misero in moto.

«Non fateveli scappare» ordinò alla radio.

Uno dei Qingdao si sollevò sul piazzale di cemento e partì velocissimo con quattro uomini a bordo. I proiettili rimbalzarono sulla fusoliera e una guardia cadde, ma non prima che il piccolo hovercraft riuscisse a schizzare su per la rampa del *Marsh Flyer* fin dentro il ponte garage.

Un secondo Qingdao lo seguiva dappresso, ma il gigantesco hovercraft si sollevò sulla gonna, facendo scivolar via la rampa. Il secondo Qingdao rimbalzò sulla gomma senza riuscire a entrare e si capovolse, schiacciando le guardie che erano a bordo.

Il *Marsh Flyer* si allontanò dal piazzale e si diresse verso la palude, ma Polk vedeva i lampi degli spari attraverso i portelloni posteriori aperti. I quattro Qingdao rimasti, con a bordo le poche guardie sopravvissute, partirono all'inseguimento.

Con il rotore alla velocità massima, Polk fece decollare l'elicottero a piena potenza, in modo da guadagnare rapidamente velocità e quota e mettere una certa distanza tra sé e la fabbrica.

Guardò l'orologio, che stava eseguendo il conto alla rovescia in sincronia con il timer sul detonatore.

... tre... due... uno...

Il primo carico di dinamite esplose in perfetto orario, provocando uno squarcio nel tetto della fabbrica di Enervum. Seguirono in rapida successione una serie di gigantesche esplosioni che si propagarono attraverso l'edificio fino a creare un'unica, enorme palla di fuoco. L'onda d'urto sballottò il Jet Ranger, ma Polk riuscì a mantenere il controllo.

La distruzione non era avvenuta esattamente come lui avrebbe voluto, ma pensava che potesse bastare allo scopo.

Però non era ancora il caso di festeggiare. Fece compiere una virata all'elicottero per guardare i quattro piccoli hovercraft che correvano per raggiungere il cugino molto più grande. Da quel punto di vista, sembrava impossibile che potessero distruggere un hovercraft grande come il *Marsh Flyer*.

Si congratulò con se stesso per aver avuto la lungimiranza di armare le guardie della sicurezza con lanciagranate portatili.

32

Linda era accovacciata accanto a MacD nel ponte garage dietro uno dei furgoni più vicini alla prua del *Marsh Flyer*. Vedeva tre delle guardie che si trovavano sul Qingdao che era riuscito a salire a bordo, ma non la quarta. Avevano trovato riparo dietro il loro hovercraft che era andato a schiantarsi contro l'ultimo dei tre furgoni. Il vasto spazio riecheggiava del rumore assordante degli spari.

«Dov'è?» urlò MacD tra una raffica e l'altra della sua MP5. Le guardie erano armate con fucili d'assalto Norinco.

«Non lo so» rispose Linda gridando, «ma se uno di questi proiettili colpisce la dinamite, non avremo il tempo di pentirci delle nostre scelte di vita.»

«Dobbiamo tendergli un'imboscata adesso» disse Linc attraverso il sistema di comunicazione. «Eddie, sei in posizione?» Erano entrambi in piedi dietro le porte degli scomparti passeggeri sui due lati del *Marsh Flyer*.

«Pronto.»

«Linda e MacD, distraeteli.»

«Subito» rispose Linda.

Lei e MacD balzarono in piedi e aprirono un fuoco di sbarramento in direzione delle tre guardie. Erano così concentrati sulla risposta dei nemici che non videro Linc e Eddie irrompere sul ponte garage dietro di loro e aprire il fuoco. Tutte e tre le guardie erano già morte ancor prima di cadere a terra.

Linda e MacD avanzarono cauti, guardando sotto i furgoni in cerca della quarta guardia.

«Lo vedi?» chiese Linda.

«No» rispose MacD.

«Neanch'io» disse Linc.

«Aspettate» disse Eddie. «Il portellone posteriore del furgone con cui siamo saliti... era chiuso?»

Linda guardò MacD, il quale scosse la testa.

«Noi non lo abbiamo chiuso.»

Raggiunsero Linc e Eddie dietro il furgone senza fare rumore. Mentre i due tenevano le armi puntate sullo sportello, Linda e MacD posarono la mano sulle maniglie. Linc fece un cenno col capo e loro aprirono.

La quarta guardia si girò di scatto con qualcosa in mano, facendo per afferrare il suo Norinco, ma prima che ci riuscisse fu crivellato dai proiettili.

Linda raccolse l'oggetto che l'uomo aveva lasciato cadere. Era un piccolo detonatore con un timer per il conto alla rovescia impostato su venti secondi. C'era un tastierino con caratteri cinesi. Linda lo porse a Eddie, il quale vi batté sopra. Lo schermo a cristalli liquidi si spense.

«Ho annullato il conto alla rovescia» disse.

La cassa accanto al corpo della guardia era aperta. Nel coperchio si vedeva un alloggiamento delle dimensioni del detonatore. Era vuoto.

«Il detonatore doveva essere contenuto lì dentro» osservò Linc.

Mentre Eddie, Linc e Linda aprivano le altre casse, MacD corse al furgone vicino e tornò qualche istante dopo con un detonatore identico in mano.

«Pare che ogni furgone abbia solo un detonatore» disse Eddie.

«Peccato» disse Linda, guardando attraverso il vano del portellone i Qingdao che stavano rapidamente guadagnando terreno. «Sarebbe stato bello scaricare queste casse dietro di noi una dopo l'altra, come cariche di profondità. Sono già a corto di munizioni.»

«Anch'io» disse MacD.

«A dire il vero è una buona idea» disse Eddie. Muovendo ritmicamente la testa, osservò gli hovercraft che li seguivano.

«Cosa intendi dire?» chiese Linda.

«Io ho capito quel che vuole fare» disse Linc, sedendosi alla guida e mettendo in moto il furgone.

«Sono sette secondi dietro di noi» disse Eddie. «Dacci dieci secondi in più per sicurezza.»

Impostò diciassette secondi sul tastierino del detonatore.

Linc fece avanzare il furgone in retromarcia con loro a bordo finché il veicolo venne a trovarsi vicino al bordo posteriore del ponte garage, e allora Linda capì.

Avrebbero usato l'intero furgone come carica di profondità.

«Riduci la potenza alle eliche di dritta e assicurati che non vadano fuori giri» disse Parsons dal sedile del pilota del *Marsh Flyer*, con la mano buona sul timone.

Juan seguì le istruzioni e l'enorme hovercraft si allontanò dal bordo della pista paludosa tra gli alberi.

«Ottimo» disse Parsons. «Hai un talento naturale.»

«Basta solo puntare e cliccare.»

Pilotare il *Flyer* doveva essere impegnativo, anche con entrambe le mani e a velocità ridotta. Ma con un foro di proiettile nella mano destra e la manetta al massimo, Parsons aveva bisogno dell'assistenza di Juan per impedire che sfuggisse al suo controllo.

Juan tirò fuori la radio e chiamò l'*Oregon*.

Lo misero in collegamento con Max. «Dove siete? Non vediamo ancora il *Marsh Flyer*.»

«Lo vedrete presto» rispose Juan. «Dimmi che sei già salpato dal molo di Nhulunbuy.»

«Come programmato.»

« Bene, perché ci sono novità. Preparatevi a incontrare forze ostili. »

« Ricevuto. »

La cabina del *Flyer*, che era stata dotata delle più moderne attrezzature, aveva degli schermi che rimandavano le immagini delle telecamere poste su tutti e quattro gli angoli, per una visuale a trecentosessanta gradi, compresa la nube di fumo nero a forma di fungo che si levava dietro di loro da ciò che restava della fabbrica. Mentre aiutava Parsons, Juan fungeva anche da occhi per il resto della squadra.

Sullo schermo aveva le immagini riprese dalla telecamera nel ponte garage e quindi aveva assistito a tutto il combattimento. Linc era ancora alla guida del furgone che aveva spostato fino alla poppa, e MacD e Linda erano fuori, uno per lato. Ma non vedeva Eddie.

« Abbiamo quattro Qingdao in rapido avvicinamento da dietro » disse Juan. « Li vedete? »

« Abbiamo un'idea » rispose Eddie.

Uno degli uomini a bordo del primo Qingdao aveva un lanciagranate portatile appoggiato alla spalla. Linda e MacD spararono alcuni colpi, ma il pilota dell'hovercraft scartò per evitarli.

« Hanno un RPG » disse Juan. « Qualunque cosa abbiate in mente, fatelo adesso. »

Eddie entrò nel campo della telecamera e fece un cenno agli altri. Linc saltò giù dalla cabina mentre il furgone cominciava a muoversi all'indietro spinto dagli altri. Il furgone cadde oltre la soglia del ponte garage e si ribaltò all'indietro nella palude.

« Bombe scaricate » annunciò Eddie.

I Qingdao evitarono il furgone senza problemi e la guardia armata di RPG prese la mira. Mentre sparava, dal furgone si levò una violenta esplosione. Era troppo indietro rispetto agli hovercraft per distruggerli, ma servì a far perdere l'equilibrio all'uomo con l'RPG.

Anziché infilarsi nel ponte garage, la granata andò alta. Inizialmente Juan pensò che li avrebbe mancati del tutto, e invece colpì l'elica posteriore di destra. Frammenti di pale volarono verso il cielo.

Quanto restava del pilone era in fiamme e immediatamente il *Marsh Flyer* cominciò a virare verso dritta, minacciando di mandarli a sbattere tra la vegetazione.

Parsons lottava col timone per riportarli in rotta.

«Togli potenza al motore sinistro» gridò, indicando con la mano ferita una manetta vicino al ginocchio di Juan, che tirò indietro il comando e i motori ridussero la velocità delle eliche sul lato sinistro per compensare quello mancante.

Adesso Parsons riusciva a tenere l'hovercraft diritto, ma a una velocità molto ridotta.

«Riusciamo a spegnere l'incendio?» chiese Juan.

«Non senza spegnere il motore.»

Intanto una guardia a bordo di un altro Qingdao si preparava a fare fuoco con il suo RPG.

Un secondo furgone avanzò verso poppa, questo però col muso rivolto verso l'apertura. I freni stridettero e Linc si lanciò fuori dalla portiera del guidatore mentre il mezzo sfrecciava attraverso l'apertura.

Il furgone esplose pochi secondi dopo essere caduto in acqua. Due degli hovercraft sterzarono per evitarlo, come il precedente, ma questa volta furono catapultati in alto. Uno si disintegrò a mezz'aria quando l'RPG esplose, l'altro si cappottò nella palude.

«Ecco la baia» disse Parsons. La palude cominciava a diradarsi mentre ci si avvicinava al mare aperto.

I piloti degli ultimi due Qingdao avevano imparato la lezione e si tennero larghi, mettendosi ai lati del *Marsh Flyer*. Se fossero riusciti a danneggiare la gonna, sarebbe stata la fine: il gigantesco hovercraft sarebbe affondato.

Restava ancora un furgone con la dinamite, ma non sarebbe servito a nulla se non fossero riusciti a mettersi sulla traiettoria dei loro inseguitori.

«Riesci a far girare questo coso su se stesso?» chiese Juan a Parsons.

«Sei matto?» rispose Parsons. «Riesco a stento a tenerlo.»

«Non servirà a nulla se riescono a colpirci con quegli RPG. Ce la fai a girarlo?»

«Magari una volta. Perché?»

«Perché lo trasformeremo in una fionda.»

Polk osservava da una quota di seicento metri. Il *Marsh Flyer* era in fiamme, ma si muoveva ancora e si stava avvicinando alla baia di Nhulunbuy. I suoi uomini avrebbero dovuto averlo già distrutto da un pezzo, ma erano degli incapaci. Ordinò loro di sospendere l'inseguimento e di spararGli di lato. Una volta sgonfiata la gonna, le guardie sopravvissute avrebbero potuto affondarlo e uccidere chiunque si gettasse fuoribordo. Poi lo avrebbero raggiunto all'aeroporto per il volo che li avrebbe portati al *Marauder*.

Uno dei Qingdao riuscì ad affiancare il *Flyer* danneggiato. Un uomo a bordo si teneva pronto a colpire il bersaglio con un RPG. Sembrava un tiro facile.

Ma, con sorpresa di Polk, le eliche del *Flyer* cambiarono regime facendo ruotare orizzontalmente il gigantesco hovercraft intorno al suo asse. La forza centrifuga scagliò qualcosa fuori dal retro mentre la poppa si allineava con il Qingdao, e Polk si rese conto che era un altro furgone come gli ultimi due.

Né lui né il pilota del Qingdao poterono fare nulla quando il furgone cadde in acqua ed esplose, sollevando un geyser che disintegrò il piccolo hovercraft e danneggiò gravemente il *Marsh Flyer*.

La gonna di poppa ora era ridotta a brandelli e il *Flyer* si abbassò sull'acqua. Le eliche sui piloni continuarono a girare ma l'hovercraft non andava da nessuna parte. Stava già cominciando a inclinarsi. I colpi dovevano aver perforato le casse d'aria. Non sarebbe rimasto a galla ancora a lungo.

Polk chiamò via radio l'ultimo dei Qingdao.

«Accertatevi che nessuno esca vivo dall'hovercraft.»

Si stavano avvicinando nuvole basse cariche di pioggia quindi non avrebbe potuto stare a guardare ancora a lungo, ma voleva essere certo che i suoi portassero a termine il loro compito.

Era così concentrato sull'hovercraft che non si accorse della nave che entrava nella baia finché questa non virò per incrociare nuovamente davanti a loro. Sembrava una normalissima portarinfuse, anche se si lasciava dietro una scia simile a quella di un motoscafo.

Poi accadde qualcosa di strano. La sommità della torre di una delle gru della nave parve aprirsi, scoprendo una strana attrezzatura. Fu solo quando questa ruotò e puntò al Qingdao che Polk riconobbe un cannone Gatling a canne gemellate.

L'arma vomitò un torrente di proiettili che distrussero all'istante il piccolo hovercraft.

Un attimo dopo, una barca uscì a tutta velocità da un'apertura nello scafo della nave.

Non ci sarebbe voluto molto prima che i soccorritori del *Marsh Flyer* capissero che lui era coinvolto nell'attacco. Virò bruscamente e si nascose nel vicino banco di nubi.

Mentre volava verso l'aeroporto, chiamò per accertarsi che il pilota fosse pronto a decollare appena lui fosse arrivato. Poi telefonò a sua moglie.

«Com'è andata?» chiese lei. «Stai arrivando?»

«Sì, ma abbiamo un grosso problema» rispose Polk, furioso per la disfatta a cui aveva appena assistito. «La nostra operazione è stata compromessa.»

«Compromessa? Da chi?»

«Questa, mia cara, è una bella domanda.»

33

Nonostante la ferita alla mano, Bob Parsons non ebbe bisogno di aiuto per salire sul gommone a chiglia rigida dell'*Oregon*. Scavalcò senza problemi la falchetta dalla coperta del *Marsh Flyer* che stava affondando. MacD, Linda, Eddie e Linc erano subito dietro di lui, seguiti da Juan, che fu l'ultimo a scendere. Mentre Raven riportava il gommone alla nave, il gigantesco hovercraft si capovolse con un rumore terrificante e scomparve sott'acqua.

Parsons fece un saluto militare, quindi rimase a osservare la copertura della gru tornare al suo posto e coprire i due cannoni Gatling. Era altrettanto incuriosito dall'apertura nello scafo da cui era uscito il gommone. Il compartimento della nave si trovava allo stesso livello della linea di galleggiamento e conteneva tutti i mezzi di superficie, compresi Zodiac, jet ski e l'imbarcazione per le operazioni speciali su cui si trovavano ora.

«Conosco le navi della marina americana» disse Parsons, «e questa non lo è. Direi che la vostra è piuttosto una nave corsara.»

Le navi corsare, navi da guerra mascherate da mercantili, venivano utilizzate contro gli U-Boot durante la Seconda guerra mondiale. Fungevano da esche per attirare i sottomarini in superficie dove erano più vulnerabili ai loro armamenti nascosti.

«Questa è l'*Oregon*» disse Juan, «e io sono il suo comandante. Come hai potuto vedere, ha qualche diavoleria nascosta.»

«Lavorate per gli americani?»

«Principalmente. Questa missione, però, ha una motivazione più personale. I tuoi capi hanno avvelenato uno dei miei uomini, e io voglio scoprire perché.»

«Come facevate a sapere che mi avrebbero ucciso?»

«Non lo sapevamo. Ci siamo semplicemente trovati nel posto giusto al momento giusto e ti abbiamo dato una mano. Scusa il gioco di parole, non era voluto.»

«Non ti preoccupare» disse Parsons con una risatina. «Se non fosse stato per voi, adesso sarei sepolto sotto le macerie della fabbrica.»

«Sai cosa producevano là dentro?»

«Vorrei potertelo dire. Erano maniaci della sicurezza, ma ho sentito qualcosina qua e là dai lavoratori.»

«Tipo?»

«Ho trasportato un carico di perclorato di ammonio alla fabbrica. Ho cercato su Internet. Viene usato principalmente per produrre propellente per razzi.»

«Quanto ce n'era?»

«Non lo so. Tanto.»

«Qualcos'altro?» chiese Juan.

Parsons si strinse nelle spalle. «Solo che alcune delle persone che lavoravano là erano biochimici, anche se non so cosa possano avere a che fare con i razzi.»

«Per chi lavoravi?»

«Per un tizio che si faceva chiamare Miller, ma non era il suo vero nome. Era quello che stava per farmi ammazzare. Lavorava con sua moglie, o la sua ragazza, ma non ho mai saputo il suo nome. Credo che lei sia comandante navale, come te.»

«Cosa te lo fa pensare?»

«L'ho vista dare ordini all'equipaggio di un trimarano.»

«Un trimarano?» Juan tirò fuori il cellulare e mostrò a Parsons uno screenshot dei due identikit che Kevin Nixon aveva realizzato sulla base delle descrizioni fornite da Sylvia Chang.

«È questa la coppia?»

L'espressione di Parsons si rabbuiò. «Al cento per cento. Chi sono?»

«La sorella del nostro uomo avvelenato ha avuto con loro un incontro ancora peggiore del tuo. C'è voluto un po' per confrontarli con tutti i database fotografici su cui siamo riusciti a mettere le mani, ma alla fine li abbiamo trovati nei registri del sistema carcerario australiano. Si chiamano Angus Polk e April Jin.»

«Sono dei detenuti?»

Juan annuì. «Sono marito e moglie. Scarcerati più di un anno fa. Polk è un ex detective della polizia, mentre Jin è un ex ufficiale della Royal Australian Navy. Condannati per frode e appropriazione indebita. Sono stati indagati anche per l'omicidio di due persone che avevano scoperto il loro piano, ma non c'erano prove sufficienti a condannarli.»

«Ma allora perché gestiscono una fabbrica qui, nel mezzo del nulla?»

«Non lo sappiamo per certo, ma pensiamo che ci sia un collegamento con l'incidente avvenuto a Port Cook. Sembra più un attacco che un incidente.»

Parsons annuì. «Ho sentito che oltre seicento persone sono rimaste paralizzate. Vuoi dire che io potrei aver avuto un ruolo in tutto questo?»

«Sì. A tua insaputa.»

Raven portò il gommone nel compartimento della nave, dove Julia stava aspettando con un kit di pronto soccorso.

«Comandante Parsons, sono la dottoressa Huxley» disse, salendo sulla piattaforma di imbarco. «Mi faccia dare un'occhiata a quella mano.»

«La ringrazio» disse lui, automaticamente, ancora turbato per essere stato coinvolto nei piani di Polk e Jin.

Mentre tutti gli altri scendevano dal gommone e la piastra dello scafo si richiudeva dietro di loro, Julia tolse la medicazione intrisa di sangue ed esaminò la ferita.

«Sembra che il proiettile sia passato da una parte all'altra» disse. «Ha colpito la parte carnosa della mano e ha mancato i tendini. La porteremo in infermeria e la ricuciremo.»

«Un momento» disse Parsons e si voltò verso Juan. «Se date la caccia a quei due, voglio partecipare anch'io. Conosco un sacco di persone in Australia che potrebbero essere utili e hai visto che qualche capacità ce l'ho. Dimmi solo cosa devo fare.»

«Potrei prenderti in parola» disse Juan. «La cosa più importante è trovare l'ultima nave che hanno caricato. Hai detto che si chiama *Shepparton*?»

Parsons annuì. «Ci sono voluti due giorni: erano decine di camion carichi di merce.»

«Conosci la destinazione?»

«Non ne ho idea purtroppo.»

«Non ti preoccupare. La troveremo.»

«Secondo te di cosa si tratta?»

Juan scosse la testa. «Adesso sono io quello che non ha la minima idea. Ma stai certo che non ci fermeremo finché non lo avremo scoperto.»

Julia accompagnò Parsons in infermeria e Juan chiamò Max mentre usciva dal garage.

«Vado nella mia cabina a farmi una doccia e cambiarmi» disse Juan, «poi ti raggiungo al centro operativo. Hai trovato la *Shepparton*?»

«Sul sito web della Vesseltracker risulta diretta a Giacarta, ma il porto d'origine è Brisbane, non Nhulunbuy. In questo momento secondo il suo transponder sta navigando a nord di Darwin.»

«Devono aver manomesso i registri. Immagino che Polk e Jin cercheranno di dirottare la nave, ora che sanno che qualcuno gli sta addosso. Il miglior modo per fermarli è intercettare la *Shepparton* e sequestrare il carico. Quanto è lontana?»

«Se continua a prendersela così comoda, possiamo raggiungerla in dodici ore.»

«Cioè nel cuore della notte» disse Juan. «Perfetto. Imposta la rotta alla massima velocità. Dirò a Eddie di informare la squadra. Devono mangiare qualcosa e dormire un po' prima che ci rimettiamo le mute. Pare proprio che ci aspetti un'altra missione, stanotte.»

34

La vasta sala riunioni dell'*Oregon* offriva a Sylvia Chang ed Eric Stone tutto lo spazio necessario a sparpagliare pagine e pagine di documentazione e lavorare sui loro laptop. Un gigantesco schermo a parete trasmetteva un'immagine del tramonto così nitida da far pensare che si trattasse di una finestra panoramica. Quella mattina le aveva consentito di assistere in prima fila all'affondamento del *Marsh Flyer*. Lei ed Eric avevano unito le forze per decifrare i file di computer portati da Eddie Seng.

«Sono felice che ora tutti sappiano che non sono pazza» disse.

«E perché mai dovrebbero pensare che sei pazza?» ribatté Eric, seduto accanto a lei.

«Non avevo prove di quello che è successo finché Bob Parsons ha suffragato la mia storia. Cominciavo a dubitare che l'attacco del trimarano fosse frutto della mia immaginazione.»

«Io non ho mai dubitato di te. Sei troppo intelligente e piena di risorse per inventarti una cosa del genere. Sono ancora sbalordito per come sei sopravvissuta all'affondamento della tua nave. Hai nuotato per un lungo tratto e subito dopo hai cominciato a soccorrere tutti gli altri a bordo dell'*Empiric*. Sei un esempio per tutti.»

Sylvia posò la mano su quella di Eric. «È carino da parte tua dire così. Sono felice di averti conosciuto meglio in questi ultimi giorni. È stata dura per Mark, ma è un conforto sapere che ha te come amico, qui sulla nave.»

Eric abbassò lo sguardo e arrossì, ma non ritrasse la mano.

«E io sono felice che tu sia qui per lui. E poi, senza di te non avrei mai decifrato tutti questi file.»

«Se non altro potremmo aver trovato qualcosa per aiutarlo.»

«So che odia essere immobilizzato su quella sedia. Ho già promesso di aiutarlo ad allestire il suo skate park sul ponte quando si sarà ripreso.»

«Fa skateboard qui, a bordo?»

Eric annuì. «Gli ho persino regalato una tavola nuova per Natale, ma non mi sembra una buona idea dargliela adesso.»

Sylvia gli strinse la mano. «Scommetto che sarà felicissimo. Gli infonderà un po' di speranza.»

La porta della sala riunioni si aprì ed entrò Julia seguita da Murph sulla sedia a rotelle. Eric ritrasse la mano di scatto da sotto quella di Sylvia.

«Com'è andata la visita?» chiese lei.

«Nessun cambiamento» rispose Julia. «Le sue condizioni sembrano stabili.»

«Stabili nel senso che fanno schifo» disse Murph con la sua voce artificiale. «Cosa state facendo voi due?»

«Stavamo lavorando ai file scaricati alla fabbrica nella palude» balbettò Eric, nervoso. «Nient'altro. Perché dovremmo fare qualcosa d'altro? L'unico motivo per cui sono seduto qui è che è più facile lavorare, se siamo vicini. Così ognuno può vedere lo schermo dell'altro. Altrimenti me ne starei seduto laggiù.»

«Gesù, che ti prende?» disse Murph. «Volevo solo sapere se c'è qualcosa di nuovo.»

«Ho sentito che avevate delle informazioni per me» disse Julia, sedendosi.

«Non abbiamo ancora decifrato tutto» rispose Sylvia. «È complicato, perché alcuni dei file scaricati sono parzialmente sovrascritti.»

«Ma abbiamo trovato qualcosa che potrebbe essere utile

per quanto riguarda il gas paralizzante» disse Eric. «Si chiama Enervum, ed è ricavato dal veleno di una medusa.»

«Sappiamo persino da quale specie di medusa» aggiunse Sylvia. «Si chiama *Chironex welleri*. È un raro tipo di vespa di mare che normalmente vive nelle profondità dell'oceano, ma talvolta risale in superficie per riprodursi.»

«Dato che si trovano principalmente in mare aperto, di solito non sono pericolose per l'uomo. Ma abbiamo trovato un articolo su una tempesta avvenuta ventitré anni fa in Indonesia, in seguito alla quale migliaia di esemplari furono portati a riva su un'isola remota. E lì, una settimana dopo la tempesta, fu scoperto un equipaggio di sei pescatori. Tutti morti per disidratazione.»

«Per disidratazione?» disse Juan. «Non a causa del veleno?»

«Sulla loro pelle non furono trovate lesioni» rispose Sylvia. «Come siano morti resta un mistero.»

«A quanto pare, le meduse emettono un gas quando marciscono» disse Eric. «Ha un effetto paralizzante.»

«Che cosa orribile» disse Julia.

«E così i pescatori sono rimasti lì, incapaci di muoversi, finché sono morti di sete» concluse Murph.

«Così pare» disse Sylvia. «L'Enervum sembra essere un'arma ricavata da questo gas. Ma abbiamo delle buone notizie.»

«Potevi cominciare da quelle» disse Murph. La voce artificiale non lasciava trasparire il sarcasmo che, Sylvia lo sapeva, accompagnava le sue parole.

«Esiste un antidoto» disse Sylvia. «Abbiamo trovato ampia documentazione dei test condotti.»

Julia rizzò le orecchie. «Avete la formula?»

Eric annuì e le porse diversi fogli di stampate.

Lei li scorse rapidamente.

«Allora, puoi produrlo?» chiese Murph dopo una lunga pausa.

«Potrei, se questa formula fosse completa» rispose Julia. «C'è tutto quello che mi serve per riprodurre il processo a eccezione di un unico componente chimico. Qui lo chiamano semplicemente nuxoleum.»

«Nuxoleum?» disse Eric. «Sembra il nome di una marca di grasso per motori.»

«Se ricordo bene, in latino significa 'olio di noce'. Devo scoprire che tipo di noce, e me ne serve a sufficienza per preparare l'antidoto per le seicento persone colpite.»

«Nei file che abbiamo decifrato finora non c'è alcuna descrizione» disse Eric.

«Ma stiamo ancora cercando» aggiunse Sylvia. «Sono sicura che troveremo qualcosa di utile.»

Julia si alzò. «Tornerò in infermeria e comincerò a organizzarmi. Voglio essere pronta a produrre l'antidoto appena avremo una scorta sufficiente di questa misteriosa noce.»

Eric si alzò di scatto. «Vengo con te. Ho delle altre informazioni che potrebbero esserti utili a organizzarti. Ma è più facile se ti faccio vedere.»

Dopo un lieve cenno del capo in direzione di Sylvia uscì con la dottoressa.

«Si comporta in maniera strana» osservò Murph.

«Io lo trovo carino» ribatté Sylvia.

«In che senso, carino?»

«Nel mio campo non si incontrano molti giovani cervelloni carini.»

Murph la guardò storto. «Lo sai che è il mio migliore amico, vero?»

«Ed è un adulto. Come me.»

«Tu sei la mia sorellina.»

«E allora?»

Murph sospirò. «E io che pensavo che peggio di così non potesse andare.»

«Non sto dicendo che ho intenzione di fare qualcosa con lui, ma se lo facessi...»

«Bla-bla-bla, non ti sto ascoltando. Ti prego, mettimi le mani sulle orecchie.»

«Rilassati. Se dovesse succedere qualcosa non te lo dirò. D'accordo?»

«Credo che andrò a fare due chiacchiere con Eric.»

«Tu non farai niente del genere. Se è un problema così grosso, voglio saperlo adesso.»

«Va bene» disse lui dopo una certa esitazione. «Ma io non voglio saperne nulla. E adesso, lascia che ti aiuti a decifrare il resto dei dati. Sai che posso ancora aiutarti.»

«Accetto volentieri.»

Sylvia non fece parola del vero motivo per cui Eric si era comportato in modo strano, correndo fuori insieme a Julia. Doveva riferire alla dottoressa un'altra preoccupante informazione che lui e Sylvia avevano scoperto, e che non osavano condividere con suo fratello.

Secondo la ricerca sperimentale disponibile sui file, se non avessero iniettato a Murph una dose di antidoto entro una settimana, le sue condizioni sarebbero diventate permanenti.

35

Mar di Timor

Mentre Linda pilotava il *Gator* verso la *Shepparton*, Juan lanciò un'occhiata all'orologio. Era da poco passata la mezzanotte.

«Buon Natale a tutti» disse.

Eddie, Linc, MacD e Raven risposero con lo stesso augurio, sincero anche se un po' esitante. Non era il Natale che Juan aveva immaginato per il suo equipaggio. Avrebbero dovuto trovarsi con le loro famiglie e non in mezzo all'oceano, in procinto di infiltrarsi silenziosamente su un'altra nave. Ma erano dei professionisti. Conoscevano la posta in gioco.

Per il momento, la cosa migliore che potessero fare era sequestrare il carico di Enervum. Se non altro sarebbero riusciti a impedire che la stessa cosa accadesse ad altri. Raven aveva insistito per partecipare all'assalto, convincendo Juan con uno sguardo fermo che era pronta. Lui aveva ceduto solo dopo essersi consultato con la dottoressa Huxley.

Il sommergibile raggiunse la stessa velocità del lento mercantile e lo affiancò. Come per l'abbordaggio della *Dahar* erano tutti armati con pistole a dardi carichi di sedativo. Era importante catturare l'equipaggio incolume per poterlo interrogare. Juan sperava che li avrebbe condotti a Jin e Polk oltre che all'antidoto di cui avevano bisogno per Murph e per le altre vittime del gas.

Juan aprì il portello e salì sulla coperta del *Gator*. Non temeva di essere visto. Nell'oscurità nessuno sarebbe riuscito a vederli neppure se avesse guardato oltre il parapetto.

Linc gli porse uno speciale dispositivo ideato da Max per l'assalto alle navi in movimento. Era una scala a pioli telescopica in fibra di carbonio, molto leggera ma incredibilmente resistente. La estese finché la parte superiore venne a trovarsi a livello del ponte della nave, quindi attivò i potenti magneti posizionati sul primo piolo. Questo si attaccò allo scafo di acciaio bloccando la scala.

Juan cominciò a salire. Arrivato in cima guardò oltre il parapetto e non vide nessuno. Si tirò su e corse a nascondersi dietro la gru più vicina.

Mentre aspettava che gli altri lo raggiungessero, perlustrò con lo sguardo il ponte della *Shepparton*, una portarinfuse simile all'*Oregon* come stazza e allestimento, solo che le gru della *Shepparton* erano posizionate di lato anziché a centro nave. A differenza di quanto avveniva sulle portacontainer, sulle portarinfuse il carico veniva portato sottocoperta, al riparo dagli elementi. Una volta che la nave si fosse fermata, avrebbero potuto perquisire a fondo le stive in cerca del gas.

Quando furono tutti riuniti sul ponte, Juan mandò Linc e Eddie in sala macchine mentre gli altri andavano verso gli alloggi dell'equipaggio.

Con l'aiuto di MacD e di Raven non ci volle molto per neutralizzare i membri dell'equipaggio che dormivano. Salirono sul ponte e trovarono due uomini di guardia, li sedarono e li legarono. Quando Eddie e Linc chiamarono per dire che anche il personale della sala macchine era stato neutralizzato, Juan ordinò loro di recarsi alla stiva più vicina e perquisirla mentre lui, accompagnato da MacD e Raven, sarebbe andato nella cabina del comandante.

Lo colpì con la pistola a dardi prima ancora che questi si accorgesse che qualcuno era entrato nella cabina. Juan accese le luci e vide un uomo caucasico sulla quarantina che si agitava sulla cuccetta mentre la droga gli scorreva nel sangue.

Juan andò a sedersi alla scrivania, lasciando MacD e Raven dietro l'uomo.

« Come ti chiami? » chiese.

« Raymond Wilbanks » rispose il comandante strascicando le parole con un marcato accento australiano. Il siero della verità stava cominciando a fare effetto.

« Conosci la vera natura di quello che trasporti nella stiva? »

« Non capisco. »

« Sei coinvolto nel piano di Polk e Jin oppure fai solo il corriere per loro? »

« Loro chi? »

« Parsons ci ha detto che Polk usava una falsa identità » intervenne Raven.

« Le persone che ti hanno ingaggiato » disse Juan. « Probabilmente non hanno usato i loro veri nomi. »

« Non capisco » disse Wilbanks.

« Allora semplifico. Che carico hai preso a bordo a Nhulunbuy? »

« Non capisco. »

« Questo dev'essere il comandante più stupido che ci sia mai capitato » disse MacD. « O magari è più intontito dal sedativo di quanto dovrebbe essere? »

Juan scosse la testa. « C'è qualcosa che non torna. Wilbanks, ti trovavi a Nhulunbuy due giorni fa, sì o no? »

« No » rispose Wilbanks.

MacD era perplesso. « Ma non ha senso. »

« Che stia mentendo? » chiese Raven.

« Con questo farmaco non è possibile » rispose Juan.

« Allora perché ci dà queste risposte sconclusionate? » ribatté MacD.

« Forse non ha capito perché ho fatto delle domande partendo dal presupposto sbagliato.» Juan si rivolse al comandante. «Cosa c'è nelle tue stive?»

«Niente. Sono vuote.»

«Qual è il tuo porto d'origine?»

«Brisbane, in Australia.»

«Perché stai andando a Giacarta?»

«Per prendere un carico di legname da portare in Australia.»

«Corrisponde al manifesto pubblicato online» disse Raven.

Eddie chiamò sul sistema di comunicazione.

«Presidente, Linc e io siamo giù nella stiva cinque. È vuota come il frigorifero di un single.»

«Controllate anche le altre per sicurezza» disse Juan, «ma credo che non troverete nulla.»

«Ricevuto.»

«Cosa sta succedendo?» chiese MacD. «Il capitano del porto di Nhulunbuy ha confermato che la *Shepparton* era attraccata là.»

«E quando ci siamo avvicinati a questa nave, Parsons ha detto che assomigliava a quella che aveva visto a Nhulunbuy» aggiunse Raven. «Pensa che abbiano trasbordato durante il viaggio?»

Juan scosse il capo. «Trasferire il carico da una nave all'altra nel mezzo dell'oceano è un'operazione lunga e delicata. Non sarebbero mai arrivati fin qui se si fossero fermati durante il viaggio.»

«E poi, Wilbanks avrebbe vuotato il sacco» disse MacD. «Non avete trasferito il carico in mare, vero, comandante?»

«No» rispose Wilbanks.

Raven fece un sospiro. «Allora c'è solo un'altra possibilità.»

«Il mercantile che è stato visto a Nhulunbuy non era la *Shepparton*» disse Juan alzandosi e dando una gran manata sulla scrivania per la frustrazione. «Abbiamo sbagliato nave.»

36

Mar dei Coralli

Cinque ore dopo essere partito da Nhulunbuy, il comandante Gabriel Rathman aveva fatto cancellare il nome *Shepparton* e sostituire con il vero nome della nave, *Centaurus*. April Jin aveva più volte reiterato la necessità di segretezza, sostenendola con un assegno da un milione di dollari per il trasporto di quel carico.

Rathman non sapeva cosa stava trasportando e non voleva saperlo. Lui non doveva fare altro che portare il carico a Sydney in tempo per il Capodanno. Se fosse arrivato in ritardo avrebbe perso il suo compenso. La tempesta e il mare agitato che la nave stava affrontando in quel momento minacciavano di far saltare il programma, ma Rathman aveva tutte le intenzioni di arrivare in tempo all'appuntamento, a prescindere dalle condizioni atmosferiche.

Lu Yang lo aveva assunto per quel lavoro più di un anno prima, arrivando persino a fornirgli un equipaggio cinese che avrebbe dovuto eseguire i suoi ordini alla lettera, anche se dalle loro armi sembrava che fossero lì essenzialmente per garantire la sicurezza.

Comunque fosse, a lui non interessava. Quello era un lavoro una tantum. E, secondo il video che Lu aveva lasciato perché lui lo guardasse dopo la sua morte, Rathman aveva qualcosa in comune con la figliastra del miliardario, anche lei allontanata da una carriera di comandante navale.

Rathman era un abile marinaio, ma anche un crudele aguzzino che maltrattava gli equipaggi. L'ultima goccia, quella che gli era costata la certificazione, era stata una denuncia alle autorità perché chiudeva l'equipaggio nel congelatore per punizione ogni volta che uno di loro non riusciva a portare a termine il compito assegnatogli.

Da allora non aveva più comandato una nave finché non era arrivato Lu. Evidentemente, Lu apprezzava la sua reputazione: aveva detto che era esattamente la persona che stava cercando.

Ora, mentre navigava lungo la Grande barriera corallina la mattina di Natale, Rathman si sentiva a casa seduto sulla sua poltrona di capitano, pur sapendo che i suoi giorni come comandante si sarebbero conclusi con quel viaggio. Nonostante il ponte andasse su e giù e la pioggia sferzasse la finestratura, non c'era niente di più bello che comandare una nave, di qualunque stazza. Con i soldi che avrebbe guadagnato con quel viaggio, si sarebbe comprato una barca tutta sua da noleggiare su cui magari organizzare battute di pesca al largo della Costa d'Oro per ricchi uomini d'affari e le loro amiche modelle.

Poi l'ufficiale di plancia disse qualcosa che lo scosse dalle sue fantasticherie a base di bikini.

«Comandante, abbiamo un problema alla gru numero due.»

«Cosa c'è?» gemette Rathman.

«Pare che il braccio non sia stato bloccato in sicurezza.» L'uomo indicò la gru a un centinaio di metri dalla plancia e Rathman vide il braccio orizzontale sbattere contro quello vicino a ogni ondata. Se non era fissato a dovere, la tempesta avrebbe potuto staccarlo dalla torre, causando danni incalcolabili alla nave e al suo carico, oltre a ritardarne l'arrivo.

«C'è un porto sicuro quindici miglia a ovest, dove potremmo ripararci per metterlo in sicurezza» disse l'ufficiale.

Rathman si alzò dalla poltrona come una furia. «Non cambieremo rotta. Chiama subito un uomo e ordinagli di salire su quella cabina per riposizionare il braccio e bloccarlo.»

«Agli ordini, comandante.»

L'ufficiale riferì l'ordine e un minuto dopo un marinaio uscì sul ponte e avanzò sfidando il vento forte e la pioggia battente aggrappandosi alla ringhiera. Rathman notò che quell'idiota non indossava neppure il giubbetto di salvataggio, ma non aveva intenzione di rispedirlo indietro e causare ulteriori ritardi. A ogni ondata il braccio sbatteva sempre più forte contro quello vicino. Se i cavi si fossero spezzati la gru avrebbe potuto cadere.

Finalmente il marinaio raggiunse la torre della gru e si arrampicò lungo la scala all'interno. Rathman non riuscì a vedere quando arrivò alla cabina, ma fu evidente che ce l'aveva fatta quando il braccio ruotò e si infilò contro quello accanto.

Rathman tirò un sospiro di sollievo: adesso il suo compenso era al sicuro come il braccio di quella gru.

Il marinaio uscì dalla torre e si accinse a tornare faticosamente nella sovrastruttura a poppa.

Mentre si rimetteva comodo sulla sua poltrona, Rathman tornò a guardare il mare e rimase senza fiato nel vedere un muro d'acqua alto come un edificio di sei piani venire dritto verso di loro.

Attivò l'interfono della nave. «Onda anomala in avvicinamento. Tutte le stazioni operative in sicurezza.»

Rathman aveva sentito parlare delle onde anomale ma non ne aveva mai visto una di persona. In rare occasioni, in una tempesta come quella, onde di dimensioni normali che si intersecavano al momento giusto potevano dare origine a un'unica onda gigante. Molti marinai pensavano che fossero solo leggende finché non erano state ben documentate dalle piattaforme petrolifere del mare del Nord.

E ora un'onda anomala stava per abbattersi sulla sua nave. Si preparò all'impatto. La prua della *Centaurus* si sollevò in aria, portata in alto dalla pendenza del frangente. Prima che potesse raggiungere la sommità, la cresta dell'onda si infranse sopra la nave, scaricando un'enorme quantità d'acqua sul ponte.

Il marinaio che stava cercando di tornare all'interno scomparve per un momento. Quando l'acqua si calmò, si vide la cerata gialla dell'uomo aggrappato alla ringhiera, con i piedi penzolanti sull'acqua. Per un attimo sembrò che potesse farcela a risalire, ma poi le sue mani cedettero e lui cadde in mare.

«Uomo in mare» gridò automaticamente l'ufficiale di plancia. Guardò il comandante in attesa di ordini, ma Rathman rimase in silenzio, riflettendo sul da farsi.

Fermarsi e invertire la rotta per cercare l'uomo avrebbe potuto richiedere ore, se non giorni, con quel tempo. Avvertire la guardia costiera significava dover dare assistenza ai tentativi di salvataggio e rispondere a domande scomode. Entrambe le opzioni avrebbero ridotto a zero le possibilità di arrivare a Sydney in tempo.

L'ufficiale parve leggergli nel pensiero. «Se gli lanciassimo una boa di salvataggio e lui riuscisse a prenderla, potrebbe essere tratto in salvo da una nave di passaggio. Se non lo facciamo, probabilmente non verrà mai più ritrovato. Nessuno saprebbe mai cosa è successo.»

Gli altri uomini presenti in plancia lo osservavano, trepidanti, ma nessuno sembrava particolarmente turbato per la sorte del compagno. Sapevano che il loro lauto compenso dipendeva dall'effettuare la traversata in tempo.

Il comandante fece un cenno con la testa. «Mantenere la rotta. Modificherò il ruolo di equipaggio per cancellare il suo nome.» Prima, ovviamente, doveva scoprire come si chiamava.

Rathman si sentiva giustificato per aver preso quella decisione. Dopotutto non era colpa sua, e non sarebbe stato uno stupido marinaio negligente a fargli perdere quanto gli era dovuto. Allontanò dalla mente l'uomo disperso in mare e pensò all'ingresso nel porto di Sydney la notte di Capodanno, quando avrebbe brindato alla sua nuova vita mentre assisteva al famoso spettacolo pirotecnico dal centro del porto.

37

Mar di Timor

L'*Oregon* rimase nelle vicinanze della *Shepparton* finché Juan non fu certo che l'equipaggio si fosse ripreso e la nave potesse proseguire il suo viaggio verso Giacarta in sicurezza. Il problema era che non avevano idea di dove si trovasse adesso la nave con il carico della Alloy Bauxite. Vesseltracker e gli altri sistemi di tracciamento del traffico marittimo non avevano informazioni su una nave partita da Nhulunbuy in quella data. Era evidente che il nome era stato cambiato, quindi non potevano rintracciarla.

Per il momento erano a un punto morto, e non sembrava esserci molto da festeggiare, ma Juan si accertò che lo chef preparasse un enorme tacchino per tutto l'equipaggio. Almeno per qualche ora si distrassero con del buon cibo e del buon vino e si scambiarono doni. A tutti piacque particolarmente il nuovo skateboard che Eric aveva regalato a Murph, sorvolando sulla triste possibilità che forse non lo avrebbe usato mai e concentrandosi invece sulle speranze che quel dono aveva risvegliato in tutti.

Verso la fine del pasto, mentre il resto dell'equipaggio si stava ancora godendo la giornata di festa, Juan se ne tornò da solo nella sua cabina. Per dare all'alloggio un'atmosfera classica, aveva ricreato gli arredi della sua vecchia cabina sulla precedente *Oregon*, che richiamava lo stile del Rick's Café Américain del film *Casablanca*. Poteva tenere piccole riunioni nell'anticamera arredata con mobili autentici degli anni Quaranta, un tavolo, un divano e una poltrona, mentre la camera da letto aveva una scrivania in teak a serrandina e una grande cassaforte vintage in cui erano custoditi gli oggetti di valore dell'*Oregon*, compresi contanti, lingotti d'oro e diamanti per gli acquisti non tracciabili. Un dipinto a olio, un Picasso originale, appeso a una parete era una delle opere d'arte tratte in salvo quando era affondata la vecchia nave. Il grande schermo televisivo su un'altra parete mostrava una fila di oblò di un transatlantico del diciannovesimo secolo.

Juan si sedette al tavolo dell'anticamera a studiare i fascicoli su April Jin e Angus Polk, cercando qualcosa che potesse suggerire come trovarli. Due detenuti usciti di prigione da poco più di un anno non avrebbero potuto finanziare un'operazione così costosa senza l'aiuto di qualcuno che disponeva di mezzi illimitati. Grazie all'esperienza maturata nell'esercito e nella marina, di certo avevano le capacità per portare a termine i loro attacchi, ma perché? Qual era l'obiettivo finale? Chi c'era dietro a tutto questo?

Si sentì bussare alla porta e Juan disse: «Avanti».

Maurice, l'anziano steward dell'*Oregon*, entrò con un vassoio d'argento su cui erano posate una caffettiera, una tazza e una fetta di torta di zucca con panna montata.

«Se n'è andato prima che fosse servito il dolce, capitano» disse Maurice, disponendo tutto sul tavolo. Indossava la solita uniforme bianca immacolata con un tovagliolo drappeggiato sul braccio, una ricercatezza che era retaggio dei decenni di servizio nella Royal Navy britannica. Si ostinava anche a chiamare Juan «capitano» anziché «presidente» per rispetto della tradizione navale.

«Grazie, Maurice. Come stanno i nostri ospiti?»

«Sto facendo del mio meglio per mettere a proprio agio la signora Chang e il signor Parsons. Credo che il giovane signor Stone abbia preso in simpatia la sorella del signor Murphy.»

Nonostante i modi compassati, Maurice conosceva tutti i

pettegolezzi di bordo. Se sull'*Oregon* succedeva qualcosa, Maurice ne era al corrente.

«Spero che questo non provochi screzi tra Eric e Murph» disse Juan. «Mi dispiacerebbe vedere la loro amicizia rovinata da una cosa del genere.»

«Mi hanno assicurato che non è successo niente. È solo un flirt. Al momento sono più preoccupati per le condizioni del signor Murph.»

«Anch'io lo sono.»

«Tuttavia, sono contento che il signor Murph abbia sua sorella vicino in questo momento di difficoltà. È sempre un conforto affrontare una cosa del genere con la famiglia accanto, anche se mi piace pensare che la sua famiglia siamo tutti noi. E ora, se vuole scusarmi...»

Maurice uscì, silenzioso come era entrato, lasciando Juan a riflettere sulle sue ultime parole.

Chi, se non un familiare, affiderebbe a due criminali in disgrazia come April Jin e suo marito una nave ben armata e un'enorme fabbrica che produce gas velenoso?

Ricontrollò il fascicolo di Jin, ed eccolo lì, sepolto in una nota. Per diversi anni, April Jin aveva avuto come patrigno un miliardario cinese di nome Lu Yang. Secondo una ricerca su Internet, Lu era morto quasi diciotto mesi prima. Non erano disponibili informazioni sui suoi eredi, ma Jin doveva essere la destinataria della maggior parte del suo patrimonio.

Chiamò Eric. «Stoney, so che è Natale, ma avrei bisogno che mi facessi una ricerca.»

«A dire il vero, Presidente, noi siamo già tornati al lavoro.» Non era necessario spiegare perché: Julia aveva già informato Juan dei tempi stretti per produrre l'antidoto per Murph.

«Sono convinto che i fondi di Polk e Jin potrebbero venire da Lu Yang, il patrigno di April Jin. Verifica se Lu ha qualche collegamento con la Alloy Bauxite o se ha acquistato un trimarano della stessa classe di quello descritto da Sylvia e Parsons.»

«Ci mettiamo subito al lavoro» disse Eric e riattaccò.

Novanta minuti dopo, Eric, Sylvia e Murph si presentarono alla porta di Juan e lui li fece entrare. Tutti e tre indossavano ancora i cappelli da Babbo Natale che si erano messi per la festa.

«Immagino abbiate trovato qualcosa» disse Juan.

«Aveva ragione a proposito di Lu» disse Murph, con una voce artificiale che imitava quella di Samuel L. Jackson. «C'è dentro fino al collo, il che è appropriato, considerato che è morto.»

«La Alloy Bauxite è stata creata attraverso una serie di società di comodo australiane» disse Sylvia. «L'intento era quello di far sembrare che fosse finanziata dall'esercito australiano.»

«Ma hanno dimenticato di coprire completamente le loro tracce per l'acquisto dell'hovercraft» aggiunse Eric. «Indovini da chi ha comprato il *Marsh Flyer* la Alloy Bauxite.»

«Resterei molto deluso se non fosse una controllata della società di Lu Yang» rispose Juan.

«Esatto. Non solo. La stessa organizzazione che ha acquistato l'hovercraft ha fornito trimarani a varie marine del mondo, comprese quella cinese e quella australiana.»

«Ora sappiamo con chi abbiamo a che fare.»

«Ma il meglio deve ancora venire» disse Murph.

«Abbiamo continuato a cercare tra i file che avete recuperato dal computer alla fabbrica» disse Sylvia. «È saltata fuori una cosa molto interessante. Un riferimento a uno scavo archeologico nell'Australia occidentale.»

«A quanto pare è la fonte dell'antidoto» aggiunse Eric.

«Cos'hanno scoperto?» chiese Juan.

«Non lo sappiamo» rispose Sylvia. «La maggior parte del file è stata danneggiata. Sappiamo solo che riguarda delle antiche rovine e che gli archeologi sono tutti morti in un incidente aereo mentre tornavano dal sito degli scavi. Non è sopravvissuto nessuno che possa riferire delle loro scoperte.»

«Allora come hanno fatto Jin e Polk a venirne a conoscenza?»

«Ci siamo posti la stessa domanda» disse Murph.

«Forse gli archeologi hanno comunicato le loro scoperte prima di partire dal sito» disse Sylvia.

«Oppure l'incidente aereo è solo una messinscena e loro sono effettivamente tornati» disse Eric. «Abbiamo visto cosa sono capaci di fare questi due a chi lavora per loro.»

«Non mi sembra che tutto questo ci sia di grande aiuto» disse Juan, «quindi suppongo che stiate per dirmi qualcosa di più interessante.»

Sylvia ed Eric si voltarono verso Murph, lasciando a lui l'onore di comunicare la notizia. Murph sorrise. Juan non lo aveva visto tanto felice da quando era andato a recuperarlo a Darwin.

«E lei pensava che non le avessimo fatto alcun regalo» disse Murph. «Il file conteneva le coordinate GPS del sito degli scavi. Le rovine che hanno scoperto si trovano lungo il fiume Ord sulla costa nordoccidentale dell'Australia. Possiamo essere là entro domani mattina.»

38

Isola di Horn, Queensland

Il *Marauder* riuscì finalmente a raggiungere le isole dello stretto di Torres la sera del giorno di Natale. L'arcipelago si trovava all'estremità della penisola di Capo York, l'unico posto nel raggio di trecento chilometri ad avere un aeroporto abbastanza grande da consentire al jet di Polk di atterrare e fare rifornimento. Era nervoso mentre la lancia correva verso il trimarano ancorato.

Quando salì a bordo fu accolto dalla moglie, che sembrava agitata quanto lui.

«Come è potuto accadere?» chiese, abbracciandolo. «Stava andando tutto così liscio.»

«Non lo so» rispose Polk, guardando gli uomini che oziavano sul ponte. «Andiamo a parlare nella tua cabina.»

Scesero sottocoperta e si chiusero la porta alle spalle. Non volevano dare l'impressione di aver perso il controllo della situazione, anche se era esattamente ciò che era successo.

«Pensi che sia stato Parsons a organizzare l'attacco?» chiese Jin.

«Non sa mentire, e quando gli ho detto che stava per morire ho visto che era sorpreso. No, è stato qualcun altro.»

«Chi?»

«Non lo so. Ma avevano una nave corsara pesantemente armata. Aveva dei cannoni montati su una gru, e ho visto una barca uscire dallo scafo.»

«Una nave corsara?»

«È quello che sembrava» rispose Polk. «La marina australiana non ha imbarcazioni di quel genere.»

Jin scosse la testa. «Non so chi possa averle. Che aspetto aveva?»

«Una grossa nave da carico. Lunga centocinquanta metri. Quattro gru.»

«Sei riuscito a vedere il nome?»

«Ho verificato con il capitano del porto di Nhulunbuy. Si chiama *Norego*.»

Jin prese a camminare avanti e indietro per la piccola cabina. «Non ha alcun senso. Se fossero i militari che ci stanno addosso, avrebbero organizzato un raid in grande stile, non sarebbero entrati di soppiatto nella fabbrica con una manciata di uomini.»

«Dev'essere stata una missione di ricognizione.»

A quelle parole Jin si fermò di botto e guardò Polk inorridita. «Sono riusciti a mettere le mani su qualche informazione?»

Polk si strinse nelle spalle. «Ne dubito. Ho programmato i server per sovrascrivere le unità di memoria, ma non ho avuto il tempo di capire se si sono portati via qualcosa.»

«Potrebbe essere un problema.»

Polk annuì. «Non mi aspettavo visite all'ultimo minuto. E dovevo far saltare in aria la fabbrica il prima possibile caso mai si fosse presentata un'altra squadra.»

«Chi poteva essere al corrente?»

«Difficile dirlo. Forse c'è stata una fuga di notizie da parte degli uomini di Lu» rispose Polk.

«Potrebbe aver commesso un errore strada facendo che ha condotto questa gente a noi. Cosa facciamo?»

«Cerchiamo di scoprire chi sono.»

«E come?»

«Quale potrebbe essere il loro prossimo passo?» chiese Polk con tono retorico. «Il punto di partenza più logico è la nostra nave mercantile. Ma loro la conoscono come *Shepparton*. Non sanno che il suo vero nome è *Centaurus*. Sono convinto che il nostro carico non corra rischi.»

«Sì, lo credo anch'io» disse Jin.

«Le informazioni più dannose che avrebbero potuto ricavare dai file riguardano l'Enervum e il suo antidoto.»

«Se scoprono che esiste un antidoto, avranno bisogno dell'olio di noce per prepararlo.»

«Visto che in tutto il mondo esistono solo due luoghi in cui procurarsi quelle noci» disse Polk, «potrei prendere una squadra d'assalto e distruggere le scorte esistenti. Andrò prima a Giacarta.»

«È una buona idea» disse Jin. «Ma il sito archeologico a cui ci ha mandato Lu?»

«È così remoto che non ho mai pensato che qualcuno potesse trovarlo.»

«Non possiamo più darlo per scontato. Andrò io là, con il *Marauder*. Siccome è più vicino della fonte originaria delle noci, la gente su quella nave corsara – la *Norego* – potrebbe mandare qualcuno a controllare, o magari potrebbe andare là con la nave. Forse li incontrerò strada facendo. Altrimenti li aspetterò per eliminarli.»

«Voglio che tu faccia molta attenzione» disse Polk, prendendo Jin tra le braccia. «Quel cannone Gatling che li ho visti usare era parecchio potente.»

«Certo, ma anche noi abbiamo le nostre armi.»

39

Estuario del fiume Ord, Australia occidentale

Juan diede ordine di gettare l'ancora nell'ampio golfo di Cambridge, delimitato a ovest da alte colline di arenaria e a est da distese fangose e fitte colonie di mangrovie. La parte settentrionale del golfo si apriva sul mar di Timor, mentre quella meridionale era dominata dalla Adolphus Island. Circondavano il tutto i bracci del fiume Ord, che le intense piogge monsoniche avevano ingrossato fino a fargli raggiungere un'ampiezza di un chilometro e mezzo.

Juan pilotò il gommone a chiglia rigida su per il braccio orientale del fiume, mentre Eric lo guidava verso le coordinate GPS che avevano ricavato dai file recuperati alla fabbrica. Juan non si aspettava problemi durante quella spedizione, per cui Sylvia si era unita a loro con una telecamera collegata con Murph sull'*Oregon*, in modo che anche lui potesse partecipare seppure in modo virtuale. Juan aveva chiesto a Bob Parsons di andare con loro visto che conosceva bene la flora e la fauna dell'interno, oltre che le caratteristiche del territorio. Julia Huxley completava la squadra. Se avessero trovato qualche indizio sull'antidoto, Juan voleva che fosse lì perché era lei che doveva lavorare alla formula.

Già di mattina presto il caldo estivo e l'umidità erano opprimenti. La brezza prodotta dal moto del gommone che risaliva il fiume dava sollievo, ma Juan aveva già la camicia madida di sudore.

Sylvia si sporse oltre il bordo per offrire a Murph una visione migliore del panorama. Parsons le diede un colpetto sulla spalla.

«Se fossi in lei non lo farei» le disse.

«Girare video?»

«Sporgersi sull'acqua. Lei è un bocconcino allettante.»

Indicò il fiume. Quelli che a prima vista sembravano tronchi galleggianti erano in realtà enormi coccodrilli.

Sylvia si ritrasse di scatto, rischiando di far cadere la telecamera. Eric allungò un braccio per sorreggerla ma subito allontanò la mano, imbarazzato, quando vide che Juan aveva notato il suo gesto protettivo.

Sylvia gli rivolse un rapido «grazie» e si guardò attorno. Il fiume era infestato di coccodrilli.

«Sono dappertutto» disse, con un filo di voce. «È orribile. Mark, li vedi?»

«Una volta tanto sono felice di non essere potuto venire con voi» rispose Murph sul sistema di comunicazione a cui erano tutti collegati.

«I coccodrilli di acqua salata sono comuni nei fiumi e nelle paludi tropicali d'Australia» spiegò Parsons. «Brutte bestiacce. Possono arrivare fino a sei metri di lunghezza e mille chili di peso.»

«Hanno anche il morso più potente di qualsiasi altro animale sulla Terra» aggiunse Murph. Eric aveva predisposto il joystick in modo che lui potesse anche digitare sul suo computer oltre che parlare, usando una tastiera predittiva come quelle dei telefoni satellitari. Essendo un mago dei videogiochi, Murph era in grado di battere con un solo dito alla velocità della luce.

«Questo sito web dice che il loro morso è tre volte più potente di quello di una tigre del Bengala» proseguì Murph, «e potrebbe essere equivalente a quello di un grande squalo bianco, anche se per qualche strano motivo queste misurazioni non sono mai state condotte in laboratorio.»

«Mi piacerebbe vederli tentare l'esperimento» osservò Eric.

«La cosa assurda è che la loro mascella è forte solo in un verso» disse Parsons. «La si può tenere chiusa con del nastro adesivo. Li ho visti trasportare in quel modo.»

«Vediamo di non testare di cosa sono capaci i loro morsi» disse Julia. «Non ho nessuna voglia di imparare a riattaccare arti amputati.»

«Abbiamo un paio di M4 caso mai i coccodrilli diventassero troppo vivaci» disse Juan. Non espresse i suoi dubbi sulla reale efficacia delle munizioni dei fucili d'assalto nel penetrare la pelle dei rettili, che era dura come quella dei rinoceronti.

Tutti tenevano d'occhio l'acqua mentre la barca risaliva il fiume per avvicinarsi il più possibile alla posizione indicata dalle coordinate. Juan tirò in secca il gommone e rimase di guardia con un M4 finché non furono tutti scesi.

Eric fece strada su per l'argine e si inoltrò tra la vegetazione. L'aria umida odorava di fiori profumati e vegetazione in decomposizione, uccelli di ogni tipo cinguettavano e gracchiavano in una varietà di ritmi distinti.

Man mano che salivano, allontanandosi dal fiume, gli arbusti si diradarono e sul loro percorso si presentarono pittoresche formazioni di arenaria. Finalmente, a duecento metri dal fiume Ord, Eric si fermò.

«Il posto dovrebbe essere questo» annunciò.

Juan si guardò attorno, ma non vide nulla che facesse pensare alla presenza di una spedizione archeologica. Niente rovine, niente vasellame o attrezzi, nessuna struttura di alcun genere. Solo un'ampia visuale del fiume sotto di loro.

«Sparpagliamoci e diamo un'occhiata in giro» disse Juan. Temeva di essere andato fin là per nulla.

Stavano ormai setacciando l'area da quasi un'ora in cerca di eventuali tracce del passaggio di qualcuno, quando Parsons allertò il gruppo.

«Credo di aver trovato qualcosa.»

Si radunarono tutti nei pressi di un affioramento roccioso il cui fianco era stato coperto da una frana. Parsons indicò un'apertura buia in mezzo al mucchio di rocce abbastanza grande da permettere il passaggio di un gatto.

«Secondo me là dentro c'è qualcosa» disse. «Me lo sento.»

Juan mise una mano davanti all'apertura. Dal foro usciva una corrente di aria fresca.

«È una grotta» disse. Fece un passo indietro e alzò lo sguardo verso la sommità. Nell'arenaria si vedeva una cicatrice profonda e un'area bruciacchiata.

«La frana è stata provocata intenzionalmente. Qualcuno ha piazzato degli esplosivi per nascondere quello che c'è qui.»

«Secondo voi cosa c'è qui dentro?» chiese Sylvia.

«C'è solo un modo per scoprirlo» rispose Eric.

«Suppongo che dovremo cominciare a spostare qualche masso» disse Juan.

Cominciarono a rimuovere qualunque roccia fosse abbastanza piccola da poter essere sollevata o fatta rotolare via. Nell'umidità insopportabile, l'operazione era massacrante e furono costretti a fermarsi spesso per bere. Due ore dopo erano finalmente riusciti a liberare un varco abbastanza grande da potercisi infilare.

Juan entrò per primo dopo aver comunicato all'*Oregon* la loro posizione, caso mai una nuova frana li avesse intrappolati là dentro. Strisciò attraverso l'apertura e una volta dentro si alzò in piedi. La grotta doveva essere enorme perché la luce della torcia non riusciva a illuminare la parete in fondo.

Attese che tutti fossero entrati, quindi fece strada in una grande camera con il soffitto a volta.

Udendo un rantolo, Juan si voltò e vide Sylvia paralizzata dal terrore davanti a sette scheletri allineati uno accanto all'altro. Avevano gli indumenti strappati e macchiati di sangue come se fossero stati sbranati dagli animali.

«Quanti archeologi si pensava fossero morti in quell'incidente aereo?» chiese Juan.

«Sette» rispose Eric. «Cinque uomini e due donne.»

Julia si chinò a esaminare i resti.

«In base alle dimensioni dei corpi, degli indumenti e dei gioielli» disse, «direi che qui abbiamo cinque uomini e due donne.»

«Sono stati sbranati?» chiese Sylvia mentre li riprendeva perché anche Murph vedesse.

Julia annuì. «Sono stati spolpati dai dingo o da altri saprofagi entrati nella grotta quando erano già morti.» Indicò diverse costole rotte. «Queste persone sono state uccise da colpi d'arma da fuoco.»

Juan raccolse un proiettile di fucile che si trovava tra gli indumenti di una delle vittime.

«Più probabilmente giustiziati» disse.

«Mi sento male all'idea di aver lavorato per delle persone coinvolte in tutto questo» disse Parsons, voltando le spalle a quella carneficina.

«Cosa c'entra tutto questo con il gas velenoso?» chiese Julia.

«Forse c'entra questa scritta.» Parsons indicò la parete della grotta.

Quando Juan illuminò la parete rocciosa apparvero delle profonde incisioni. Si aspettava un disegno primitivo o qualche forma d'arte aborigena. E invece erano lettere.

Si avvicinò. Non solo la scritta era composta da lettere, ma erano riconoscibili come alfabeto latino. C'erano file e file di lettere incise con precisione nella roccia.

Juan risalì all'inizio della scritta e vide una riga separata dalle altre.

AUC DCCII

«Murph, stai ricevendo?» chiese Juan facendo segno a Sylvia di puntare la telecamera in quel punto.

«Sto cercando la traduzione.»

«Se quelle sono lettere latine» disse Eric, «l'ultima parte potrebbe essere un numero.»

«Settecentodue?» chiese Julia. «Settecentodue cosa?»

«Ho trovato qualcosa per AUC» disse Murph. «In latino sta per *ab urbe condita*. Significa 'dalla fondazione della città'.»

«Quale città?» chiese Parsons.

«Roma» rispose Murph. «È così che indicavano gli anni.»

«Il numero di anni dalla fondazione di Roma?» disse Julia stupita. «Stai dicendo che questa è una scritta romana?»

«A che anno corrisponde AUC 702 nella nostra numerazione, Murph?» chiese Juan.

«Roma è stata fondata nel 753 a.C. Se dobbiamo dare credito alla data incisa sulla parete, significa che la scritta risale al 51 a.C. Avete davanti a voi la prova di un insediamento romano in Australia antecedente il Colosseo.»

40

Tradurre la scritta fu un procedimento noioso perché nella tradizione dell'antica Roma le parole erano unite le une alle altre, senza spazi. In condizioni normali il computer avrebbe impiegato pochi secondi a fornire la traduzione in inglese, ma non era programmato per capire dove iniziavano e finivano le parole. Con l'aiuto di Sylvia e di Eric, Murph inserì le lettere manualmente una per una, dividendole in parole che venivano poi tradotte una per volta.

Nel frattempo, Juan, Julia e Parsons perquisirono accuratamente la grotta alla ricerca di altre informazioni o reperti. Tornarono a mani vuote.

«Come potevano sapere questi archeologi che le incisioni erano autentiche?» si chiese Julia addentando uno dei sandwich che avevano portato con loro. «Potrebbe essere una burla. Non sarebbe la prima volta che succede.»

«Non sarebbero morti per una burla» ribatté Parsons.

«Credo che Julia stia dicendo che la scritta non sarebbe stata sufficiente a convincerli» disse Juan.

«Esatto» confermò Julia. «Devono esserci delle rovine qua attorno dove loro hanno scavato e che provano la reale presenza dei Romani in Australia.»

«E io credo che potremmo avere qualche informazione in più» disse Murph. «La traduzione è completa. La sto mandando a Sylvia in questo momento.»

«Ricevuta» disse lei.

«Allora, come hanno fatto i Romani ad arrivare dall'altra parte del mondo duemila anni fa?» chiese Julia.

« Questo è stato scritto da un uomo di nome Flavio » disse Sylvia. « Lo scrisse per lasciare un documento a suo figlio. Non ve lo riferirò parola per parola, ma dice che Flavio è stato catturato dai Parti e ridotto in schiavitù. »

« Chi sono i Parti? » chiese Parsons.

Eric stava già consultando il tablet che era collegato al sistema informatico dell'*Oregon*.

« La Partia era un impero dell'Antica Persia, corrispondente all'odierno Iran. I Romani persero ventimila uomini, uccisi, e un'intera legione composta da diecimila soldati, fatti schiavi. Fu la più grande sconfitta romana fino a quel momento. Il comandante responsabile di quella disfatta era Marco Licinio Crasso. »

« Crasso? » ripeté Juan. « È un nome che mi suona familiare. »

« Era il generale che sconfisse Spartaco. »

« E lo crocifisse » aggiunse Murph.

« Sembra una persona davvero adorabile » osservò Julia.

« Era anche l'uomo più ricco dell'impero romano » proseguì Eric. « Dopo averlo ucciso, i Parti gli colarono dell'oro fuso in gola come simbolo della sua avidità. »

« E così il nostro amico Flavio era nell'esercito ed è stato catturato con questa legione perduta » ricapitolò Juan. « Mi sembra di ricordare che furono portati nel Nord-Ovest della Cina e lì si stabilirono. »

« Flavio afferma che solo la metà dei prigionieri fu portata con lui in una città portuale del Sud chiamata Charax » disse Sylvia. « Forse l'altra metà è finita in Cina. »

« Dice come sono sfuggiti ai Parti? »

« Flavio rubò delle navi che i Romani erano stati costretti a costruire per i Parti. Attraversarono oceani sconosciuti e finalmente si stabilirono su un'isola lontana da qui. Sembrava un paradiso finché non arrivò una tempesta. Poi arrivò anche una malattia. »

«Che genere di malattia?» chiese Julia.

«Non riuscivano a muoversi» rispose Sylvia. «Lui usa la parola 'Enervum'.»

«È lo stesso nome che Polk e Jin hanno usato per il loro gas» disse Juan.

«Questa situazione ricorda la vicenda dei pescatori trovati morti su un'isola alcuni anni fa» disse Julia. «Lui parla di meduse?»

«Non usa quella parola» disse Sylvia. «Ma racconta di creature marine velenose arrivate sulla spiaggia. Dice che i sopravvissuti fuggirono sull'unica nave rimasta e alla fine sbarcarono qui.»

«Cosa c'entra questo con l'antidoto?» chiese Parsons.

«C'è anche una storia d'amore» rispose Sylvia. «Sua moglie era una delle persone rimaste paralizzate. All'epoca era incinta e Flavio voleva curarla. Era convinto che la risposta stesse nel motivo per cui i soldati non erano stati colpiti dalla malattia.»

«Tipo intelligente» disse Julia. «All'epoca la maggior parte delle persone avrebbe attribuito tutto questo alla volontà degli dei.»

«Si rese conto che i soldati erano gli unici che bevevano un liquido amaro durante i loro rituali. Era un infuso fatto con l'olio di una particolare noce che si trovava sull'isola.»

«È riuscito a salvare la moglie?» chiese Eric.

«Sì» rispose Sylvia. «Avevano portato con loro una scorta di noci. Flavio preparò la bevanda e lei riprese a muoversi in tempo per dare alla luce il loro figlio. E lì finisce la storia.»

«No!» esclamò Julia. «Fa il nome della noce?»

«Si chiama *nux viridi luscus.* Significa 'noce dall'occhio verde'.»

«Eric, riesci a trovare una noce con quel nome?»

«Sto cercando, ma non vedo nulla.»

«Probabilmente adesso si chiama in modo diverso» disse

Julia. «Senza un'immagine potrebbe essere impossibile trovarla.»

«Non sappiamo neppure su che isola si trovassero» disse Murph. «Potrebbe essere una qualunque delle migliaia che si trovano nell'oceano Indiano. Non si mette bene. Forse farei meglio ad abituarmi a questa sedia.»

Sylvia tirò su col naso ed Eric le posò una mano sulla spalla per consolarla.

«Non mollare» disse Juan. «Se necessario proveremo con ogni singola noce esistente sulla faccia della Terra. So che troveremo l'antidoto.»

Julia non sembrava altrettanto ottimista per via dei tempi stretti, ma non disse nulla. Non sarebbero mai riusciti a ricreare l'antidoto in una settimana se non avessero scoperto gli ingredienti.

«Torniamo alla nave e vediamo cosa riusciamo a trovare» disse Juan.

«Prima di andare, voglio scattare delle foto alle dentature di questi scheletri» disse Julia. «Se riusciamo a identificare i corpi per le autorità, se non altro le famiglie di questi poveracci potranno darsi pace.»

Si inginocchiò accanto alle povere ossa e delicatamente sollevò i teschi uno per uno.

Quando alzò il quarto teschio, qualcosa cadde a terra.

«Che cos'è?»

Julia si chinò e puntò la torcia su un oggetto di plastica azzurra grande quanto una gomma da masticare.

Era una chiavetta USB.

«Come c'è finita qui?» si chiese a voce alta, raccogliendola. La custodia era intatta.

«Quest'uomo doveva averla in bocca quando è morto» disse Julia. «Dev'esserci qualcosa qua dentro che gli assassini non dovevano trovare.»

41

Eric inserì la chiavetta USB nel tablet.

«Ci sono molti file qua dentro» disse. «Ce n'è uno con la traduzione della scritta sulla parete.»

«Ci avrebbe risparmiato un po' di tempo» osservò Murph.

«Fai una ricerca per '*nux viridi luscus*' e 'noce dall'occhio verde'» disse Julia.

«La sto facendo. Pare che sia menzionata diverse volte.»

«Qualche foto?»

«Non vedo immagini. Solo file di testo. Qui ce n'è uno chiamato 'Diario giornaliero'. Pare che questa chiavetta fosse di proprietà del capo della spedizione, un tizio di nome Victor Ormond.»

«Sapeva che la sua squadra era in pericolo e ha nascosto i file» disse Juan. «Purtroppo a lui non è servito, ma potrebbe essere utile a noi. Cosa dicono i riferimenti alla noce?»

«Qui c'è un file in cui parla delle ricerche sull'origine della noce, ma non ci sono conclusioni.»

«E il diario giornaliero?» chiese Julia.

«Dice che hanno trovato delle anfore sigillate con cera d'api. Tre erano contrassegnate dalle lettere 'N V L' incise sulla cera. Pare che ne abbiano portata una qui, al loro campo base, ma il diario termina senza alcun riferimento a cosa ci fosse dentro l'anfora.»

«Sembra che questo sito si estenda oltre questa grotta» disse Parsons.

«Dove hanno trovato le anfore?» chiese Juan.

«Erano stivate a bordo di una nave, una biremi romana

chiamata *Salacia* che si è incagliata. Gli archeologi stavano scavando per liberarla dal fango.»

«È incredibile» disse Sylvia. «Una nave romana è arrivata in Australia milleottocento anni prima dei primi coloni europei. Per qualunque archeologo sarebbe stata una scoperta eccezionale.»

«Scommetto che scopriremo che Lu Yang aveva a che fare con questa spedizione» disse Juan. «Magari è stato lui a finanziarla. E quando l'archeologo a capo della sua spedizione ha riferito cosa aveva scoperto, Lu ha mandato una squadra di sicari per insabbiare il tutto.»

«La domanda è, dove si trova questa nave?» disse Julia. «Se ci sono altre due anfore a bordo con dentro le noci, potremmo usarle per preparare l'antidoto.»

«Anche se hanno duemila anni?» chiese Sylvia.

«Dipende da come le hanno conservate la terracotta e la cera d'api. Ho letto del ritrovamento di burro vecchio migliaia di anni dentro barili recuperati dalle torbiere irlandesi, che è ancora commestibile. Potremmo essere fortunati. Se non altro forse riusciremmo a identificare l'esatto tipo di noce e a procurarcene delle fresche.»

«Qui ci sono molti riferimenti alla bireme» disse Eric. «Sto cercando di vedere se c'è anche una mappa.»

«Io conosco le navi nuove, non quelle vecchie» disse Parsons. «Cos'è una bireme?»

«È una galea romana con un unico albero e due file di remi per fiancata per integrare la spinta del vento» spiegò Juan. «Venivano usate sia come navi da guerra che come navi da trasporto.»

«Eccola qui» esclamò Eric, trionfante. «Quella che hanno trovato è lunga trenta metri. Qui c'è persino la disposizione della nave.»

Eric girò il tablet in modo che tutti potessero vedere. Un disegno riproduceva lo schema della bireme con annotazioni per ciascuna delle sezioni. Una evidenziava il locale delle armi, un'altra dove erano conservati gli strumenti.

Al centro della nave c'era un'area contrassegnata da «terre cotte».

«Dev'essere dove sono conservate le anfore» disse Juan. «Dal disegno si direbbe che ce ne siano a centinaia. Fornisce qualche dettaglio su dove si trovano le due che stiamo cercando?»

Eric riprese il tablet e dopo qualche istante di ricerca scosse la testa.

«Dovremo cercare finché non troviamo quelle su cui sono incise le lettere che indicano la noce.»

«Dà la posizione del relitto?»

«Ci sono delle coordinate GPS.» Eric le inviò a Murph, sull'*Oregon*.

«Ricevute» disse Murph. «Si trovano a duecento metri circa dalla vostra attuale posizione, lungo la sponda del fiume.»

Prima di andarsene, Julia finì di fotografare le dentature degli archeologi mentre Sylvia faceva un'accurata registrazione video della scritta sulla parete. Uscirono dalla grotta e scesero verso il fiume, guidati da Murph.

Camminavano lungo l'argine, facendo attenzione a tenersi ben lontani dall'acqua.

«Bene» disse Murph. «Fermatevi lì. Dovreste riuscire a vederla.»

Si guardarono attorno, ma non videro tracce di scavi archeologici.

«Può essere stato ricoperto dalla vegetazione nel giro di un anno?» disse Sylvia, osservando gli arbusti vicini.

Parsons scosse la testa. «Questa non è il tipo di giungla in cui i rampicanti possono coprire delle rovine in una settimana. Se hanno fatto degli scavi, dovremmo vederli.»

«A meno che gli uomini di Lu non abbiano fatto saltare in aria anche quelli» disse Eric.

«Allora dovrebbe esserci un cratere» obiettò Juan. «Murph, sei sicuro che sia questo il posto?»

«Un momento» disse Murph. «Se questi numeri sono giusti, siete ancora a quaranta metri di distanza.»

«Okay. In che direzione dobbiamo andare?»

«Dritto verso nord. A quanto pare, è proprio sull'argine del fiume.»

«Ma noi *siamo* sull'argine del fiume» ribatté Juan.

«Accidenti. È un bel problema.»

E poi Juan capì. Quello non era il normale argine del fiume. I monsoni avevano ingrossato l'Ord, allargandone il corso.

«Stai dicendo che i resti della bireme sono sott'acqua?» chiese Julia.

«E ci resteranno per qualche altra settimana» rispose Parsons. «Questa è la stagione delle piogge.»

«Allora dovremo immergerci sulla *Salacia* per recuperare le anfore» disse Juan.

In quel momento, sulla sponda opposta del fiume, un enorme maiale selvatico si avvicinò alla riva per bere. Aveva bevuto sì e no un sorso quando un coccodrillo balzò fuori dall'acqua e serrò le mandibole intorno alla sua testa, trascinandolo in acqua mentre quello si dibatteva inutilmente per liberarsi. Il coccodrillo, lungo cinque o sei metri, lo scuoteva come fa un cane con il suo giocattolo. Appena il maiale smise di lottare, il coccodrillo scomparve sotto la superficie con la sua preda.

Parsons scosse la testa pensando alle intenzioni di Juan. «Stavi dicendo...?»

42

Quando la squadra tornò a bordo dell'*Oregon*, non restavano ore di luce sufficienti a organizzare e portare a termine l'immersione sul relitto, quindi decisero di rimandare le ricerche all'alba del giorno successivo. Il punto di lancio dell'operazione sarebbe stata la moon pool.

Il compartimento, che puzzava di grasso e acqua di mare, era situato al centro della nave. I due sommergibili dell'*Oregon*, il *Gator* e il *Nomad*, erano stivati in culle integrate nel soffitto e venivano spostati da una gru. La superficie dell'acqua della grande piscina sul fondo del compartimento si trovava allo stesso livello della superficie dell'oceano, motivo per cui il compartimento non si allagava. Grandi portelloni scorrevoli si aprivano nella chiglia per permettere ai sommergibili e ai sub di uscire dalla nave senza essere visti.

Quel giorno fu il *Nomad* a essere calato nella moon pool mentre il *Gator* restava sospeso al suo posto. Con il fiume Ord affollato di coccodrilli, tuffarsi dal gommone sarebbe stato un invito a un'abbuffata. Juan pensava che il *Nomad* avrebbe offerto loro migliori possibilità di esplorare il relitto senza attirare l'attenzione di predatori affamati.

Era stato progettato per immersioni fino a trecento metri, ma per quella missione si sarebbe limitato a galleggiare sulla superficie del fiume poco profondo. La caratteristica principale del sommergibile era la camera di decompressione per due persone, dotata di un portello, nella parte inferiore dello scafo. Juan e Linc sarebbero usciti dal *Nomad* sott'acqua, avrebbero effettuato una ricerca sul *Salacia* per recuperare le anfore, e sarebbero tornati al sommergibile senza attirare l'attenzione dei coccodrilli che nuotavano in superficie.

Per lo meno, il piano era quello.

Linc stava controllando l'attrezzatura subacquea, che includeva due mute in cotta di maglia di titanio. Erano pensate per immersioni in acque infestate da squali ed erano così pesanti che senza un giubbetto di galleggiamento un sub sarebbe andato a fondo come un mattone. Coprivano quasi interamente il corpo, dal cappuccio ai guanti fino ai calzari, tutti fissati con fascette di velcro. Restava scoperta soltanto la faccia.

«Non avrei mai pensato di usarle per immergermi tra i coccodrilli» disse Linc, piegando le mute. Le avrebbero indossate quando fossero stati a bordo.

«Non fare troppo affidamento su quelle» rispose Juan. «I loro denti non penetreranno la rete, ma potrebbero fare a pezzi l'attrezzatura e tenerci sotto finché non anneghiamo.»

«Ecco perché abbiamo questi.»

Linc indicò i coltelli alloggiati in una gamba di ogni muta. Erano coltelli a iniezione, chiamati WASP. L'impugnatura conteneva una cartuccia di CO_2 compressa a 55 atmosfere. Quando si affondava la lama in un bersaglio, bastava premere il pulsante sotto l'elsa per iniettare una quantità di gas freddissimo sufficiente a riempire un pallone da basket, che uccideva l'animale all'istante.

Avrebbero usato maschere a viso intero sopra gli occhiali a realtà aumentata che già indossavano. L'acqua fangosa del fiume offriva una visibilità inferiore ai due metri, e questo avrebbe ostacolato l'esame del relitto. Gli occhiali servivano a vedere le immagini inviate dal *Little Geek*, il veicolo subacqueo governato a distanza da Eric a bordo del *Nomad*.

A completare la squadra c'erano Max, che avrebbe pilotato il *Nomad* durante quella missione, e MacD e Raven, che sarebbero rimasti sulla coperta del sommergibile con fucili d'assalto per allontanare i coccodrilli che si fossero avvicinati troppo.

Ora il *Nomad* galleggiava libero nella moon pool. Eric sbucò dal portello e annunciò: «Max ha terminato i controlli di pre-immersione e dice che quando volete lui è pronto».

Linc e Juan calarono l'attrezzatura a MacD e Raven attraverso il portello e scesero, richiudendolo dietro di sé. Max riempì le casse di zavorra e il *Nomad* scomparve sotto la superficie. Azionò i motori elettrici e uscì dall'*Oregon* per risalire il fiume.

Mentre il *Marauder* si avvicinava all'imbocco del golfo di Cambridge, Jin era seduta in plancia con una tazza di caffè e studiava una mappa della zona. Il braccio orientale all'estremità meridionale del golfo era lo sbocco del fiume Ord. Quello occidentale era il corso d'acqua navigabile che portava a Wyndham, una cittadina portuale che serviva le comunità minerarie vicine.

Era quella la destinazione della *Thai Navigator*, una nave mercantile che vide entrare nel golfo, per prelevare un carico di ferro o di nichel. La nave assomigliava un po' alla *Norego*, ma non aveva le gru di cui le aveva parlato Polk. E poi non era possibile che una nave di quelle dimensioni potesse essere arrivata prima di loro.

Però era possibile che i ficcanaso della *Norego* fossero arrivati lì in aereo per fare ricerche nel sito archeologico. In quel caso, il piano era semplice. Avrebbe ancorato il trimarano alla foce dell'Ord e portato una squadra d'assalto su alla grotta e li avrebbe uccisi.

Se non avesse trovato nessuno, avrebbe semplicemente aspettato che la *Norego* arrivasse e l'avrebbe fatta esplodere. E se nessuna delle due eventualità si fosse verificata entro i prossimi due giorni, avrebbero avuto la certezza che il sito non era stato compromesso.

Jin consultò le cartine batimetriche del golfo di Cambridge e non vide niente di insolito. Ma perché non approfittare della nave che navigava regolarmente in quelle acque e dunque le conosceva bene?

«Segui la *Thai Navigator*» ordinò al timoniere.

Non ci sarebbe voluta più di un'ora per arrivare all'estremità meridionale del golfo.

Sylvia era onorata che Juan Cabrillo si fidasse di lei al punto di permetterle di accedere al sancta sanctorum dell'*Oregon*, il centro operativo, mentre monitoravano la missione del *Nomad* lungo l'Ord. Era seduta accanto a Murph, che emetteva dei grugniti frustrati anziché usare la voce artificiale.

«Cosa c'è?» chiese lei.

«Dovrei esserci io al posto suo» rispose. «Il *Little Jeek* è il *mio* giocattolo.»

«Sono sicura che Eric non lo romperà. E tu tornerai in campo in men che non si dica.»

Il grande schermo mostrava un'immagine del *Nomad* che navigava in superficie avvicinandosi all'Ord. Nubi nere incombevano sullo sfondo.

Linda, seduta sulla poltrona del comandante, chiese a Hali: «Cosa dicono le previsioni del tempo?»

«Pare stia arrivando un fronte temporalesco» rispose Hali. «Forti piogge intermittenti.»

«Non dovrebbe influire sull'immersione.»

«Vedo del traffico navale a nord sul radar.»

«Identità?»

«Secondo il segnale AIS, è una nave mercantile, la *Thai Navigator*. Dev'essere diretta a Wyndham ed è circa a quindici miglia.»

Hali passò alle immagini trasmesse da una telecamera sull'*Oregon*. Il mercantile era solo un puntino all'orizzonte.

Sylvia si sporse verso Murph. «Cos'è l'AIS?»

«Automatic Identification System» rispose Murph. «È un segnale trasmesso dal transponder di ogni nave commerciale. Il nostro lo cambiamo in base a ciò che è necessario per la nostra missione. In questo momento la *Thai Navigator* ci riceve come *Norego.*»

«Siamo ancorati lontano dalle rotte di navigazione» disse Linda. «Non dovrebbe essere un problema.»

43

Facendo attenzione a non restare incagliato sul fondo del fiume, Max pilotava il *Nomad* avanti e indietro sopra il punto indicato dalle coordinate GPS annotate sul diario dell'archeologo, usando il sonar a scansione laterale per accertarsi che il relitto fosse effettivamente sott'acqua. Stavano tutti accalcati intorno allo schermo di Eric in cerca di una traccia della bireme.

«Eccola là» disse Juan. Era passata quasi un'ora da quando avevano lasciato l'*Oregon*.

Sul fondo irregolare del fiume si riusciva a distinguere la sagoma definita di una imbarcazione. Il ponte superiore era stato completamente eroso, lasciando in vista le stive sottostanti. Quasi tutto il relitto era stato liberato dal fango che lo teneva ancorato alla sponda del fiume, e al centro dell'imbarcazione si vedevano decine di oggetti che assomigliavano a vasi per fiori.

«Quelle sono le anfore» disse Eric.

«Pare che dovremo controllarne un bel po'» osservò Linc.

«Allora sarà meglio cominciare» disse Juan. «Mettiamoci le mute.»

Mentre loro indossavano le mute anti squalo, MacD e Raven, entrambi protetti da cerate, uscirono dal portello superiore imbracciando le armi. L'aria umida irruppe nell'atmosfera condizionata del sommergibile finché il portello venne richiuso.

«Vi ho portati il più vicino possibile lasciandovi spazio per uscire dal portello inferiore» disse Max, voltandosi appena dalla poltroncina da cui pilotava. «Dovrete nuotare per una ventina di metri. Ora sgancio il *Little Geek*.»

Un compartimento sull'esterno del *Nomad* si aprì consentendo a Eric di far uscire dalla pancia del sommergibile il veicolo operato da remoto e alimentato a batteria. Il ROV, collegato al sommergibile da un cavo di controllo in fibra ottica, era grande quanto una valigia ed era stato appositamente attrezzato con un piccolo sonar. Juan e Linc potevano nuotargli accanto e la lettura del sonar sarebbe stata visualizzata sugli occhiali a realtà aumentata attraverso cavi in fibra ottica che collegavano le mute al *Little Geek*.

Con le maschere a viso intero Juan e Linc potevano parlare tra di loro e con il *Nomad* attraverso il canale di comunicazione sul ROV.

Dopo aver indossato le pesanti mute, entrarono entrambi nella camera stagna. Linc era piuttosto grosso e lo spazio davvero ridotto, ma vi rimasero solo il tempo necessario ad allagarla.

Una volta che la camera si fu riempita, Juan aprì il portellone e si calò attraverso l'apertura. I suoi piedi toccarono il fondo ancora prima che la testa fosse uscita del tutto dall'apertura, il che significava che la profondità non superava i cinque metri. Gonfiò il giubbetto di galleggiamento per contrastare l'effetto della cotta di maglia che altrimenti lo avrebbe tenuto ancorato al fondo.

Si aggrappò a un corrimano sul lato del *Little Geek* e collegò il cavo di fibra ottica alla muta. Appena Linc arrivò sull'altro lato, Juan disse: «Siamo pronti». Il ROV si mise in moto con un ronzio trascinandoli via.

Come previsto, la visibilità era scarsa, nonostante i fari. Juan riusciva a vedere il *Little Geek* e a distinguere la sagoma di Linc accanto a sé, ma erano forme confuse. La frequenza del segnale sonar inviato dal ROV era troppo elevata per essere percepita dall'orecchio umano, ma lo strumento sembrava funzionare perché Juan riusciva a vedere i contorni del letto del fiume sugli occhiali come se stesse guardando l'effetto speciale di un film.

«Ecco la prua» disse Linc.

Dal fango spuntava quel poco che restava della prora della *Salacia*. Il rostro si era spezzato, ma nonostante fossero passati duemila anni, il legno era sorprendentemente ben conservato. L'argilla della pianura alluvionale che aveva ricoperto la nave l'aveva protetto dalla decomposizione.

Passarono sopra un cumulo di armi antiche che Juan avrebbe tanto desiderato esaminare se avessero avuto più tempo. Erano state recuperate spade, lance, frecce, e Juan era certo che ci fossero molti altri manufatti da scoprire.

Proseguirono verso il centro della nave e Juan vide una gran quantità di anfore spuntare dalla melma. Pareva che gli archeologi avessero scavato con molta cura per ridurre al minimo i danni mentre si preparavano a recuperare le anfore.

«Okay, Stoney» disse Juan. «Puoi fermarti qui.»

Il *Little Geek* si arrestò e si posò sul fondo. Ora avrebbero dovuto esaminare le anfore una a una, facendo attenzione a non danneggiare la cera d'api che fungeva da sigillo.

«Tu comincia da quella parte» disse Juan, «e io parto da là.»

Usando la torcia subacquea guardò la prima anfora, ma era priva di copertura. Stessa cosa per la seconda. La terza aveva un sigillo, ma sopra c'era scritto HERBIS.

Le tre anfore successive erano frantumate, come se fossero state colpite da qualcosa di pesante durante la recente alluvione. Il loro contenuto era andato perso da tempo, spazzato via dalla corrente.

Raccolse il collo di ciascuna. Quello della seconda aveva un sigillo di cera su cui si leggeva N V L.

«Fantastico» disse Juan.

«Hai trovato qualcosa?» chiese Linc.

«Sì. Un'anfora rotta con l'iscrizione che stiamo cercando.»

«Che iella. Visto che una l'hanno già portata via, ne resta soltanto una.»

«Esatto. Speriamo non sia stata danneggiata come questa.»

Juan lasciò cadere il frammento. Questo smosse il limo, scoprendo qualcosa che mandò un bagliore giallo sotto la luce della torcia. Si fermò un momento per togliere il fango e scoprire l'oggetto.

Rimase sbalordito nel vedere la testa di un'aquila che spuntava dalla fanghiglia. Liberò il reperto dal limo che si era accumulato tutto intorno e lo sollevò. Doveva essere l'oggetto che aveva frantumato le anfore.

Juan non si preoccupò di esaminarlo oltre e lo infilò nella borsa a rete assicurata alla cintura. Ci sarebbe stato tutto il tempo per studiarlo con calma una volta trovata l'anfora che stavano cercando.

Oltre al rumore delle bolle emesse dall'erogatore della maschera, un nuovo suono penetrò l'oscurità. Ricordava il crepitio smorzato delle scariche elettrostatiche di una radio.

Era pioggia. Sopra di loro stava diluviando.

«A noi è toccata la parte divertente del lavoro, vero?» disse MacD mentre gocce enormi cadevano su Raven e su di lui, di guardia sulla coperta del *Nomad*. L'acqua scivolava giù per il cappuccio e la cerata.

«Dai, non fare il piagnone» rispose Raven. «Acquazzoni come questo non durano a lungo.»

«Se non altro più di così non posso bagnarmi. Dentro questo coso sembra di stare in una sauna.»

«Questa è bella.»

«Non voleva essere una battuta.»

«No, volevo dire che sembra proprio che quel coccodrillo in mezzo al fiume stia venendo verso di noi.»

Lo indicò e MacD vide un enorme coccodrillo puntare deciso nella loro direzione.

«Accidenti se è grosso» disse MacD. «Pensi che sia interessato al *Nomad*?»

«Quelli sull'altro lato del fiume sembravano non prestare alcuna attenzione a noi mentre andavamo avanti e indietro in cerca del relitto.»

Il coccodrillo stava puntando dritto verso il relitto. «Qualcosa lo ha attirato. Pensi che possa sentire i subacquei?»

«Non lo so» rispose Raven, ma subito dopo chiamò Juan. «Presidente, c'è un coccodrillo che viene dritto verso di noi.»

«Quanto tempo abbiamo?» chiese Juan.

«Non molto. Forse un minuto.»

«Buono a sapersi.»

Raven e MacD puntarono i fucili ma non sarebbero serviti a nulla. Come un U-Boot che si prepara ad attaccare, il coccodrillo scomparve sotto la superficie.

44

Jin si stava spazientendo. La *Thai Navigator* procedeva lentissima e lei diede ordine al timoniere di superarla. Il *Marauder* la affiancò sul lato di dritta a sole tre miglia da Adolphus Island.

Mentre superavano la nave da carico, comparve una nuova nave. Con la sua mole, la *Thai Navigator* l'aveva nascosta alla vista e al radar.

La nave sembrava ferma. Uno strano posto per gettare l'ancora. Prese il binocolo e uscì sull'ala di plancia.

Da quella distanza non riusciva a leggere il nome scritto sulla poppa, ma quando mise a fuoco il binocolo le si annodò lo stomaco nel vedere le quattro gru di una portarinfuse. Dalla descrizione fatta da Polk, era la stessa configurazione della nave che era andata in aiuto del *Marsh Flyer*.

Non poteva essere arrivata lì prima di lei. Aveva calcolato che avrebbe impiegato almeno un altro giorno o due. Nessuna nave di quelle dimensioni poteva sperare di eguagliare la velocità del suo trimarano.

Tornò di corsa in plancia.

«Qual è il nome di quella nave?» chiese.

Il primo ufficiale controllò sullo schermo. «Si chiama *Norego*.»

Non poteva essere la stessa nave, eppure era lì.

Improvvisamente si rese conto che la *Thai Navigator* li aveva coperti, dando loro l'opportunità di sferrare un attacco di sorpresa. Ma non poteva permettere che l'equipaggio della portarinfuse ne fosse testimone.

«Attivate il cannone al plasma» ordinò. «E preparate due

razzi Enervum, uno puntato sulla *Norego*, l'altro sulla *Thai Navigator.*»

Sylvia si alzò dalla poltroncina e rimase a bocca aperta per l'orrore nel vedere un primo piano del trimarano sullo schermo del centro operativo dell'*Oregon*.

«È sbucato dal nulla» disse Hali. «Doveva trovarsi esattamente dietro la *Thai Navigator.*»

«È la stessa nave, Sylvia?» chiese Linda.

Sylvia annuì. Era stupita dalla calma con cui Linda aveva reagito, tanto più che in plancia era sola con Hali, a parte lei e Murph.

«Filare l'ancora» disse Linda, battendo sul bracciolo.

«Missili in volo» annunciò Hali.

Due razzi lanciati dal trimarano. Uno esplose qualche istante dopo sopra la *Thai Navigator*. Il secondo era diretto verso la *Oregon*.

«Attivare il laser» ordinò Linda.

«Agganciato» rispose Hali.

«Fuoco.»

Sylvia e Murph non poterono fare altro che guardare il missile che sfrecciava verso di loro. All'improvviso esplose con un lampo di luce, rilasciando una nuvola di gas bianco nell'aria a metà strada tra loro e il trimarano.

«Motori in funzione, attivare il camuffamento esterno» disse Linda. «Hali, scopri i Kashtan e preparati a fare fuoco.»

Sylvia sapeva che si trattava dei cannoni Gatling dell'*Oregon*. Sapeva anche che il trimarano si trovava al limite della portata effettiva di quei cannoni.

Al contrario, l'*Oregon* era nel raggio di tiro del cannone al plasma che stava spuntando dal guscio protettivo sul ponte del trimarano, e ruotava su di loro.

*

Jin rimase scioccata nel veder esplodere il razzo prima che raggiungesse il bersaglio. Fu ancor più sorpresa quando per un attimo perse di vista la *Norego*.

«Dov'è finita?» sbottò.

Strizzò gli occhi e finalmente individuò il profilo della nave mercantile. Sembrava fosse passata dal blu al marrone, confondendosi con le scogliere di arenaria alle sue spalle.

«È ancora là» disse. «Fai fuoco col cannone al plasma sulla sua ultima posizione» ordinò al primo ufficiale.

«Fuoco.»

Il *Marauder* vibrò mentre il cannone al plasma si caricava, accumulando energia sufficiente a lanciare il proiettile rovente. La nave fu avviluppata da un ronzio e poi l'aria fu squarciata da uno schianto simile a quello di un fulmine.

Dalla violenta esplosione sopra la *Norego* capirono di aver colpito il bersaglio. Ora il fumo identificava la nuova posizione del loro bersaglio.

«Prepararsi a un altro lancio» ordinò Jin. Avrebbe preferito avere dei superstiti da interrogare, ma se doveva distruggere la nave e uccidere tutte le persone a bordo, pazienza.

«Rapporto» ordinò Linda.

«Il modulo di comando dei Kashtan è fuori uso» disse Hali. «Sono inutilizzabili.»

«E il cannone a rotaia?»

«Si sta attivando, ma siamo rivolti al contrario. Ora che ci giriamo di prua, potrebbe essere troppo tardi.»

Quasi a sottolineare quest'ultima affermazione, un'altra esplosione scosse l'*Oregon*.

«Questa ha distrutto la plancia» disse Hali.

«Punta il laser sulla loro plancia» ordinò Linda. «Potrebbe farci guadagnare tempo.»

«Laser attivo.»

Non potevano vedere l'effetto del laser, ma il fuoco del cannone al plasma si interruppe per un momento.

«La burrasca» disse Murph.

«Cosa?» chiese Sylvia.

«Fai rotta verso la burrasca.» Murph fissava lo schermo.

Sylvia seguì il suo sguardo e capì. Le nuvole scure erano a poche centinaia di metri di distanza, esattamente davanti all'*Oregon*, e dal cielo cadeva un muro di pioggia.

Si voltò verso Linda e indicò lo schermo. «Il cannone al plasma è un'arma efficace col bel tempo. Se riusciamo a nasconderci dietro quel fronte temporalesco, la pioggia ne attenuerà l'efficacia.»

Arrivò un altro anello di plasma che lasciò una bruciatura lungo tutta la coperta dell'*Oregon*.

«Credo che mi fiderò di voi» disse Linda. «Tenetevi forte.»

Sylvia si aggrappò al pannello di controllo giusto in tempo per non cadere. L'*Oregon* scattò in avanti e corse a nascondersi prima di essere distrutta.

45

Nello stesso momento in cui da Raven giunse l'avvertimento che un coccodrillo stava venendo verso di loro, Linc trovò l'ultima anfora contenente le noci che stavano cercando. La porse a Juan. L'iscrizione sulla cera era consumata, ma si leggeva ancora N V L.

«Torniamo al *Nomad*» disse Juan, tenendo il contenitore di terracotta accostato al corpo mentre con una mano si aggrappava al *Little Geek* per il breve viaggio di ritorno.

Avevano coperto metà della distanza che li separava dal sommergibile quando la forma cilindrica fu messa a fuoco nell'immagine sonar visualizzata all'interno dei suoi occhiali. Ma poi, accanto a questa, comparve un'altra figura, più inquietante.

La forma si rivelò essere il corpo di un enorme coccodrillo che filava verso di loro agitando la coda possente da una parte all'altra.

Juan e Linc non ce l'avrebbero mai fatta a tornare in tempo nella camera stagna. Juan estrasse il coltello a iniezione, pronto a pugnalare il coccodrillo che sfrecciava verso di loro.

L'animale spalancò le fauci ma parve mirare in mezzo a loro. Con grande sorpresa di Juan il coccodrillo addentò il *Little Geek* e Juan si rese conto che doveva essere stato attratto dal suo segnale sonar.

Il coccodrillo si rese subito conto dell'errore e lasciò andare la preda non commestibile. Ora, però, aveva percepito nelle vicinanze un'alternativa molto più gustosa.

Si lanciò verso Juan, il quale si ritrasse di lato, evitando per un pelo le temibili fauci. Purtroppo, così facendo, l'anfora venne a trovarsi tra lui e l'animale.

Le mascelle del coccodrillo sbriciolarono la terracotta come se fosse cristallo fine e mandarono in frantumi il contenitore. Juan vide un gran numero di oggetti che si disperdevano vorticando nell'acqua insieme ai frammenti di terracotta. Allungò una mano e ne afferrò uno. Il resto si perse nel vortice d'acqua.

Il coccodrillo, deluso per non aver trovato niente da mangiare, si lanciò verso Juan, che gli conficcò la gamba protesica nelle enormi fauci. Le mascelle del rettile si chiusero di scatto e nel tentativo di affogare la sua preda l'animale prese a scuotere la testa con violenza, sballottando Juan come se fosse una bambola di pezza.

Linc sbucò dall'oscurità con il suo coltello e lo conficcò nella testa del coccodrillo. Ma l'animale si dibatteva con una violenza tale che la lama scivolò, rilasciando nell'acqua il suo carico mortale di aria compressa, che finì sprecata in un grappolo di bolle. Il coltello gli sfuggì di mano e cadde roteando su se stesso nell'oscurità.

Il coccodrillo non si diede per vinto e mantenne la presa mortale sulla gamba di Juan. In un'altra situazione Juan avrebbe indossato la gamba artificiale da combattimento che – oltre al compartimento nascosto che ospitava una Colt Defender .45 ACP, un coltello di ceramica e un panetto di C-4 – conteneva un proiettile che poteva essere sparato dal tallone. Per immergersi, però, aveva indossato la protesi normale.

Linc strinse il cranio del coccodrillo in un forte abbraccio per impedirgli di aprire le fauci e dare un altro morso. Juan si ricordò ciò che aveva detto Parsons su come fosse facile tenere chiusa la bocca dei coccodrilli. Anche Linc doveva essere a conoscenza di quel fatto, perché continuò a stargli aggrappato addosso come a un cavallo selvaggio.

Stringendo in mano il suo coltello, Juan si contorse in modo da raggiungere la mandibola superiore del coccodrillo.

Calcolò la sua mossa in modo da colpire alla rotazione successiva della testa e gli sbatté il coltello a iniezione tra i denti.

La lama non affondò nel palato morbido, ma si conficcò quel tanto che bastava. Juan premette il pulsante sull'elsa e dal foro nell'acciaio l'aria fu espulsa dentro la mascella inferiore del coccodrillo. In quello stesso istante Linc mollò la presa e fu sbalzato lontano.

Il coccodrillo lasciò andare la protesi, portando con sé il coltello e la pinna di Juan. La ferita non sembrava fatale ma il sangue si sparse nell'acqua. Il coccodrillo doveva averne abbastanza di quella preda che reagiva perché si voltò per allontanarsi.

Ma, così facendo, l'enorme coda si girò di scatto, colpendo il giubbetto di galleggiamento e la frusta di Juan. Il bordo affilato della sua corazza squarciò entrambi, riempiendo d'acqua la maschera e sgonfiando il giubbotto.

Senza la spinta di galleggiamento, la cotta di maglia lo appesantiva moltissimo, impedendogli di risalire in superficie. Presto i suoi polmoni andarono in deficit d'aria.

Con una mano azionò il tasto di rilascio rapido del giubbotto e si tolse la bombola per alleggerirsi un po', ma lo sforzo di tener testa al coccodrillo aveva esaurito tutto il suo ossigeno. Sarebbe stata una gara contro il tempo liberarsi di abbastanza peso per poter riemergere prima di annegare.

Ma doveva provarci. Si tolse il giubbotto di galleggiamento ormai a brandelli, ma l'istinto di inalare acqua era quasi irrefrenabile. Gli bruciava il petto per la mancanza d'aria.

Juan sentì un paio di mani afferrarlo saldamente per le spalle e spingerlo verso l'alto. Insieme, lui e Linc emersero e finalmente Juan inspirò una boccata d'aria fresca. Alzò gli occhi, vide una mano che si allungava verso di lui dall'alto, e la afferrò.

Con un poderoso strattone, MacD e Raven lo issarono sulla coperta del *Nomad*. Quindi si voltarono per tirare su anche Linc.

Linc si sedette accanto a Juan, ansimando.

«Grazie, Linc» disse Juan. «Non avrei resistito un altro secondo.»

Linc fece un cenno con la testa. «Ho pensato che non ce l'avrebbe fatta ad aspettare che la camera stagna si riempisse. Dopo oggi, penso di essere qualificato per partecipare a un rodeo.»

«È una fortuna che siate usciti» disse Raven, indicando una flottiglia di coccodrilli che puntava verso il *Nomad*. «Tutto quel sangue e quella confusione hanno attirato l'attenzione.»

«Cos'è quello?» chiese MacD, accennando col capo al manufatto dorato che penzolava dal fianco di Juan.

«Non lo so. L'ho trovato tra le anfore rotte.»

«A proposito» disse Linc, gettando il collo rotto dell'anfora sulla coperta con aria disgustata, «ho visto il coccodrillo addentare il contenitore. Abbiamo perso la possibilità di scoprire qual è l'ingrediente segreto dell'antidoto.»

«E invece no» ribatté Juan.

Durante tutto quel calvario non aveva mai mollato ciò che stringeva nella mano. Tese il pugno chiuso e lo aprì. Nel suo palmo c'era una noce verde grande quanto una pallina da golf. Sopra c'era un motivo che ricordava l'iride di un occhio umano.

Juan non ebbe il tempo di assaporare la vittoria.

Eric mise fuori la testa dal portellone con espressione preoccupata e disse: «Dobbiamo andarcene subito. Hali dice che l'*Oregon* è sotto attacco».

46

La *Norego* era fuggita infilandosi nello stretto canale a est di Adolphus Island, protetta da un muro di pioggia battente, quindi Jin smise di sparare con il cannone al plasma. L'arma era resa inefficace dall'acquazzone, ma allo stesso modo il laser della nave corsara aveva smesso di colpire il ponte con la sua luce accecante.

«Comandante» disse il primo ufficiale, «abbiamo la *Thai Navigator* in rotta di collisione.»

«Spostiamoci» disse Jin, «ma senza avvicinarci alla *Norego*. Dove è diretta la *Thai Navigator*?» La nave da carico non si sarebbe fermata, visto che l'intero equipaggio era paralizzato dal gas Enervum.

«Dovrebbe andare a sbattere contro le rocce sul versante occidentale di Adolphus Island.»

«Bene. Così non ci sarà d'intralcio quando affonderà.»

La burrasca sarebbe durata pochi minuti, permettendole di riprendere l'attacco e dare il colpo di grazia alla nave. Ma voleva dei superstiti da interrogare.

«Chiama la *Norego*. Di' loro di richiamarci sul nostro numero satellitare criptato in modo che nessuno ascolti la nostra conversazione.»

Qualche momento dopo, il primo ufficiale annunciò: «Ci stanno chiamando».

«Mettili in vivavoce.»

«Parla il comandante del *Marauder*» disse Jin. «Con chi sto parlando?»

«Qui parla il comandante facente funzioni della *Norego*»

rispose una voce di donna dall'accento americano. «Lei dev'essere April Jin.»

Jin nascose la propria sorpresa. «Perché dice questo?»

«Perché noi sappiamo chi è lei e abbiamo dei testimoni in grado di identificare lei e Angus Polk come i responsabili di una serie di attacchi condotti con il gas velenoso. Sappiamo del vostro impianto di produzione a Nhulunbuy. È solo questione di tempo prima che blocchiamo le vostre altre attività.»

«E chi intende con 'noi'?»

«Io sono Linda. Non ha bisogno di sapere altro.»

«In realtà ho bisogno di sapere molto di più. Ecco perché non le rifarò due volte questa offerta. Arrendetevi adesso e non distruggeremo la vostra nave.»

«È una proposta allettante. Ci penseremo e le faremo sapere.»

«Non pensateci troppo» disse Jin. «L'offerta scade appena quelle nuvole spariscono.»

«April, devo avvertirla, non mi piacciono le maniere forti.»

«Ho messo fuori uso il sistema di controllo dei vostri cannoni, e il vostro laser antiaereo è poco più che un fastidio. La verità è che avete già perso.»

«Sa una cosa?» rispose Linda. «Ha ragione. Venite e vi faremo salire a bordo per un tè con biscotti.»

«Grazie dell'invito, ma vi darò qualcos'altro su cui riflettere. Se quando cessa la pioggia non vedo il vostro equipaggio sul ponte con le mani alzate, accenderò la vostra nave come un bengala. Mi sono spiegata?»

Prima che Linda potesse rispondere, Jin si passò un dito di traverso sulla gola e la comunicazione si interruppe.

Sulla base di quanto aveva sentito, Jin non pensava che si sarebbero arresi. Davvero un peccato. Era curiosa di sapere chi avrebbe ucciso.

*

Linda sperava che la conversazione con April Jin avesse dato a Sylvia il tempo sufficiente per prendere dimestichezza con il manuale di puntamento del Kashtan di poppa. Senza il puntamento automatico i cannoni erano difficili da usare. Lei era una esperta di armi come il fratello, ma Murph aveva dovuto farle un corso accelerato sul funzionamento.

Se Linda fosse riuscita a far virare la nave, avrebbe potuto usare il potente cannone a rotaia di prua. Ma il canale era così stretto che temeva di incagliarsi e diventare una facile preda.

Riusciva a vedere il trimarano sullo schermo attraverso la foschia dell'acquazzone. Si erano ormai lasciati alle spalle la *Thai Navigator*, e questo dava al *Marauder* una visuale libera.

«Non per mettervi fretta» disse Linda, «ma la pioggia sta cominciando a calare.»

«Quanto dista l'obiettivo?»

«Due miglia» rispose Hali.

«È al limite della portata dei Kashtan» disse Linda. «Il contatore dice che ci restano solo quattrocento colpi su quella postazione. Riusciremo a sparare una o due raffiche prima che resti a secco.»

Con una cadenza di tiro di diecimila colpi al minuto, le munizioni dei Kashtan sarebbero durate due secondi.

«Può farcela» disse Murph, riferendosi alla sorella.

Sylvia annuì, con lo sguardo concentrato sul pannello di controllo.

«Allora mira a quel cannone e colpiscilo prima che ci faccia saltare in aria» ordinò Linda.

Sylvia sparò una raffica e dal Kashtan partì una scia di proiettili traccianti che mancarono il bersaglio.

«È difficile» disse Sylvia, aggiustando la mira.

Poi, come se qualcuno avesse girato un rubinetto, l'acquazzone terminò di colpo.

Sylvia fece di nuovo fuoco. Questa volta i proiettili colpirono in pieno il *Marauder*, provocando scintille e fumo sul ponte di coperta.

Nello stesso istante il cannone al plasma del *Marauder* fece partire un altro colpo. Un nuovo anello di plasma colpì il Kashtan, mettendo fuori combattimento la telecamera del sistema di puntamento.

«Arma in avaria e munizioni finite» annunciò Sylvia.

Ammesso che il cannone al plasma funzionasse ancora, l'unica mossa possibile era uscire dal canale a macchine indietro e provare a girarsi prima di essere fatti a pezzi. Linda invertì la rotta e diede massima potenza ai motori, preparandosi al colpo successivo.

Che non arrivò.

«Il *Marauder* sta virando. Stanno scappando» disse Hali. «Sylvia deve aver messo fuori uso il cannone al plasma.»

Sullo schermo, il trimarano si girò e partì a razzo, sollevandosi sulle ali portanti, a una velocità che neppure l'*Oregon* avrebbe potuto eguagliare.

«Il cannone a rotaia» disse Murph. «Prima che sia troppo lontano.»

Il cannone a rotaia poteva sparare molto più lontano dei Kashtan, ma il trimarano in fuga non era più la priorità di Linda.

Passò alla telecamera che visualizzava la *Thai Navigator*, che si stava avvicinando sempre più a Adolphus Island.

«Quella nave non si fermerà prima di aver colpito qualcosa, con l'equipaggio che è sotto gli effetti del gas» osservò Linda.

«Se comincia ad affondare non saranno in grado di abbandonare la nave» disse Hali.

Mentre l'*Oregon* usciva dal canale, Linda virò verso la *Thai Navigator* e impostò una rotta d'incontro alla massima velocità.

«Hali» disse, «chiama Eddie e digli di prepararsi ad abbordare la nave.»

47

Un minuto dopo aver ricevuto la chiamata urgente di Hali, Eddie corse su al fianco di dritta dell'*Oregon*, dove dal ponte di coperta stava uscendo una passerella. Quando fossero stati accanto alla *Thai Navigator*, la passerella avrebbe ruotato fino a disporsi in posizione orizzontale sopra la nave mercantile. A quel punto Eddie l'avrebbe attraversata. Per lo meno, il piano era quello.

Il problema era che la passerella era stata pensata per salire a bordo di una nave ferma, non di una che viaggiava a dieci nodi in un golfo che si restringeva sempre più. L'*Oregon* doveva arrivare ad almeno cinque metri perché funzionasse, vincendo le scie che entrambe le navi sollevavano.

Adolphus Island incombeva minacciosa di fronte a loro. Eddie riusciva a vedere le secche rocciose che avrebbero squarciato lo scafo. A quel punto non ci sarebbe stato più tempo per evacuare tutti i membri dell'equipaggio paralizzati prima che la nave affondasse.

Eddie non aveva esperienza di come si pilota una grossa nave da carico, ma era l'unica persona disponibile per quella missione. Il Presidente e la sua squadra erano ancora sul fiume Ord con il *Nomad*. La *Thai Navigator* sarebbe finita sul fondo del golfo ben prima che loro fossero di ritorno. Eric Stone, che era un marinaio provetto, lo avrebbe guidato nelle procedure per fermare la nave. Indossò l'auricolare.

«Sono in coperta» disse. «Ci sei, Eric?»

«Sono collegato» rispose l'altro. «Fammi sapere quando sei in plancia.»

«Ricevuto. Linda, sono pronto a trasbordare.»

«Non ancora. Abbiamo fatto un rapido calcolo. Dovrai aspettare.»

«Perché?»

«È troppo tardi perché la nave eviti una collisione, anche a macchine indietro tutta.»

«E allora cosa facciamo?» chiese Eddie.

«Ci metteremo tra l'isola e la *Thai Navigator* e le daremo una spintarella» rispose Linda. «Tieniti forte. Sarà una bella botta.»

Eddie capì cosa stava per succedere e si allontanò dal parapetto per aggrapparsi a una catena di ancoraggio. Linda si sarebbe servita dell'*Oregon* per spingere la *Thai Navigator* lontano dalla sua attuale rotta, come fa un rimorchiatore.

Ma con due navi lunghe oltre centocinquanta metri, era una manovra a dir poco azzardata. Se Linda si fosse avvicinata con un'angolazione sbagliata, lo scafo corazzato dell'*Oregon* avrebbe potuto sfondare quello della nave da trasporto, causando tanti danni quanto le rocce. E aveva poco tempo. Restavano pochi minuti prima che entrambe le navi si incagliassero. Era come se stessero giocando a un inutile gioco del pollo con Adolphus Island, e si sapeva già chi avrebbe vinto.

L'*Oregon* si affiancò alla *Thai Navigator*, mettendosi alla stessa velocità. Lentamente ma costantemente, l'*Oregon* si spostò fino a quando l'altra nave sbandò, accompagnata dall'urlo straziante delle lamiere che sfregavano. Il rumore proseguì senza sosta mentre le due navi proseguivano strisciando l'una contro l'altra.

I tubi di Venturi dell'*Oregon* erano dotati di ugelli direzionali per indirizzare la spinta del flusso d'acqua prodotto dai motori magnetoidrodinamici, permettendo così di governare la nave. In quel momento, tutta la potenza dei motori era utilizzata per deviare la nave da carico dalla sua rotta, ma la *Thai Navigator*, con il timone bloccato, opponeva resistenza.

Eddie non era certo che avrebbe funzionato finché non vide che la prua dell'*Oregon* cominciava gradualmente a puntare lontano dall'isola.

«Passeremo parecchio vicini» disse Linda.

Non stava esagerando: Eddie non riusciva più a vedere l'acqua tra l'*Oregon* e la riva. Le scogliere dell'isola torreggiavano sopra di loro. Ogni tanto sentiva un rumore di sfregamento provenire dal lato della nave rivolto verso l'isola.

E poi superarono il promontorio dell'isola e si ritrovarono nelle acque libere del golfo. L'*Oregon* si allontanò dalla nave da carico e il rumore cessò. In alcuni punti, la vernice dello scafo era stata grattata via e si vedeva il metallo, ma non c'erano falle visibili.

«Tutto a posto, lassù?» chiese Linda.

«Nessun problema» rispose Eddie. «Bella manovra. A parte qualche graffio alla vernice, non credo che la *Thai Navigator* abbia subito danni.»

«Ti ringrazio, ma il pericolo non è ancora passato.»

Ora la *Thai Navigator* puntava verso la costa piatta bordata di mangrovie sul lato opposto del golfo. Alla loro velocità, Eddie stimò che avessero meno di cinque minuti per fermarla.

Linda mantenne una rotta parallela e abbassò la passerella finché questa si trovò sospesa sopra l'acqua. Eddie arrivò fino in punta, pronto a saltare sulla *Thai Navigator* appena la passerella si fosse trovata al suo posto sopra il ponte.

L'*Oregon* si avvicinò lentamente finché la passerella venne a trovarsi a un metro e mezzo sopra il ponte dell'altra nave. Eddie saltò proprio nel momento in cui la *Thai Navigator* veniva spinta leggermente fuori rotta da qualche forza invisibile.

Anziché cadere e rotolare sul ponte, Eddie fu costretto ad allungare una mano per aggrapparsi alla ringhiera e non cadere nell'acqua ribollente della scia. Rimase lì appeso con i crampi alle dita per lo sforzo.

«Eddie, resisti!» gridò Linda. «Ti mettiamo sotto la passerella.»

«No» grugnì Eddie. «Ci penso io.»

Si girò e si aggrappò alla ringhiera di metallo con l'altra mano, tirandosi su finché riuscì a posare il piede sul ponte. Scavalcò la ringhiera e andò verso la plancia.

Quando arrivò trovò quattro uomini a terra. Erano tutti coscienti ma paralizzati, a parte qualche piccolo movimento di mani e braccia.

«Non preoccupatevi, ragazzi» disse Eddie. «Sono qui per aiutarvi.»

In cambio ricevette solo gemiti incomprensibili.

La spiaggia di mangrovie si stava rapidamente avvicinando.

«Eric, sono qui. Non abbiamo molto tempo. Cosa devo fare?»

«Ho trovato le specifiche della plancia di quella nave» disse Eric. «Sarà complicato virare facendo tutto da solo. Cercheremo di fermare la nave.»

«Come?»

«Al centro della console dovrebbe esserci una leva con su scritto telegrafo di macchina. Assomiglia molto alla manetta del gommone.»

Eddie esaminò i comandi finché trovò la leva. Era posizionata sopra un semicerchio che sporgeva dalla console. Sopra c'erano delle scritte – FERMA, MOLTO ADAGIO, ADAGIO, MEZZA e TUTTA – sia per AVANTI che INDIETRO. Al momento era su AVANTI MEZZA.

«L'ho trovata» disse Eddie.

«Bene. Linda pensa che non riuscirai a fermarla in tempo per impedirle di incagliarsi sulla riva, quindi dovrai posizionare i motori su indietro tutta.»

C'erano diversi altri pulsanti e manopole da impostare, ed Eric guidò Eddie passo passo. Quindi Eddie tirò la leva fino in fondo.

La *Thai Navigator* fu scossa da un tremito quando l'elica si fermò e, nonostante questa cominciasse a girare nel verso opposto, l'inerzia continuò a spingere la grande nave. Gli alberi diventavano sempre più vicini a ogni secondo che passava.

«Ci stiamo ancora muovendo, ma abbiamo rallentato» disse Eddie. «C'è altro che posso fare?»

«Temo di no. Tieniti forte.»

Mentre aspettava, Eddie trascinò i marinai in modo che fossero tutti appoggiati con la schiena contro la parte anteriore della plancia.

Mentre finiva di sistemarli, Eddie sentì la prua sollevarsi con uno scricchiolio contro il fondo sabbioso della palude. Si sedette sulla poltroncina del comandante e rimase a guardare mentre la nave fendeva il boschetto di mangrovie.

Con sua grande sorpresa, la *Thai Navigator* si fermò dolcemente sulla riva.

Portò la leva su FERMA, e le vibrazioni cessarono.

«Di qua non ci muoviamo» disse Eddie. «Sarà meglio che fai venire Doc Huxley. Ha dei nuovi pazienti.»

«Sta arrivando» disse Linda.

«E il *Marauder*?»

«Il trimarano ha virato a est dopo essere uscito dal golfo di Cambridge, ma ora è fuori dalla portata del cannone a rotaia e del nostro radar. April Jin è riuscita a scappare.»

48

Quando Juan tornò all'*Oregon* con il *Nomad* e la sua squadra, tutto l'equipaggio della *Thai Navigator* era ormai stato evacuato e portato a bordo. Organizzò il loro trasferimento alla vicina città portuale di Wyndham, dove sarebbero stati curati da un'équipe medica militare che era già a conoscenza dei sintomi.

Nessuno degli uomini della nave da carico aveva ricordi dell'attacco, per cui fu facile far passare l'equipaggio della *Oregon* come dei buoni samaritani che si erano trovati per caso nelle vicinanze ed erano andati in loro soccorso. Grazie alla storia che si erano inventati, secondo cui avevano trovato la nave da carico arenata, non ci volle molto per rispondere alle domande delle autorità e ottenere l'autorizzazione a ripartire.

Mentre lasciavano il porto, Juan era in coperta insieme a Max impegnato a ispezionare i danni riportati durante la battaglia con il *Marauder*. Il Kashtan di poppa era fuori uso, come pure il modulo di controllo automatizzato sulla sovrastruttura; la finta plancia avrebbe avuto bisogno di estese riparazioni, lo scafo era bruciacchiato in diversi punti e ci sarebbe voluta della nuova vernice per ripristinare il sistema di mimetizzazione attiva.

«Non siamo riusciti a mantenerla intatta neppure una settimana» borbottò Max. «È come uscire dalla concessionaria con un'auto sportiva nuova di zecca ed essere investiti da un camion della spazzatura ancor prima di arrivare a casa.»

«Sono sicuro che riuscirai a ripararla prima che la riportiamo in Malesia per completare l'allestimento» disse Juan. Indicò due tecnici dell'*Oregon* che stavano lavorando con cannelli da taglio inondando il ponte di scintille. «Mi preoccupano di più i portelloni dell'hangar. Quanto tempo ci vorrà prima che possiamo riaprirli?»

Uno dei proiettili del cannone al plasma aveva fuso diversi cardini dei portelloni che permettevano al convertiplano di uscire dalla nave. Era per questo che non avevano potuto mandare Gomez all'inseguimento del trimarano in fuga, e i loro droni non avevano autonomia sufficiente per seguire una nave che ormai poteva essere lontana più di cento miglia.

«Direi altre tre ore prima di rimetterli in funzione» disse Max. «Saranno tenuti insieme con sputo e fil di ferro, ma la riparazione reggerà.»

«Sei un genio dell'ingegneria, Max» disse Juan, dandogli una pacca sulla spalla. «Non so proprio come farei senza di te.»

«Vuoi dire supergenio. E faresti come fai sempre. Troveresti un modo per cavartela, come hai fatto con quel coccodrillo.»

«Quello è stato in gran parte merito di Linc. Io non ho dovuto fare altro che non farmi mangiare. Fammi sapere quando le riparazioni sono terminate.»

Mentre Juan si allontanava da Max, l'*Oregon* stava passando accanto alla *Thai Navigator* incagliata sulla riva, con un terzo dello scafo circondato da alberi di mangrovie. Ci sarebbero voluti un'alta marea eccezionale e diversi rimorchiatori potenti per farla galleggiare di nuovo. Juan, che aveva già ricevuto un rapporto sull'operazione che si era resa necessaria per salvare l'equipaggio, provò un moto di orgoglio per le azioni che la sua squadra era in grado di compiere.

Tornato dentro, si diresse verso la sala riunioni dove trovò Sylvia ed Eric ad aspettarlo. Stavano parlando fitto fitto e non si accorsero del suo arrivo.

«Scoperto qualcosa di interessante?» chiese lui.

Anziché imbarazzarsi per essere stato scoperto così vicino a Sylvia, Eric sembrava a proprio agio. Sorrise a Sylvia e rispose: «Alcune cose. Stiamo aspettando che Murph e Doc Huxley tornino per discuterne con loro».

Juan sedette al suo posto a capotavola, dove era posata l'aquila dorata trovata sul relitto. Era stata ripulita e le ali brillavano come il giorno in cui era rimasta sepolta, duemila anni prima. Incise su due spade incrociate si leggevano le lettere SPQR.

«Sapete dirmi cos'è questa?»

«Pensiamo sia un'insegna portata in battaglia da una legione romana e venerata in quanto simbolo di Giove. Si chiamava 'aquila' anche in latino» rispose Sylvia.

«*Pensate*?»

«Non è sopravvissuto nessuno» ribatté Eric, «quindi non abbiamo nulla con cui confrontarla. Per lo meno finora. Gli oggetti che più le assomigliano sono dei sigilli imperiali. Ma le lettere SPQR confermano senza ombra di dubbio la provenienza romana. La sigla sta per *Senatus Populusque Romanus*, 'il senato e il popolo romano'. Potrebbe essere l'unico esemplare rimasto.»

«Com'è arrivata in Australia?»

«I Romani devono averla nascosta ai Parti per proteggerla quando furono fatti prigionieri» disse Sylvia. «Era considerato una disgrazia e un pessimo presagio il fatto che un'aquila venisse catturata in battaglia. Quando i Romani ne persero ben tre in Germania, passarono i trent'anni successivi cercando di recuperarle.»

Eric annuì. «Quindi pensiamo che Flavio e i suoi uomini abbiano tenuto l'aquila nascosta ai Parti o se la siano ripresa quando sono fuggiti.»

«Deve avere un valore inestimabile» osservò Juan. «Ma evidentemente la formula del gas nervino valeva di più.»

«Il che ci porta all'altra nostra scoperta» disse Eric. «Tra i file che avete preso alla fabbrica nella palude c'era un altro elemento utile, un file che fa riferimento a un'operazione imminente che prevede l'utilizzo del prodotto della fabbrica, che è stato caricato su una nave mercantile a Nhulunbuy.»

«Sapete quando avverrà l'operazione?»

«Purtroppo no» rispose Sylvia. «È un inventario fatto su un foglio di calcolo, chiamato 'Contenitori per missione *Shepparton* 31/12'.»

«L'ultimo dell'anno» disse Juan. «Tra cinque giorni.»

«E questa non è la parte peggiore» disse Eric. «Sul foglio di calcolo c'è una colonna chiamata MR-76 e un'altra per i contenitori di Enervum, seguita dalle date di produzione.»

«Enervum è il nome che usavano per il gas. MR-76 cos'è?»

«È un razzo di fabbricazione svedese usato dalle forze armate di molti paesi» disse Sylvia. «Australia compresa. Dev'essere quello che usano per disperdere il gas.»

«Quanti?» chiese Juan.

«Il totale in fondo a ogni colonna è duecentonovantasei» rispose Eric.

«Usati tutti assieme basterebbero a intossicare un'intera città» aggiunse Sylvia.

Nel sentire la pessima notizia Juan si appoggiò allo schienale della poltroncina. «Quindi adesso sappiamo che ci sarà un attacco con gas nervino l'ultimo giorno dell'anno, ma non sappiamo dove avverrà né il vero nome della nave che trasporta i razzi. E non abbiamo un antidoto.»

«Su questo fronte abbiamo fatto passi avanti» disse Julia dalla soglia della sala riunioni. Entrò e si sedette, seguita da Murph sulla sua carrozzina motorizzata.

«Puoi ricavarlo dalla noce che abbiamo trovato?» chiese Juan.

«No. Era troppo vecchia e rinsecchita per essere utilizzabile. Ma abbiamo scoperto da dove viene.»

« Sì, ce l'abbiamo fatta! » disse Murph e poi fece partire un coro di acclamazioni dal traduttore audio.

« I Romani la chiamavano noce dall'occhio verde » proseguì Julia, « ma oggi l'albero è noto come *arenga randi* o palma di Rand. In tutto il mondo si trova solo su un'isola. »

« L'isola di Natale » aggiunse Murph.

« Del tutto appropriato al periodo dell'anno » osservò Juan. « Quella nell'oceano Indiano, suppongo, non quella nel Pacifico. »

« Esatto. È territorio australiano. Si trova a circa millecinquecento miglia da qui. »

« Il convertiplano potrebbe farcela, con una sosta in Indonesia » disse Juan. « Di quante noci hai bisogno? »

« Ho calcolato che ci vorranno tre noci per fornire l'olio sufficiente per una dose » rispose Julia. « Dato che abbiamo oltre seicento persone colpite dal gas, ci serviranno approssimativamente duemila noci. »

« E io mi offro volontario per essere il primo a provare l'antidoto » disse Murph.

Sylvia si avvicinò e gli prese la mano. « Sei sicuro? Potrebbero esserci degli effetti collaterali. »

« Anche se vi sembro allegro, vi garantisco che è uno schifo vivere così. Se esiste una cura, io voglio provarla. »

« Come prima cosa dobbiamo accertarci di riuscire a trovare gli alberi » disse Juan e chiamò Hali in vivavoce.

« Sì, Presidente? »

« Passami Bob Parsons. »

« Glielo cerco. »

« In cosa posso esserti utile? » disse Parsons, qualche momento dopo.

« Hai detto che avevi dei contatti in tutta l'Australia » disse Juan. « Conosci qualcuno sull'isola di Natale? »

Ci fu un attimo di esitazione. « Be'... non esattamente. »

«Mi pare di capire che sia un sì. È una faccenda importante. Ci serve una guida che conosca la flora dell'isola.»

Parsons fece un sospiro. «E va bene, conosco una persona. Renee LaBelle. Gestisce un'attività di eco-turismo. Se non può aiutarti lei, conoscerà qualcuno in grado di farlo. Ma potrebbe non essere felice di sentirmi.»

«Come mai?»

«Abbiamo avuto una breve relazione qualche anno fa e non ha funzionato.»

«Ascolta, stiamo per inviare una squadra e ci serve solo che tu ci presenti.»

«Allora sarà meglio che venga con voi» disse Parsons. «Meglio che lo faccia di persona.»

«Sei nella squadra» disse Juan prima di tornare a rivolgersi a Hali. «Di' a Gomez di preparare il convertiplano. Appena Max avrà sistemato i portelloni dell'hangar, partiremo per l'isola di Natale.»

49

Giacarta, Indonesia

Era quasi mezzanotte quando Polk attraversò il quartiere degli affari alla guida del SUV Toyota nero, dietro altri due veicoli identici al suo. Gli splendidi grattacieli del centro erano inondati da un caleidoscopio di luci colorate. La loro destinazione era molto meno elegante: la regione manufatturiera a est del centro, conosciuta come Cikarang.

Era solo a bordo, quindi poteva parlare liberamente con Jin al telefono.

« Stai bene? » le chiese dopo che lei gli ebbe raccontato della battaglia con la nave corsara.

« Solo qualche graffio » rispose Jin. « Abbiamo perso quattro membri dell'equipaggio e il cannone al plasma è rimasto danneggiato, ma sono riuscita a scappare. »

« E ancora non sappiamo chi è il nostro nemico? »

« L'unica persona con cui ho parlato è una donna insolente di nome Linda. La loro nave è più sofisticata di quanto pensassimo. »

« In che senso? »

« È dotata di un laser antimissile e un sistema di mimetizzazione. »

« Stai scherzando. »

« Ci sono pochi paesi al mondo con le risorse per finanziare una cosa del genere. Ma è strano, perché la donna parlava inglese con accento americano. Direi che c'è lo zampino degli Stati Uniti. »

«Quanto pensi che sappiano?» chiese Polk.

«Vorrei tanto poterti rispondere. Ovviamente sanno degli scavi archeologici. E chissà cos'hanno scoperto sul posto.»

«Allora è un bene che sia venuto qui. Non possiamo permetterci che anche loro producano l'antidoto.»

«Fa' attenzione. Sembra che siano sempre un passo avanti a noi.»

«Pensi che sia uno scherzetto di Lu?»

«Non credo» rispose Jin. «Ma è proprio per questo che abbiamo il nostro piano di riserva.»

Non avevano mai puntato tutte le loro aspettative sul pagamento in criptovaluta al raggiungimento del loro obiettivo a Sydney. Se il denaro non fosse arrivato come Lu aveva promesso, avrebbero avuto comunque un modo per trarre profitto dalla paralisi di cinque milioni di cittadini australiani.

Quando Polk si era allontanato in elicottero dalla fabbrica vicino a Nhulunbuy, il velivolo trasportava dieci galloni di antidoto per l'Enervum, sufficienti a curare novemila persone. I contenitori ora erano a bordo del suo jet, pronti a partire per Sydney, dove sarebbero stati utilizzati subito dopo l'attacco con il gas. I vip della città avrebbero pagato qualunque cifra per contrastare gli effetti del gas e Polk aveva calcolato che avrebbero potuto vendere le dosi ad almeno cinquantamila dollari l'una sul dark web, ricavandone quasi mezzo miliardo di dollari.

Indipendentemente dal fatto che Lu tenesse fede all'accordo, ne sarebbero usciti con denaro sufficiente a cambiare identità e costruirsi una nuova esistenza.

«Dove stai andando adesso?» chiese Polk.

«Stiamo tornando a Marwood» disse Jin. «Non credo che le riparazioni richiederanno più di un paio di giorni. Poi ci dirigeremo verso Sydney per incontrarci con te.»

«Fa' attenzione. La posizione della nostra base non risultava su nessuno dei registri della fabbrica, ma quella gente ci ha già fatto delle sorprese.»

«Non ti preoccupare. Mi accerterò che le guardie siano in massima allerta. Spero che il tuo blitz vada a buon fine.»

«Grazie. Ancora una tappa dopo questa, e poi Marwood. Ci vediamo presto, amore mio.»

Polk riattaccò. Vide il loro obiettivo più avanti. Era una gigantesca fabbrica di proprietà della Blovex Pharmaceuticals.

La compagnia farmaceutica era l'unico luogo, a parte l'isola di Natale, in cui trovare scorte di noci della palma di Rand. L'azienda stava conducendo degli esperimenti per produrre costosissimi integratori alimentari. Polk e Jin avevano provato ad acquistare le loro riserve, ma la compagnia si era rifiutata di venderle. Jin aveva convinto Polk a lasciar perdere per non suscitare sospetti con il loro eccessivo interesse, ma adesso quel magazzino costituiva una minaccia.

La riserva di noci doveva essere distrutta.

La sorveglianza della Blovex non era male, ma non era certo quella di una base militare. In previsione di quel giorno, Polk aveva fatto un giro della fabbrica fingendosi un potenziale partner commerciale e aveva verificato la disposizione dei vari edifici e l'ubicazione del magazzino delle noci.

Accelerò e si mise alla testa del piccolo convoglio, calandosi un passamontagna sul volto per evitare di essere ripreso dalle telecamere di sicurezza. Si posò una Glock silenziata in grembo.

Arrivato alla guardiola dei cancelli d'ingresso, non attese che le due guardie uscissero. Piazzò un colpo in testa a entrambi mentre i due cercavano di capire come mai di lui fossero visibili solo gli occhi.

Scese e premette il pulsante di apertura del cancello. Guardò l'orologio per prendere nota dell'ora. Avevano cinque minuti buoni prima che arrivasse la polizia.

Il magazzino si trovava nel terzo edificio oltre la guardiola. Mentre una squadra aspettava fuori caso mai si fossero presentate altre guardie della sicurezza della Blovex, Polk guidò i suoi uomini all'interno.

Trovarono l'unità di stoccaggio contrassegnata con «palma di Rand». Dentro c'erano quaranta sacchi di iuta pieni di noci raccolte dagli alberi che crescevano spontanei sull'isola di Natale.

«Caricateli in macchina» ordinò Polk.

Ci vollero diversi viaggi per trasferire con i carrelli tutti i sacchi sui SUV.

Mentre si allontanavano dalla fabbrica, sentirono le sirene in lontananza. Polk condusse il convoglio di auto fino a un terreno abbandonato sulla riva del fiume Citarum. Il venefico corso d'acqua, considerato uno dei fiumi più inquinati della Terra, era così pieno di immondizia e rifiuti organici umani che non si riusciva neppure a vedere l'acqua. Il passamontagna schermava almeno in parte il fetore.

Con un coltello Polk aprì i sacchi di noci, uno dopo l'altro, e ordinò ai suoi uomini di rovesciare il contenuto nel fiume. Era certo che nessuno le avrebbe trovate in quella brodaglia tossica.

Quando ebbero finito, Polk disse: «Torniamo all'aeroporto».

Avrebbero dormito un po' e sarebbero partiti l'indomani mattina, di buon'ora.

Non sarebbe stato altrettanto facile eliminare le piante che producevano le noci. Polk prese nota mentalmente di telefonare prima, per essere certo di avere a disposizione la quantità di benzina necessaria una volta atterrati sull'isola di Natale.

50

Mar dei Coralli

Dopo una settimana alle Fiji, Gary Bonner non era impaziente di tornare al suo studio di dentista a Cairns, ma avrebbe voluto che il vento rinforzasse un po'. Già erano stati rallentati dalla tempesta che aveva imperversato per un paio di giorni e lui doveva rivedere i libri contabili prima dell'anno nuovo.

Ma il sole luminoso del mattino e il mare calmo rendevano piacevole la navigazione a bordo del *Tooth Ferry*, il suo nuovo yacht a vela da quindici metri. Sua moglie Vivian era sdraiata sul ponte in bikini, con una tazza di caffè e un romanzo rosa, mentre Cameron, il loro figlio dodicenne, sedeva a cavalcioni della prua, come piaceva a lui, con i piedi penzoloni sull'acqua.

Qualcosa doveva aver attirato la sua attenzione perché non aveva più gli occhi incollati sul cellulare, cosa che Gary considerava una conquista. Forse aveva individuato un branco di delfini.

« Hai visto qualcosa di interessante? » gridò Gary.

Cameron si alzò come per vedere meglio. « Non lo so. Cos'è quello? »

Indicò col dito e Gary seguì la traiettoria fino a un punto a circa un miglio di distanza. Vide un oggetto giallo che dondolava nella brezza.

Solo che si muoveva ritmicamente, non seguendo il vento.

Gary prese il binocolo per vedere meglio.

Rimase scioccato nel vedere un uomo. Si teneva a galla e

cercava di attirare la loro attenzione agitando freneticamente un indumento giallo.

«Viv, alzati» gridò Gary, virando. «C'è un uomo in mare, laggiù.»

«Cosa?» disse lei, tirandosi su a sedere. «Mi stai prendendo in giro?»

«Lo ha visto Cam. Ha la vista di un falco. Vieni qui e prendi il timone, mentre io ammaino le vele. Cam, posa quel telefono e vieni a darmi una mano.»

Cameron aveva cominciato a filmare il salvataggio, ma si infilò il telefono in tasca e insieme ammainarono in fretta le vele. Vivian accese il motore e li portò rapidamente verso l'uomo che urlava. Cameron tirò di nuovo fuori il telefono e ricominciò a registrare.

Mentre si avvicinavano, Gary capì che l'uomo era un orientale e urlava in una lingua straniera. L'indumento giallo era una cerata e lui stava aggrappato a un pezzo di polistirolo bianco.

«È caduto da una nave?» chiese Cameron.

«È probabile» rispose Gary. «È stato fortunato a trovare quel detrito galleggiante.» Prese il salvagente e lo legò a una cima per issare l'uomo a bordo quando si fossero avvicinati abbastanza.

Mentre si avvicinavano, Gary vide una pinna emergere una cinquantina di metri dietro l'uomo che continuava a urlare. La pinna solcò l'acqua in linea retta andando verso di lui.

Uno squalo.

A Gary si gelò il sangue quando si rese conto di cosa era accaduto. L'uomo aveva continuato a galleggiare immobile dopo la tempesta, senza attirare l'attenzione su di sé, ma non appena aveva cominciato a sventolare la cerata vedendo passare lo yacht, tutto quell'agitarsi e urlare, così simile al comportamento di un pesce in difficoltà, aveva richiamato uno squalo che si trovava nelle vicinanze.

Gary agitò le mano in quello che sperava fosse un gesto che invitava alla calma.

« Fermo! C'è uno squalo! »

Indicò il predatore che si stava avvicinando, ma l'uomo non capì e continuò a urlare e a dimenarsi, schizzando acqua per la felicità di essere in salvo.

La pinna raggiunse l'uomo quando loro si trovavano a una quindicina di metri e le sue grida di gioia si trasformarono in un urlo agghiacciante. Per un attimo fu trascinato sotto e poi riemerse al centro di una chiazza cremisi.

Gary lanciò il salvagente, e l'uomo vi si aggrappò con la forza della disperazione.

« Su, vieni » gridò Gary e tirò con tutte le sue forze.

Vivian corse da lui per dargli una mano. Insieme riuscirono a issare l'uomo a bordo.

Lo squalo gli aveva amputato una gamba a metà coscia. Il sangue si riversava a fiotti sulla coperta.

« Uau! » fece Cameron senza fiato, ma non smise di filmare.

« Dobbiamo mettere dei lacci emostatici » disse Vivian, e corse sottocoperta a prendere il kit di pronto soccorso. Gary non era mai stato tanto felice che lei fosse un'infermiera di terapia intensiva, il che spiegava anche perché Cameron non fosse traumatizzato da uno spettacolo così orribile. Amava ascoltare storie raccapriccianti su persone rimaste vittime di incidenti d'auto e con i tosaerba.

L'uomo ferito farfugliava, continuando a ripetere le stesse parole, ma Gary non capiva.

« Parli inglese? » gli chiese.

L'uomo scosse la testa e continuò nella sua cantilena, quasi fosse un mantra. Le sue parole si fecero progressivamente più flebili fino a cessare del tutto.

Vivian tornò e vide che l'uomo stava diventando cereo. Si inginocchiò e gli posò due dita sul collo. Dopo qualche secondo le ritirò lentamente.

«È andato» disse. «Poveraccio. È rimasto a galleggiare in mare per chissà quanto per morire proprio adesso che è stato salvato.»

«Non sapevo che si potesse perdere così tanto sangue» disse Cameron, abbassando il telefono.

Gary sospirò e posò una mano sulla spalla del figlio. «Mi dispiace che tu abbia dovuto assistere a questo. Tutto bene, campione?»

«Sto bene. Fai un lavoro difficile, mamma.»

«Certi giorni sono più difficili di altri» rispose Vivian.

«Se non altro possiamo dare un po' di pace alla sua famiglia» disse Gary. «Lo porteremo a Cairns con noi in modo che il corpo possa essere riportato a casa.»

«Vado ad avvertire la guardia costiera» disse Vivian. «Meglio informarli prima, piuttosto che arrivare in porto con un cadavere. Prenderò un lenzuolo per coprirlo.» Vivian scese sottocoperta.

«Vediamo se riusciamo a scoprire chi era» disse Gary.

Frugò nelle tasche del morto ma non trovò documenti d'identità. Solo un pacchetto di sigarette cinesi e una cartina di fiammiferi con sopra l'immagine di due boccali di birra avvicinati in un brindisi, con la scritta THE LAZY GOANNA, NHULUNBUY.

«Chissà cosa stava dicendo» disse Gary.

«Forse posso scoprirlo» disse Cameron, cominciando a battere sul cellulare.

«Come?»

«Ma papà! Si può fare qualunque cosa con Internet.» La connessione satellitare permetteva loro di vedere film in streaming e navigare sul Web anche in mezzo all'oceano.

Gary sentì uscire dal telefono le ultime parole dell'uomo.

«Cosa stai facendo?»

«Trasferisco la registrazione in una app di traduzione» rispose Cameron. Dopo qualche momento guardò il telefono con aria perplessa.

«Cosa diceva?»

«Non può essere. Mi sa che questa app non funziona.»

Gary guardò lo schermo del cellulare e convenne col figlio. Evidentemente la app non aveva tradotto la frase correttamente. Perché mai un uomo ferito a morte avrebbe dovuto continuare a ripetere le parole «il centauro mi ha abbandonato»?

51

Isola di Natale

Dopo uno scalo tecnico a Surabaya, in Indonesia, per fare rifornimento, Gomez atterrò con il convertiplano all'aeroporto dell'isola di Natale alle otto del mattino. Oltre a Parsons, Juan aveva portato con sé Raven, MacD, Eddie e Linc. Mentre scendevano, Juan notò che gli unici altri velivoli sulla pista erano un aereo di linea indonesiano e un jet privato.

Non potevano andarsene in giro per l'isola sventolando fucili d'assalto, ma Juan non voleva spostarsi disarmato, specialmente dopo l'attacco a sorpresa subito dall'*Oregon*. I borsoni a doppio fondo furono sufficienti a ingannare gli agenti doganali, e questo permise loro di portare con sé almeno delle pistole.

All'uscita dell'aeroporto, una bellissima donna con una coda di cavallo corse verso di loro e si gettò tra le braccia di Bob Parsons.

MacD tese le braccia aperte verso le porte come se si aspettasse pure lui un entusiastico benvenuto. Quando non vide entrare altre donne, disse scherzando: «Ma come? Non ce ne tocca una a testa?»

La donna si liberò dall'abbraccio. «Bob, che piacere vederti!»

Parsons aveva un'espressione scioccata. «Credevo non mi volessi più vedere.»

«È stato tanto tempo fa. E sono stata io a rompere con te, ricordi?»

«Perché io non ero pronto a una relazione stabile.»

«Questo non significa che io abbia smesso di amarti.»

All'improvviso Parsons si rese conto che gli altri cinque lo guardavano. Si schiarì la voce.

«Renee LaBelle, ti presento i tuoi nuovi amici.»

Presentò ciascuno di loro, ma Renee era più interessata alla fasciatura sulla sua mano.

«Cosa ti è successo?»

«In realtà, è per questo che siamo qui. A mia insaputa ho contribuito a un piano che ha fatto ammalare un sacco di persone, e ora sto cercando di rimediare. Potrebbe esserci una palma, qui sull'isola di Natale, che può servire a curarle e noi dobbiamo trovarla.»

«Che cos'è?»

«La palma di Rand.»

Renee annuì lentamente come se stesse riflettendo. «È una specie endemica dell'isola. Piuttosto rara. Se ne trovano esemplari sparsi un po'ovunque nel parco nazionale, ma conosco un'area in cui crescono in abbondanza.»

«Puoi dirci dove si trova?» chiese Juan.

«Posso fare ancora meglio. Posso portarvici.» Sorrise a Parsons. «Mi sono presa la giornata libera per poter stare un po' con te.»

Mentre uscivano dal parcheggio, Juan chiese a Renee: «Hai visto chi è sceso da quell'aereo privato?»

Lei scosse la testa. «Quando sono arrivata qui, ho chiesto se quello era il vostro aereo, ma l'addetto alla sicurezza mi ha detto che si trattava di gente del governo diretta al centro di detenzione dei migranti. Di tanto in tanto arrivano per trasferire alcuni dei detenuti in altre strutture.» Si fermò davanti a un SUV Mercedes color argento. «Potete prendere in prestito la mia Classe G.»

«C'è spazio per tutti?»

«No. Ho chiesto a un amico di portarla qui per voi. Bob e io prenderemo la mia altra macchina.»

Indicò una splendida Jaguar decappottabile parcheggiata dietro il SUV, con carrozzeria bordò, interni di pelle rossa e beige e ruote a raggi.

«Accidenti, quella sì che è una macchina» disse Linc.

«È il mio giocattolo. Una Jaguar XK140 del 1995. Ha un allestimento speciale, un motore capace di raggiungere i duecento chilometri orari. Più che altro, la uso per girare per l'isola con il tetto abbassato nelle belle giornate di sole, come oggi.»

Parsons si sporse verso Juan e gli disse, a bassa voce: «Non ti avevo detto che la sua famiglia è ricca, vero?»

«Hai omesso questo dettaglio.»

«Bella, intelligente e ricca. Sono stato un idiota a farmela scappare.»

«Su questo non posso che essere d'accordo.»

«Andiamo?» disse Renee, mettendosi al volante della Jaguar.

«Certo» disse Parsons, infilandosi sul sedile del passeggero.

Gli altri salirono sulla Mercedes. Juan si mise alla guida, con Eddie seduto accanto e gli altri dietro.

La Jaguar partì con un rombo sordo, facendo tremare i finestrini del SUV con il frastuono del doppio scarico. Juan fu costretto a pestare sull'acceleratore per starle dietro.

A parte la cittadina di Flying Fish Cove all'estremità settentrionale, l'isola era scarsamente abitata. Dopo poco si ritrovarono ad attraversare una fitta foresta pluviale.

Secondo le ricerche fatte durante il volo, l'isola di Natale non era una meta turistica molto gettonata perché c'erano poche spiagge. La maggior parte della costa era costituita da scogliere frastagliate. I turisti che arrivavano lì erano più interessati alla biodiversità, compresa la grande migrazione annuale del granchio rosso. Pareva che la squadra dell'*Oregon* l'avesse mancata solo per un paio di settimane.

Le uniche altre attività erano le miniere di fosfati, con alcune cave risalenti all'Ottocento, e il centro di detenzione per migranti sul versante occidentale dell'isola.

Renee li condusse lungo un percorso tortuoso attraverso l'isola, e infine si fermò sul ciglio della strada subito dopo una passerella di metallo. Juan si fermò dietro di lei e scese.

« Possiamo lasciare qui le macchine. Le conoscono tutti e nessuno le toccherà. » Si voltò e indicò la passerella alle loro spalle. « Quella è per i granchi rossi che devono attraversare la strada durante la migrazione. Altrimenti verrebbero schiacciati dalle auto. »

« Vedrò di tornare per assistervi, qualche volta » disse Juan. « Quanto dista il boschetto? »

« Non ne sono sicura. È da un po' che non vengo qui. Ci sono diversi sentieri che partono dalla strada, ma credo che questo sia il più vicino. I sentieri attraversano l'intero parco nazionale, quindi potrebbe essere necessario separarci per trovare quello che conduce al boschetto. »

« Comunicheremo attraverso gli auricolari. »

Mentre lei tornava alla macchina, Juan e i suoi nascosero le pistole sotto le camicie e presero quindici sacchi di nylon appallottolati per trasportare tutte le noci che fossero riusciti a trovare.

Iniziarono la camminata attraverso la giungla, guidati da Renee che teneva Parsons per la mano sana.

« Fate attenzione a non calpestare i granchi » disse. « Vivono sul suolo della foresta. Si potrebbe dire che sono il nostro tesoro. E se vedete un alberello con grandi foglie a forma di cuore, non toccatelo. »

« Perché no? » chiese Raven.

« È un'altra pianta che cresce solo sulla nostra isola. Si chiama jelutong, o 'pianta dei suicidi'. Una volta ho sfregato il braccio contro una sua foglia. Era come se mi fossi ustionata con dell'acido. Basta solo sfiorarla per soffrire per giorni. »

«Odio la giungla» borbottò Linc e tenne le braccia ben accostate al corpo mentre avanzava tra la vegetazione.

Arrivarono a una diramazione. Il sentiero proseguiva in tre direzioni diverse.

«Qui dobbiamo separarci. Le piante si trovano in una radura che avrebbe dovuto diventare una miniera di fosfati, ma dopo aver tagliato gli alberi non hanno mai cominciato a scavare. Le piante stanno cominciando a ricrescere. Credo sia per questo che le palme di Rand crescono così bene in quel punto. Altrove sono difficili da localizzare.»

Eddie e Linc presero il sentiero a sinistra, mentre Raven e MacD andarono a destra. Juan rimase con Renee e Parsons su quello centrale.

Camminarono per altri cinque minuti in silenzio finché Renee chiese: «Come vi siete conosciuti, voi due?»

Juan si voltò verso Parsons, che disse: «Voglio essere sincero con te. Juan e i suoi amici mi hanno salvato da persone poco raccomandabili».

«Quelle che hanno ferito te e gli altri per cui stai cercando una cura?»

«Sì. Ha a che vedere con gli incidenti sulla *Empiric* e a Port Cook. E quella gente potrebbe venire qui, per cui dopo aver trovato gli alberi Juan vuole che tu e io andiamo ad aspettarlo all'aeroporto.»

«Non se ne parla nemmeno» obiettò Renee. «Se la mia isoletta può essere d'aiuto, io voglio fare la mia parte.»

«Mia cara, non possiamo...» fece Parsons, ma si bloccò vedendo Juan che alzava una mano per zittirli.

«Sentite questo odore?» disse.

Renee annusò l'aria. «Cos'è, benzina?»

Nonostante fossero circondati dalla vegetazione fitta, la brezza portava con sé l'inconfondibile odore di benzina.

52

Linc e Eddie si accorsero dell'odore di benzina nello stesso istante in cui Juan chiamò per avvisarli. Sembrava esserci un varco tra gli alberi, più avanti, e ben presto oltre l'odore sentirono delle voci.

Si allontanarono dal sentiero e avanzarono con molta cautela. Per poco Eddie non calpestò uno dei granchi rossi di cui aveva parlato Renee. Se avesse infranto il guscio duro col piede, avrebbe certamente attirato la loro attenzione. Lo indicò a Linc per impedirgli di commettere lo stesso errore.

Proseguirono finché arrivarono a un punto da cui si vedeva l'interno della radura descritta da Renee. C'era una decina di palme tozze cariche di noci mature, molte delle quali già cadute a terra. Erano più che sufficienti a fornire l'antidoto per tutte le persone colpite dal gas Enervum.

Più si avvicinavano alla radura, più forte diventava la puzza di benzina, e ora Eddie capì perché. A una ventina di metri da loro un cinese stava rovesciando l'ultima tanica di benzina sul terreno intorno agli alberi. Altre tre taniche erano posate lì vicino.

Mentre Eddie e Linc estraevano le pistole, l'uomo arretrò tra gli alberi e prese un oggetto cilindrico dalla tasca. Eddie non riuscì a capire cosa fosse finché l'uomo staccò una parte e la sfregò contro l'altra.

L'oggetto si infiammò. Una torcia di segnalazione. L'uomo stava per lanciarla nella radura imprègnata di benzina e mandare in fumo la loro ultima possibilità di creare un antidoto.

L'uomo protese il braccio all'indietro per scagliare la torcia.

Eddie e Linc non gli diedero un avvertimento. Gli spararono entrambi attraverso gli alberi finché uno dei proiettili lo fece stramazzare a terra. La torcia cadde ai suoi piedi, sul terreno umido, senza provocare danni.

Lo sguardo di Eddie fu attratto da un altro bagliore sul lato opposto della radura.

Era Polk. Di lui si vedeva solo la testa dietro le palme. Fissava Eddie e sorrideva. Era accompagnato da tre uomini, sparpagliati intorno a lui, tutti armati di pistole. Un quarto si trovava un po' più avanti. Anche lui accese una torcia. Volevano essere certi di incendiare l'intero boschetto.

Eddie e Linc aprirono il fuoco per fermarli, ma troppo tardi. Polk e l'altro uomo riuscirono a lanciare le loro torce che compirono una parabola in direzioni diverse ed atterrarono nella radura.

I vapori di benzina presero fuoco ancor prima che le torce toccassero terra. L'intera radura fu avviluppata dalle fiamme, sviluppando un calore così intenso che Eddie e Linc furono costretti a indietreggiare nella giungla. Spirali di fumo si levarono alte verso il cielo.

«Fortuna che è la stagione delle piogge» osservò Linc. La vegetazione lussureggiante tutto intorno non correva il rischio di essere aggredita dalle fiamme.

Eddie riusciva a malapena a distinguere Polk attraverso le fiamme sempre più forti. Polk indugiò un istante, quasi volesse contemplare il suo operato, poi fece segno ai suoi di seguirlo, si voltò e scomparve nella giungla.

Era impossibile tagliare attraverso la radura, per cui Eddie e Linc avrebbero dovuto girarle intorno per inseguirli.

«Presidente» disse Eddie attraverso il sistema di comunicazione, mentre lui e Linc arrancavano a fatica tra la folta vegetazione. «Siamo arrivati troppo tardi. L'antidoto per l'Enervum è andato in fumo.»

*

Polk era soddisfatto del suo tempismo perfetto. Era rimasto sorpreso dalla sparatoria, ma avrebbe dovuto immaginarlo. Erano giorni ormai che quella gente stava dando del filo da torcere a lui e a sua moglie, ma per una volta aveva avuto la meglio su di loro.

Tuttavia, mentre percorreva il sentiero con i suoi uomini diretto ai veicoli, non poté fare a meno di rammaricarsi per non averne fatto prigioniero almeno uno. L'operazione non era ancora conclusa, e lui non aveva idea di cos'altro sapessero. Potevano costituire ancora una minaccia.

Aveva lasciato un uomo a guardia delle Range Rover parcheggiate. Visto che non aveva sentito spari provenire da quella direzione, Polk diede per scontato che i SUV fossero al sicuro.

«State attenti» disse ai suoi uomini mentre ripercorrevano il sentiero a passo svelto ma cauto. «Potrebbero essercene altri.»

53

Il fumo denso e nero portato dal vento oscurava il sole sopra Raven, ammantando d'oscurità la giungla. Lei e MacD erano arrivati a un'altra biforcazione del sentiero e stavano andando verso nord quando avevano udito gli spari alle loro spalle.

Non volendo precipitarsi alla cieca verso le fiamme e gli spari, lei e MacD si fermarono per chiedere un rapporto sulla situazione. Accucciati ai lati del sentiero ascoltarono Eddie che descriveva al Presidente quanto era successo.

«Ne abbiamo contati quattro compreso Polk» disse Eddie.

«Dove sono diretti?» chiese Raven.

«Erano sull'altro lato della radura» rispose Eddie. «Stanno andando verso nord.»

«Allora stanno venendo verso di noi» disse MacD. «Qualcuno di voi è nelle vicinanze?»

«Ci metteremo un po' ad arrivare lì» rispose Eddie.

«Renee ha detto che c'erano diversi altri punti in cui parcheggiare qua attorno, quindi devono essere diretti alle loro auto» disse Juan. «Io riporto Renee e Parsons ai nostri veicoli. Ci ritroveremo là e li inseguiremo.»

«Visto che ci passeranno accanto» disse Raven, «potremmo tendergli un'imboscata.»

«No. Siete in due, in inferiorità numerica di due a uno. Tornate qui.»

«Sì, Presidente.»

Raven e MacD si alzarono in piedi, ma lei gli fece immediatamente segno di riabbassarsi. Aveva colto un movimento più avanti e ora vide delle sagome che si stagliavano contro le fiamme luminose. Raven le indicò a MacD, ed entrambi si addentrarono ancora di più tra gli alberi. Raven vide uno degli alberelli a foglia larga contro cui Renee li aveva messi in guardia e si tenne alla larga.

«Non possiamo venire lì» sussurrò Raven mentre si inginocchiava dietro una palma altissima. «Stanno per passarci davanti.»

«Lasciateli passare» disse Juan, «e seguiteli senza fare rumore, se potete.»

Raven vide i quattro uomini venire lungo il sentiero, con le pistole in pugno, perlustrando l'area in cerca di nemici. In effetti sparare a tutti e quattro attraverso gli alberi sarebbe stato complicato.

Li seguì con lo sguardo finché sentì uno scricchiolio provenire dalla direzione di MacD. Capì immediatamente di cosa si trattava: uno dei numerosi granchi rossi della giungla che veniva schiacciato da uno scarponcino.

Raven si girò di scatto e vide che non era stato MacD. Un quinto uomo era arrivato di soppiatto alle loro spalle. Doveva aver visto MacD e si stava avvicinando per ucciderlo.

Anche MacD aveva udito il rumore. Si voltò e si trovò l'uomo a neppure sette metri di distanza. Prima che Raven potesse reagire, si alzò in piedi e fece fuoco. Colpì l'avversario al petto per essere certo di farlo fuori, ma il rumore attirò l'attenzione di Polk e degli altri uomini.

Cominciarono a sparare nella direzione di MacD e un proiettile lo colpì al braccio. Cadde a terra.

«MacD?» chiamò Raven attraverso il sistema di comunicazione.

«Sto bene» rispose lui, ma lei capì che era dolorante.

Raven si alzò in piedi e sparò agli uomini sul sentiero, ma ora quelli si erano messi al riparo e lei non aveva una linea di tiro libera.

Polk e due dei suoi uomini conversero verso il punto in cui si trovava MacD, gli altri due verso Raven.

«Cosa sta succedendo laggiù?» chiese Juan.

«Ci stanno sparando» rispose Raven. «MacD è ferito.»

«Linc e io stiamo arrivando» disse Eddie.

«Era ora» replicò Raven.

Ci fu una breve colluttazione, poi Raven vide Polk ordinare ai suoi di rimettere in piedi MacD. Aveva la camicia inzuppata di sangue. Lo spinsero lungo il sentiero sotto la minaccia delle armi. Polk diede ordini agli altri due parlando in cinese. Raven non aveva dubbi che avesse ordinato loro di restare indietro per finirla.

Raven aveva solo due caricatori, e il primo era quasi esaurito. Non avrebbe potuto sostenere uno scontro a fuoco prolungato.

I due si muovevano in cerchio ma in direzione opposta per prenderla in un micidiale fuoco incrociato. Svuotò invano il caricatore contro uno di loro e ricaricò.

Tenne l'albero tra sé e il primo uomo, concentrandòsi sul suo compagno. Non voleva sprecare munizioni sparando attraverso la vegetazione. Il secondo uomo continuò ad avanzare lentamente verso di lei.

Quando fu a dieci metri di distanza, lei gli sparò diversi colpi. L'ultimo lo prese in pieno petto e l'uomo crollò.

Il primo colse l'occasione per scagliarsi contro di lei. Raven si voltò appena in tempo per vederlo arrivare di corsa attraverso la vegetazione bassa e avventarsi su di lei.

Con la mano libera, gli afferrò il polso della mano che reggeva la pistola, e lui fece lo stesso con lei. Adesso erano stretti in un abbraccio mortale.

Raven era una donna alta e forte, ma anche l'uomo lo era, e aveva una presa d'acciaio. Raven aveva bisogno di un diversivo. Si ricordò dell'albero velenoso lì vicino. Si trovava alla sua destra, a un paio di metri da loro.

Spinse l'uomo di lato, cercando di mandarlo a sbattere contro la pianta. Ma per farlo muovere, doveva spostare il proprio peso, e quel movimento fornì a lui un vantaggio.

L'uomo le spazzò via il piede destro e caddero a terra a pochi centimetri dalle foglie velenose. La pistola le cadde di mano e l'uomo le atterrò addosso.

Raven gli afferrò il braccio con entrambe le mani, ma lui usò tutto il peso del corpo per avvicinare lentamente la pistola alla testa di Raven. Aveva il dito sul grilletto. Ancora qualche secondo e sarebbe stata una donna morta.

Una delle grandi foglie penzolava sopra il suo volto. Era così vicina che Raven riusciva a distinguere la peluria che la ricopriva.

Mollò una ginocchiata all'uomo, facendolo ribaltare in avanti di quel poco perché la sua faccia sfregasse contro la foglia.

Lui lanciò un urlo agghiacciante e balzò in piedi artigliandosi il volto con le mani, in preda al dolore.

Raven rotolò su se stessa e raccolse la pistola. Prima che l'uomo potesse concentrarsi di nuovo su di lei, mise fine alle sue sofferenze con un colpo in mezzo alla fronte.

Facendo attenzione a restare lontana dalle foglie velenose, saltò in piedi e corse verso il sentiero all'inseguimento di MacD.

Più avanti, tra gli alberi, vide la strada. C'erano due Range Rover. I due scagnozzi di Polk stavano legando le mani di MacD dietro la schiena con un cavo di avviamento. Raven alzò la pistola, ma non aveva una buona visuale.

MacD fu fatto salire a forza su una Range Rover con Polk e un altro uomo, mentre l'altro salì sul secondo SUV. Partirono proprio mentre lei raggiungeva la strada. Sparò due colpi prima che la pistola si scaricasse. La Range Rover sparì dietro la curva sgommando. Se il suo senso dell'orientamento era giusto, Polk sarebbe passato davanti ai loro veicoli parcheggiati.

«Presidente» disse Raven nell'auricolare. «Polk ha preso MacD. Sono fuggiti a bordo di due Range Rover e stanno venendo verso di voi.»

54

Juan fece uno scatto per tornare sulla strada, lasciando indietro Renee e Parsons.

«Gomez, mi ricevi?» disse mentre correva.

«Sono qui, Presidente.»

«A che punto sei?»

«Sto facendo rifornimento. Posso essere pronto a decollare tra dieci minuti.»

«Cosa sta facendo il jet privato?»

«Sta rullando verso la pista.»

«Riesci a bloccarlo?»

«Cioè impedirgli di decollare?» chiese Gomez.

«Sì, con il convertiplano.»

«Dipende da quanto dovranno aspettare una volta arrivati in fondo alla pista. Ci sono quasi.»

«Non decolleranno ancora» disse Juan. «Fa' tutto quello che puoi.»

Corse fuori sulla strada, con le spalle rivolte alla passerella per i granchi e vide le due Range Rover venire a tutta velocità verso di lui. Estrasse la pistola. MacD era sul sedile posteriore di uno dei due SUV, quindi la sua migliore possibilità sarebbe stata di eliminare i conducenti quando gli fossero passati davanti.

Si fermò dietro la Mercedes di Renee e mirò al guidatore del primo veicolo. Da quella distanza non riusciva a vederlo in volto, e neanche a capire su quale SUV si trovasse MacD, quindi avrebbe dovuto stare molto attento. Non poteva rischiare di colpire MacD.

Le Range Rover si avvicinarono ad alta velocità, una incollata all'altra. Quando il SUV di testa si avvicinò, Juan vide che alla guida non c'era Polk, ma un asiatico. Mirò e fece partire tre colpi in rapida successione.

Uno dei proiettili colpì il guidatore, facendo uscire di strada la Range Rover. Nello stesso istante Juan riconobbe Polk alla guida del secondo veicolo. Sparò un colpo mentre il SUV gli sfrecciava davanti, ma mancò il bersaglio. MacD, guardato a vista sul sedile posteriore da un altro uomo, fece una smorfia.

La prima Range Rover, con il guidatore morto, andò a sbattere contro un'estremità della passerella, sradicandola dalla base, e si ribaltò tra gli alberi.

La passerella, sostenuta solo su un lato, crollò proprio mentre il veicolo di Polk le passava sotto. Si adagiò ad angolo sulla carreggiata, riducendo lo spazio utile a poco più di un metro in altezza, decisamente troppo poco per permettere alla Mercedes Classe G di passare per inseguire il SUV.

Juan sentì un rombo possente provenire da dietro. Si voltò e vide Renee fermarsi accanto a lui alla guida della Jaguar bassa e affusolata.

« Salti su » gridò lei indicando uno stretto varco sotto la passerella crollata. « Possiamo farcela. »

« Non posso chiederle di... »

« Ci vorrà il doppio del tempo a intercettarli dall'altra parte con la Mercedes » gridò Parsons, correndo per raggiungerli. « E tu sei armato. Non è facile contraddirla, credimi. »

Juan non discusse oltre. Saltò a bordo scavalcando la portiera e la Jaguar partì prima ancora che lui si fosse seduto.

Renee diede tutto gas e parve che l'auto sportiva fosse sparata da un cannone. Infilò la Jaguar con precisione sotto ciò che restava del ponte quindi pestò sull'acceleratore nella speranza di sorpassare la Range Rover.

« Quanti percorsi diversi ci sono per raggiungere l'aeroporto da questa strada? »

«Solo due, ma di certo non prenderanno la via panoramica che segue la costa.»

La lancetta del tachimetro stava già toccando i centoquaranta. A quella velocità ci sarebbero voluti pochi minuti per attraversare la piccola isola.

«Grazie per il suo aiuto» gridò Juan mentre inseriva un caricatore nuovo.

«Non permetta che la facciano franca dopo aver danneggiato la nostra isola.»

La Jaguar affrontò una curva facendo fischiare le gomme e imboccò un lungo rettilineo. La Range Rover si trovava a sette, ottocento metri da loro. Renee cambiò abilmente marcia portando la Jaguar a oltre centosessanta chilometri orari.

Juan non poteva sparare attraverso l'abitacolo, col rischio di colpire MacD, quindi avrebbe dovuto mirare a un pneumatico. Avrebbe rallentato Polk quel tanto da permettere a Eddie e agli altri di intercettarli.

Ma la Range Rover di Polk fu comunque costretta a rallentare da un altro veicolo più lento, e la Jaguar ridusse la distanza. Erano ormai abbastanza vicini quando l'uomo seduto dietro con MacD cominciò a sparare contro di loro.

MacD si scagliò contro l'uomo, impedendogli di prendere la mira, quindi Renee riuscì a evitare i proiettili con facilità. Juan si sporse di lato e mirò accuratamente al pneumatico posteriore destro della Range Rover. Sparò e vide uno sbuffo dalla gomma. Il colpo era andato a segno.

Ma non successe nulla. Il pneumatico non si lacerò, non si sgonfiò.

«Eppure l'ha colpito» disse Renee stupita. «Perché non ha funzionato?»

«Deve avere dei runflat» disse Juan. «Non possiamo fermarli prima che arrivino all'aeroporto. La nostra unica possibilità è impedire all'aereo di decollare.»

«Posso speronare il carrello d'atterraggio, se necessario.»

A Juan era rimasto mezzo caricatore. «Speriamo non sia necessario.»

Arrivarono alla fine del rettilineo.

«L'ingresso dell'aeroporto è un chilometro dietro questa curva» annunciò Renee.

Ma invece di prendere la strada a sinistra, la Range Rover sterzò bruscamente a destra, sfondando una recinzione e prendendo una strada sterrata.

«Cosa c'è là dentro?» chiese Juan.

«Una vecchia miniera di fosfati. Inutilizzata da quando è stato costruito l'aeroporto.»

Juan ricordava di averla vista dall'alto mentre atterravano, quella mattina.

«La miniera si trova in fondo alla pista. Li segua.»

Renee imboccò la strada sterrata invasa da una nuvola di polvere sollevata dalla Range Rover. Continuò a seguirla per alcuni tornanti finché la strada non divenne poco più di una pista rocciosa per mezzi pesanti. Non c'era modo che la vecchia Jaguar potesse percorrerla.

Renee si fermò. Attraverso la polvere videro un sentiero dove la vegetazione bassa era stata appiattita dalla Range Rover. Juan saltò giù e lo imboccò correndo.

Sbucò dall'altra parte e vide il jet privato che attendeva con i motori accesi in fondo alla pista, un centinaio di metri più avanti. La Range Rover si fermò di colpo accanto all'aereo e MacD venne trascinato fuori e spinto brutalmente su per la scaletta da Polk e dal suo scagnozzo. In lontananza, accanto al terminal dell'aeroporto, le eliche del convertiplano stavano girando, ma ci sarebbero voluti parecchi secondi prima che fossero completamente a regime per il decollo.

Il portello del jet si chiuse e i motori gemelli emisero un sibilo mentre raggiungevano la piena potenza. Juan corse attraverso l'erba, troppo lontano per poter fare un tiro decente. Prima che riuscisse ad avvicinarsi, il jet rullò lungo la pista, lasciandosi dietro la Range Rover. Decollò e puntò verso est. Juan rimase a osservarlo mentre spariva dentro un banco di nuvole.

Quella mattina, quando il convertiplano era arrivato, la sua squadra era di buon umore. Si aspettavano di trovare l'ingrediente essenziale per curare Murph e le altre persone che erano rimaste paralizzate. Ora non solo avevano perso la migliore occasione per trovare un antidoto, ma avevano anche perso MacD.

Ma Juan non era tipo da arrendersi facilmente, e aveva ancora motivo di sperare. A tutti i membri dell'equipaggio dell'*Oregon* erano stati impiantati dei localizzatori GPS nelle cosce proprio per eventualità come quella. Quando veniva attivato, il minuscolo chip trasmetteva un segnale di posizione ogni minuto.

Avrebbero saputo con certezza dove Polk stava portando MacD.

55

Quando il Gulfstream raggiunse la quota di crociera, un cinese stava fasciando il braccio ferito di MacD mentre Polk gli teneva puntata addosso una pistola. Completata la fasciatura, gli legarono di nuovo le mani dietro la schiena e Polk disse qualcosa in mandarino al paramedico. MacD fletté i muscoli del braccio e trasalì per il dolore, ma aveva passato di peggio.

«Molto gentile da parte vostra ricucire il vostro ostaggio» disse MacD. «E già che ci siete, gradirei anche un Mimosa e un paio di Vicodin.»

Polk mise via la pistola e si rilassò sul sedile di fronte a lui. «Dice che il proiettile ha attraversato il muscolo della spalla. Avrai bisogno di punti quando arriviamo a destinazione. Nel frattempo, però, non volevo che mi allagassi di sangue l'aereo.»

MacD guardò fuori dal finestrino, ma vide solo acqua. A giudicare dalla posizione del sole erano diretti a est.

«E quale sarebbe la nostra destinazione?»

«Una località remota.»

«Ci seguiranno.»

Polk scosse la testa, sorridendo. «No. Non con il transponder dell'aereo spento.» Si sporse in avanti. «Il che mi porta alla prima domanda. Chi sei e per chi lavori?»

MacD fissò Polk riflettendo su come rispondere. Sapeva che l'*Oregon* lo stava seguendo, quindi doveva restare vivo abbastanza a lungo da permettere che arrivassero a salvarlo. E ora che l'ingrediente segreto dell'antidoto era stato distrutto, l'unica possibilità per curare Murph era che la Corporation trovasse Jin e Polk nella speranza che i due se ne fossero fatti una scorta.

Quando la pausa durò troppo a lungo, Polk disse: «Ti abbiamo medicato la ferita, ma questo non significa che non ricorrerò alla tortura per scoprire quello che voglio sapere».

«Non servirà a molto» disse MacD. Nella sua mente stava prendendo forma una tattica dilatoria.

«E perché no? Perché sei un duro?»

«Sono un duro, ma la tortura può piegare chiunque. No, è che sono andato a scuola dai Ranger e ho imparato che una persona sottoposta a tortura direbbe qualunque cosa pur di farla smettere. Non puoi essere certo che sia la verità.»

«Sono disposto a rischiare.»

«Quello che sto dicendo è che sono felice di dirti quello che vuoi sapere. Il mio nome è MacD Lawless e lavoro per un'organizzazione chiamata The Corporation.»

Nel sentire quelle parole, Polk ridacchiò. «Potresti essere più preciso?»

«No. Il nome è quello. È volutamente vago perché siamo mercenari.»

«Non lavorate per il governo americano?»

«Lavoriamo per chiunque ci paghi.»

«Allora, chi vi paga per interferire con le nostre operazioni?»

Quello era il momento in cui MacD doveva fare molta attenzione. Una buona bugia non si discostava mai troppo dalla verità, e lui stava per spararla grossa.

«Interferire? Noi vogliamo che riusciate nel vostro intento.»

«Cosa stai dicendo? Sono giorni che ci create problemi. La fabbrica a Nhulunbuy, la battaglia tra il *Marauder* e la *Norego*, l'isola di Natale.»

«Tutto parte da Lu Yang.»

Polk strinse gli occhi. «Cosa intendi dire?»

«Lu era un trafficante d'armi, tra le altre cose. Voi avete il gas Enervum per gentile concessione di Lu. Dico bene?»

« E allora? »

« Allora siamo stati ingaggiati da uno dei suoi concorrenti per trovare la formula in modo che voi non abbiate l'esclusiva. »

« Ma hai appena detto che volete che riusciamo nel nostro intento. »

« Scoperto che esisteva un antidoto, abbiamo pensato che potesse valere più dell'arma. Così, da allora ci siamo impegnati a ricrearlo. E se portate a termine altri attacchi, l'antidoto varrà di più. »

Polk sembrava dubbioso. « Dunque cercavate l'antidoto per venderlo? »

« Certo. Noi lo facciamo per i soldi. »

« Come faccio a sapere che non lavorate per le autorità? »

MacD emise un sospiro esasperato. « Hai forse visto dei militari o delle forze di polizia durante i nostri scontri? Noi ci teniamo alla larga da loro quanto voi. »

Polk esitò. Stava riflettendo sulla storia di MacD. « Non sono convinto. Dammi qualcosa di concreto. »

« D'accordo » disse MacD. « Hai visto la nostra nave, giusto? Cosa vuoi sapere sul conto della *Norego*? »

« Come è armata? »

MacD cominciò dalle armi che April Jin aveva sicuramente visto durante il combattimento. « Laser antiaereo, cannoni Gatling, vernice controilluminante. » A queste aggiunse delle attrezzature presenti sulla precedente versione dell'*Oregon*. « Un cannone da centoventi millimetri, siluri, missili antinave. Non è una semplice nave corsara. È una nave da guerra. »

« Costruita dagli americani. »

« Niente affatto. Costruita appositamente per noi in una base navale di Vladivostock sotto l'ammiraglio Yuri Borodin. Purtroppo, Borodin è morto per cui non può confermarlo. »

Era tutto vero, ma non per la versione dell'*Oregon* contro cui Jin aveva combattuto. Era la nave precedente a essere stata costruita in Russia.

«Cosa sapete della nostra operazione?» chiese Polk.

«Sappiamo che avete moltissimo gas. Abbiamo estorto l'informazione a Bob Parsons.»

«Come facevate a sapere della fabbrica?»

«Abbiamo dei bravi informatici. Sono riusciti a collegare la Alloy Bauxite a Lu.»

«Cosa sapete dei nostri piani futuri?»

MacD si strinse nelle spalle. «Non conosco il vostro obiettivo. Io sono solo un pesce piccolo. A me non dicono proprio tutto.»

«Se non avete l'antidoto, perché volete che la nostra operazione riesca?»

«Perché abbiamo la formula dell'antidoto. Può valere qualcosa sul mercato nero. Sono certo che il mio capo sarebbe felice di fare un accordo con voi. Voi fate quello che dovete fare, noi vi mettiamo in contatto con le persone giuste e ci prendiamo una commissione sulle vendite. Potrebbe persino essere disposto ad aiutarvi a portare a termine la vostra missione, per il giusto prezzo.»

«Come faccio a mettermi in contatto con lui?»

«Mi porti dove siamo diretti, mi ricuci, mi dai un pasto caldo e io ti dirò chi chiamare.»

«Dammi un nome.»

«Questo non posso farlo. Puoi chiamarlo Presidente.»

«E se non vuole fare l'accordo?» chiese Polk.

«Non ti avrei raccontato tutto questo se non pensassi che è interessato» ribatté MacD, sapendo quanto dipendeva dal fatto che Polk credesse alla sua storia. «Se mi sbaglio, non ti servirò più.»

Polk annuì. «Di tutto quello che hai detto, questa è l'unica cosa di cui sono certo.»

56

L'incendio e i morti suscitarono molto scalpore sulla piccola isola di Natale, ma Renee LaBelle riuscì a convincere le autorità che Juan e la sua squadra erano suoi amici e che il loro arrivo subito prima di quel finimondo era una semplice coincidenza. Visto che i cadaveri sembravano essere di nazionalità cinese e che il loro jet era decollato senza permesso dopo aver abbandonato un veicolo sulla pista, la polizia locale aveva già il suo bel daffare a indagare in altre direzioni.

All'aeroporto, Juan disse addio a Renee e Bob Parsons. Il resto della squadra era arrivato con la Mercedes e ora aspettava a bordo del convertiplano.

«Grazie per l'aiuto» disse Juan a Parsons. «Sicuro di non volere un passaggio da qualche parte?»

Parsons guardò Renee e scosse la testa. «Ho lasciato delle cose in sospeso qui. E poi, al momento non saprei dove andare.»

«Cercheremo altre palme di Rand» disse Renee. «Sono rare, ma se ne troviamo qualcuna con le noci, sappiamo come metterci in contatto con voi.»

«Mi dispiace per MacD» disse Parsons. «Spero che riusciate a liberarlo.»

«Anch'io» disse Juan. «E mi dispiace per i danni all'isola.»

«Fortunatamente non è la stagione secca, quindi l'incendio è già spento» rispose Renee. «La terra guarirà, come fa sempre. Si parlerà a lungo di questa storia, negli anni a venire.»

Juan si congedò e rimase a guardare Renee e Parsons che andavano verso il parcheggio mano nella mano.

Si diresse verso il convertiplano e non appena fu a bordo Gomez decollò.

Raven, Linc e Eddie non sembravano avviliti. Erano furiosi.

«È colpa mia se hanno preso MacD, Presidente» disse Raven. «Avrei dovuto vedere quel tizio che si avvicinava.»

«Non è colpa di nessuno, a parte Polk» disse Juan. «Concentriamoci sul riportarlo a casa. Polk lo ha preso perché vuole informazioni su di noi o perché vuole usarlo come merce di scambio. Questo significa che lo terrà in vita almeno per un po'.»

«Allora dobbiamo agire in fretta.»

«Qualche idea su dove lo stiano portando?» chiese Eddie.

«Lo sapremo presto. E a quel punto dovremo escogitare un piano per liberarlo.»

«E l'antidoto?» chiese Linc. «Tutte le noci sono bruciate nell'incendio. Se il termine ultimo per utilizzare l'antidoto è corretto, a Murph e agli altri resta poco tempo.»

«Io credo che ci sia ancora speranza. Jin e Polk avevano la formula dell'antidoto per una ragione. Forse ne hanno prodotto un certo quantitativo loro stessi. Vi suggerisco di mangiare qualcosa e dormire un po' durante il volo. Da qui a Capodanno potremmo essere piuttosto impegnati.»

Juan prese un paio di sandwich da un frigorifero portatile e andò nella cabina di pilotaggio. Ne porse uno a Gomez, che aveva già impostato il pilota automatico.

«Grazie, Presidente» disse Gomez. «Vorrei tanto essere riuscito a muovermi e a fermare quel Gulfstream prima che decollasse.»

«Avrebbe potuto non funzionare comunque. Vista la devastazione che Polk si lascia dietro ovunque vada, non si può sapere come avrebbe potuto reagire.»

Juan indossò le cuffie e chiamò Max per aggiornarlo su quanto era successo sull'isola di Natale.

Quando ebbe finito, Max disse: «Sarà dura dire a Murph che non abbiamo le noci per l'antidoto».

«Se riusciamo a trovare Jin e Polk potrebbe esserci ancora una possibilità. Visto che sapevano esattamente dove si trovavano gli alberi, è possibile che abbiano prodotto un po' di antidoto per se stessi.»

«Allora dobbiamo prenderli vivi.»

«Il piano è questo» confermò Juan. «E ora potremmo avere un modo per trovarli. Ricevi qualche segnale dal localizzatore di MacD?»

«Sì. È diretto a est sul mar di Timor. Potrebbe persino passare sopra di noi.»

«Non li prenderemo mai. Il Gulfstream è due volte più veloce del convertiplano. Dove vi trovate ora?»

«Abbiamo saputo che un trimarano è transitato attraverso lo stretto di Torres sulla punta settentrionale del Queensland, quindi proseguiamo in quella direzione. Siamo quasi arrivati, ma ovviamente il *Marauder* se ne sarà già andato. Potrebbe trovarsi già in mezzo al Pacifico, oppure diretto a nord verso le Filippine.»

«Tutte le loro operazioni sono concentrate in Australia, quindi suppongo che resteranno nelle vicinanze.»

«Mancano solo tre giorni alla vigilia di Capodanno» disse Max. «Secondo te qual è il loro obiettivo?»

«Questa è la domanda da un milione di dollari. Ed è un altro motivo per cui Jin e Polk ci servono vivi. Se riusciamo a catturarne almeno uno, possiamo costringerlo a dirci dove è diretto il gas Enervum e come intendono usarlo.»

«Sarebbe utile conoscere il vero nome della *Shepparton*.»

«Ho chiesto a Lang di tenere occhi e orecchie aperti su quel fronte.»

Langston Overholt sarebbe stato in grado di informarli se su un qualunque canale comunicativo fossero comparse parole chiave che potevano portare a indizi utili sulla nave mercantile.

«Dunque non abbiamo niente su cui lavorare a parte il localizzatore GPS di MacD» disse Max, dando voce a tutta la sua frustrazione.

«Abbiamo quel numero satellitare che Linda ha usato per chiamare Jin» disse Juan. «Hai chiesto a Eric, Murph e Sylvia di vedere se riescono a rintracciarlo?»

«Ci hanno provato, ma è stato un buco nell'acqua. Il segnale viene instradato attraverso una decina di satelliti, e questo rende impossibile risalire all'utente finale.»

«Non ti preoccupare» disse Juan. «Se conosco MacD, in questo momento starà sfinendo Polk con una delle sue storie assurde. Prima o poi, saranno loro a chiamare noi.»

57

Isola di Marwood, Queensland

Mentre riportava il *Marauder* al suo porto d'origine, Jin era felice di tornare finalmente alla base che Lu aveva scelto per il trimarano. Non solo sarebbe riuscita a ultimare le riparazioni al cannone al plasma che avevano già iniziato in mare, ma avrebbe finalmente rivisto suo marito, che era arrivato il giorno prima con il loro prigioniero.

Situata vicino alle isole Whitsunday davanti alla costa centrale del Queensland, Marwood ospitava una base navale abbandonata della Seconda guerra mondiale che Lu aveva ristrutturato dopo aver acquistato la proprietà. La forma dell'isola ricordava la testa di Topolino, con un porto circolare dove avrebbe dovuto trovarsi la bocca e un passaggio stretto verso l'oceano al posto del mento.

La posizione era ideale per via del tempo buono tutto l'anno e del mare calmo, protetto dalla grande barriera corallina. Nonostante l'isola fosse in gran parte montuosa, c'era spazio sufficiente per la pista d'atterraggio ripristinata che si estendeva attraverso le colline sulla guancia sinistra di Topolino. Un'estremità terminava sul mare, l'altra vicino al molo. Un gruppo di edifici di cemento posizionati dove avrebbe dovuto trovarsi il naso ospitava il quartier generale e gli impianti. Le orecchie erano picchi coperti di alberi di eucalipto e araucarie.

Il Gulfstream era parcheggiato in fondo alla pista. Uomini in sella a dei quad trainavano attrezzature verso il molo per completare le riparazioni sul trimarano.

Dopo aver ormeggiato il *Marauder*, Jin chiese dove poteva trovare Polk. Fu indirizzata all'edificio principale.

Lo trovò dentro, alla scrivania, intento a osservare un laptop con la schiena rivolta alla porta. Jin si appoggiò allo stipite della porta.

«Sei così occupato da non poter venire ad accogliere tua moglie che torna trionfale?»

Lui si voltò e sorrise nel vederla, avvicinandosi per darle un bacio.

«Stavo controllando il meteo di Sydney per domani sera. Caldo e asciutto. Perfetto per l'operazione.»

«Rathman è già sul posto?»

«La *Centaurus* dovrebbe arrivare stasera.»

«Spero che questa volta porterai con te qualche granata al gas Enervum, per ogni evenienza.» Avevano testato le granate sugli scienziati alla fabbrica di Nhulunbuy e le avevano trovate efficaci.

«Ci sarebbero state utili sull'isola di Natale» disse Polk. «Ne caricherò qualcuna sull'aereo. Secondo te qual è il piano di Lu per convincere gli australiani a far entrare un milione di cinesi così in fretta?»

«Probabilmente ha impostato altri meccanismi per scatenare reazioni opportune alle notizie sull'attacco. Ma non è un problema nostro.»

«Mi chiedo quali conseguenze abbiano avuto gli attacchi sul patrimonio di Lu.»

«Diamo un'occhiata.»

Avevano entrambi memorizzato la password, ma il numero di conto era così lungo che Polk dovette copiarlo dalla app di note sul cellulare. Digitò le informazioni sulla piattaforma online della criptovaluta.

«Il saldo è arrivato a novecentottanta milioni» disse Polk.

«Potrebbe salire ancora dopo l'attacco» osservò Jin. «Dopo

gli attentati terroristici la gente toglie i soldi investiti sul mercato azionario e deve pur metterli da qualche parte.»

«E se così non fosse, abbiamo l'antidoto sul Gulfstream come riserva.»

«Questo MacD... hai scoperto qualcosa sul suo conto?» chiese Jin.

«Ho avuto la conferma che era davvero un ranger dell'esercito americano.»

«Voglio parlargli prima di chiamare il suo Presidente.»

«È giù nel rifugio antiaereo. Lo faccio portare su.» Polk chiamò due dei suoi uomini perché andassero a prenderlo.

«Quando parti per Sydney?» chiese Jin.

«Tra qualche ora» rispose Polk. «Vorrei tanto che potessimo partire insieme.»

«Anch'io, ma devo ultimare queste riparazioni per poter salpare entro stasera. Voglio arrivare al porto di Sydney in tempo per vedere i fuochi d'artificio.»

Il piano prevedeva che Polk la precedesse e portasse a termine i preparativi sulla *Centaurus*. Dopo che il gas fosse stato liberato, sarebbe salito sul *Marauder*.

«E l'antidoto?» chiese Jin.

«Non so se credere alla storia di questo tizio. Potrebbe essere meglio dividere le dosi. Ne porterò metà con me sulla *Centaurus* e l'altra metà la caricheremo sul *Marauder*.»

«Mi sembra saggio.»

Jin si voltò quando un uomo straordinariamente bello con una fasciatura sporca di sangue sulla spalla sinistra venne scortato dentro la stanza. Lei fece un cenno col capo e le due guardie lo fecero sedere su una sedia.

«Tu devi essere MacD» disse Jin.

«Il solo e unico.»

«Il tuo capo ha cercato di mettersi in contatto con me.»

«Lo avevo detto a tuo marito che avrebbe cercato un accordo con voi.»

« Per lasciarci in pace? »

MacD scosse la testa. « Non siamo dei mafiosi che gestiscono un racket, soldi in cambio di protezione. Il Presidente ha contatti in tutto il mondo. Può creare un mercato per voi. »

« Un mercato per cosa? »

MacD si strinse nelle spalle. « Armi al plasma, gas Enervum, l'antidoto. Qualunque cosa abbiate da vendere. »

« Vedremo. »

Jin tirò fuori il telefono satellitare.

« Hanno bloccato il numero dopo che ho parlato con la comandante Linda, due giorni fa. Come faccio a mettermi in contatto col tuo Presidente? »

MacD le diede il numero.

« Lo metto in vivavoce » disse Jin, guardando MacD. « Se dici una parola senza la mia autorizzazione ti uccido. Hai capito? »

« Non potevi essere più chiara di così » rispose MacD.

Jin compose il numero.

« Parlo con April Jin? » rispose una voce.

« Sì, sono io. Parlo con il Presidente? »

« In persona. »

« Il suo uomo qui, MacD, dice che lei potrebbe essere interessato a una proposta. »

« Sentiamo. »

« Prima di cominciare, io non faccio affari con nessuno se non conosco il suo nome. »

« Juan Cabrillo, comandante della *Norego.* »

« Mi dica, Juan, perché ci date la caccia? »

« Cosa le fa pensare che stiamo dando la caccia a voi? »

« Allora perché continuiamo a incontrarci? »

« Voi avete qualcosa che noi vogliamo. »

« L'Enervum? » chiese Jin.

« E anche l'antidoto. Ovviamente, non siamo riusciti a mettere le mani né sull'uno né sull'altro. »

«MacD sostiene che lei può creare un mercato per i nostri prodotti.»

«Si potrebbero vendere a un prezzo elevato sul mercato nero» disse Cabrillo. «Ovviamente, saranno difficili da movimentare senza attirare attenzioni indesiderate.»

«È un pensiero curioso. Senta, ci aspettano un paio di giornate piuttosto impegnative. Perché non ci risentiamo nell'anno nuovo e parliamo dell'accordo?»

«E il mio uomo?»

«Resterà con noi. Non so quanto tenga a lui, ma non guasta avere un ostaggio per essere sicuri di ottenere un accordo equo. Se vi mettete di nuovo in mezzo lo uccidiamo. Bye-bye.»

Jin riattaccò.

«Ve l'avevo detto» disse MacD con un sorriso.

«Aspetta a rallegrarti» disse Polk. «Il comandante Cabrillo deve mantenere fede alla parola data se vuole che tu lasci quest'isola.» Fece cenno alle due guardie perché riportassero MacD nella sua cella.

«Lo farà, lo farà» disse MacD, voltandosi appena mentre lo portavano fuori. «Ve lo garantisco io.»

58

Otto ore dopo che Juan aveva parlato al telefono con Jin, l'*Oregon* si avvicinò a Marwood Island da nord, guidata dal localizzatore GPS di MacD. Juan temeva che il segnale ricominciasse a muoversi rapidamente, segno che lui si trovava di nuovo su un aereo. Ma non aveva lasciato l'isola. Anzi, ora non ricevevano più alcun segnale, il che significava che probabilmente era rinchiuso in un locale sotterraneo o in una stanza schermata del gruppo di edifici che avevano visto sull'immagine satellitare e che costituivano la vecchia base risalente alla Seconda guerra mondiale.

Non potevano fare una ricognizione e non esistevano progetti di quel periodo per ricostruire la disposizione degli edifici, quindi avevano bisogno di informazioni in tempo reale. Dalla sua poltrona nel centro operativo, Juan osservava lo schermo principale su cui arrivavano le immagini trasmesse da un drone che Gomez stava facendo volare basso sopra gli alberi per evitare di essere scoperto. Aveva una vista laterale del porto.

«Ecco il *Marauder* attraccato al molo» disse Sylvia dalla postazione di controllo dei sistemi d'arma. Negli ultimi giorni, Murph l'aveva addestrata all'uso delle varie armi dell'*Oregon* perché prendesse il suo posto visto che erano a corto di personale e, come previsto, lei aveva già imparato i primi rudimenti necessari a far funzionare il cannone a rotaia e il laser.

«Ma non c'è traccia del Gulfstream» disse Murph dalla sua sedia a rotelle posizionata accanto a Sylvia.

Eric, che era al timone, rispose: «Significa che Polk se n'è andato? È lui quello che lo usava per spostarsi».

«A noi basta anche solo uno dei due» disse Juan. «Gomez, passa alla telecamera a infrarossi e vedi se il *Marauder* è caldo.»

Lo schermo passò a una visione in bianco e nero. Due sezioni del trimarano si illuminarono di bianco.

«Il punto caldo a centro nave dev'essere il cannone al plasma pronto a sparare» osservò Sylvia.

«E quello a poppa dev'essere il motore» disse Eric. «Si direbbe che non hanno intenzione di fermarsi a lungo.»

«Allora abbiamo ancora una possibilità di catturare April Jin» disse Juan. «Dobbiamo supporre che sia lei a comandare il *Marauder.*»

Appena saputo che la loro destinazione era l'isola di Marwood, avevano messo a punto un piano in due tempi. La prima parte era il salvataggio di MacD. Max aveva già portato il *Gator* sul lato occidentale dell'isola davanti a una spiaggetta situata tra le orecchie di Topolino. Da lì Eddie avrebbe guidato una squadra composta da Raven, Linda e Linc che doveva arrivare alla base da ovest, proprio al tramonto del sole. Si sarebbero introdotti nell'edificio in cui era trattenuto MacD, lo avrebbero liberato ed esfiltrato per la stessa strada da cui erano venuti prima che qualcuno si accorgesse della loro presenza.

Nella seconda fase dell'operazione, Juan avrebbe attirato Jin e il *Marauder* fuori dal porto, dove l'*Oregon* avrebbe avuto poco spazio di manovra. Una volta che il trimarano avesse lasciato le acque sicure del porto, Sylvia lo avrebbe messo fuori uso con il cannone a rotaia, quindi avrebbero costretto Jin ad arrendersi e l'avrebbero interrogata mentre era sotto l'effetto del sedativo. Lei avrebbe detto loro tutto quello che volevano sapere sulla imminente operazione con il gas Enervum.

Erano posizionati all'estremità orientale della pista in modo che le colline impedissero la vista dell'*Oregon* dagli edifici e dal porto.

«Stoney» disse Juan, «preparati a fare il giro fino all'imboccatura del porto.»

« Affermativo » rispose Eric.

Juan sperava che riposizionare l'*Oregon* avrebbe permesso loro di sparare qualche colpo con il cannone a rotaia prima che Jin riuscisse ad azionare il cannone al plasma.

Juan si voltò verso Hali. « Di' a Max di dare inizio all'operazione. »

Eddie, vestito con una mimetica verde foresta come Linda, Raven e Linc, stava facendo fare alla squadra un ultimo controllo dell'attrezzatura quando Max si voltò verso di loro dalla cabina di pilotaggio.

« Juan dice che sono in posizione. Siete pronti? »

Accertatosi che i sistemi di comunicazione funzionavano, Eddie disse: « Portaci dentro ».

Per la riuscita di quella missione era indispensabile arrivare sul posto senza essere visti. La copertura degli alberi terminava a qualche centinaio di metri dagli edifici della base, una superficie aperta piuttosto estesa da attraversare in pieno giorno. Eddie, Linda e Linc erano armati con fucili d'assalto M4 silenziati, ma gli spari avrebbero comunque rivelato la loro presenza all'intera struttura. Avendo usato la maggior parte delle limitate scorte di siero sedativo durante le incursioni sulla *Dahar* e sulla *Shepparton*, avevano a disposizione solo pochi dardi. Linc portava un fucile a dardi invece della pistola. Avrebbe neutralizzato qualunque guardia avessero incontrato prima di arrivare agli edifici. Raven aveva sostituito la pistola con la balestra di MacD.

Una volta che avessero tolto di mezzo le guardie, sarebbe bastato interrogarne un paio per scoprire dove era tenuto prigioniero MacD. La rapidità era essenziale. La sparizione di una guardia avrebbe destato sospetti quanto il rumore di spari.

Max portò il *Gator* il più possibile vicino a riva, accertandosi prima di emergere che non ci fosse nessuno nelle vicinanze che potesse vederli. La squadra sbarcò e coprì a piedi nell'acqua bassa la breve distanza fino a riva. Il *Gator* se ne tornò in acque più profonde e si immerse nuovamente per attendere il loro ritorno.

Il sole cominciava a tramontare dietro di loro. Se avevano calcolato bene i tempi, sarebbe stato difficile vederli uscire dagli alberi.

« Muoviamoci » disse Eddie.

La ricognizione effettuata col drone non aveva evidenziato misure di sicurezza su quel lato dell'isola, ma avanzarono con cautela attraverso la foresta, attenti a non incappare in sensori di movimento o telecamere.

Dalla cresta più alta si dominava tutto il porto. Con un binocolo Eddie studiò i movimenti delle guardie. Nessuna sembrava impegnata in un pattugliamento del perimetro. Anzi, parevano tutte occupate a trasportare attrezzature dagli edifici alla nave. Il clangore metallico e gli ordini urlati in mandarino si levavano verso la collina, portati dall'aria.

« Pare che si stiano preparando a partire » disse Eddie. « Dobbiamo darci una mossa. »

Scesero la collina accelerando il passo e arrivarono alla linea degli alberi più vicina agli edifici, che erano nove in tutto.

Accanto alla costruzione più lontana dal molo c'era un uomo che fumava una sigaretta appoggiato al muro. Se fossero riusciti ad arrivare a una distanza utile per neutralizzarlo, avrebbero avuto via libera per raggiungere gli edifici.

Si spostarono lungo la linea degli alberi fino a un punto da cui Linc aveva una linea di tiro libera per un centinaio di metri. Avvicinò l'occhio al mirino telescopico e prese la mira trattenendo il respiro.

Premette il grilletto e dal fucile uscì uno sbuffo. La guardia si portò le mani al petto nel punto in cui si era conficcato il dardo. La sigaretta gli scivolò dalle dita e lui crollò a terra.

« Andiamo » disse Eddie.

I quattro fecero uno scatto attraverso il terreno aperto, avanzando a coppie. Erano quasi arrivati alla guardia quando un secondo uomo svoltò l'angolo dell'edificio. Teneva in mano un fucile. Aveva sentito un rumore ed era venuto a controllare.

Quando vide i quattro correre verso di lui, alzò l'arma per fare fuoco. Raven si fermò e gli sparò con la balestra. Il dardo trapassò la guancia dell'uomo prima che questi potesse posare il dito sul grilletto.

Linc trascinò il corpo verso la guardia ancora viva, e Eddie gli si inginocchiò accanto.

« Dov'è il vostro prigioniero? » chiese Eddie in mandarino.

« L'americano è nell'edificio principale » biascicò l'uomo, che non riusciva a tenere gli occhi aperti.

« Dove, nell'edificio? »

« Nel bunker sotterraneo. »

Eddie tradusse per gli altri.

« Questo spiega perché non riuscivamo a ricevere il segnale » disse Linda.

« Quante guardie ci sono oltre a te? » chiese Eddie.

« Ventidue » rispose l'uomo. « Alcune sono già sul *Marauder.* »

« Come mai? »

« Non so dove siamo diretti, ma entro quindici minuti lasceremo l'isola. »

59

Le riparazioni al *Marauder* avevano richiesto meno tempo del previsto, e Jin si stava preparando a salpare per non tornare mai più a Marwood. Dopo aver portato a termine la loro missione a Sydney, sarebbero andati all'isola di Hainan nel mar Cinese Meridionale. Il *Marauder* e la sua arma al plasma sarebbero stati consegnati al governo cinese in cambio della protezione da ogni possibile richiesta di estradizione. Jin e Polk avevano già messo gli occhi su una villa da venti milioni di dollari sul mare, nei dintorni di Haikou.

Suo marito era partito con l'aereo dopo pranzo. Le aveva mandato un sms per dirle che era atterrato a Sydney e stava andando sulla *Centaurus*, che era all'ancora vicino a Shark Island, nella parte orientale del porto.

Viaggiando alla massima velocità, Jin aveva in programma di raggiungerlo entro le nove della sera successiva, in tempo per assistere al famoso spettacolo di fuochi d'artificio sparati dall'Harbour Bridge. Nello stesso momento, duecentonovantasei razzi carichi di gas Enervum sarebbero stati lanciati dalla *Centaurus*. Gli occhi della maggior parte delle persone sarebbero stati puntati sul ponte, ma se qualcuno avesse visto la nave cargo lanciare qualcosa avrebbe pensato che fossero fuochi d'artificio.

Completata l'operazione, avrebbe affondato la *Centaurus* usando il *Marauder* e preso il largo. Quando fossero arrivate le autorità da altre parti del paese, lei e Polk sarebbero stati già lontani. Avrebbe caricato la registrazione video del lancio su Internet fugando ogni dubbio sull'accaduto. Le agenzie di tutto il mondo avrebbero parlato della vicenda, sbloccando il conto in criptovaluta.

Jin assaporava già la sua nuova vita. Era impaziente di concludere quella missione.

«In che condizioni è il cannone al plasma?» chiese al suo primo ufficiale.

«Tutti i test sono stati completati» disse lui. «L'arma è perfettamente operativa.»

«Carburante e viveri?»

«Stiamo facendo il pieno. I rifornimenti li stanno caricando.»

«Allora preparati a partire appena sono tutti a bordo» disse Jin. «Manda due uomini a prendere l'americano.»

La cella di MacD era spoglia, ma se non altro il fatto che si trovasse sottoterra la rendeva fresca in quel calore tropicale. Un'unica lampadina illuminava il soffitto, le pareti e il pavimento di cemento.

La pesante porta blindata era chiusa a chiave dall'esterno. Era impossibile aprirla, ci sarebbe voluta una fiamma ossidrica.

I punti sotto la medicazione gli prudevano. Erano stati applicati con del filo nero e spesso da un tizio che sembrava sapere il fatto suo. Non era un brutto lavoro, ma gli sarebbe rimasta una bella cicatrice frastagliata perfettamente in tono con le molte altre che già aveva.

Se ne stava appoggiato alla parete, cercando di non muovere il braccio che ora gli doleva. Sarebbe stato bello avere una fascia per tenerlo appeso al collo, ma lui si sarebbe accontentato anche solo di un'aspirina.

A parte un po' d'acqua e una ciotola di noodle, non aveva mangiato altro da quando aveva lasciato l'isola di Natale, e gli brontolava lo stomaco. Ma nonostante tutto, quella non era la peggiore esperienza di prigionia. L'Afghanistan era stato molto peggio.

Nella tromba delle scale, fuori, sentì le voci di due cinesi che parlavano tra di loro scendendo. Un tintinnio di chiavi. Stavano venendo a prenderlo. Che fosse per ulteriori negoziazioni, per spostarlo, o per giustiziarlo, lui non ne aveva idea.

MacD si alzò in piedi facendo una smorfia di dolore per il risentimento alla spalla. Sentì la chiave che veniva inserita nella toppa.

Poi due tonfi. Sembrava che gli uomini fossero caduti.

Qualche istante dopo la chiave girò. La porta si aprì e comparve Raven con due guardie morte ai piedi, una con un dardo di balestra nel collo, l'altra con un coltello conficcato nella schiena. Raven teneva tra le braccia la sua balestra.

«Ah, mi hai portato un regalo» disse lui. «Non avresti dovuto.»

«Infatti non l'ho fatto» rispose Raven, estraendo il coltello dalla schiena del morto e pulendolo. «Adesso capisco perché ti piace così tanto. Potrei decidere di tenermela.»

«Dovrai passare sul mio cadavere. Dammela.»

Lei accennò con il capo alla sua spalla. «Cosa pensi di fare? Usarla con una mano sola?» Prese la pistola di una delle due guardie e gliela porse.

MacD la prese con un sospiro. «Dovrò accontentarmi di questa, suppongo.» Eddie e Linda entrarono dietro di lei e Raven restituì a Eddie il suo coltello da lancio. «È un piacere vedervi tutti qui» disse MacD. «Ovunque sia qui.»

«Isola di Marwood» disse Linda. «Siamo vicini alla Grande barriera corallina.»

«Stai bene?» chiese Eddie, vedendo la sua ferita.

«Vorrei un po' d'acqua» disse MacD.

Linda gli porse la sua borraccia. Lui trangugiò metà del contenuto in due sorsate, mentre Eddie e Raven trascinavano i corpi delle due guardie dentro la cella.

«Come va il braccio?» chiese Linda.

«Credo che per un po' non prenderò in mano una mazza da golf, ma non fa poi così male, considerato che mi hanno sparato. Tutti gli altri sono riusciti a venir via dall'isola di Natale?»

Raven annuì e richiuse la porta della cella alle loro spalle. «Nessun ferito a parte te. Credo che tu volessi solo fare la parte della damigella in pericolo.»

«Calunnie. La prossima volta starò attento a schivare il colpo.»

«Andiamocene da qui» disse Eddie, facendo strada su per le scale. «Te la senti di fare una camminata con noi?»

«Certo che sì. L'aria fresca mi farà bene.»

Arrivati in cima alle scale, trovarono Linc che faceva la guardia. Linc lanciò un'occhiata a MacD e disse: «Mi fa piacere vedere che hanno deciso di non rovinare questo tuo bel faccino».

MacD gli rivolse un gran sorriso. «Sei il solito adulatore.»

«Usciremo dal retro» disse Eddie.

Procedettero chini per evitare di essere visti attraverso le finestre. Arrivati sul retro dell'edificio, Eddie aprì piano la porta e guardò fuori.

In quel mentre, qualcuno urlò qualcosa in mandarino qualche edificio più in là.

Eddie scosse la testa e guardò gli altri. «Non credo abbiate bisogno della traduzione per capire che qualcuno ha trovato i corpi...»

Prima che potesse concludere la frase, dei proiettili squarciarono la porta sopra la sua testa. Si gettarono tutti a terra mentre una sirena si metteva a suonare.

60

«Da dove provengono questi spari?» chiese Jin.

«Dall'edificio principale» rispose il primo ufficiale del *Marauder*, che era al telefono. «Un uomo è morto, un altro è fuori combattimento.»

«Sono qui.»

«Chi?»

«Gli uomini di Juan Cabrillo. Manda tutti gli uomini disponibili a cercarli e ucciderli.»

Se erano arrivati fino alla base, la loro nave doveva essere vicina.

«Trasmetti l'ordine e molla gli ormeggi. Presto» disse Jin.

Mentre il primo ufficiale usciva sull'ala di plancia per dare l'ordine di salpare, lei prese il telefono e chiamò il responsabile delle guardie. Doveva sapere se l'uscita del porto era libera, prima di cadere in un'imboscata.

«Manda qualcuno con un quad in fondo alla pista. Assicurati che abbia un telefono per fare una videochiamata. Voglio vedere quello che vede lui.»

«Sì, comandante.»

Un uomo sul molo saltò su un quad e partì a tutta velocità giù per la pista.

Il primo ufficiale corse dentro. «Cavi di ormeggio mollati.»

«Allontaniamoci dal molo.»

I motori del *Marauder* aumentarono la potenza e la nave si mosse.

«Devo uscire dal porto?» chiese il primo ufficiale.

«No. Esci di duecento metri e inverti la rotta.»

«Prego?»

«Fallo e basta.»

Il primo ufficiale trasmise l'ordine al timoniere e il trimarano ruotò all'interno del porto.

«Attiva il cannone al plasma.»

«Qual è l'obiettivo?»

Jin sollevò il binocolo e osservò la polvere che si levava per l'impatto dei proiettili intorno all'edificio centrale dove si trovavano gli uffici. Era quello in cui era tenuto prigioniero MacD. Non riusciva a capire chi stesse avendo la meglio.

«Il nostro obiettivo è la base» disse Jin. «A cominciare dall'edificio principale. Non possiamo permetterci che qualcuno sopravviva.»

«Ma i nostri uomini...» protestò il primo ufficiale.

«Si sacrificheranno per la gloria della Cina.»

Eddie e Linc assunsero una posizione difensiva alla porta d'ingresso, mentre Linda, Raven e MacD si occupavano della porta sul retro. Erano sotto tiro da tutte le direzioni. Se avessero fatto una corsa verso la collina sarebbero stati tutti uccisi.

«Hali» disse Eddie nel microfono molare, «siamo sotto attacco.»

«Riuscite ad arrivare al *Gator*?»

«No, siamo bloccati alla base.»

Due delle guardie corsero verso l'edificio provenienti dal molo, e Linc ne abbatté una. L'altra, però, riuscì a ripararsi dietro l'angolo di un edificio adiacente.

«Cosa stanno facendo?» si chiese Linc a voce alta guardando verso il porto.

Eddie non capì la domanda finché non si voltò e vide il *Marauder* ruotare su se stesso in modo da avere la prua rivolta verso la base.

La canna del cannone al plasma stava ruotando e puntava dritto su di loro.

«Non lo farebbe mai» disse Linc. «Non con i suoi uomini così vicini.»

«Lo farà eccome» ribatté Eddie. «È venuto il momento di andare.»

«Credo che tu abbia ragione.»

Si precipitarono verso il retro dell'edificio. Erano arrivati a metà strada quando uno schianto fortissimo riverberò per la stanza. Linc si tuffò trascinando Eddie con sé. La parte opposta dell'edificio era distrutta e tutto attorno a loro cadevano pezzi di cemento sfrigolanti. Sembrava che un calore impossibile facesse bollire l'umidità dell'aria, saturando la stanza di vapore oltre che di polvere.

Eddie e Linc si rimisero in piedi e ripresero a correre.

«Cos'è stato?» gridò Raven.

«Jin ci sta sparando addosso col cannone al plasma» urlò Eddie di rimando. «Dobbiamo andarcene immediatamente da qui.»

Una seconda esplosione polverizzò la parte anteriore dell'edificio dove lui e Linc si trovavano solo qualche istante prima, riducendola in briciole.

«Dove possiamo andare?» chiese Linda.

«Qualunque altro posto è meglio che qui» rispose MacD.

Eddie indicò un baraccamento a una ventina di metri. Per un attimo il fuoco cessò, concedendo loro qualche istante per fuggire.

Eddie fece un cenno con la testa e tutti si lanciarono verso la porta, con Linc che sparava in una direzione con il fucile d'assalto e Eddie che forniva fuoco di copertura nell'altra. Con la balestra Raven fece fuori un uomo che aveva sporto la testa oltre un angolo, mentre Linda e MacD andarono avanti.

Avevano percorso neppure un quarto della distanza, quando un terzo colpo di cannone al plasma spazzò via quanto restava della struttura che ospitava gli uffici. L'impatto li scaraventò tutti a terra.

Il cannone al plasma cominciò a dilaniare l'edificio degli alloggi, facendolo sistematicamente a pezzi. Il tetto di legno era un inferno di fiamme.

«Torniamo all'edificio principale» urlò Eddie. Forse, se si fossero rifugiati tra le macerie, sarebbero stati risparmiati mentre Jin distruggeva il resto del complesso.

Fecero uno scatto verso l'edificio distrutto, che pareva bombardato dall'artiglieria. Se non altro i blocchi irregolari di calcestruzzo fornivano riparo dalle guardie che continuavano a fare fuoco su di loro.

«Hali, potete darci una mano, per favore?» disse Eddie. «Il *Marauder* sta per polverizzarci.»

61

Ancor prima di ricevere la richiesta d'aiuto di Eddie, Juan aveva ordinato a Eric di portare l'*Oregon* all'interno del porto dell'isola di Marwood. Il drone pilotato da Gomez trasmetteva immagini dall'alto del *Marauder* che sparava sulle strutture della base. Ma con le colline di mezzo non avevano modo di usare il cannone a rotaia contro il trimarano.

«Quanto ci vorrà prima che siamo in posizione per sparare?» chiese Juan.

«L'ingresso del porto è a un minuto» rispose Eric. «Non c'è molto spazio per infilarsi tra quei promontori. Devo allargarmi verso l'esterno per poter impostare una rotta diritta.»

«Preparatevi a sollevare il cannone a rotaia, ma per sparare aspettate il mio ordine.»

Juan si girò verso Sylvia. «Pronta a fare fuoco?»

Lei sembrava tesa, ma annuì. Aveva effettuato solo un paio di tiri di prova in mare per non sprecare le poche munizioni che avevano a bordo. A sentire Max, avevano risolto il problema del surriscaldamento riscontrato a Bali. Presto avrebbero scoperto se aveva ragione.

«Ricordati» disse Murph alla sorella. «Non c'è bisogno di compensare la velocità del bersaglio.»

«Lo so» rispose Sylvia.

Normalmente i pezzi di artiglieria dovevano anticipare il bersaglio se questo era in movimento. Dovevano essere puntati dove si sarebbe trovato l'obiettivo. Ma i proiettili del cannone ipersonico erano così veloci che, a quella distanza, avrebbero raggiunto l'obiettivo quasi all'istante.

«Jin ci serve viva» le rammentò Juan. «Cerca di evitare di distruggere completamente la nave, se puoi.»

«Mirerò alla torretta del cannone al plasma» disse Sylvia. «Ma il *Marauder* si trova tra noi e gli edifici in cui si nasconde la sua squadra. Se sbaglio, il proiettile potrebbe colpire loro.»

«Allora aspetta a fare fuoco finché non sei dentro il porto» disse Juan.

«Ho l'attuale posizione del *Marauder* come riferimento» confermò lei.

Juan si rivolse a Eric: «Portaci dentro il porto, presto».

Jin aveva già fatto strage di metà degli edifici della base quando l'uomo che aveva mandato in perlustrazione col quad la contattò in videochiamata.

«Sono in fondo alla pista» disse. «C'è una nave.»

«Mostramela» disse lei.

Lui girò il telefono. Mare aperto e cielo azzurro. Poi il telefono ruotò ancora fino a inquadrare un oggetto.

Era proprio una nave, una portarinfuse con quattro gru, ma si muoveva alla velocità di un motoscafo.

L'inquadratura si spostò ancora e si vide la terra. Jin la riconobbe come il promontorio del porto.

Corse sull'ala di plancia e guardò verso l'ingresso del porto. Inizialmente non vide nulla. Strinse gli occhi, passando rapidamente dall'immagine sullo schermo del telefono a quello che vedeva oltre la finestratura. All'improvviso vide la nave sbucare da dietro il promontorio e virare verso l'ingresso del porto.

Tornò di corsa in plancia e gridò al primo ufficiale: «Abbiamo un nemico a ore dodici. Gira la nave e preparati a fare fuoco».

«E io?» chiese l'uomo sul quad.

«Torna alla base e aiuta gli altri a uccidere gli intrusi» rispose lei e riattaccò.

«Non ha ancora superato il promontorio» disse il primo ufficiale. «Non riesco ad agganciarla.»

«Allora dovremo mirare manualmente» ribatté Jin. «Lo farò io.»

«Stanno arrivando» disse Juan.

L'agile trimarano stava virando rapidamente, e con esso il cannone al plasma. Ora sarebbe stata una gara a chi avrebbe sparato per primo. L'*Oregon* non era ancora nella posizione giusta per sparare senza rischiare di colpire gli edifici in cui si trovavano Eddie e la sua squadra, ma non potevano più aspettare.

Erano come due corazzate della Prima guerra mondiale in procinto di affrontarsi in un duello mortale.

Juan diede l'ordine. «Sylvia, attiva il cannone a rotaia.»

«Attivato» disse lei.

Il cannone a rotaia si alzò sul ponte di prua e la minacciosa canna nera prese a ruotare appena si trovò fuori dallo scafo.

«Fuoco a volontà» ordinò Juan.

«L'arma è carica» disse Murph.

Juan vedeva il reticolo di mira sullo schermo principale. Era puntato sulla torretta del cannone al plasma, che ora si trovava proprio di fronte a loro.

Un attimo prima che Sylvia facesse fuoco col cannone a rotaia, dal cannone al plasma partì una bordata.

L'anello di plasma colpì lo scafo corazzato dell'*Oregon*, facendo oscillare la nave cosicché il proiettile del cannone a rotaia mancò la torretta. Invece colpì l'area destinata all'equipaggio, mandando in frantumi tutte le finestrature del trimarano, comprese quelle della plancia.

«Continua a sparare» ordinò Juan.

Il secondo colpo di Sylvia sfiorò la torretta e dilaniò la collina dietro la base, abbattendo una decina di alberi.

Il *Marauder* sparò un altro colpo. Questa volta l'anello di plasma si infilò proprio in mezzo a due delle gru, sciogliendo la vernice al suo passaggio.

«Adesso ce l'ho» annunciò Sylvia facendo partire un terzo colpo.

Il proiettile di tungsteno colpì la torretta, provocando un grosso squarcio nel metallo. La canna del cannone al plasma fu strappata via e catapultata in acqua.

Sylvia si appoggiò allo schienale, pensando che la battaglia fosse finita. Eric alzò la mano in aria e lei gli restituì un cinque poco convinto. Dal sintetizzatore vocale di Murph uscì il rumore di una folla esultante.

«Ottimo lavoro» disse Juan a Sylvia. «Ma state all'erta. Il *Marauder* potrebbe cercare di speronarci. È l'unica mossa che gli è rimasta.»

«Non si preoccupi» rispose Sylvia. «Credo di aver capito come funziona quest'affare. Non si avvicineranno.»

Con i comandi inseriti nel bracciolo della poltroncina Juan puntò la telecamera esterna sulla plancia del *Marauder*. Voleva vedere in faccia il nemico.

Ma quando la telecamera ingrandì l'immagine, non vide nessuno. Poi una persona entrò barcollando nell'inquadratura.

La persona si voltò lentamente verso l'*Oregon*. Era April Jin. Aveva il lato sinistro del volto coperto di sangue.

«È lei» disse Sylvia a denti stretti. «Quella è la donna che ha affondato la mia nave e paralizzato Mark.»

Juan si girò verso Hali. «Chiamali con la radio. Di' a Jin di arrendersi o li distruggeremo.»

62

I pochi uomini rimasti alla base, compreso quello arrivato in sella al quad, continuavano a sparare da dietro le baracche rase al suolo. Eddie calcolò che ne fossero rimasti tre o quattro, e tutti facevano convergere il fuoco su di loro.

« La vostra nave è distrutta » urlò in mandarino. « Deponete le armi. »

Non ebbe alcuna risposta a parte il crepitio delle armi automatiche che proseguì senza sosta. La sua squadra era bloccata.

« Pare che non abbiano intenzione di arrendersi » disse Linc. « E io ho finito le granate. »

« Qualcun altro ne ha ancora? » chiese Eddie.

Tutti scossero la testa.

MacD indicò l'ampia distesa tra loro e l'edificio più vicino. « C'è troppo terreno da attraversare per prenderli alle spalle. »

« Io sconsiglio anche un attacco frontale » disse Raven. « Potrebbero colpire almeno un paio di noi. »

« Abbiamo già la soluzione » disse Linda, accennando col capo all'*Oregon*. « Chiediamo copertura. »

« Ottima idea » disse Eddie. « Hali, ci serve il supporto dell'artiglieria. »

« Qual è l'obiettivo? »

« Il terzo cumulo di macerie da nord. »

« Ci sono un sacco di macerie. Sylvia non vuole rischiare di colpirvi. Potete segnalare la vostra posizione? »

Eddie prese un fumogeno dallo zaino e lo accese. Subito ne uscì una nebbia arancione.

« Non, ripeto non, sparate al fumo arancione. I nemici sono dietro le macerie dell'edificio accanto a noi alla vostra destra.»

«Ricevuto. Mettetevi al riparo.»

«Tutti giù» disse Eddie. «Aprite la bocca, così non vi si perforano i timpani.»

Si buttarono a terra coprendosi la testa con le mani.

Un'enorme onda d'urto lacerò l'aria al passaggio del proiettile che viaggiava a Mach 7. Nello stesso istante si verificò un'esplosione assordante. Particelle di cemento caddero su di loro come neve e una nuvola di polvere si mescolò al fumo arancione.

Gli spari cessarono.

Eddie si tirò su a sedere con le orecchie che gli fischiavano ma ancora funzionanti. Quando la polvere si diradò, vide che le macerie dietro cui si nascondevano gli uomini di Jin erano state spazzate via come da una scopa.

«Non vedo altri nemici» disse Linc, alzandosi in piedi.

«Quel cannone a rotaia è una brutta bestia» osservò Raven.

«Max, mi senti?» chiamò Eddie alla radio.

«Forte e chiaro. Sono ancora nella stessa posizione dove vi ho lasciato. A quanto pare mi sono perso la festa. State tutti bene?»

«Ce l'abbiamo fatta, ma credo che nessuno di noi abbia voglia di fare una passeggiata in questo momento. Perché non vieni a prenderci?»

«Arrivo.»

Eddie si sedette su un grosso pezzo di cemento. «Tanto vale che ci mettiamo comodi e ci godiamo i posti in prima fila.»

«Peccato che non abbiamo popcorn» disse MacD mentre gli altri si sedevano vicino a lui. «Sono impaziente di vedere cosa farà il comandante Jin.»

*

Jin si passò la manica sulla faccia, ma il gesto servì solo a spargere sangue dappertutto. Tutte le persone che si trovavano in plancia erano state trafitte dalle schegge di vetro quando le finestrature erano andate in frantumi.

Una voce chiamava dalla radio.

«Ripeto, qui è la *Norego*. Vi ordiniamo di consegnare la vostra nave. Spegnete i motori, salite in coperta con le mani alzate e preparatevi a essere abbordati.»

Jin prese il microfono e disse: «Ricevuto, *Norego*. Spegniamo i motori».

Jin iniziò le procedure di spegnimento, poi aiutò il primo ufficiale a rimettersi in piedi. «Raduna gli uomini e portali sul ponte. Vi raggiungo tra un minuto. Prima devo fare una telefonata.»

Il primo ufficiale fece un annuncio a tutta la nave per radunare gli uomini sul ponte, quindi guidò all'esterno il personale di plancia.

Quando fu sola, Jin fece un respiro profondo e inserì gli ultimi comandi sul pannello di controllo. Fatto questo, tirò fuori il cellulare e chiamò suo marito.

Il telefono squillò quattro volte e poi partì la segreteria.

«Tesoro, sono io. Abbiamo avuto dei problemi qui, e pensò che non farò in tempo ad arrivare a Sydney. Vorrei poter essere lì per assistere al lancio. Te la caverai benissimo e voglio che tu sappia che ti amo. Qualunque cosa accada, so che questo porterà a una vita migliore. Addio, amore mio.»

Riattaccò. Il telefono squillò quasi all'istante e lei rispose senza guardare il numero.

«Tesoro» disse Jin.

«Non credo che la nostra relazione sia già a questo punto» disse Juan Cabrillo.

«Cosa vuole?»

«Voglio che esca sul ponte come abbiamo chiesto.»

«Lei non ha mai avuto intenzione di fare un accordo, vero?»

«Certo che sì. È solo che i termini potrebbero non essere di suo gradimento.»

«Voi siete qui per requisire la mia nave e ucciderci» disse Jin, «oppure per portarci tutti in prigione. Tanto tempo fa ho promesso a me stessa che non avrei mai più messo piede in un carcere. Intendo tener fede a quella promessa, signor Cabrillo.»

Osservò la lancetta dell'indicatore di temperatura del generatore del cannone al plasma: si stava spostando verso la linea rossa. Appena avesse raggiunto il limite critico, l'arma si sarebbe autodistrutta, facendo saltare in aria il *Marauder*.

63

Nonostante non fosse ancora sceso il crepuscolo, il porto alle spalle del *Marauder* si trovava in ombra e questo conferiva un aspetto inquietante al paesaggio.

«Cosa le fa pensare che io voglia mandarla in prigione?» disse Juan, alzandosi dalla poltroncina. Prese la cuffia di Hali e passò al microfono incorporato, ma tutto il centro operativo poteva comunque sentire ciò che diceva Jin.

L'equipaggio del *Marauder* era schierato fuori, sul ponte, ma lei restava seduta sulla poltrona del comandante in plancia, e parlava tenendo il cellulare nel palmo della mano e gli occhi fissi sull'*Oregon*. L'immagine era così ingrandita che Juan vedeva i suoi capelli svolazzare per la brezza che entrava dalle finestre rotte. Pareva che lo stesse guardando dritto negli occhi.

«Sono felice di avere qualcuno con cui parlare, alla fine» disse Jin. «Mi piacerebbe sapere che aspetto ha. Lei ha una bella voce.»

«Questa parla come una che non ha nessuna intenzione di farsi prendere viva» osservò Eric.

«Potete ripristinare il video a infrarossi?» chiese Sylvia, turbata.

Juan fece un cenno d'assenso col capo ed Eric passò alla telecamera a infrarossi. L'immagine del *Marauder* diventò grigiastra. La zona luminosa a poppa stava svanendo man mano che i motori si raffreddavano, ma il centro della nave era quasi bianco per il calore.

«Credevo avessimo distrutto il cannone al plasma» disse Hali.

«Solo il cannone» ribatté Murph.

«Il generatore sottocoperta è quello che genera l'energia necessaria a lanciare» disse Sylvia. «Lo sta deliberatamente surriscaldando. Quando arriverà al limite esploderà.»

«April» disse Juan, «sembra che ci sia un sovraccarico del generatore. Deve assolutamente spegnerlo.»

«Devo ammettere che siete davvero in gamba» disse Jin. «Mi dispiace. Ho messo il ciclo in automatico. Niente può fermarlo, adesso.»

Juan guardò Sylvia e lei annuì. «Quanto tempo?» chiese con il solo movimento delle labbra.

«Due o tre minuti al massimo.»

Non c'era tempo per salire a bordo e prelevare Jin prima che il trimarano esplodesse.

Juan mise una mano sul microfono e disse: «Stoney, allontaniamoci dal *Marauder*». Poi tornò a rivolgersi alla donna. «April, c'è ancora tempo perché lei e i suoi uomini abbandoniate la nave.»

«Nessuno abbandonerà questa nave. Metterebbe a repentaglio la missione di mio marito.»

Non avrebbero avuto modo di interrogare nessuno. Jin sarebbe affondata con la sua nave e loro non avrebbero scoperto qual era l'obiettivo di Polk.

Juan poteva continuare a farla parlare, ma non avrebbe mai saputo la verità da lei, non senza i dardi con il sedativo come quelli che aveva Linc...

Quella riflessione gli fece venire un'idea. Linc era il miglior tiratore di tutto l'equipaggio.

«Chiamami Linc sull'altra linea» disse a Hali.

Juan aveva appena escogitato uno dei suoi famigerati Piani C. E questo era un vero azzardo.

*

Quando arrivò la chiamata di Juan, Linc era seduto con la schiena appoggiata a una lastra di cemento. Beveva dalla borraccia e discuteva con MacD su quanto tempo ci sarebbe voluto per la resa.

«Parla Linc, Presidente.»

«Il tuo fucile a dardi funziona ancora?»

«Sì.»

«Devi usarlo immediatamente.»

«Contro chi?» chiese Linc aggrottando la fronte.

«Contro Jin. Si trova sulla plancia del *Marauder*. Pensi di riuscire a colpirla?»

Linc non chiese al Presidente il perché di quell'ordine. Prese il fucile, caricò un dardo e si inginocchiò dietro la lastra a cui poco prima era appoggiato.

Avvicinò il mirino telescopico all'occhio. A quella distanza, la nuca di Jin era un puntino.

«È a trecento metri di distanza» disse. «Oltre la portata standard di questo fucile, ma posso provarci.»

«Avrai a disposizione un solo tentativo» disse Juan. «Se si accorge che un dardo le è passato vicino, si abbasserà e tu non avrai una seconda occasione.»

«Non importa. Tanto me ne resta solo uno.»

«Allora usalo bene. Non abbiamo molto tempo.»

«Ho capito.»

Linc lanciò una manciata di polvere per aria. Il vento soffiava leggermente da destra a sinistra. Regolò il mirino e prese la mira.

Trattenne il respiro e sperò che Jin non si muovesse, quindi premette il grilletto.

Il fucile rinculò e Linc vide Jin cadere a terra, ma non capì se fosse perché l'aveva colpita o mancata.

«Ho sparato» disse.

«Ho visto» rispose il Presidente. «Ti farò sapere tra un paio di minuti se sarà servito a farla parlare.»

*

Per un momento la linea con il *Marauder* rimase muta.

«April, mi sente?» chiese Juan.

«Sono qui» rispose lei.

Se non altro era ancora in linea. Ma Juan non avrebbe saputo dire se il dardo l'aveva colpita o meno.

«Qual è l'obiettivo di Angus Polk alla vigilia di Capodanno?»

«Sydney» rispose Jin con voce impastata. Evidentemente Linc aveva centrato il bersaglio.

«Chi c'è a Sydney?»

«La città.»

«Lo so che è una città» ribatté Juan, esasperato.

«Credo che intenda dire l'intera città» disse Sylvia, impallidendo all'idea.

«Sta dicendo che userete il gas Enervum contro l'intera città di Sydney?» chiese Juan.

«Sì.»

«Perché?»

«Per l'espansione globale della Cina. E per i soldi del mio patrigno Lu Yang. Novecentottanta milioni di dollari su un conto bloccato in criptovaluta. Codice di accesso Enervum 143. Non ho memorizzato il numero di conto. Dov'è Angus?»

«Se n'è andato.»

«È andato a Sydney» disse Jin, come se se ne rendesse conto solo in quel momento.

«Sì. Come avverrà l'attacco?»

«Quale attacco?»

«L'attacco a Sydney. Si concentri, April.»

«Il timer è impostato per lanciare i razzi a mezzanotte. Esploderanno sopra tutta Sydney. Milioni di persone paralizzate nel giro di una notte. Il giorno dopo tutti i media raccontano la storia. Il conto si sblocca e noi prendiamo i soldi.»

«L'antidoto» disse Murph.

Juan annuì. La chiazza bianca al centro del *Marauder* diventava sempre più luminosa a ogni secondo.

«April, ha dell'antidoto contro l'Enervum?»

«Non dentro di me.»

«Volevo dire, avete prodotto dell'antidoto?»

«Sì, sufficiente per novemila persone in tutto. Metà è sul *Marauder*, l'altra metà ce l'ha Angus. Angus è a Sydney.»

«Dove tiene la sua scorta di antidoto Angus?»

«Sulla nave mercantile a Sydney.»

«Dove sono i razzi?»

«Sulla nave mercantile a Sydney.»

«Manca poco» disse Sylvia osservando il trimarano che si surriscaldava.

«Come si chiama la nave mercantile?» chiese Juan.

«Si chiama...»

La frase si interruppe quando il generatore del cannone al plasma superò la temperatura critica. Un'enorme palla di fuoco squarciò il trimarano e lo schermo diventò tutto bianco. Un attimo dopo, l'onda d'urto scosse l'*Oregon*.

Eric tornò alla telecamera a colori. La poppa e la prua in fiamme erano le uniche parti sopravvissute del *Marauder* ma si inabissarono pochi secondi dopo.

Juan guardò l'orologio. Avevano poco più di ventiquattro ore prima dei fuochi d'artificio della mezzanotte del giorno dopo.

Lanciò la cuffia a Hali. «Di' a Max di recuperare la squadra e tornare qui immediatamente. Eric, appena gli sportelli della moon pool si richiudono, fai rotta verso Sydney. Alla massima velocità.»

64

Sydney

L'aereo di Polk atterrò al Kingsford Smith International Airport al tramonto, e mentre rullava sulla pista notò un messaggio vocale di sua moglie, cosa insolita perché lei preferiva comunicare con sms. Ascoltò il messaggio, perplesso e preoccupato dallo strano tono della sua voce e da alcune cose che lei disse. Era seccato per il fatto che lei non sarebbe arrivata in tempo per il lancio dei razzi a Capodanno, ma avrebbe fatto una registrazione video per mostrargliela in seguito.

Quando l'aereo arrivò all'auto che lo aspettava, i suoi uomini scaricarono quattro grandi casse di alluminio con dentro l'antidoto per l'Enervum. Ognuna conteneva mille fiale di siero in confezioni da dodici. Considerato il prezzo stimato di vendita, ogni confezione valeva seicentomila dollari, e questo significava che avrebbe dovuto custodire quel tesoro in un luogo protetto a bordo della *Centaurus*, al sicuro da mani lunghe.

La macchina lo portò a un molo a Walsh Bay, dove lo attendeva un motoscafo. L'equipaggio trasferì il carico e partirono. Passarono quasi immediatamente sotto il famoso Sydney Harbour Bridge. Polk vide i turisti camminare lungo le travature sotto il ponte, per poi salire sulla capriata ad arco che si estendeva per tutta la struttura. L'indomani, vigilia di Capodanno, la passeggiata sarebbe stata chiusa al pubblico in previsione del colossale spettacolo pirotecnico che si sarebbe svolto sull'arco allo scoccare della mezzanotte.

Anche di notte il porto era pieno di barche. Traghetti,

yacht, barche a vela di ogni dimensione approfittavano della calda serata estiva. A Capodanno, lo specchio di porto più vicino al ponte sarebbe stato affollato di imbarcazioni che cercavano di accaparrarsi il posto migliore.

Poi passarono davanti ai gusci simili a vele dell'iconico teatro dell'Opera, illuminati di un bianco abbagliante. La passeggiata tutto intorno era gremita di persone che scattavano foto del paesaggio e si godevano la brezza che spirava dall'oceano. L'indomani sera sarebbero stati molti di più gli spettatori accalcati per assistere ai fuochi d'artificio.

La scelta di Lu di lanciare i razzi esattamente a mezzanotte era dettata, oltre che da una passione per i gesti teatrali, anche dal desiderio di sorprendere il più alto numero di persone possibile all'aperto quando il gas fosse stato disperso. Polk immaginò centinaia di migliaia di residenti paralizzati, stesi per le strade.

Cinque minuti più tardi si avvicinarono all'estremità del porto che si allungava nel Pacifico. La *Centaurus* era alla fonda dietro Shark Island, che ospitava un piccolo parco per picnic e feste. Intorno a loro, affacciate sul porto, c'erano alcune delle proprietà più costose di tutta l'Australia. Era probabile che alcuni degli acquirenti dell'antidoto per l'Enervum fossero persone che vivevano in quelle ville principesche.

Mentre giravano intorno all'isola, Polk vide una barca legata accanto alla *Centaurus*. Sul lato c'era scritto MARITIME. Si rese conto, con apprensione, che si trattava di un'imbarcazione dell'autorità portuale del Nuovo Galles del Sud.

Quando arrivò alla *Centaurus* salì subito a bordo, lasciando ai suoi uomini il compito di issare le casse con dentro l'antidoto. Chiese dove poteva trovare il comandante Rathman e gli dissero che era in plancia.

Polk guardò gli uomini impegnati a trasferire le casse. « Tornerò per metterle al sicuro. Se quando torno scopro che qualcosa è andato rotto o perso, vi riterrò tutti responsabili. »

Prese le scale esterne per salire in plancia. Trovò il comandante Rathman a colloquio con un uomo che indossava una camicia con il logo dell'autorità portuale. Era evidente che il comandante era teso, nonostante il sorriso artificioso stampato sulla faccia.

«Sono Alfred Johnson» disse Polk. «Lavoro per la ditta di import a cui è destinato il carico di questa nave. Cosa succede?» Teneva la mano posata sulla Glock infilata in cintura.

«Non è niente» rispose Rathman. «Solo un equivoco a proposito di un membro dell'equipaggio.»

«Sono Paul Smythe» disse il visitatore. «Abbiamo ricevuto una segnalazione secondo cui un uomo è stato trovato in mare aperto a nord di Brisbane.»

Rathman era chiaramente a disagio.

«E questo cosa c'entra con la *Centaurus*, signor Smythe?» chiese Polk.

«Quando è stato salvato, l'uomo parlava in cinese. Continuava a ripetere la stessa frase.»

«Cosa diceva?»

«Le persone che lo hanno ripescato pensavano che dicesse 'Il centauro mi ha abbandonato'. Ma l'ufficio distrettuale della polizia di frontiera a Cairns ha fatto tradurre le sue parole da un esperto. In realtà diceva: 'La *Centaurus* mi ha abbandonato'. Abbiamo pensato che potesse essere caduto da questa nave.»

«E io ho appena mostrato al signor Smythe il nostro ruolo di equipaggio» disse Rathman, indicando il registro che Smythe stringeva tra le mani. «Come può vedere, siamo arrivati a Sydney con l'equipaggio al completo.»

«L'uomo ha detto qualcos'altro?» chiese Polk.

«Purtroppo è morto prima di poter dire altro o rivelare la propria identità» rispose Smythe.

«Che strana situazione.»

Smythe guardò Rathman con aria poco convinta. «Secondo voi perché diceva 'La *Centaurus* mi ha abbandonato' se non era sulla vostra nave? A me sembra una cosa strana da dire, tanto più se pronunciata da un moribondo.»

Rathman si strinse nelle spalle. «Siamo transitati in quell'area qualche notte fa. Forse ci ha visto passare ed era sconvolto perché noi non lo abbiamo notato.»

«Suppongo sia possibile. Ma dev'essere caduto da una nave, per trovarsi in mare aperto.»

«Spero che un giorno riusciate a risolvere il mistero» disse Polk.

Smythe restituì il registro. «Sembra tutto a posto.» Fece per allontanarsi, ma poi si voltò e disse: «Quanto vi fermerete a Sydney?»

«Solo un altro giorno» rispose Rathman. «Salpiamo il primo di gennaio.»

«Allora potrete godervi i fuochi d'artificio finché siete qui. Mi dicono che quest'anno saranno ancora più spettacolari del solito, una cosa indimenticabile. Buona sera, signori. E felice anno nuovo.»

Mentre Smythe si allontanava, Polk fulminò Rathman con lo sguardo. Quando l'ufficiale fu fuori dalla portata d'orecchie, disse: «Raccontami cosa è successo».

Rathman si schiarì la voce. «In effetti un uomo è caduto in mare. È successo durante quella tempesta. Ero certo che fosse morto, quindi non sono tornato indietro a cercarlo. Avrebbe ritardato il nostro arrivo a Sydney.»

«E hai appena ammesso che la nave si trovava in zona quando l'uomo è stato trovato.»

«Lo avrebbero scoperto comunque.»

«Ti rendi conto di quanto sia pericoloso che le autorità vengano a ficcare il naso su questa nave?»

«Ho falsificato il ruolo di equipaggio per ogni evenienza» disse Rathman. «Sembrava essersi convinto che non abbiamo mai avuto quell'uomo a bordo.»

«Ci sono altre sorprese di cui dovrei essere a conoscenza?» chiese Polk.

«Abbiamo ricontrollato il carico quando abbiamo calato l'ancora» rispose Rathman. «Tutti i pallet hanno resistito alla tempesta senza riportare danni.»

«E non ci sono altri membri dell'equipaggio scomparsi? Qualche comunicazione radio che potrebbe destare curiosità?»

Rathman scosse la testa con vigore. «Niente del genere. Non dovrebbero esserci altri contrattempi.»

«Dovresti essere grato che quell'uomo sia morto prima di poter rivelare altro» disse Polk. «Perché in quel caso farei in modo che fosse più doloroso.»

Estrasse la Glock e piazzò una pallottola nel petto a Rathman. L'uomo crollò a terra e Polk si chinò per accertarsi che fosse morto.

Quando il battito cessò, Polk si rialzò e ordinò a due degli uomini di portare il corpo nella cella frigorifera.

Non aveva più bisogno di quell'irresponsabile del comandante. La *Centaurus* non avrebbe mai lasciato il porto di Sydney.

65

Costa d'Oro, Australia

Mentre l'*Oregon* correva verso sud alla volta di Sydney, Juan informò Langston Overholt sugli eventi degli ultimi giorni. L'aristocratico funzionario della CIA continuò ad annuire in silenzio dallo schermo a parete della cabina di Juan finché questi non ebbe concluso il suo racconto.

«Purtroppo, non credo che abbiamo prove sufficienti a convincere le autorità australiane a organizzare un blitz» disse Overholt. «Il massimo in cui potremmo sperare sarebbe un'accurata perquisizione del carico della nave.»

«Non possiamo correre quel rischio» ribatté Juan. «Un'ispezione potrebbe indurre Polk a lanciare i suoi razzi anzitempo. E poi, non conosciamo neppure il nome della nave.»

«Su questo fronte credo di poterti essere d'aiuto. Come mi hai chiesto, ho sollecitato la NSA perché monitorasse la Rete in cerca delle parole chiave che hai suggerito. Hanno avuto un riscontro a Nhulunbuy. Pare che uno yacht privato abbia tratto in salvo un uomo alla deriva nel mar dei Coralli. L'uomo è morto in seguito alle ferite riportate per l'attacco di uno squalo ma prima di spegnersi ha continuato a ripetere questa frase: 'La *Centaurus* mi ha abbandonato'. Tra le sue cose c'era una cartina di fiammiferi di una taverna di Nhulunbuy chiamata Lazy Goanna.»

Per la prima volta Juan provò un barlume di speranza. «È dove abbiamo conosciuto Bob Parsons. L'uomo era originario di lì?»

«Le autorità hanno mostrato la sua foto ai residenti, ma nessuno lo conosceva. Tuttavia, abbiamo fatto una ricerca nel database della CIA. Il riconoscimento facciale lo ha identificato come un ex soldato dell'esercito cinese che successivamente ha lavorato per un contractor militare privato noto per la brutalità dei suoi operativi e la loro disponibilità a fare lavori sporchi per una paga congrua. La società era di proprietà di Lu Yang.»

«Non può essere una coincidenza.»

«Sono d'accordo con te.»

«'La *Centaurus* mi ha abbandonato'» ripeté Juan. «È caduto da una nave chiamata *Centaurus*?»

«Questa era l'ipotesi delle autorità australiane, ma dal ruolo di equipaggio della nave non risulta alcun membro disperso.»

«Dove si trova la nave adesso?»

«La sua posizione è il motivo per cui ti ho parlato di questo incidente» rispose Overholt. «Attualmente la *Centaurus* è all'ancora nel porto di Sydney.»

«Il mar dei Coralli è sulla rotta tra Nhulunbuy e Sydney, e non è difficile alterare i registri per nascondere la sparizione di un uomo dell'equipaggio. La *Centaurus* potrebbe essere quella che Polk chiamava *Shepparton*, ma è un collegamento esile.»

«Per questo sono riluttante a coinvolgere le autorità australiane. Rendere pubbliche le nostre preoccupazioni sarebbe ancora peggio. Si scatenerebbe il panico e ogni tentativo di evacuare la città sarebbe vano. Come hai detto tu, potrebbe persino indurre Polk ad agire anzitempo. Se è deciso ad attaccare Sydney, temo tocchi a te e al tuo equipaggio fermarlo.»

«Non solo fermarlo» disse Juan. «Jin ha detto che ha con sé migliaia di dosi di antidoto. Dobbiamo recuperarle, o Murph e tutti coloro che sono rimasti paralizzati dal gas Enervum resteranno per sempre in quelle condizioni.»

«Quando conti di arrivare a Sydney?»

« Non prima di domani sera. Ci sarà pochissimo tempo per organizzare un'operazione entro mezzanotte. »

« Lascio a te la decisione su come procedere » disse Overholt. « Ma la priorità è impedire che quei razzi vengano lanciati, anche se questo significa distruggere le dosi di antidoto insieme alla nave. Cinque milioni di australiani paralizzati sarebbero non solo una tragedia orribile ma sconvolgerebbero anche gli equilibri di potere in quell'area. »

« Ho capito » disse Juan. « Ti terrò informato. »

Overholt riattaccò e Juan chiamò Eric.

« C'è una nave ancorata nel porto di Sydney. Si chiama *Centaurus*. C'è modo di vederla? »

« Non dovrebbe essere difficile entrare nel circuito delle telecamere del sistema di monitoraggio del traffico portuale. Mi dia cinque minuti e le faccio sapere. »

Due minuti dopo Eric chiamò.

« Ce l'ho. La metto sullo schermo. »

Nonostante fosse sera, c'era ancora luce sufficiente a distinguere la sagoma della nave. Era una portarinfuse con quattro gru montate su un lato della nave.

« La *Centaurus* assomiglia molto alla *Shepparton*, vero? » disse Eric.

« Già » rispose Juan. « Dev'essere la nave di Polk. Dirò a Maurice di preparare dell'altro caffè. Ci aspetta una lunga nottata. »

La pianificazione di ogni fase dell'operazione non consentì di dormire molto, per cui la sera successiva, quando Juan chiamò tutti in sala riunioni per il briefing, si videro diversi occhi arrossati.

« Sappiamo tutti qual è la posta in gioco in questa operazione » disse Juan, lanciando un'occhiata a Murph. « Poiché siamo arrivati tardi nell'area di Sydney, non potremo sferrare l'assalto prima delle 23.30 di stasera. Questo ci lascia solo mezz'ora di tempo prima del lancio dei razzi, previsto a mezzanotte. Il nostro obiettivo è salire a bordo della *Centaurus*, mettere in sicurezza l'antidoto e disattivare i razzi, se possibile. Useremo la stessa tattica di abbordaggio usata per la *Dahar* e la *Shepparton*.»

«Ma senza dardi» disse Linc. «L'ultimo l'ho sparato contro April Jin.»

«Quali sono le regole d'ingaggio, allora?» chiese Raven.

«Dev'essere un attacco lampo» disse Eddie. «Considerato chi era l'uomo caduto in mare, riteniamo che l'equipaggio sia composto da mercenari veterani. Secondo il ruolo di equipaggio depositato all'autorità portuale di Sydney, a bordo ci sono undici persone. Polk potrebbe aver portato qualcuno con sé, ma speriamo di avere davanti non più di quindici avversari. Non possiamo permetterci che venga dato l'allarme, quindi li elimineremo il più silenziosamente possibile. Avremo armi silenziate, ma non usatele a meno che non sia proprio necessario.»

MacD, che aveva ancora il braccio al collo, si voltò verso Raven. «Ti lascerò usare la mia balestra ancora questa volta se prometti di riportarmela tutta intera.»

«La tratterò come se fosse mia» rispose Raven.

«Ma tanto per essere chiari, non lo è.»

Raven si limitò a fare spallucce, sorridendo divertita.

«Sarò io a guidare la missione» disse Juan. «Raven, Eddie e Linc saranno affiancati da Eric e Sylvia.»

Queste ultime parole fecero storcere il naso a qualcuno.

Per evitare domande, Juan proseguì. «Non sappiamo che sistema userà Polk per attivare quei razzi, quindi ci servono degli esperti sul posto se vogliamo avere qualche possibilità di disattivarli. In condizioni normali sarebbero Eric e Murph.»

«Purtroppo la mia sedia volante non è ancora pronta» disse Murph.

«Sylvia ha competenze simili a suo fratello e si è offerta volontaria per questa operazione. Al posto dei nostri microfoni molari userà una cuffia. Sarà disarmata, per cui Linc avrà il compito di starle accanto.»

Sylvia aveva un'aria imbarazzata. «Io faccio ricerca per il Dipartimento della Difesa, ma non mi occupo di armi leggere. Non avevo mai tenuto un fucile in mano prima che Eric mi portasse al vostro poligono stamattina.»

«Ha una buona mira» disse Eric.

«Ma non sono addestrata a maneggiare armi» ribatté Sylvia. «Non vorrei colpire qualcuno di voi per errore.»

«Max prenderà il comando dell'*Oregon*» proseguì Juan. «Polk potrebbe riconoscere la nave, quindi ci fermeremo a sette miglia dal porto di Sydney ed entreremo con il *Gator.*»

Linda alzò la mano. «Questa volta lo piloto io.»

«Vorrei sottolineare una cosa» disse Eric. «Per quanto bravi, Sylvia e io potremmo non essere in grado di disarmare i razzi per una serie di motivi. Cosa succede se non ci riusciamo?»

Juan guardò Max, che disse: «In quel caso affonderò la *Centaurus* prima che scocchi la mezzanotte».

«Sylvia ed Eric hanno modificato i comandi del cannone a rotaia in modo che possa essere azionato da Murph» disse Juan. «Non deve fare altro che agganciare l'obiettivo e sparare. Riuscirà a farlo anche con un dito solo.»

«Con il mio aiuto» disse MacD. «Io sarò sul *Gator* con Linda. Anche se ho solo un braccio buono, sono ancora in grado di rivolgere un puntatore laser contro uno scafo. Se non ho capito male, il sistema di puntamento del cannone a rotaia si regola automaticamente per sparare contro qualunque cosa io indichi.»

«Vedi di non starnutire» disse Raven.

«Perché affondarla?» chiese Linc. «Perché non la facciamo saltare in aria?»

Murph grugnì e poi usò la voce robotica per dire: «Nuvola di gas».

Sylvia annuì. «Se i razzi esplodono tutti assieme, si verrebbe a formare una nuvola tossica in grado di avvelenare una parte significativa della città.»

«Ma una volta che la nave è affondata» disse Eric, «l'acqua dovrebbe assorbire il gas Enervum anche se in seguito ci fosse un'esplosione.»

«Polk vorrà tenere al sicuro una cosa preziosa come l'antidoto» disse Juan. «I due posti più probabili dove custodirlo potrebbero essere la cella frigorifera della cambusa, se va conservato al fresco, o la cabina del comandante. Il nostro piano è di perquisire gli alloggi, controllare la cambusa, e poi prendere la plancia. Una volta catturato o ucciso Polk, i suoi uomini potrebbero arrendersi oppure tentare la fuga. In caso contrario dovremo combattere fino alla fine. Ci sono domande?»

Nessuno parlò. Avevano tutti un'espressione solenne e determinata.

«Allora cominciamo a prepararci» concluse Juan. «Lasceremo l'*Oregon* un'ora prima di mezzanotte.»

66

Sydney

Dalla sua posizione privilegiata sulla plancia della *Centaurus*, Polk avrebbe dovuto godersi lo spettacolo di luci di Capodanno. Era cominciato alle nove e mezzo con un piccolo spettacolo pirotecnico per i bambini che non potevano stare alzati fino a mezzanotte, seguito dalla parata delle barche addobbate di luci colorate che sfilavano attraverso il porto.

Invece continuò a telefonare e a mandare sms alla moglie. Dopo avergli lasciato quel messaggio sulla segreteria telefonica lei non aveva più risposto e lui era preoccupatissimo. Tutti i contatti con il *Marauder* si erano interrotti. Temeva fosse accaduto qualche catastrofico incidente con il cannone al plasma.

Polk prese in considerazione l'idea di annullare il lancio, ma si sarebbe sentito uno stupido a far saltare la missione solo per scoprire in seguito che il trimarano aveva avuto un semplice problema di comunicazione. Confidava che Jin avrebbe tenuto fede alla promessa e sarebbe arrivata prima dell'alba per festeggiare con lui la riconquistata ricchezza.

Erano quasi le undici e mezzo, l'ora di prepararsi per il lancio. Premette i pulsanti che azionavano gli enormi portelloni delle stive di carico tre e quattro, quelle più vicine alla plancia. I portelloni si ripiegarono verso l'alto rivelando due profonde aperture. Da quella posizione non riusciva a vedere il contenuto delle stive, ma sapeva cosa c'era al loro interno.

Ognuna conteneva centoquarantanove razzi caricati in tubi verticali. I singoli razzi sarebbero stati guidati fino al punto di detonazione sopra Sydney da un sistema di navigazione inerziale e di segnali GPS. Erano distanziati per coprire un'area il più vasta possibile quando fossero esplosi disperdendo l'Enervum nell'aria. Quella sera non c'era quasi vento, per cui il gas avrebbe avuto la massima efficacia. Soltanto i quartieri più periferici della città sarebbero stati risparmiati.

Poiché la *Centaurus* si sarebbe trovata al centro dell'attacco, Polk e i suoi uomini avrebbero avuto bisogno di protezioni. Polk, come tutti i mercenari sulla nave, portava appesa in cintura una maschera a pieno facciale.

Le telecamere del sistema di monitoraggio del porto avrebbero registrato il lancio dalla *Centaurus*, fugando ogni dubbio sull'origine dell'attacco. Grazie a qualche soffiata anonima fatta da Jin e Polk, le agenzie di informazione di tutto il mondo avrebbero ricevuto la notizia entro il giorno seguente, trasmettendo le parole chiave di cui loro avevano bisogno per sbloccare il denaro.

Avrebbe solo voluto poter condividere questo momento con sua moglie. La mancanza di contatti con Jin continuava a tormentarlo. Guardò il capo della sicurezza.

«Assicurati che tutti gli uomini siano sempre armati» disse. «Da questo momento in poi non possiamo correre rischi. Se dovesse avvicinarsi una barca, uccidete tutti quelli che sono a bordo.»

«Sì, signore.»

Polk prese una pesante cassetta di metallo, la posò sulla console e l'aprì. Dentro c'era il pannello di controllo con leve e pulsanti identificati da scritte sia in svedese che in inglese. Incorporato nel coperchio c'era un grande touchscreen e, sopra questo, la scritta SISTEMA DI LANCIO MR-76.

Il pannello comandava i razzi di fabbricazione svedese, collegati in modalità wireless al sistema di lancio nascosto nella stiva.

Polk prese la chiave che portava sempre appesa al collo con

una catenella. La inserì in un alloggiamento contrassegnato da tre posizioni: OFF, TIMER, ACTIVE. OFF significava che i razzi erano inattivi, TIMER indicava un conto alla rovescia per il lancio, ACTIVE gli permetteva di premere il pulsante rosso di lancio per far partire manualmente i razzi in qualunque momento.

Ruotò la chiave sulla posizione TIMER. Il touch screen si accese. Batté sullo schermo per inserire il conto alla rovescia, sincronizzando il timer con l'orologio in modo che i razzi esplodessero esattamente a mezzanotte. Quindi selezionò BLOCCA MODIFICHE. Apparve il conto alla rovescia.

Trenta minuti.

Estrasse la chiave. A quel punto, l'unico modo per fermare il lancio era reinserire la chiave e portarla su OFF. Anche se qualcuno avesse gettato in acqua la cassetta, il conto alla rovescia sarebbe proseguito.

Polk non si fidava del tutto dei mercenari di Lu. Avrebbero ricevuto una parte dei profitti se l'attacco avesse avuto successo, ma c'era sempre la possibilità che uno di loro fosse un sabotatore.

Uscì sull'ala di plancia e gettò la chiave nelle acque del porto. Ora nessuno avrebbe fermato il lancio.

«Prendi cinque uomini e vieni con me» disse al capo dei mercenari.

Li portò giù nella stiva quattro. I razzi erano disposti in tubi neri che puntavano dritti verso il cielo. A inizio giornata erano già stati liberati dalle protezioni e controllati.

Se non altro Rathman aveva fatto il proprio dovere e mantenuto intatto il carico.

Il mare tra Nhulunbuy e Sydney poteva essere molto mosso, quindi ognuno dei razzi aveva un perno di sicurezza per evitare un'accensione accidentale. Attaccati ai perni c'erano delle etichette di fettuccia rossa con su scritto RIMUOVERE PER ARMARE.

«Togliete queste facendo molta attenzione» disse Polk agli uomini, prendendo in mano una delle etichette. «Poi portatele a me che ci penso io.» Aveva intenzione di gettarle in mare per lo stesso motivo per cui aveva gettato la chiave.

Con un gesto quasi cerimoniale, Polk tolse un perno, attivando il primo dei duecentonovantotto razzi. Provò un brivido di eccitazione al pensiero che stava per dare inizio a una festa di Capodanno che nessuno avrebbe mai dimenticato.

67

Alle 23.31 Juan, vestito tutto di nero e armato con una pistola mitragliatrice MP5 silenziata, scavalcò il parapetto della *Centaurus*. Le luci della nave erano accese, ma non sentiva i motori vibrare sotto il ponte di metallo.

Due delle quattro stive di carico erano aperte. Poteva significare solo che stavano preparando i razzi per il lancio.

Mentre la testa di Raven faceva capolino da dietro il parapetto, Juan udì rumore di passi provenienti da dietro l'angolo. Fece un sibilo nel microfono molare per ordinarle di fermarsi. Raven si immobilizzò.

Juan estrasse il KA-BAR dal fodero e si accovacciò dietro un cabestano. Uno dei mercenari sbucò da dietro l'angolo. Portava un mitra di fabbricazione cinese, un QCW-05 silenziato, ma aveva un atteggiamento rilassato, come se non fosse troppo preoccupato di una possibile intrusione. Juan lo afferrò da dietro, mettendogli una mano sulla bocca per soffocare eventuali urla, e gli affondò il coltello nello schiena. Il mercenario lottò per un momento, poi si afflosciò.

Juan fece due sibili per dare il via libera. Raven scavalcò il parapetto, seguita da Eddie, Eric, Linc e Sylvia.

Gettare il corpo fuoribordo avrebbe fatto troppo rumore, quindi Eddie lo trascinò dietro il cabestano e poi gli gettarono sopra delle funi arrotolate.

Juan fece strada fino alla porta esterna della sovrastruttura. Il blocco degli alloggi era alto cinque piani. Avrebbero rastrellato i piani uno per uno salendo verso la plancia.

Ai primi due piani eliminarono senza fare rumore tre uomini, uno con la balestra di Raven e due con i coltelli, nascondendo poi i corpi. Al terzo livello, un mercenario uscì dalla sala mensa sgranocchiando un sacchetto di patatine e andò a sbattere contro Sylvia. Juan rimase sorpreso nel vederla sferrare un calcio all'inguine dell'uomo prima che questi potesse reagire. Linc lo finì sbattendogli la testa contro lo stipite della porta.

Nonostante il trambusto, nessuno diede l'allarme. Lo trascinarono nella cucina deserta accanto alla mensa. Quello era il primo posto in cui cercare l'antidoto. Avevano tutti dei borsoni di nylon ripiegati per trasportare la quantità necessaria per Murph e per le altre persone paralizzate. Seicentocinquanta dosi sarebbero state sufficienti.

La cella frigorifera era il luogo più logico in cui conservare l'antidoto. Juan la aprì, ma non vide alcun recipiente che potesse contenere grandi scorte di siero. Però trovò un uomo morto con un foro di proiettile nel petto.

«Qualcuno ha fatto arrabbiare Polk» osservò Eddie.

«Peccato che non sia Polk» disse Juan. «Proseguiamo.»

Salirono al blocco degli alloggi, uccidendo altri due nemici prima di arrivare in plancia. Lì c'era un uomo. Si precipitò a raccogliere il fucile, ma Raven lo freddò in silenzio.

Eric e Sylvia corsero alla console, su cui era posata una cassetta di metallo aperta. Juan mandò Raven e Linc a perquisire la cabina del comandante in cerca dell'antidoto.

«Questo è il pannello di controllo dei razzi» disse Sylvia. «È già stato attivato. Venti minuti al lancio.»

«Puoi disarmarlo?»

Eric scosse la testa. «Non c'è la chiave.»

Linc si avvicinò con la pistola alzata come se fosse pronto a sfondare il pannello con il calcio. «E se lo distruggessimo?»

«Non servirà a nulla» ribatté Sylvia. «Il sistema di controllo di lancio MR-76 è formato da due componenti. Se distruggiamo questo o blocchiamo il segnale, il conto alla rovescia non si fermerà. Dobbiamo disattivare ogni singolo razzo.»

«Ha ragione» disse Eddie. «L'unico modo per farlo è trovare la chiave e spegnere questo aggeggio.»

«Pensi di riuscire a forzare la protezione?»

«Non sarà facile ma possiamo provarci.»

Eddie porse a Eric il suo kit da scassinatore.

«Non abbiamo ancora trovato Polk» disse Juan. «Probabilmente ha lui la chiave. Nel frattempo possiamo chiudere i portelloni delle stive per impedire il lancio dei razzi.»

Premette i pulsanti per chiudere i due grandi portelloni.

Raven e Linc tornarono.

«Niente antidoto» annunciò Raven.

«E abbiamo trovato una foto del tizio chiuso nella cella frigorifera. Era il comandante.»

«Dobbiamo trovare Polk» disse Juan. Visto che non era nel blocco degli alloggi, poteva essere solo in sala macchine oppure nelle stive.

La plancia aveva un collegamento video con la sala macchine. Il monitor mostrava sia la sala macchine principale, sia il locale del generatore ausiliario.

Juan scrutò lo schermo più da vicino e vide qualcosa che lo allarmò.

«Questa nave è dotata di una cittadella.»

«Una cosa?» chiese Sylvia.

«Una cittadella è un'area blindata» disse Eric. «Se i pirati cercano di impadronirsi della nave, l'equipaggio può rifugiarsi nella cittadella e chiudersi dentro. Di solito è rifornita di cibo e acqua più che sufficienti a resistere a un lungo assedio.»

«Se Polk scopre che siamo qui e si rifugia nella cittadella» disse Juan, «probabilmente non riusciremo a fare irruzione prima di mezzanotte. Raven, Eddie, voi venite con me. Andiamo a mettere in sicurezza la cittadella. Linc, tu resta qui con Eric e Sylvia mentre loro cercano di disattivare il sistema di lancio.»

Erano già chini sul pannello di controllo quando il gruppo di Juan si precipitò verso le scale.

*

Quando Polk emerse sul ponte dalla stiva di carico con i suoi uomini, i portelloni si stavano chiudendo.

«Cosa sta facendo quella guardia in plancia?» disse, correndo verso la sovrastruttura. Arrivato nei pressi della porta, scivolò su del liquido sul pavimento. Sulle prime pensò fosse olio, ma poi guardò meglio.

Nella luce fioca la piccola pozzanghera sembrava nera, ma aveva l'inconfondibile odore del sangue.

Seguì la scia di gocce, trovò una scarpa che spuntava da sotto un cumulo di funi e scoprì il cadavere di uno dei mercenari.

Polk andò su tutte le furie. Doveva essere opera dello stesso gruppo con cui si era già scontrato.

«Abbiamo degli intrusi a bordo.»

Sperava solo che non avessero preso il controllo della cittadella. Prese il mitra del morto.

Guardò il capo della sicurezza con aria truce. «Prendi tre uomini e metti in sicurezza la cittadella. Io prendo gli altri due e vado in plancia. Uccidi tutti quelli che vedi.»

Senza attendere risposta, corse alle scale esterne con i suoi uomini e salì verso la plancia.

68

La cittadella della *Centaurus* era adiacente alla sala macchine, nelle viscere della nave. Quando Juan, Eddie e Raven arrivarono, la porta d'acciaio spessa tre centimetri era spalancata. I tre fecero irruzione nel grande locale rumoroso, pronti a stendere chiunque si trovasse all'interno, ma lo trovarono deserto.

La sala su due livelli ospitava il generatore ausiliario oltre ai comandi di base per il governo della nave e per comunicare con l'esterno. Verso il fondo c'erano degli scaffali pieni di bottiglie d'acqua e pasti pronti. Accanto a questi si vedevano diversi armadietti. Una scala conduceva a una seconda porta che dava sul ponte più alto. Un portello di ventilazione nel soffitto, dieci metri sopra di loro, era bloccato da un cavo d'acciaio teso, collegato a un golfare sulla parete. Lo scopo era impedire ai pirati di aprire il portello da fuori e sparare o lanciare granate all'interno.

« Dove sono finiti tutti? » chiese Raven.

« Non lo so » rispose Juan. « Ma se non altro Polk non è arrivato qui prima di noi. Quella porta ha l'aria di poter resistere a un'esplosione nucleare. »

La chiuse e la bloccò per proteggersi le spalle mentre perquisivano il locale. Eddie salì la scala per chiudere a chiave l'altra porta.

Stava per bloccarla quando questa si spalancò. Uno dei mercenari si precipitò dentro sparando a raffica, ma Eddie riuscì ad afferrargli il braccio prima che potesse rivolgere l'arma verso di lui.

Stavano ancora lottando quando entrò un secondo uomo.

Juan e Raven non potevano sparare senza rischiare di colpire Eddie e il secondo uomo fece partire una raffica in direzione di Raven. Juan vide i proiettili conficcarsi nel suo petto e lei cadde a terra.

Eddie fece leva sul braccio dell'uomo per spingerlo oltre la ringhiera, ma quello non voleva saperne di mollare la presa. Insieme volarono giù e atterrarono sul pavimento di acciaio, offrendo a Juan la possibilità di sparare al secondo uomo. Fece partire una raffica di tre colpi e la testa dell'uomo si rovesciò all'indietro in una nebbiolina rossa di sangue.

Eddie e il suo avversario continuarono a lottare ferocemente, ma Juan non poté andare in suo aiuto perché entrarono altri due uomini, questi più cauti dei primi due.

Juan si tuffò dietro il generatore mentre i proiettili squarciavano il metallo. Raven, a terra dall'altra parte del generatore, emise un gemito e si portò le mani al petto. Il suo volto era una maschera di dolore. Juan allungò una mano e afferrò la bretella del giubbetto antiproiettile, trascinandola verso di sé.

Juan sbirciò al di sopra del generatore e vide i due uomini scendere le scale. I due crivellarono il generatore di colpi costringendolo a ritirarsi.

Raven si tirò su con una smorfia.

« Sei ferita? » chiese Juan.

« Forse una costola rotta. » Juan non vide sangue. La placca di protezione di livello III nel giubbotto antiproiettile di Raven aveva fatto il proprio dovere, ma le sarebbero rimasti dei brutti lividi.

« Ce la fai a combattere? »

Lei lo guardò accigliata. « Oh, sì. »

« Potrebbero non sapere che sei ancora viva. Ti creo un'occasione. » Le porse la sua MP5 ed estrasse la pistola.

« Pronta. » Raven strisciò all'altro lato del generatore.

Anziché sbirciare oltre la parte superiore, Juan strisciò sulla pancia, facendo fuoco prima ancora di riuscire a vedere il bersaglio. Non aveva bisogno di colpirli. Lui era solo uno specchietto per le allodole.

I due uomini si abbassarono di lato, sparando alla cieca verso la fonte dei proiettili. Adesso che la loro attenzione era concentrata su di lui, Raven uscì cauta da dietro il generatore e sparò raffiche controllate contro i due. Erano già morti ancora prima di toccare terra.

Juan balzò in piedi e corse da Eddie, ma questi non aveva più bisogno del suo aiuto. Aveva avvolto la cinghia dell'MP5 intorno al collo dell'uomo. Ora il mercenario era immobile e Eddie lasciò andare la testa dell'uomo per liberare l'arma.

«Tutto bene?» chiese Juan, porgendogli la mano per aiutarlo a rimettersi in piedi.

Eddie la prese e si tirò su saltellando su un piede.

«Credo di essermi rotto una caviglia cadendo dalla scala» disse. «Quel tizio c'è atterrato sopra e l'ho sentita spezzarsi.»

Juan lo aiutò ad avvicinarsi alla scala e lo fece sedere sul primo gradino. Non volendo altre sorprese, corse su alla porta, spinse da parte il morto e chiuse a chiave la porta.

Attivò il microfono molare. «Linc, abbiamo avuto qualche problema qui alla cittadella.»

«Lo so» rispose Linc. «Abbiamo visto tutto sul monitor. Mi spiace non essere stato lì a dare manforte.»

«Dovete concentrarvi su quei razzi. Non sappiamo ancora dove sia Polk, quindi tenete gli occhi aperti.»

«Certo.»

«Presidente» lo chiamò Raven. Si chinò in avanti, tutta dolorante, e disse, abbassando la voce: «Credo che potrebbe esserci qualcosa, qui».

Juan ridiscese la scala e andò da Raven, che ora era in piedi accanto agli armadietti. Uno era chiuso con un lucchetto a combinazione.

«Dev'esserci qualcosa di prezioso, qua dentro.»

«Diamo un'occhiata.»

Juan recuperò il tronchesino che Eddie aveva portato con sé. Ci vollero parecchi tentativi, ma alla fine il lucchetto cedette.

L'armadietto si aprì. L'interno era interamente occupato da quattro grandi casse di alluminio.

Juan ne prese uno e fece scattare i ganci. Era pieno di pacchi di confezioni di plastica. Sollevò il coperchio di una.

La confezione conteneva una dozzina di fiale come quelle usate negli ospedali per la somministrazione di farmaci per via endovenosa. Ogni fiala era avvolta da un cuscinetto protettivo.

Prese una fiala dalla confezione. Conteneva dieci cc di un liquido trasparente ed era contrassegnata dalla scritta SIERO NVL. Juan si ricordò che erano le stesse lettere sul sigillo dell'anfora romana che aveva cercato di recuperare dal relitto della *Salacia. Nux viridi luscus* era la cura che avevano scoperto per l'agente paralizzante duemila anni prima.

«L'antidoto» disse Raven. Si voltò verso Eddie. «Lo abbiamo trovato.»

Lui le fece un cenno col pollice alzato.

«Pare che ce l'abbiamo fatta» disse Juan. «Ci serviranno una sessantina di queste confezioni.»

«Queste casse sono troppo ingombranti da trasportare.»

«Cominciamo a caricare le confezioni dentro i borsoni. Le fiale sono protette dall'imbottitura e dovrebbero resistere agli urti.»

Juan attivò il microfono.

«Max, mi senti?»

«Eccomi» rispose Max. «Il tempo stringe. Mancano tredici minuti. Avete buone notizie?»

«Ottime» rispose Juan con un sorriso. «Di' a Murph che abbiamo l'antidoto.»

Ma il suo buonumore durò poco. Dall'auricolare gli giunse la voce di Sylvia. Una sola parola.

«Gas.»

69

Il tentativo di forzare il pannello di controllo del sistema di lancio dei razzi era fallito. Guardandosi attorno alla ricerca di un possibile nascondiglio per la chiave, Sylvia aveva ipotizzato che potessero averla in tasca i mercenari che avevano ucciso. Eric sembrava convinto che ce l'avesse Polk, ma lei pensava valesse la pena di fare un tentativo e perquisire il morto.

Mentre Linc guardava le spalle a Eric tenendo sotto tiro tutti gli ingressi alla plancia, ed Eric era concentrato sul pannello di controllo, Sylvia era andata all'altro lato della plancia dove era stato trascinato il mercenario.

Stava frugando nelle tasche del morto quando la porta sull'altro lato della plancia si schiuse e una granata venne lanciata all'interno, cominciando subito a diffondere un fumo bianco.

«Gas!» urlò Sylvia.

Linc non ebbe il tempo di reagire. La granata era atterrata proprio ai suoi piedi. Crollò a terra come un albero tagliato.

Eric, chino sul pannello di controllo, girò la testa e perse i sensi, accasciandosi sulla console.

Sylvia vide accadere tutto questo trattenendo il respiro. Capì che non avrebbe potuto inspirare o avrebbe subito la stessa sorte.

Afferrò la maschera a pieno facciale appesa alla cintura del morto e se la premette contro il viso. Quando fu ben accostata contro la faccia, soffiò con forza con la poca aria che le rimaneva nei polmoni per liberare la maschera da ogni residuo di aria e gas che poteva essere rimasto intrappolato all'interno.

Alla fine inspirò, aspettandosi di perdere i sensi. Ma non

provò il minimo stordimento: doveva aver reagito in tempo. Si passò le cinghie sui capelli, strappandosi via la cuffia mentre le stringeva.

Attraverso la finestrella nella parte superiore della porta, Sylvia vide due mercenari controllare la situazione nel locale. Sapeva che, appena avessero visto che lei non era stata colpita dal gas, l'avrebbero uccisa.

Aveva sparato con una MP5 solo una volta, nell'armeria dell'*Oregon*, ma sembrava abbastanza semplice. Bastava letteralmente mirare e sparare, con un rinculo minimo anche in modalità automatica. Accanto al mercenario morto c'era un QCW-05 abbandonato. Sperava che l'arma cinese fosse altrettanto facile da usare.

Lo raccolse nello stesso istante in cui i due uomini la videro. Fece scattare la sicura, si portò l'arma alla spalla, puntò il puntino rosso del mirino sulla finestrella e tirò il grilletto, tenendolo premuto.

I proiettili squarciarono il vetro, colpendo entrambi gli uomini. Sapeva che l'arma aveva un caricatore da cinquanta colpi, ma rimase comunque scioccata dalla velocità con cui si esaurirono. Pochi secondi e l'arma scattò a vuoto.

La porta era crivellata di fori, ma sembrava che lei avesse colpito i bersagli. Erano entrambi a terra, e questa era una fortuna perché Eric non le aveva insegnato a ricaricare.

Si stava rialzando, preoccupata per Eric e Linc, quando incrociò lo sguardo dell'uomo la cui immagine la perseguitava dal giorno dell'affondamento della *Namaka*.

Angus Polk spalancò la porta con un'espressione furiosa in volto e un mitra in mano. Sylvia ebbe solo una frazione di secondo per lanciarsi verso la tromba delle scale prima che i proiettili cominciassero a stamparsi contro la paratia alle sue spalle. Si tuffò e rotolò giù per la prima rampa di scale fino al pianerottolo, sbattendo con violenza sul pavimento.

Nonostante la fitta di dolore alla schiena, si rialzò in piedi e corse giù per le scale interne della nave senza guardarsi indietro.

Polk non riconobbe la donna che aveva appena ucciso due dei suoi uomini, ma l'avrebbe trovata presto. Considerato che aveva sparato come una pazza svuotando l'intero caricatore in modalità automatica, non doveva essere una professionista. Era impaziente di darle la caccia.

Ma prima doveva aprire di nuovo i portelloni delle stive. Mancavano undici minuti al lancio e i portelloni erano l'unico ostacolo che si frapponeva tra i razzi e tuttte quelle persone che aspettavano di festeggiare l'anno nuovo.

Mentre andava verso il pannello di controllo, un movimento su uno dei monitor attirò la sua attenzione. C'erano tre intrusi vestiti di nero dentro la cittadella e i cadaveri dei quattro uomini che aveva mandato a metterla in sicurezza.

Uno era seduto sulle scale, mentre un altro uomo e una donna erano inginocchiati vicino agli armadietti.

Stavano saccheggiando la sua scorta di antidoto per l'Enervum, infilando le confezioni dentro alcuni borsoni. L'uomo aveva interrotto il suo lavoro e sembrava parlare da solo.

Polk guardò l'intruso accasciato sulla console della plancia e notò che portava un minuscolo auricolare. I suoi amici dentro la cittadella si stavano certo chiedendo come mai avevano perso i contatti con lui.

L'avrebbero capito presto, ma non sarebbero andati da nessuna parte.

Polk richiamò il sistema antincendio sul touchscreen e scelse l'opzione di chiusura delle uscite di sicurezza in quell'area della nave. Spesse paratie antincendio cominciarono a scorrere una verso l'altra. L'uomo nella cittadella si alzò in piedi e corse alla porta, ma non fu abbastanza veloce. La sala era sigillata. Polk bloccò anche l'azionamento manuale di sblocco di quell'area.

Nessuno sarebbe entrato o uscito dalla cittadella. Era sigillata ma non ermeticamente. I tre sarebbero stati gasati insieme a tutti gli altri in città quando i razzi fossero esplosi.

Quindi Polk attivò l'interfono con la cittadella.

«Chiunque tu sia» disse, «i tuoi amici sono privi di sensi e paralizzati dall'Enervum qui in plancia. Spero che tu ti renda conto dell'errore che hai commesso salendo sulla mia nave. Resta lì. Non dovrai aspettare a lungo.»

Quando Jin fosse arrivata con il *Marauder* – e lui sperava ancora che arrivasse – gli intrusi sarebbero andati a fondo con la *Centaurus.*

Stava ancora parlando quando i tre rinchiusi nella cittadella cominciarono a tentare di forzare le porte. Facessero pure, pensò Polk. Ci sarebbe voluto un martello pneumatico per smuoverle.

Doveva ancora aprire le stive di carico tre e quattro. Per arrivare ai comandi spinse da parte l'uomo privo di sensi appoggiato alla console. Li azionò e gli enormi portelloni pieghevoli cominciarono a sollevarsi.

Quando furono in posizione, distrusse i comandi con il calcio del mitra in modo che non potessero più essere usati per richiudere i portelloni.

Ora che tutte quelle operazioni erano state compiute, il lancio dei razzi era garantito nonostante i tentativi degli intrusi.

Inserì un nuovo caricatore nel mitra, si voltò verso le scale e scese in cerca della sua preda. «A noi due» si disse.

70

Il *Gator* era fermo con i motori al minimo a un centinaio di metri dalla *Centaurus*, con solo la cupola che sporgeva dalla superficie. MacD stava controllando il puntatore laser. Assomigliava a un gigantesco binocolo, solo che aveva tre lenti invece di due. La terza era per il laser. MacD l'avrebbe avvicinato agli occhi e qualunque cosa stesse guardando sarebbe stata colpita con il cannone a rotaia.

«I portelloni si stanno di nuovo muovendo» disse Linda dalla cabina di pilotaggio.

«Cosa?» disse MacD.

«Le stive di carico si stanno aprendo.»

MacD andò a prua e si infilò con lei nello spazio angusto. La *Centaurus* incombeva su di loro come un leviatano riempiendo la finestrella della cabina. E infatti i portelloni sopra le stive di carico più vicine alla sovrastruttura erano in posizione verticale.

MacD rimase in ascolto mentre Linda cercava di contattare la plancia della *Centaurus*.

«Su, Eric, avanti» disse. «Cosa sta succedendo lassù?»

Non ci fu risposta.

«Presidente, sono Linda. Mi risponda per favore.»

«Parla Juan.»

«Abbiamo perso i contatti con la plancia e vediamo che i portelloni delle stive di carico si sono di nuovo aperti. Possono lanciare i razzi.»

«Abbiamo appena parlato con Polk. Afferma di aver colpito Linc, Eric e Sylvia con il gas Enervum.»

«Non abbiamo visto razzi partire dalla nave.»

«Deve aver usato una granata o una bomboletta fumogena. Noi siamo chiusi dentro la cittadella al centro della nave. Stiamo cercando di uscire ma per ora senza fortuna. Questo posto è più inespugnabile di Fort Knox.»

«Possiamo fare qualcosa? Dobbiamo cercare di salire a bordo?»

«No» rispose Juan. «Restate dove siete. Abbiamo bisogno di voi là fuori per tenere il laser puntato sulla *Centaurus.*»

MacD guardò Linda. «Io preferirei andare a combattere.»

Lei ricambiò il suo sguardo con espressione risoluta. «Il Presidente sa quello che fa.»

Fu solo dopo essere scesa di due livelli che Sylvia si accorse che uno dei proiettili di Polk l'aveva colpita di striscio a una gamba. Si era lasciata dietro una scia di goccioline di sangue, come una traccia di briciole di pane. Questo avrebbe condotto Polk a lei.

Non aveva senso nascondersi. In meno di otto minuti i razzi sarebbero stati lanciati, a meno che lei non riuscisse in qualche modo a fermarli. Ma con Eric e Linc paralizzati e Polk che le dava la caccia, sembrava un'impresa impossibile. Anche se avesse rubato un altro mitra a uno dei mercenari morti, non era certa di riuscire ad avere la meglio in uno scontro a fuoco con un ex militare.

Ma doveva provarci. Se Polk stava seguendo la scia di sangue, lei avrebbe potuto usarla per attirarlo verso di sé.

Sulla parete c'era un'ascia antincendio. La estrasse dal suo alloggiamento e la soppesò. Era troppo pesante per lei, ma pensava di riuscire a usarla.

Sylvia andò all'angolo successivo e lo svoltò. Si appiattì con la schiena contro il muro e l'ascia stretta tra le mani, e aspettò.

Non si tolse la maschera nel caso Polk lanciasse un'altra

granata, ma cercò di controllare la respirazione in modo che il rumore del respiro attraverso il filtro fosse il più debole possibile. Polk avrebbe fatto più rumore, perché era in movimento, e lei sperava che non la sentisse.

Non dovette attendere a lungo. Il caratteristico ansimare alla Darth Vader divenne progressivamente più forte, ma senza fretta, come se lui si prendesse il suo tempo per inseguire la sua preda.

Sylvia aveva a disposizione un solo tentativo, quindi non doveva sprecarlo. Il respiro spaventoso si avvicinò sempre più finché lei ebbe l'impressione che Polk fosse proprio dietro l'angolo.

Senza attendere che lui si mostrasse, Sylvia fece roteare l'ascia all'altezza del petto con tutte le sue forze.

Polk levò una mano per parare il colpo, ma nella sorpresa per essere stato attaccato calcolò male l'angolazione. La lama affilatissima gli tagliò il polso, penetrando in profondità prima di andare a conficcarsi nella parete.

Polk lanciò un urlo mentre il sangue colava a fiotti dal polso ferito. La mano penzolava inerte.

In un accesso di furia dimenticò l'arma e si lanciò addosso a Sylvia con la mano sana. Le afferrò il filtro della maschera e la attirò verso di sé, con gli occhi sbarrati per la rabbia, un'immagine terrificante dietro il visore. Ora che la guarnizione di gomma era allentata, solo le cinghie trattenevano la maschera in posizione.

Sylvia si sforzò di staccare l'ascia dalla parete ma non ci riuscì. Se Polk avesse recuperato un minimo di prontezza di spirito, avrebbe lasciato andare la maschera e l'avrebbe presa per la gola per strangolarla.

Piegò la testa in modo che le cinghie si sfilassero e cadde all'indietro picchiando il sedere. Anche Polk cadde e atterrò sul braccio ferito lanciando un urlo straziante.

Sylvia approfittò dell'attimo di distrazione e se la diede a gambe. Era quasi arrivata in fondo al corridoio quando sentì fischiare i proiettili, ma la mira di Polk con una mano sola era tutt'altro che perfetta.

Percorse il corridoio successivo e si rese conto di essere vicina alla sala mensa e alla cambusa. Polk non si sarebbe arreso finché non l'avesse trovata, per cui decise di rendergli le cose facili. Dopotutto, non indossava più la maschera e lui lo sapeva.

71

Eric si svegliò di soprassalto. Gli pareva di avere la faccia premuta contro dei pulsanti. Aprì gli occhi e vide che era sdraiato sulla console di comando della plancia. Per quanto si sforzasse, non riusciva a ricordare com'era finito lì. E, cosa ancora peggiore, non riusciva a muoversi.

L'ultima cosa che ricordava era di aver armeggiato con i grimaldelli per cercare di interrompere il lancio. Poi più nulla fino a quel momento.

Con la coda dell'occhio vide Linc sdraiato sul pavimento. Era cosciente e sbatteva le palpebre verso di lui, ma non parlava.

Sul pavimento accanto a lui c'era la bomboletta cilindrica di una granata fumogena.

Fu allora che Eric capì che dovevano essere stati gasati. Oltre alla paralisi, uno degli effetti era la perdita della memoria a breve termine. Neanche Murph ricordava di aver perso conoscenza.

Eric sollevò la testa più che poté, ma non riuscì a vedere Sylvia. I grimaldelli erano dove li aveva lasciati. Sporgevano dalla serratura del sistema di controllo dei razzi. Il display incorporato nel coperchio della cassetta mostrava il conto alla rovescia che proseguiva.

Un movimento su uno dei monitor della plancia attirò la sua attenzione. Vide il Presidente e Eddie che battevano su una porta, cercando di aprirla. Erano rimasti intrappolati dentro la cittadella dalle porte antincendio.

Eric cercò di muovere le braccia, ma il massimo che riuscì a fare fu sbattere la mano contro il pannello. Non sarebbe mai riuscito a liberarli.

Poi si accorse di un'altra cosa inquietante. I comandi che controllavano l'apertura dei portelloni delle stive di carico erano stati distrutti mentre lui era privo di conoscenza.

Doveva avvertire qualcuno. Non riusciva ad articolare le parole, ma riusciva ancora a muovere la lingua. Attivò il microfono molare per contattare l'*Oregon*.

L'unica cosa che riusciva a fare era battere la lingua contro il palato.

«Ricevo uno strano segnale dal sistema di comunicazione» disse Hali dalla sua postazione nel centro operativo dell'*Oregon*. «Pensavo fossero interferenze, ma...» Si mise a sedere più eretto. «Aspetta. È codice Morse.»

Max si sporse in avanti sulla poltroncina del comandante. «Mettilo in vivavoce.»

Una serie di schiocchi si tradusse in una successione di linee e punti.

«È Eric» disse Murph, e poi aggiunse un grido di esultanza per enfatizzare la felicità nel sentire il suo amico. Nonostante tutti e tre conoscessero bene il codice Morse, Murph pronunciò le parole ad alta voce mentre ascoltavano.

«*Qui Eric. In plancia. Linc vivo. Paralizzati gas.*»

«Dunque Polk non bluffava quando ha detto a Juan che tutte le persone in plancia erano state gasate» disse Max.

«E Sylvia?» chiese Murph, aggrottando la fronte, preoccupato per la sorella.

«*Non qui. Dove lei?*»

«Non lo sappiamo» rispose Max. «Non l'abbiamo sentita.»

«*Portelloni carico chiusi?*» chiese Eric.

«No» rispose Murph. «Aperti.»

«*Non posso chiudere. Comandi fuori uso.*»

«Allora non riusciremo a fermare il lancio» disse Hali. «Neppure se il Presidente esce dalla cittadella.»

«Mettimi in contatto con Juan» disse Max. «Dobbiamo informarlo.»

Nella cittadella erano ormai diversi minuti che Juan e gli altri cercavano di sbloccare le porte, ma senza risultato. Eddie tentava di attivare i comandi manuali che erano stati esclusi dalla plancia. Juan aveva infilato il coltello nel solco tra le porte tagliafuoco che bloccavano il passaggio ma fino a quel momento i suoi sforzi non avevano prodotto neppure un minimo movimento.

Chiamò Raven, che stava cercando di aprire la porta usata dai mercenari.

«Hai avuto fortuna, lassù?»

«Finora niente» rispose lei con voce tesa per lo sforzo, mentre tirava con tutte le forze. «È dura fare leva quando hai una costola che ti schiaccia i polmoni.» Ma non si diede per vinta.

Juan guardò l'orologio. Otto minuti a mezzanotte.

«Juan, ho un aggiornamento per te» disse Max nell'auricolare.

«Spara.»

«Abbiamo sentito Eric.»

«Sono felice di sapere che è vivo.»

«Anche Linc, ma sono entrambi paralizzati. Eric dice che i portelloni di carico non si possono richiudere. I comandi sono stati sabotati.»

«Polk è ancora a bordo?» chiese Juan.

«Linda non ha visto nessuno lasciare la nave.»

«E Sylvia?»

«Abbiamo perso i contatti con lei. Ce la fate a uscire dalla cittadella?»

«Non sembra facile.»

«Allora siamo leggermente nei pasticci» disse Max.

«Così pare.»

Juan considerò le varie opzioni. Disattivare i razzi era fuori questione, e ora non potevano neppure contenerli all'interno della nave.

E anche il piano di riserva, portare via l'antidoto dalla nave e far distruggere la *Centaurus* dall'*Oregon* una volta che fossero stati tutti al sicuro, non era destinato a realizzarsi.

Non poteva ordinare a MacD e a Linda di salire a bordo della nave. Polk li avrebbe uccisi o avrebbe impedito loro di tornare sul *Gator*. A quel punto non ci sarebbe stato modo di fermare i razzi e impedire che il loro carico di Enervum devastasse Sydney.

Restava un'unica possibilità. Eddie diede voce ai pensieri di Juan.

«Quanto tempo ci vorrà prima che la *Centaurus* affondi?» chiese Eddie.

«I proiettili del cannone a rotaia viaggiano sette volte più veloci del suono. Con quel tipo di energia cinetica, picchiando contro una nave corazzata probabilmente i proiettili squarceranno la fiancata e trapasseranno la chiglia. Con quattro o cinque colpi ben piazzati, scommetto che affonderà in cinque minuti se non meno.»

Eddie annuì lentamente e guardò l'orologio. «Mancano sette minuti.»

Juan alzò lo sguardo verso la scala. «Raven, c'è qualche possibilità che quella porta si apra?»

Lei scosse la testa. «Ci vorrebbe un lanciarazzi.»

Juan si appoggiò alla parete riflettendo sul da farsi. Fu allora che notò il portello di aerazione una decina di metri sopra di loro. Non c'era modo di arrampicarsi fin lassù anche se fossero riusciti a staccare il cavo d'acciaio che lo teneva bloccato.

Ma c'era un altro modo per arrivarci.

«Il tempo stringe» disse Eddie. «Cosa vuole fare?»

« Ho un'idea, ma è rischiosa. »

Eddie si strinse nelle spalle. « Sempre meglio le sue idee rischiose che nessuna idea. »

Tutti i membri dell'equipaggio erano consapevoli dei rischi che correvano entrando a far parte della Corporation. Avevano perso degli uomini dell'equipaggio in passato, e i loro nomi erano incisi su una targa nella sala riunioni della nave a imperitura memoria del sacrificio compiuto per salvare la nave e i loro compagni di equipaggio e per il bene supremo. Juan sapeva che c'erano buone probabilità che i loro nomi venissero aggiunti alla targa se il suo piano non avesse funzionato, ma non vedeva altra soluzione.

« Max, a te non piacciono i miei piani C, vero? »

« No » rispose Max titubante. « Di solito sono folli oltre che pericolosi. »

« Ne ho uno. So che non ti piacerà. »

« Perché? »

« Chiedi a Murph cosa accadrebbe se la *Centaurus* si trovasse sott'acqua quando i razzi vengono lanciati senza che ci siano i portelloni a fermarli. »

Max riferì la domanda. Qualche secondo dopo tornò in linea. « Dice che la pressione dell'acqua nei tubi di lancio farà esplodere i razzi mentre vengono lanciati. »

« Allora, sembra che abbiamo la nostra risposta. »

« No » disse Max quando capì cosa aveva in mente di fare Juan. « Dev'esserci un altro modo. »

« Temo di no » disse Juan. « In realtà è la nostra unica chance per fuggire. Dovete affondare la *Centaurus* immediatamente. È un ordine. »

72

Nel centro operativo dell'*Oregon* regnava un silenzio di tomba. Max sentiva su di sé lo sguardo di Hali e Murph. Era concentrato sullo schermo principale che trasmetteva le immagini della telecamera dell'autorità portuale con la *Centaurus* in lontananza. Ma non poteva fare a meno di pensare a Juan e agli altri intrappolati nelle viscere della nave in attesa della fine.

Non era così che Max aveva immaginato il viaggio inaugurale della loro nave. Quando erano partiti anzitempo dal cantiere in Malesia, pensavano si trattasse di una veloce missione per impedire un attacco terroristico. Ora temeva di essere sul punto di uccidere il suo miglior amico.

«Stiamo davvero per affondare la nave con tutti i nostri ancora a bordo?» chiese Hali.

«Hai sentito l'ordine di Juan» rispose Max. Si sforzò di sembrare rassicurante. «Non preoccuparti. Non si arrenderà. E neanche noi dovremmo farlo.»

«Io so che Sylvia è viva» disse Murph. Non era necessario sottolineare che anche il suo migliore amico sarebbe affondato con la *Centaurus*.

«Juan farà tutto il possibile per trovare Sylvia e portare Eric e Linc fuori da lì. Tu ce la farai?»

«Sì. E Sylvia ce la metterà tutta per salvare la città.»

«Alza il cannone a rotaia» disse Max. «Hali, chiama MacD.»

«Cannone a rotaia pronto» disse Murph.

L'immagine sullo schermo mutò. Si vedeva la *Centaurus*, ora molto più grande, inquadrata dalla telecamera che faceva una lenta carrellata da prua a poppa.

« Ricevete le immagini? » chiese MacD.

« La vediamo » rispose Max. « Murph ha caricato il cannone a rotaia ed è pronto a sparare. »

« Qual è l'obiettivo? »

« La linea di galleggiamento » rispose Murph. « Non i portelloni delle stive. »

« Ricorda » disse Max, « vogliamo affondare la nave, non accendere i razzi. Spareremo cinque colpi. Dovrebbero farla affondare rapidamente. »

« Ne piazzerò tre a prua e due a poppa » disse MacD.

La telecamera girò intorno alla prua. Sullo schermo comparve un puntino verde. Era centrato sulla scritta CENTAURUS.

Max attese che Murph confermasse che il computer della nave aveva calcolato automaticamente la corretta soluzione di tiro.

Murph rimase in silenzio. Max vedeva il suo petto alzarsi e abbassarsi.

« Mark » disse. « Dobbiamo farlo. »

« Bersaglio acquisito » disse Murph alla fine.

« Fuoco. »

L'*Oregon* sussultò quando il cannone a rotaia lanciò il proiettile di tungsteno.

« Primo colpo partito » disse Murph. « Carico il secondo. »

Linda aveva riposizionato il *Gator* allontanandosi di un altro centinaio di metri dalla *Centaurus*. MacD spuntava dal portellone aperto con lo sguardo concentrato attraverso il puntatore laser.

Con l'*Oregon* a sette miglia di distanza, il proiettile ipersonico avrebbe impiegato cinque secondi a raggiungere l'obiettivo. Il proiettile non era guidato, quindi la sua era una traiettoria balistica. MacD non doveva riattivare il laser finché non avesse selezionato il bersaglio successivo.

A differenza di quanto si vede nei film, non ci fu alcun sibilo assordante ad annunciare il colpo in arrivo. Senza alcun preavviso nella prua della *Centaurus* si aprì uno squarcio. Il proiettile non conteneva esplosivo, era solo un massiccio pezzo di metallo. Era l'energia cinetica a causare il danno. L'acqua si riversò all'interno attraverso lo squarcio.

Immediatamente dopo seguì il boom sonico dell'onda d'urto che scosse il *Gator*.

«Colpo andato a segno» disse MacD senza il minimo compiacimento.

«Acquisire secondo obiettivo» ordinò Max.

MacD puntò il laser sotto la prima gru verso poppa.

«Pronto.»

«Fuoco.»

MacD attese altri cinque secondi. Era come se avesse disegnato un bersaglio sulla nave. Il proiettile squarciò lo scafo come se fosse di carta crespa.

La prua della *Centaurus* stava già affondando.

«Continuate» disse Max.

Il proiettile successivo colpì sotto la stiva di carico due. Tre colpi, tre bersagli colpiti. Se non fosse stato per le possibili conseguenze sui loro compagni, MacD avrebbe gioito per il lavoro di squadra e le capacità ingegneristiche della Corporation.

Spostò il puntatore sulla sovrastruttura piazzando un colpo subito sotto la plancia, all'altezza della linea di galleggiamento. Per ultimo colpì la poppa sopra le eliche.

In condizioni normali, MacD si sarebbe aspettato che Max dicesse qualcosa tipo «ottimo lavoro», ma sembrava inappropriato considerata la situazione.

Invece, Max disse: «Abbiamo finito».

Per un attimo MacD rimase a guardare la *Centaurus* che si adagiava nell'acqua. Di questo passo era decisamente probabile che la nave si trovasse sul fondo quando fossero partiti i fuochi d'artificio.

Non c'era altro che potessero fare per la squadra a bordo della nave. Scese e richiuse il portello dietro di sé.

Linda si voltò a guardarlo dalla cabina di pilotaggio.

« Il Presidente ha un piano » disse, come se stesse cercando di autoconvincersi. « Lui ce l'ha sempre. »

« Lo spero tanto. »

L'orologio segnava quattro minuti a mezzanotte.

73

Polk aveva giurato di farla pagare a quella donna misteriosa che gli aveva tagliato i tendini del polso, ma prima di continuare l'inseguimento doveva fermare l'emorragia. Aveva quasi finito di stringere un legaccio improvvisato intorno al braccio ferito quando il primo proiettile colpì la *Centaurus*.

Sembrava proprio un'esplosione, ma non era ancora mezzanotte. Si chiese se il lancio dei razzi fosse avvenuto prematuramente. Ma la nave fu scossa da un'altra esplosione, e poi un'altra, ognuna sempre più vicina finché una proprio sotto di lui lo fece cadere a terra. Una quinta completò la serie e sulla nave tornò il silenzio.

Qualcuno aveva sparato alla *Centaurus*. Era l'unica spiegazione. Doveva essere qualcuno in combutta con gli intrusi. A causa di quei colpi ora la nave era inclinata verso prua.

La *Centaurus* stava affondando.

Non gli importava. Il lancio sarebbe avvenuto comunque. Chiunque lo stesse attaccando sarebbe rimasto paralizzato dall'Enervum. Lui sarebbe salito sulla scialuppa di salvataggio a caduta libera e avrebbe aspettato l'arrivo di Jin.

Sistemato il legaccio, Polk strinse i denti e impugnò il mitra. Le gocce di sangue della donna sul linoleum bianco erano facili da seguire come un'insegna al neon.

Le seguì, svoltando diversi angoli, fino ad arrivare davanti alla porta che dava sulla sala mensa. La donna doveva essere lì dentro.

Non si sarebbe fatto sorprendere un'altra volta. Aveva ancora una granata a gas e ora la donna era senza maschera. Era vulnerabile.

Ma non gli avrebbe dato soddisfazione ucciderla mentre era priva di sensi. E poi si rese conto che avrebbe avuto tutto il tempo per ucciderla. Poteva aspettare finché lei si fosse risvegliata paralizzata. A quel punto avrebbe potuto farle tutto quello che voleva.

Polk si assicurò che la maschera fosse ben sigillata e aprì la porta col piede. Prese la granata dal giubbetto e tolse la sicura. Tirò la levetta e contò.

Arrivato a tre, la lanciò attraverso la fessura e richiuse la porta. La granata scoppiò e poi cominciò a sibilare mentre rilasciava il gas.

Attese un ragionevole lasso di tempo sperando di sentire un tonfo quando la donna fosse caduta a terra. Ma era possibile che si fosse rintanata in un angolo o dentro la cella frigorifera. Se la porta della cella fosse stata chiusa, lui l'avrebbe aperta lasciando che il gas la stordisse.

Non udì nulla. A quel punto doveva aver perso i sensi. Ma lui sarebbe stato comunque prudente. Per essere così piccolina, quella donna era forte e lo aveva già fregato una volta.

Spalancò la porta, abbassandosi mentre entrava col mitra spianato.

La sala era invasa da una nebbiolina bianca. Scrutò la sala mensa ma non c'era nessuno ai tavoli e neppure sul pavimento. La donna doveva essere nella cambusa.

La porta di comunicazione era aperta, quindi il gas doveva aver riempito entrambi i locali. Si avvicinò cauto all'apertura.

Nessuno gli saltò addosso o lo aggredì con un'ascia. Entrò e vide che la porta della cella frigorifera era spalancata. Non riusciva a vedere all'interno, ma se la donna era là dentro doveva essere già svenuta.

Si avvicinò cauto e vide una cosa che lo fece sorridere. Da dietro la postazione del cuoco spuntavano un paio di stivali.

Polk si avvicinò a passo deciso, impaziente di ammirare il proprio operato, dimenticando per un attimo il dolore al braccio.

Quando girò intorno all'isola di cottura, però, rimase sorpreso nel vedere un mercenario, il più minuto dell'equipaggio. I suoi piedi erano più piccoli di quelli di Jin.

E poi, con orrore, Polk si rese conto di qualcos'altro. La maschera antigas che l'uomo avrebbe dovuto portare appesa in cintura era sparita.

Polk era caduto nella trappola di Sylvia. Lei aveva previsto che sarebbe stato così impaziente di vedere il suo corpo privo di sensi da non accorgersi che i suoi stivali erano diversi da quelli del mercenario che lei aveva trascinato dietro la postazione del cuoco.

Con la maschera sottratta al morto ben stretta sul viso, Sylvia corse fuori dalla cella frigorifera della cambusa e saltò sulla schiena di Polk, stringendogli il collo con le braccia e la vita con le gambe.

Sbilanciato dall'improvviso cambiamento di peso, Polk barcollò all'indietro facendo partire una raffica verso il soffitto. Alcuni dei proiettili rimbalzarono sulle padelle di ferro appese, ma nessuno colpì lei o Polk.

Inizialmente, lui cercò di girarsi per rivolgere l'arma contro di lei, ma non riuscì a trovare l'angolazione giusta. Lasciò cadere il mitra e le stritolò le dita cercando di togliersela di dosso.

Sylvia lanciò un urlo quando lui aumentò la stretta, ma non mollò. Con l'altra mano fece leva sul bordo della maschera di Polk e gliela scostò dal viso. Ora l'aria dell'ambiente entrava liberamente, non filtrata, sotto la maschera.

Non aveva bisogno di staccargliela completamente dalla testa. Le bastava solo resistere più a lungo di lui. L'attimo in cui avesse respirato, era finito.

Ma Polk doveva essersi reso conto di quello che lei stava facendo perché la sbatté con forza contro la porta della cella frigorifera. Un dolore lancinante le saettò lungo la schiena, partendo dallo stesso punto in cui aveva battuto cadendo dalle scale. Ma resistette, senza mollare la maschera.

Sylvia voleva far arrabbiare Polk, farlo imbestialire al punto da dimenticare il pericolo che correva. Sapeva esattamente cosa dire.

«Non hai più notizie di tua moglie, vero?» gridò. «Sai perché? Perché è morta. È in fondo all'oceano con il *Marauder.*»

Polk non urlò, ma Sylvia lo sentì tremare per la rabbia. La sbatté ancora più forte contro la porta e contemporaneamente le tirò una gamba di lato. I due movimenti combinati furono sufficienti a farle perdere la presa. Sylvia cadde a terra.

Polk si voltò e la fissò, gli occhi spalancati per la rabbia dietro la maschera, che ora era tornata ben stretta sul volto.

«Ti ucciderò per quello che hai detto» ringhiò lui, con il petto che si sollevava visibilmente ora che poteva di nuovo respirare.

«Hai dimenticato di svuotare la maschera» disse Sylvia.

Tutta l'aria che aveva contaminato l'interno della maschera quando lei gliel'aveva staccata dal volto era ancora lì dentro. Sylvia sperava fosse una quantità sufficiente.

Polk inorridì quando si rese conto che la donna aveva ragione. Allungò una mano verso di lei, ma i suoi occhi si rovesciarono e le cadde addosso.

Sylvia faticò per spingerlo via e farlo rotolare sulla schiena.

Gli frugò nelle tasche in cerca della chiave del sistema di controllo dei razzi, ma trovò solo un cellulare. Forse conteneva una app per disattivare i razzi e interrompere il lancio.

Gli tolse la maschera e gli mise il telefono davanti alla faccia. Il cellulare si sbloccò e lei lo reimpostò velocemente in modo che non si bloccasse di nuovo.

Anche da svenuto, Polk continuava ad avere un'espressione accigliata.

«Ecco cosa succede a chi tocca la mia famiglia» gli disse.

Balzò in piedi e corse verso la plancia.

74

Il piano di Juan per uscire dalla cittadella dipendeva dall'affondamento della nave perché c'era solo un modo per arrivare al portello di aerazione inserito nel soffitto dieci metri sopra di loro. L'ambiente avrebbe dovuto allagarsi mentre la nave affondava, e l'acqua li avrebbe portati in alto permettendo loro di aprire il portello. La porta antincendio al livello principale della cittadella non era progettata per essere anche stagna, ed era da lì che l'acqua avrebbe cominciato a invadere il locale.

Il problema era il cavo che fissava il portello alla parete. Era spesso due centimetri e mezzo e tenuto teso da un grosso morsetto. Il golfare che lo ancorava alla parete si trovava a circa circa cinque metri d'altezza, decisamente fuori dalla loro portata. L'unica cosa abbastanza alta su cui arrampicarsi erano gli scaffali su cui erano impilate le provviste, ma si trovavano dall'altra parte del locale ed erano imbullonati al pavimento.

Juan non avrebbe cercato di svitare il bullone del morsetto. Ci sarebbe voluto troppo tempo. Lo avrebbe fatto saltare.

Juan, Eddie e Raven si erano tolti i giubbotti antiproiettile e avevano abbandonato le armi, compresa la balestra di MacD.

«Non me lo perdonerà mai» disse Raven.

«Gliene comprerò una più bella» ribatté Juan.

L'unica cosa che si rifiutò di abbandonare fu la sacca con dentro le fiale di antidoto. Se la mise a tracolla.

Juan capì che la nave stava già affondando di prua. Erano tutti in piedi in un angolo, e le armi sul pavimento scivolarono verso la parte anteriore del locale.

Si chinò e si tirò su la gamba dei pantaloni scoprendo la

protesi da combattimento. Aprì lo scomparto segreto che conteneva il coltello di ceramica e una Colt Defender .45 ACP. Li lasciò al loro posto e tirò fuori un pacchetto più piccolo di un mazzo di carte, quindi richiuse lo scomparto.

Il pacchetto conteneva un panetto di C-4 e un detonatore a distanza. L'esplosivo al plastico era plasmabile e poteva essere modellato per assumere qualsiasi forma. Juan non aveva usato la carica di esplosivo sulla porta antincendio perché l'esplosione l'avrebbe solo bucata ma non aperta.

I pannelli della porta scricchiolarono e si deformarono finché l'acqua cominciò a sgorgare attraverso le guarnizioni, spinta all'interno dalla pressione esterna fino a diventare un torrente.

Il livello dell'acqua saliva a un ritmo che in qualsiasi altra circostanza sarebbe stato allarmante, ma in questo caso Juan era frustrato dalla lentezza con cui il locale si stava allagando.

Finalmente cominciarono a galleggiare, muovendo gambe e braccia mentre l'acqua saliva oltre gli scaffali. Pacchetti di cibo, lattine di bibite e bottiglie d'acqua cominciarono a fluttuare per il locale.

Poi le luci si spensero e la sala rimase in silenzio. L'acqua aveva mandato in cortocircuito il generatore ausiliario.

Entrò in funzione l'illuminazione d'emergenza a batteria, che avvolse la sala in una luce spettrale.

Adesso il livello dell'acqua saliva più rapidamente. Entro breve Juan avrebbe dovuto posizionare il C-4. Appena riuscì ad arrivare con le mani al golfare, sbatté il plastico sull'anello e lo premette fino a inglobare completamente il metallo. L'ultimo passo fu l'inserimento del minuscolo detonatore.

« Preparatevi » disse a Eddie e Raven, che si tenevano a galla nella parte opposta della sala.

Juan nuotò verso di loro e iniziò il conto alla rovescia.

« ... tre... due... uno. »

Fecero tutti un gran respiro e si immersero, con Juan che

teneva alzato il detonatore sopra la superficie. Premette il pulsante e nella sala riecheggiò una forte esplosione.

Juan emerse e vide il cavo reciso penzolare nell'acqua.

«È il nostro momento» disse.

Nuotarono verso l'altra parete e si aggrapparono al cavo lasciando che questo li guidasse verso l'alto mentre l'acqua continuava a invadere il locale. La superficie dell'acqua ora aveva un'inclinazione folle mentre la *Centaurus* affondava di prua.

Quando l'acqua arrivò a un metro dal soffitto, Juan si diede una spinta e afferrò la leva di sblocco. Provò a ruotarla ma quella non si mosse.

Il portello era bloccato.

Quando Sylvia arrivò in plancia, la prima cosa che vide nella sala poco illuminata fu Eric che la guardava con sguardo vigile. Si avvicinò a lui e gli fece scorrere delicatamente le dita tra i capelli. Lui le rivolse un sorriso sghembo.

Eric emise una specie di schiocco e Sylvia capì immediatamente che si trattava di codice Morse.

BELLO VEDERTI

Lei gli fece un gran sorriso, anche se lui poteva vedere solo i suoi occhi dietro il visore. «Anche per me.»

CUFFIA

Sylvia si era completamente dimenticata della cuffia che si era strappata via quando aveva indossato la maschera antigas. Andò a prenderla, fermandosi a rassicurare Linc, dicendogli che in qualche modo li avrebbe portati via tutti e due dalla nave che stava affondando.

Si sistemò la cuffia sopra la maschera antigas e parlò ad alta voce in modo che fosse udibile anche se attutita.

«Sono Sylvia. C'è qualcuno là fuori?»

«Sono Max. Tuo fratello sembra molto sollevato nel sentire la tua voce. Dove sei?»

«Sulla plancia della *Centaurus.*» Tornò da Eric e guardò fuori, sul ponte. L'acqua aveva sommerso la parte anteriore della nave e stava cominciando a riversarsi come le cascate del Niagara dentro la prima stiva aperta.

«Dovete andarvene da lì. Mancano meno di due minuti a mezzanotte. Riesci a fermare il lancio?»

«No» rispose Sylvia.

«Dov'è Polk?»

«Paralizzato. Non aveva la chiave e non c'è alcuna app sul suo cellulare per controllare il lancio. Ho controllato venendo qui.»

«Allora cercate di abbandonare la nave» disse Max.

«Non posso portarli tutti e due fuori dalla plancia.»

«Adesso controllo se possono arrivare dei soccorsi.»

«Di' loro di non salire in plancia. Potrebbe esserci ancora del gas residuo nell'aria.»

Afferrò Eric prendendolo sotto le ascelle e lo sollevò. Per essere magro era più pesante di quanto si aspettasse. Linc sarebbe stato impossibile da spostare.

Mentre posava Eric sul pavimento in modo da avere una presa migliore per trascinarlo fuori, sentì Max chiamare aiuto.

«Rispondimi, Juan. Rispondi. Juan, ci sei?»

75

Juan sentì Max dire che Sylvia era in plancia con Eric e Linc. Ma non poteva rispondere. L'acqua era arrivata al portello quindi lui era praticamente sommerso. Per quanto si sforzasse di girare la leva, quello non voleva saperne di aprirsi.

Nuotò verso le bollicine d'aria che si erano formate nell'angolo del locale inclinato dove Eddie e Raven erano ancora sopra la superficie.

«Non riesco ad aprirlo» disse Juan. Si tolse il borsone che portava a tracolla e lo porse a Eddie. «Questo galleggia troppo per quello che voglio tentare.»

«Cosa vuole fare?» chiese Eddie.

«Far saltare la serratura.»

«È troppo massiccia per la calibro quarantacinque» disse Raven.

«Non ho intenzione di usare quella» ribatté Juan.

«Quando sentite l'esplosione, nuotate verso il portello.»

Juan prese fiato e si immerse di nuovo. Si avvicinò al portello e si girò a pancia in giù.

L'altra arma contenuta nella sua gamba da combattimento era un singolo pallettone che veniva sparato dal tallone. Era riservato alle emergenze gravi. E quella lo era.

Restare capovolto sott'acqua non fu impresa facile. Doveva continuare a soffiare con il naso per non inalare acqua di mare. E la spinta di galleggiamento lo costringeva ad aggrapparsi alla trave d'acciaio accanto al portello per portare il piede nella posizione giusta.

Si assicurò che il tallone fosse premuto contro la leva. Gli bruciavano i polmoni, ma non avrebbe avuto un'altra occasione. Tirò il grilletto.

Il colpo esplose con un tonfo assordante. Juan si girò a faccia in su e ispezionò il portello nella luce fioca.

La leva era distrutta. Juan spinse il portello e dopo un momento di resistenza questo si aprì.

Con uno scatto si issò fuori e scoprì di essere sul ponte di poppa dietro la sovrastruttura. La superficie era già sommersa dall'acqua.

Guardò giù verso il portello e vide sbucare le teste di Eddie e Raven. Prese il borsone dalle mani di Eddie e uno dopo l'altro li aiutò a uscire.

Mise il borsone tra le mani di Raven e disse: «Aiuta Eddie ad arrivare al *Gator*».

Quindi si voltò e corse alle scale esterne, salendo i gradini a due per volta.

Arrivato in cima vide Sylvia che cercava di trascinare Eric fuori dalla plancia. I corpi di due mercenari morti che le bloccavano la strada rendevano le cose più difficili.

Lei si strappò via la maschera antigas e la porse a Juan. «È là dentro.»

Juan la indossò, e vide che ora solo le parti superiori delle gru della *Centaurus* sporgevano dall'acqua. Ancora un minuto.

«L'acqua causerà un cortocircuito al sistema di lancio dei razzi?» chiese.

«Ne dubito.»

«Prendi qualche giubbetto di salvataggio. Nell'armadietto un livello più sotto.»

Sylvia si precipitò verso le scale.

Juan entrò in plancia e trovò Linc sdraiato sulla schiena.

«Che fai? Batti la fiacca in servizio?»

Linc rispose con un energico grugnito. Juan non sapeva se avesse apprezzato la battuta.

Juan infilò le mani sotto le braccia del massiccio Navy SEAL e lo trascinò fino alla porta. Una volta fuori, depose Linc e gettò via la maschera.

Sylvia tornò con quattro giubbetti di salvataggio. Li misero prima a Linc e Eddie, quindi indossarono i loro.

A quel punto, la plancia si trovava a soli dieci metri sopra il livello dell'acqua anziché venti.

«Forza» disse Juan a Sylvia. «Salta. Preparati ad assistere Eric.»

Lei annuì. Senza esitare scavalcò il parapetto e si gettò in acqua.

Juan sollevò Eric senza difficoltà. «Ora ci facciamo una nuotatina. Trattieni il fiato.»

Gettò Eric fuori bordo. Nell'attimo in cui piombò in acqua, Sylvia andò da lui per accertarsi che tenesse la testa fuori dall'acqua.

Linc sarebbe stato più difficile da gestire. Juan si chinò, si mise il braccio di Linc intorno al collo e appoggiò la spalla contro il tronco. Quindi sollevò i suoi centoventicinque chili in posizione eretta.

Si avvicinò piano al parapetto con la schiena rivolta al mare. Non appena sentì il metallo, Juan si tuffò all'indietro come quando ci si immerge da una barca.

I due precipitarono in acqua con un tonfo.

Entro una trentina di secondi, duecentonovantotto razzi sarebbero esplosi praticamente sotto i loro piedi.

Polk sbatté le palpebre, aprì gli occhi e si chiese come mai fosse bagnato. Negli angoli della sala brillavano delle luci soffuse. Il suo ultimo ricordo era che stava cercando quella donna. Era entrato nella cambusa e aveva visto il corpo del mercenario. E poi aveva un vago ricordo a proposito di sua moglie, ma niente più.

L'unico rumore era quello dell'acqua che scorreva dentro il locale. L'aria era satura dell'odore di salsedine.

E poi si rese conto che non indossava più la maschera.

Cercò di mettersi in piedi, ma le sue gambe non volevano saperne di muoversi. Le braccia si muovevano appena, e a scatti.

Era paralizzato.

Era stato esposto al gas Enervum. Doveva essere stata quella donna. In qualche modo era riuscita a fregarlo. Non sapeva neppure chi fosse, ma non avrebbe potuto odiarla di più.

L'acqua saliva rapidamente intorno a lui. Sbatté le braccia, invano. Cercò di chiamare aiuto, ma non riusciva ad articolare le parole. La sua voce divenne il lamento angosciato di un animale terrorizzato.

Polk continuò a emettere quel penoso mugolio finché il suo viso fu sommerso dall'acqua.

76

Il *Gator* si avvicinò al punto in cui Juan teneva a galla Linc. Accanto a lui, Sylvia muoveva le gambe sostenendo Eric. Eddie e Raven erano già stati presi a bordo da Linda, e ora erano sul ponte con MacD.

Si accostarono e tirarono Eric fuori dall'acqua, poi Sylvia. Quindi toccò a Linc.

Alla fine Juan si issò sul ponte scalciando e seguì i suoi, aggrappandosi a una ringhiera di metallo come avevano fatto gli altri, mentre con la mano libera continuava a stringere il giubbetto di salvataggio di Linc perché non cadesse in acqua.

«Vai, Linda» gridò.

Linda diede tutta potenza al diesel e il *Gator* si sollevò finché lo scafo si trovò a volare sulla superficie dell'acqua.

Alle loro spalle, la sovrastruttura e le gru erano l'unica cosa visibile della *Centaurus* mentre l'acqua ribolliva tutto attorno alla nave. Il Sydney Harbour Bridge e il teatro dell'Opera scintillavano in lontananza, facendo da cornice alle centinaia di barche a vela e yacht convenuti per assistere ai festeggiamenti di Capodanno.

«La mezzanotte si avvicina» gridò MacD per farsi sentire sopra il rumore del vento. «Cinque... quattro... tre... due... uno...»

I fuochi d'artificio sparati dall'intera arcata del ponte si aprirono in un meraviglioso spettacolo di colori.

A neppure cento metri di distanza, le ultime parti della *Centaurus* si eclissarono sott'acqua. Quasi a sottolineare la sua scomparsa, un lampo luminoso guizzò sotto la superficie quando centinaia di razzi esplosero contemporaneamente. Un vulcano d'acqua eruppe verso l'alto, sollevando nell'aria una cupola di schiuma bianca. Poi la colonna d'acqua crollò su se stessa, diffondendo onde che diminuivano sempre più rapidamente man mano che si propagavano in tutte le direzioni.

Linda rallentò il *Gator* fino a fermarlo.

«Siamo salvi?» gridò.

Juan inspirò. Non si sentiva stordito né frastornato.

«Come vi sentite?» chiese agli altri.

Erano tutti bagnati fradici a parte MacD. Ma nessuno tremava. Anche a quell'ora di notte, l'acqua era tiepida e gradevole.

«A parte la caviglia che mi fa un male cane, io sto bene» disse Eddie.

«Io credo che l'acqua abbia neutralizzato l'effetto del gas proprio come previsto» disse Raven.

«Vieni quassù con noi, Linda» gridò Juan. «È una serata bellissima.»

Stavano ancora riprendendo fiato e non erano pronti ad affrontare la faticaccia di calare Linc ed Eric dentro il *Gator*. Così Raven e MacD appoggiarono Linc contro la cupoletta per farlo stare più comodo mentre Sylvia si poggiava in grembo la testa di Eric. Nonostante fosse paralizzato sembrava abbastanza tranquillo.

Linda sbucò dal portello e li osservò.

«Siete davvero un bello spettacolo» disse. «State tutti bene?»

«Alcuni meglio di altri» rispose Juan. «Abbiamo qualche ferito che avrà bisogno di cure. Eric e Linc sono stati esposti allo stesso gas che ha paralizzato Murph.»

«Oh, no.»

«Ma ci sono anche buone notizie. Almeno spero.»

Juan prese il borsone dalle mani di Raven e aprì la cerniera.

Tirò fuori una delle confezioni di plastica. La aprì ed estrasse una fialetta.

Era intatta, come tutte le altre.

«Questo è l'antidoto» disse Juan. Guardò Linc ed Eric. «Confidiamo che non resterete così a lungo. Appena torniamo a bordo dell'*Oregon*, consegneremo queste a Julia. Avrà una nottata impegnativa.»

I fuochi d'artificio proseguirono tra il rumore familiare e rincuorante dei botti.

«Quando ci ha ordinato di affondare la nave» disse MacD, «ero certo che non vi avremmo più rivisto. Non mi piaceva l'idea di essere quello che la mandava a fondo.»

«Questo è il piano C del Presidente» commentò Eddie. «La vittoria strappata dalle fauci della sconfitta.»

Juan annuì. «Max mi farà una ramanzina quando torneremo.»

«A proposito di fauci della sconfitta, cosa ne è di Polk?»

«Non lo so.»

«Lo so io» disse Sylvia. «È affondato con la nave.»

«Come hai fatto a sfuggirgli?» chiese Juan.

«Gli ho reso pan per focaccia.»

Un pensiero la fece trasalire. Si frugò in tasca e tirò fuori un telefono. Fece un sospiro di sollievo.

Juan era curioso di sapere cosa ci fosse di tanto importante nel suo telefono. «Una chiamata persa?»

«Questo è il cellulare di Polk» disse Sylvia. «Ho usato la funzione di sblocco facciale mentre lui era privo di sensi. È ancora sbloccato.» Batté sullo schermo.

«È lo stesso modello del mio» disse MacD. «È impermeabile fino a due metri.»

«Quando lo controllavo, prima, ho curiosato tra le app aperte per cercare quella che controllava il lancio dei razzi. Non ho avuto fortuna, ma qualcosa nella app di note ha attirato la mia attenzione.»

Ruotò il telefono per mostrare lo schermo a Juan. C'erano due righe di appunti.

NUMERO DI CONTO CROESUSCOIN
9038 4734 2218 0635

«Ricordi quando April era sotto l'effetto del sedativo?» disse Sylvia. «Ci ha detto che se l'attacco fosse andato a buon fine avrebbe sbloccato un conto in criptovaluta. Ha detto che conteneva novecentottanta milioni. Ci ha persino dato la password.»

«Enervum 143» disse Juan.

«L'unico problema è che per sbloccare il conto dieci siti di notizie dovevano riportare articoli sull'attacco.»

La parola attacco rammentò a Juan un altro evento terroristico che avevano sventato di recente. Gli venne un barlume di idea, ma non disse nulla agli altri perché non voleva alimentare inutilmente le loro speranze se non avesse funzionato.

MacD si guardò attorno come se stesse controllando il traffico portuale, ma l'area intorno al *Gator* era sgombra. Tutte le barche erano radunate intorno al Sydney Harbour Bridge per assistere allo spettacolo pirotecnico che continuava a illuminare il cielo in una festosa esibizione.

«Non possiamo restare qui per sempre» disse. «Da un momento all'altro mi aspetto di vedere le barche della polizia e dell'autorità portuale di Sydney venire verso di noi. Probabilmente ci stanno riprendendo in questo momento.»

«Sono sicuro che avremo ancora qualche minuto» disse Juan, appoggiandosi all'indietro sui gomiti. «E siamo troppo lontani per essere visti dalle telecamere del porto con questo buio. Se sopraggiungono delle barche le vedremo e quando arriveranno da noi ci saremo già immersi. Riposiamoci ancora qualche minuto e godiamoci lo spettacolo. Ho la sensazione che il prossimo sarà un anno molto felice.»

EPILOGO

Due mesi dopo

Ogni volta che l'*Oregon* si preparava a intraprendere un nuovo viaggio dopo un lungo periodo in porto, Juan seguiva un suo rituale. Gli piaceva fare un giro della nave per riacquistare familiarità con ogni angolo e ogni membro dell'equipaggio. Talvolta, come quel giorno, ci voleva qualche ora. Era una grande nave e i suoi uomini erano orgogliosi di mostrargli le aree di loro competenza.

Aveva riportato l'*Oregon* in Malesia per completare l'allestimento bruscamente interrotto la settimana prima di Natale. L'equipaggio aveva finalmente potuto godere delle meritate vacanze a cui aveva dovuto rinunciare, e lui aveva avuto il tempo per portare la nave alla piena operatività.

La giornata era calda e umida, ma se non altro il sole battente non gli friggeva il cervello mentre completava il giro di ispezione del ponte. Un'enorme tettoia copriva la nave per proteggere dalle intemperie gli operai impegnati nelle riparazioni necessarie a rimediare ai danni causati dal *Marauder*. Questo significava anche che la nave era protetta da sguardi indiscreti.

Ora il lavoro era completato. Tutti i sistemi erano a posto, a bordo c'era una scorta completa di munizioni, le armi e i sistemi di bordo erano stati aggiornati ed erano pronti ad affrontare una nuova battaglia.

Juan notò un volto familiare vicino alla passerella di babordo.

«Sylvia» disse, «sono felice di vederti prima che tu parta. Ci dispiace che tu te ne vada.»

«Grazie. Apprezzo tutto quello che avete fatto per me. E per Murph.»

«Sei stata un elemento prezioso della squadra. Non ce l'avremmo fatta senza di te. Vorrei poterti convincere a unirti a noi.»

Lei sorrise. «È un'offerta generosa. Non lo escludo del tutto in futuro, ma non adesso.»

«Torni negli Stati Uniti?»

Lei annuì. «Grazie al denaro recuperato, la mia ricerca è pienamente finanziata per i prossimi tre anni. Nel giro di sei mesi dovrei riuscire a tornare al punto in cui è stata interrotta.»

Quando Juan aveva capito di avere accesso al conto che Lu aveva lasciato per Jin e Polk, aveva chiesto un favore ai senatori i cui familiari erano stati salvati a Bali dagli uomini dell'*Oregon*. Con l'assistenza di Overholt, avevano fatto trapelare informazioni sulla *Centaurus* e sul gas Enervum. Agenzie stampa di tutto il mondo avevano pubblicato storie sul fallito attacco terroristico a Sydney durante i festeggiamenti di Capodanno. Lu aveva ingegnosamente impostato il suo piano, ma non aveva pensato di bloccare il pagamento se gli articoli avessero incluso la parola «fallito».

Le parole chiave non solo avrebbero sbloccato il denaro, ma anche messo in moto una serie di eventi che avrebbero portato il governo cinese a inviare un milione di suoi cittadini in Australia se ce ne fosse stato davvero bisogno. Ma, visto che l'attacco era fallito, il governo cinese era stato costretto a negare ostinatamente qualunque coinvolgimento nel piano di Lu, spingendo gli australiani a stringere rapporti ancora più stretti con gli alleati occidentali.

L'ingente somma di denaro era stata suddivisa tra le ricerche di Sylvia, un fondo di risarcimento per le famiglie delle persone uccise da Lu, Jin e Polk, e un bonus per la Corporation che andava a ingrossare i loro fondi pensione e copriva tutte le necessità dell'*Oregon*.

«Ti rivedremo?» chiese Juan.

«No, se ho voce in capitolo» gridò una voce dietro di loro.

«Non ce l'hai» urlò Sylvia di rimando.

Murph arrivò da loro con il suo skateboard e con un calcio lo fece impennare afferrandolo al volo. Aveva i capelli arruffati come al solito ed era tornato alla sua divisa d'ordinanza, T-shirt e jeans neri. Quella che indossava quel giorno era un regalo di Sylvia. Sopra c'era scritto IL MIGLIOR FRATELLO DEL MONDO. Aveva impiegato un po' più di tempo a riprendersi rispetto a Eric e Linc perché era rimasto paralizzato più a lungo, ma era tornato a sfrecciare sul suo skateboard appena la dottoressa Huxley glielo aveva permesso.

«Credevo te ne fossi andata» disse Murph. «Ci siamo salutati quindici minuti fa.»

«Mi mancherai anche tu, idiota. Ma sto aspettando di salutare qualcun altro.»

Sylvia sorrise e Juan si voltò per vedere a chi stesse sorridendo. Vide Eric venire verso di loro in camicia button down e pantaloni cachi. Guardava Sylvia con espressione raggiante.

Murph alzò gli occhi al cielo nel vederlo sbavare dietro alla sorella.

«Presidente» disse Eric, «è tutto pronto per la partenza.»

«Grazie, Stoney. Sylvia, è stato un piacere. Non perdiamoci di vista.»

«Certo che no. Ho un sacco di motivi per venire a trovarvi.» Schioccò un grosso bacio a Eric, probabilmente per provocare il fratello, e ci riuscì benissimo.

«Ma è disgustoso» disse Murph, gettando a terra lo skateboard. «Ci vediamo al centro operativo quando avrò finito di vomitare.» Detto questo, si allontanò più velocemente che poté.

A Juan squillò il telefono. Era Max.

«Cosa c'è?»

«Ho bisogno di te in sala riunioni prima che salpiamo.»

«Arrivo subito.» Juan riattaccò. «Vado anch'io. Stoney, non ti trattenere troppo a lungo.» Gli fece l'occhiolino ed Eric arrossì. Quando Juan si allontanò, stringeva ancora Sylvia tra le braccia.

Entrando nella sovrastruttura, Juan sentì delle gran risate provenire dalla tromba delle scale. Scendendo incrociò Eddie, Linc, Raven e MacD che salivano. Eddie e Linc portavano un grande contenitore termico, tenendolo uno per parte.

«Dove state andando, anatre starnazzanti?» chiese Juan.

«In plancia» rispose Eddie. «Siamo noi l'equipaggio di facciata, oggi.»

L'*Oregon* era gestita dal centro operativo e non c'era bisogno di nessuno in plancia quando uscivano dal porto, ma sarebbe sembrato molto strano se qualcuno avesse visto il ponte di comando sguarnito.

«Abbiamo pensato di bere qualcosa di fresco mentre siamo lì» disse Linc.

«Raven ci stava raccontando di quella volta che era in un bar dalle parti di Fort Bragg» disse MacD. «Vorrei aver visto le facce di quei bravi ragazzi quando gli sei saltata addosso dal nulla.»

«A quanto pare, non avevano mai incontrato una agente donna della polizia militare» disse Raven. «E da quel giorno si sono ben guardati dal ripetere l'esperienza.»

Questo provocò un'altra risata e Juan li salutò con la mano mentre si allontanavano. Scese ed entrò nella sezione segreta della nave.

Mentre svoltava un angolo per poco non andò a sbattere contro Julia che veniva in senso contrario con gli occhi fissi sullo schermo del telefono.

«Oh, scusa» disse lei, trasalendo.

«Nessun problema» rispose Juan. «Lettura interessante?»

«È una e-mail da parte di Leonard Thurman del Royal Darwin Hospital. Tutte le persone colpite dall'Enervum si sono completamente riprese.»

«Questa è una buona notizia.»

«E dice che l'estratto di noce potrebbe avere altre interessanti applicazioni in medicina. Sono in corso diversi studi.»

«Se non altro, Murph e gli altri non hanno affrontato tutto questo per niente.»

«Per favore, giusto per oggi potresti evitare di mandarmi altri pazienti?»

Juan le sorrise. «Stiamo ancora uscendo dal porto, ma non ti prometto nulla.»

Lei sbuffò e tornò a guardare il cellulare. Juan proseguì e trovò Max che lo aspettava sulla porta della sala riunioni. Gli porse una cartolina.

«Questa ci è stata inviata per gentile interessamento di Langston Overholt» spiegò Max.

Era una cartolina con la foto di un granchio rosso. Juan la girò. La scritta diceva ISOLA DI NATALE, AUSTRALIA. La cartolina era indirizzata al comandante Juan Cabrillo presso il Pentagono.

Caro Juan,

odio le e-mail e mi sono ricordato che un tempo eri nella marina e così ho pensato che prima o poi la marina ti avrebbe trovato. Volevo solo farti sapere che Renee e io ci siamo felicemente riappacificati. Non so dove tu sia adesso, ma non può essere meglio di dove mi trovo io ora. Grazie per avermi salvato la vita e offerto un nuovo inizio.

Abbi cura di te,
Bob Parsons

«Non gli hai mai detto che in realtà non eri un veterano della marina?»

«Non vedevo il motivo per rovinare le cose dicendo che ero un agente della CIA» rispose Juan. «È per questo che mi hai fatto venire qui?»

«No. Entra.»

Max fece accomodare Juan nella sala riunioni. Sulla parete, accanto alla targa che ricordava i membri dell'equipaggio caduti, c'era qualcosa coperto da un drappo di seta nera.

«Ti sei dato all'arredamento?» disse Juan.

«Volevo farti una sorpresa.» Max tolse il drappo e scoprì una scintillante aquila dorata. L'aquila con le ali spiegate era identica a quella che avevano recuperato dalla biremi romana.

«L'hai fatta fare tu?»

«No, ce l'ha inviata il governo italiano per ringraziarci. Ovviamente è solo placcata oro. Non potevano mandarci un pezzo d'oro massiccio come l'originale.»

Juan aveva deciso che l'aquila apparteneva a Roma, anche dopo duemila anni di assenza. Aveva preso accordi perché fosse restituita, purché venisse esposta in un museo, con la menzione degli archeologi che avevano scoperto per primi il relitto della *Salacia*. Ora la nave ospitava un enorme scavo che continuava a svelare dettagli finora sconosciuti sulla cultura romana.

«Ho pensato che poteva essere la nuova insegna dell'*Oregon*, ma di certo non potevamo montarla sul pennone di prua.»

«Questo è un ottimo posto» osservò Juan. Pensava che l'aquila raffigurasse adeguatamente il coraggio dell'equipaggio dell'*Oregon*, specialmente di coloro che avevano dato la vita al suo servizio, come Jerry Pulaski e Mike Trono, i cui nomi figuravano sulla targa accanto a essa.

«Salpiamo?»

«Pensavo che non me l'avresti mai chiesto» disse Max.

Mancava solo che si sfregasse le mani tanto era contento di portare il suo nuovo giocattolo a fare un giro.

Quando entrarono nel centro operativo furono accolti da Maurice, che reggeva un vassoio carico di flûte di champagne.

« Ho pensato che fosse appropriato celebrare questa partenza visto che l'ultima volta non ci sono stati festeggiamenti adeguati » disse Maurice. « Dom Pérignon. Ho scelto l'annata per onorare la data del varo della nostra nave precedente. »

Porse un bicchiere a Juan.

« Grazie, Maurice » disse Juan. « Un pensiero davvero gentile. »

Max prese un bicchiere e andò alla sua postazione di direttore di macchina. Quindi Maurice porse un bicchiere a Linda, seduta alla postazione radar e sonar, uno a Hali che era alle comunicazioni, e uno a Murph ai sistemi d'arma. Mancava solo una persona.

Eric entrò di corsa nella sala e afferrò l'ultimo bicchiere rimasto.

Maurice si schiarì la gola e porse a Eric un tovagliolo bianco immacolato. Eric lo guardò perplesso finché Murph ridendo gli disse: « Hai del rossetto in faccia, rubacuori ».

Eric arrossì e si pulì i segni dal viso. Maurice gli porse il vassoio perché lui vi posasse il tovagliolo.

« *Bon voyage*, comandante » disse, e uscì dalla sala con aristocratica signorilità.

Juan andò a mettersi davanti allo schermo principale e chiese a Hali di collegarsi in videochat con Eddie, Linc, Raven e MacD in plancia, con Julia e il suo staff dell'infermeria, e con tutti gli altri membri dell'equipaggio perché si unissero al brindisi.

« Dicono che è l'equipaggio a fare la nave » affermò Juan, « e io non potrei essere più d'accordo. Sono orgoglioso di dire che l'*Oregon* è stata, è e sarà sempre la nave più bella del mondo. »

Alzò il bicchiere per brindare, imitato dagli altri.

«Mare calmo e vento in poppa» disse.

Gli altri risposero con un sonoro «Urrà!» e bevvero.

Hali riportò sullo schermo le immagini delle telecamere esterne e l'equipaggio di plancia prese posto.

«Stato della nave?» chiese Juan con lo sguardo fisso sullo schermo che rimandava l'immagine dell'uscita del cantiere.

«Armi stivate e in sicurezza» rispose Murph.

«Motori a regime e pronti al tuo comando» gli fece eco Max.

«L'autorità portuale ci ha autorizzato a lasciare il porto» disse Hali.

«Il traffico è calato» aggiunse Linda. «La rotta per uscire dal porto è libera.»

«Ormeggi mollati» concluse Eric. «Pronti a partire.»

Juan prese posto sulla sua poltroncina, lì dove più si sentiva a casa. La luce davanti a loro sembrava invitarli a prendere il mare.

«Portaci fuori, signor Stone» disse. «È ora di vedere di cosa è davvero capace l'*Oregon.*»

Questo libro è stampato col sole

Azienda carbon-free

Certificato PEFC

Questo prodotto è realizzato con materia prima da foreste gestite in maniera sostenibile e da fonti controllate

PEFC

PEFC/18-31-226

www.pefc.it

Fotocomposizione:
Nuovo Gruppo Grafico s.n.c. - Milano

Finito di stampare
nel mese di settembre 2023
per conto della Longanesi & C.
da Grafica Veneta S.p.A.
di Trebaseleghe (PD)
Printed in Italy